나의 우주, 소하·새하에게

마음을 담아

고양이 달

고양이달 Original Sound Track
고양이달 오리지널 사운드 트랙을 들으며
작품 세계에 더 깊이 몰입하여 즐길 수 있습니다.

고양이달 Animation Music Video
고양이달 애니메이션 뮤직 비디오를 보며
작품 세계를 더욱 생생하게 느낄 수 있습니다.

고양이 달

3 선물

글 박영주 · 그림 김다혜

ATTI BOM

Planet
redbelt
orangebelt
yellowbelt
giant village
giant village
Violetbelt
Indigobelt
yellowbelt
redbelt

Ari

woodbird village
bluebelt
Ari village
orangebelt

woodbird village

bluebelt

Indigobelt

Violetbelt

Ari

village

All The

Characters

Main Characters

Lovers

아리

"알록달록 일곱 색깔 무지개 아리별은 우리가 지킨다!"
모나, 마레, 루나로 이루어진 머리 셋 한 몸 복합체 고양이

아리별의 주인인 세 소녀, 모나, 마레, 루나의 고양이 모습으로, 셋은 한 몸을 공유한다. 원래 세 인격체는 한 소녀였으나 과거에 중대한 사건으로 인해 나뉘게 되었다. 전설에 의하면 아리별과 쌍성인 그림자별의 주인과 만나 사랑에 빠지면 원래의 모습으로 돌아갈 수 있다고 한다. 그러나 노아에게 감정이 싹트면서 저들끼리 갈등을 겪게 된다.

루나

"내 앞의 한 사람, 한 사람을 최선을 다해 사랑하면 그게 전체가 되는 거야."
만인의 연인, 태양의 찬란함을 품은 소녀

열여덟 살의 나이로, 명랑하고 친절하다. 태양에서 태어나 지상의 모든 생명체에게 빛과 온기를 전달하면서 태양의 주인이 되었다. 아리 가운데 맏언니로 동생들을 보살핀다.
한 사람만 열렬히 사랑하고 싶지만 자신의 빛과 열기가 상대를 다치게 할까 봐 모두에게 고른 마음을 베푼다. 노아와는 깊은 우정을 나누게 된다.

마레

"네 마음이 어떻든 상관 안 해. 내겐 모나가 더 소중해."
도도한 매력녀, 바다의 생명력과 격정을 품은 소녀

열여덟 살의 나이로, 까칠하고 도도하다. 바다에서 태어나 자유로운 영혼으로 살다가 바다의 주인이 되었다. 아리 가운데 둘째로 루나와 모나 사이에 중간자 역할을 한다.
자존심이 강해 상대에게 좀처럼 마음을 내보이지 않는다. 그러나 정작 속은 여려서 과거에 모나에게 상처를 준 기억 때문에 고통받는다. 나중에 노아와 사랑에 빠지지만, 모나가 노아를 좋아하는 것을 알고 주저하게 된다.

모나

"노아만 내게 와 주면 뭐든 다 할 수 있어."
맹목적 순수, 땅의 고독과 어둠을 품은 소녀

열여덟 살의 나이로, 순수하고 내성적이다. 땅에서 태어나 캄캄한 어둠 속에 살다가 땅의 주인이 되었다.
막내지만 겉보기와 다르게 강한 내면을 지녔고, 노아를 위해 어떤 희생도 마다하지 않는다. 그러나 자신을 동생으로만 여기는 노아로 인해 가슴앓이하게 된다.

Family

노아

"사랑을 하면 반드시 행복해져야 해요."
사랑을 찾아 헤매는 외로운 소년

열여덟 살의 나이로, 어수룩하고 우유부단한 성격이나 강한 내면을 가지고 있다. 어릴 때 부모님께 버림받고 바라별에서 고아로 자랐다. 상대의 눈 속에서 진심을 읽고 바이올린 연주로 표현할 수 있는 능력을 지닌 '소망 통역사'로, 고양이달과 함께 사라진 첫사랑을 찾아 떠났다가 우연찮게 아리와 만나 사랑과 우정을 나누게 된다.

링고

"사랑이 결국 어떻게 끝나든 사랑은 그 자체로 소중한 거란다."

삼십 대 여성으로 한 가정의 어엿한 가장이다. 다정다감하면서도 책임감이 강한 성품으로 가족의 허물을 잘 보듬어 줄 뿐만 아니라, 아리별의 유일한 선생으로써 아이들의 교육을 도맡고 있다.
독립적이고 성숙한 인격의 소유자이나, 자신이 사랑했던 가족과 친구에게 배신당하고 괴로워하게 된다. 아리별에 떨어진 노아를 거두고 정신적 지주이자 아빠가 되어 준다.

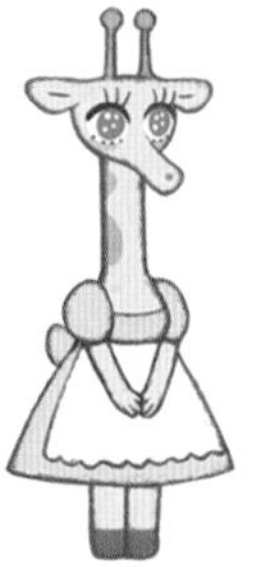

린

"나도 이제 그만 어른이 되고 싶어. 나도 한 번쯤은 누군가를 지켜 주고 싶어."

삼십 대 여성으로 마음이 여리고 섬세하다. 타고난 손재주로 집 안을 아기자기하게 꾸미고 요리하는 걸 즐긴다. 어른이지만 철없고 명랑하며 의존적인 성격으로, 링고에게 기대어 살다가 핀으로 인해 강해지기로 마음먹는다. 노아에게 엄마 역할을 해 준다.

핀

"빨리 어른이 되어서 당신이 보는 세상을 나도 볼 수 있다면…."

열다섯 사춘기 반항아로, 링고와 린의 양아들이다. 내성적이고 우울한 성격을 가졌으며, 보통의 여우들보다 꼬리가 짧다는 사실을 숨기고 싶어 한다. 누군가를 좋아하게 되면서 사랑을 지킬 수 있는 강한 어른이 되려고 노력한다. 노아에게는 남동생과 같은 존재가 된다.

Fellows

빅

“사랑? 그게 집 사고 차 사 준답니까? 언젠가 변하고야 말 마음을 왜 믿습니까?”

사십 대 독신 남성으로 배불뚝이에 속물근성을 가지고 있다. 돈과 명예에 집착하며 사랑을 믿지 않는다. 영악하고 탐욕적이며, 강압적이고 이기적이다. 스몰, 미스터앵과 함께 현악 삼중주 팀 ‘빅스몰’에서 리더를 맡고 있으며, 치매 걸린 미스터앵을 내쫓고 노아를 바이올리니스트로 들인다. 사랑의 가치를 부정하며 노아와 갈등을 겪게 된다.

스몰

“내, 내가 너의 이름을 부르면 와, 와 줄래애?”

삼십 대 남성으로 작고 나약하다. 의존적이고 자기 주관이 없는 데다가 형을 닮아 속물근성이 있다. 빅과 함께 사랑의 가치를 부정하며 노아와 갈등을 겪는다. 그러나 초이를 좋아하게 되면서 혼란을 겪게 된다.

미스터앵

“스토커라 욕해도 상관없데이. 내한테는 평생이 아깝지 않은 사랑이었다아이가.”

육십 대 치매 노인으로 성깔 있는 욕쟁이다. 말은 거칠게 하지만 사실 겁도 많고 정도 많다. 치매로 ‘빅스몰’ 팀에서 쫓겨나자 노아에게 앙심을 품지만, 노아와 점점 가까워지면서 할아버지이자 친구가 되어 준다. 빅스몰 형제와 함께 돈과 명예만 좇았지만, 평생 동안 한 소녀만을 몰래 짝사랑한 로맨티스트이다.

Neighbors

곰곰

"난, 난 그러니까, 그냥, 잘 쓰고 싶은 건데, 막상 어떻게 써야 할지 모르겠어."

오십 대 중년으로 늘 얼굴에 근심이 가득하고 자신감이 없다. 겁이 많고 비겁한 데다가 항상 눈치를 본다. 만년 침체기를 겪고 있고, 동료 작가의 성공을 보면서 열등감에 사로잡힌다. 루나의 지속적인 격려와 도움으로 조금씩 성장해 간다.

깨마

"그저 들은 대로 전했을 뿐인데, 내가 뭘 잘못했다는 거야?"

사십 대 노처녀로 수다쟁이에 남의 얘기를 떠벌리기 좋아한다. 비겁한 성격으로 일만 크게 벌리고 도망치기 일쑤다. 링고와 절친한 친구지만 링고에게 상처가 될 만한 비밀을 알고도 숨겨서 링고에게 원망을 산다. 노아에게는 철딱서니 없는 이모 역할을 해 준다.

초이

"스몰… 마지막으로 한 번만 내 이름을 불러 줄래…?"

천진난만한 일곱 살 꼬마로 벌레처럼 작고 약하다. 생존이 삶의 목표로, 천적인 틱톡을 피해 무리 지어 나뭇잎에 숨어 산다. 눈에 띄지 않기 위해 개성을 가져서는 안 된다. 그러나 스몰과 사랑에 빠지면서 개성을 지니게 된다.

Planet Art

차례

그대 삶의
주파수

노아는 며칠째 천막에서 한 발자국도 나가지 않고 누워만 있었다. 밤낮으로 모나가 찾아와 문을 두드렸지만, 그럴 때마다 미스터앵이 대신 나가 돌려보냈다. 돌아서는 모나의 한숨 소리가 들렸지만 노아는 꼼짝도 하지 않았다. 마레가 아니라면 누구도 만나고 싶지 않았다. 매일 밤 천막 앞에 루나가 놓고 간 책이 하나둘 쌓여 갔지만 거들떠보지도 않았다. 마레가 아니라면 누구의 위로도 받고 싶지 않았다. 마레가 아무리 못되게 굴어도 마레에 대한 마음은 그렇게 조금도 작아지지 않았다. 그것이 더 서글펐다. 마레는 모나 걱정만 하느라 내 상처 따위는 안중에도 없을 텐데. 자매니까 아끼는 건 당연하지만 그렇다고 이렇게까지 내치는 건 너무 잔인하잖아. 노아는 울컥 슬픔이 복받쳐 올랐다. 그날 그토록 붙잡고 매달렸는데도 마레의 마음을 되돌릴 수 없다는 사실이 절망스러웠다. 노아는 몇 날 며칠을 상처만 붙든 채 그날의 기억에서 한 발자국도 멀어지지 못하고 있었다.

미스터앵도 마찬가지였다. 날개의 상처뿐만 아니라 평생 함께 음악을 했던 동료로부터 배신당한 충격에서 쉽게 벗어나지 못했다.

밤마다 악몽을 꾸는지 온갖 욕설을 퍼붓다가 노아가 흔들어 깨우면 그제야 눈을 떴다. 이마에 맺힌 땀방울을 훔치는 미스터앵의 얼굴에 오랜 시간 켜켜이 쌓인 감정들이 복잡하게 얽혀 있었다. 노아는 그런 미스터앵을 보면서 자신의 상처도 더 깊어지지 않을까 두려웠다. 그런 노아의 마음을 아는지 모르는지 미스터앵은 오늘도 어김없이 헤드셋을 쓰고 무전기에서 흘러나오는 소리에 귀를 기울였다. 이를 가만히 지켜보고 있던 노아가 말했다.

"몸도 성치 않으면서, 그냥 누워 있어요."

"쉿!"

미스터앵이 날개를 부리에 대고 인상을 썼다. 도대체 이 시간만 되면 뭘 그렇게 열심히 듣는 거지? 노아가 슬그머니 다가가 미스터앵의 헤드셋에 귀를 댔다.

"가라."

미스터앵이 날개로 노아를 툭 치며 옆으로 방향을 틀었다. 그러자 노아가 헤드셋에 더 가까이 달라붙었다. 미스터앵은 점점 방향을 틀다가 노아가 계속해서 들이대자 못 이기는 척 그대로 놔두었다.

"누구예요?"

미스터앵은 아무 대답이 없었다. 한참 동안 귀 기울여 듣던 노아가 수상한 눈초리로 미스터앵을 바라보았다.

"설마 남의 얘기 엿듣고 있는 거예요?"

미스터앵은 여전히 헤드셋 소리에만 귀를 기울였다. 헤드셋 밖으로 어떤 여자

가 통화하는 소리가 흘러나왔다. '여보'라는 단어를 계속 쓰는 걸로 보아 상대방은 남편인 것 같았다. 노아가 헤드셋을 톡톡 두드리며 미스터앵의 시선을 끌었다.

"이 여자도 알아요? 이거 사생활 침해예요."

"그 가시나랑 연결된 유일한 끈이다."

"가시나? 가시나가 누구예요?"

"……."

"미스터앵!"

노아가 자꾸 불러 대자 미스터앵이 헤드셋을 벗고 말했다.

"그냥 내비둬뿌라. 내는 걍 조용히 있는 듯 없는 듯 있어 주려는 것뿐이데이."

"떳떳하게 대화를 해요. 비겁하게 엿듣지 말고."

미스터앵은 귀찮다는 듯 다시 헤드셋을 쓰고 무전기 소리에 집중했다. 노아가 말했다.

"그녀가 같이 있어 달랬어요? 아니죠? 허락도 안 받고 왜 그래요?"

"그래가꼬 몰래 있다아이가."

"언제부터요?"

"……."

"아무 때나 불쑥불쑥 엿듣는 거 실례라고요."

"아무 때나 엿듣는 거 아이데이. 내 나름대로 규칙이 있다꼬. 하루에 딱 한 번 오후 네 시."

노아는 잠시 할 말을 잃고 미스터앵을 빤히 쳐다보았다. 미스터앵은 노아의 시선에는 아랑곳하지 않고 헤드셋에 온 신경을 기울였다. 기쁜 소식이라도 들었는지 여자의 들뜬 목소리가 헤드셋 밖으로 흘러나왔다. 그러자 미스터앵의 입가에도 미소가 흘러나왔다. 노아가 이해할 수 없다는 눈초리로 미스터앵을 보더니 헤드셋을 확 낚아챘다.

"뭐하는 짓이고?"

"왜 하필 네 시예요?"

미스터앵이 헤드셋을 도로 뺏으려고 날개를 뻗었다가 이내 윽 하는 신음 소리와 함께 다시 접었다. 그 모습에 노아가 못마땅한 표정을 지으며 헤드셋을 돌려주었다. 미스터앵이 헤드셋을 쓰려다 말고 사뭇 진지한 표정으로 대답했다.

"와 네 시냐꼬… 목요일 혹은 17일과 같은 이유인기라. 죽어라 달려와가 반은 넘었지만서도 여직 끝까지 가기에는 한참 남았다아이가."

"그게 뭐 어떻다는 거예요?"

"그만치 모호한 지점에 서 있을 때 삶의 공백이랄까, 그런 게 드러나는 것 같았데이. 다들 그럴 때 외로워지는 게 아니겠나. 그 공백들을 내가 채워 주고 싶었데이. 혼자이지만 결국은 혼자가 아닐 수 있게. 물론 그 가시나는 모르겠지만."

"그녀를 사랑해요?"

미스터앵이 멈칫하더니 노아와 눈을 마주쳤다. 노아는 미스터앵의 눈에서 오랜 감정을 읽었다. 그래도 이건 아니잖아요, 미스터앵. 노아의 마음을 알아차린 미스터앵이 시선을 돌리더니 말없이 깊은 한숨을 내쉬었다. 노아도 바로 뒤따라 한숨을 내쉬었다.

"말 걸고 싶진 않아요?"

"누구 놀라서 넘어가게 할 일 있나? 목에 걸린 목걸이가 갑자기 말을 건다고 생각해 봐라. 얼마나 섬뜩하겠노?"

"목걸이요? 설마 지금 그녀 목에 걸린 목걸이로 교신하는 거예요?"

노아의 눈이 휘둥그레졌다. 반면 미스터앵은 담담한 목소리로 대답했다.

"오래전 그 가시나한테 선물한 목걸이데이. 그 가시나는 뭐든 잘 잃어버리는 데다가 잃어버리면 오래 끙끙 앓는 편이었재. 내는 맨날 잃았뿌는 목걸이를 찾아 주니라 바빴꼬, 그러다 결국 목걸이의 주파수를 통해 찾는 방법을 알아냈데이. 무전기의 주파수를 목걸이의 주파수에 맞추면 주변 소리를 통해 목걸이가 있는 장소를 알 수 있었다아이가."

"미스터앵, 대단한데요?"

미스터앵이 대수롭지 않은 듯 말을 이었다.

"아무리 잃어버려도 다시 돌아오는 목걸이를 그 가시나는 행운의 목걸이라며 항상 몸에 지니고 다녔데이. 그 후로 내 인생의 주파수는 오직 그 가시나한테만 맞춰져 있다아이가."

"그게 얼마 동안인데요?"

"평생."

노아는 할 말을 잃었다. 남편이 있는 여자를 평생 동안 몰래 짝사랑해 왔다. 이게 말이 된단 말인가? 성깔 있는 욕쟁이 할아버지인 줄로만 알았던 미스터앵에게 이런 순정이 있을 줄이야. 노아는 무슨 말을 해야 할지 몰라 머뭇거렸다.

그때였다. 빅스몰 형제가 느닷없이 천막 안으로 들이닥쳤다.

"미스터앵! 음악회 다 망쳐 놓은 주제에 두 다리 뻗고 잠이 와?"

빅의 고함에 노아가 놀라 허겁지겁하는 반면 미스터앵은 태연하게 무전기에 귀를 기울였다. 씩씩거리며 미스터앵에게 돌진하는 빅 뒤를 스몰이 졸졸 따라왔다. 노아가 재빨리 빅의 앞을 막아섰다.

"무슨 낯으로 여길 온 거예요! 미스터앵 좀 그냥 내버려 둬요. 지금 아프다고요!"

빅이 흥 하고 콧방귀를 뀌며 말했다.

"진짜 아픈 사람이 누군데 그런 소리를 합니까?"

"당신들 원하는 대로 다 했잖아요. 당장 나가요."

"우리는 연주회를 망치길 원한 적 없습니다. 저 할방새의 바람이었죠."

빅의 대답에 미스터앵이 잠시 빅스몰 형제에게 시선을 주었다가 다시 무전기로 관심을 돌렸다. 그 모습에 흥분한 빅이 미스터앵의 무전기를 뻥 걷어찼다.

"에잇!"

공중에 뜬 무전기가 포물선을 그리며 바닥에 곤두박질쳤다. 그때였다. 무전기에서 지지직거리는 소리가 나

더니 여자의 목소리가 흘러나왔다.

“이게 무슨 소리지? 여보, 이따가 다시 전화할게요.”

노아와 스몰, 미스터앵까지 눈이 휘둥그레져서 무전기에 시선을 고정했다. 여자가 초조하게 주변을 서성이는 소리가 들렸다. 그리고 발걸음 소리가 잠시 멈추더니 여자가 조심스레 입을 열었다.

“거기, 혹시 누구 있어요?”

그 순간 천막 안에 침묵이 맴돌았다.

“내 말 들려요?”

“뭐야, 이건 또!”

빅이 인상을 쓰고 크게 소리치자 여자가 ‘엄마야!’ 하고 소리치며 질겁했다. 그러다 잠시 후 목소리를 가다듬고 말했다.

“누구세요? 거기 어디예요?”

미스터앵이 무전기를 향해 천천히 다가갔다. 그리고 하얗게 질린 얼굴로 무전기를 들어 올렸다. 미스터앵의 손이 부들부들 떨리고 있었다. 무전기 너머에서 흥분한 여자의 목소리가 계속해서 흘러나왔다.

“여보세요? 내 말 안 들려요? 여보세요?”

“허구한 날 뭘 그렇게 듣나 했더니, 여자였어? 노인네가 엉큼해가지고, 하여튼 잔머리 하나는 끝내준다니까. 대체 여자랑 어떻게 교신을 하는 거야?”

빅이 비아냥거리며 미스터앵이 손에 들고 있는 무전기를 확 빼앗았다.

“이리 내라! 빨랑 못 주는교?”

미스터앵이 무전기를 다시 뺏으려 몸부림쳤지만 다친 몸으로 빅을 상대하기엔 무리였다. 여자가 다시 다급한 목소리로 외쳤다.

"무슨 일이죠? 거기 무슨 일이에요? 당신들 누구예요?"

"나 빅이올시다. 그러는 당신은 누구이기에 이 노망난 할방새가 이러고 당신 목소리를 엿듣고 있는 겁니까?"

"그 주둥아리 닥치래이!"

미스터앵이 길길이 날뛰다 못해 다친 날개를 펴고 날아올랐다. 그러나 날갯짓 단 두 번 만에 다시 땅바닥에 곤두박질치고 말았다. 결국 보다 못한 노아가 무전기를 잽싸게 낚아챘다. 빅이 곧장 달려들자 노아는 슬쩍 옆으로 피하며 빅의 다리를 걸어 넘어뜨렸다. '으악' 하는 비명 소리와 함께 육중한 몸뚱이가 바닥에 곤두박질쳤다.

"아이고, 나 죽네! 스몰, 뭐하고 있어!"

스몰이 우물쭈물 망설이다 빅의 눈총에 못 이겨 노아에게 달려들었다. 노아는 스몰의 양 옆구리를 잡고는 발을 걸어 한 번에 넘어뜨렸다.

"저, 저, 아무짝에도 쓸모없는 녀석 같으니라고!"

빅이 혀를 끌끌 차며 부랴부랴 몸을 일으켰다. 미스터앵은 주변의 소란에도 아랑곳하지 않고 무전기를 꼭 끌어안은 채 여자의 목소리에 귀 기울이고 있었다.

"이봐요! 내 말 듣고 있어요? 대체 당신들 누구예요?"

빅이 온갖 짜증 섞인 말투로 소리쳤다.

"아, 그 여자, 어지간히도 떽떽거리네! 미스터앵! 미스터앵 몰라? 이 할방새가 당신 스토킹, 윽…."

노아가 재빨리 빅의 입을 막았다. 무전기 너머 여자가 말했다.

"미스터앵? 가만, 어디서 들어 본 이름인데… 누구더라…."

미스터앵이 긴장한 채 마른 침을 꿀꺽 삼켰다. 노아도, 빅도, 스몰도 숨죽인 채 여자의 다음 말을 기다렸다. 미스터앵의 눈빛이 그 어느 때보다 초조하게 떨렸다.

"아, 누구지?"

미스터앵이 떨리는 목소리로 입을 뗐다.

"지, 지는……"

그때였다. 미스터앵이 눈을 천천히 감았다 뜨더니 표정이 싹 바뀌었다. 눈은 초점을 잃고 허공을 헤매었고, 입은 저도 모르게 헤벌어졌다. 그러다가 손에 든 무전기를 발견하고 이리저리 살펴보더니 느닷없이 소리를 꽥 질렀다.

"뭐꼬? 누가 이딴 고물을 내 거랑 몰래 바꿔치기한 기고?"

"여보세요? 여보세요!"

"당신인교? 당신 맞재? 간땡이가 아주 단단히 부었구마이. 어디 감히 내 꺼를 넘보노? 숨어 그러지 말고 당장 안 튀어나오나!"

"대체 무슨 소리를 하는 거예요? 이봐요, 거기 어디예요? 다 큰 어른이 왜 이런 장난을 쳐요?"

"어딘지 알아서 뭐하노? 쫓아오기라도 할끼가? 내한테 목매는 팬이 당신 하난 줄 아는교? 내 미스터앵이데이. 니 같은 가시나랑 한가하게 장난질할 시간 없데이. 알아들었나?"

"뭐라고요? 아, 이거 어떻게 해야 돼?"

여자가 주변의 물건을 들었다가 내려놓으며 무언가를 분주히 찾는 소리가 들렸다.

"이봐요, 나 그쪽이랑 더 말하기 싫거든요. 이거 연결 어떻게 끊는 거예요?"

"쯧쯧. 여태 그것도 모르고 무식한 거 같으니. 목걸이에 박힌 큐빅으로 교신하고 있는 거 아이가. 그 목걸이도 니가 훔쳐 갔재?"

"엄마, 누구야? 아빠야? 나도 바꿔 줘."

어린 여자아이 목소리가 들리자 미스터앵의 눈시울이 붉어졌다. 그러는 동안 옆에서는 난장판이 벌어졌다. 빅이 미스터앵의 무전기를 뺏으려는 걸 노아가 끈덕지게 달라붙어 막는가 하면, 옴짝달싹 못하던 빅이 소리를 지르는 찰나 노아가 재빨리 입을 틀어막기도 했다. 노아와 빅의 몸싸움에 겁먹은 스몰은 구석에 쪼그리고 앉아 양손으로 귀를 막고 있었다. 무전기 속 아이가 계속해서 엄마에게 전화를 바꾸어 달라고 보챘다.

"전화하는 거 아니야. 엄마도 이게 뭔 일인지 모르겠다."

"모른 척 그만 시치미 떼소. 빨랑 훔쳐 간 물건 다 갖고 온나, 이 호랑말코 같으니라고!"

흥분한 미스터앵은 듣기 힘든 욕설을 마구 늘어놓았다. 노아와 빅이 엎치락뒤치락하다 말고 그대로 멈춰서 미스터앵을 쳐다보았다. 미스터앵이 오만상을 찡그리며 소리쳤다.

"뭣들 하고 있노? 이 여자 당장 신고해뿌라! 다시는 도둑질 못 하게 손목을 분질러 놓든가 해야재!"

"미스터앵…."

노아는 악다구니를 쓰는 미스터앵의 눈에 맺힌 눈물을 보았다.

입으로는 듣기 힘든 욕설을 마구잡이로 내뱉고 있지만, 눈에는 한없는 그리움과 안타까움이 녹아 있었다. 제발 도와 달라는, 노아를 향한 절박한 외침도 담겨 있었다. 그러나 노아가 달리 해 줄 수 있는 일이 아무것도 없었다. 노아는 안타까운 마음을 어찌하지 못하고 고개를 돌렸다. 무전기 너머로 다시 여자아이의 목소리가 들렸다.

"엄마, 나 배고파."

"그래, 밥 줄게. 나 원 참, 세상에 별 미친 사람을 다 봤…."

여자의 말이 끝나기도 전에 빅이 노아를 밀치고, 미스터앵의 무전기를 빼어 던졌다. 지지직거리는 소리와 함께 무전기가 먹통이 되자 미스터앵이 허망한 얼굴로 힘없이 주저앉았다. 마침내 폭발한 노아가 빅의 멱살을 움켜쥐고 소리쳤다.

"당신들, 정말 뭐야? 뭔데 이렇게까지 못되게 구냐고!"

그러자 빅이 노아의 눈을 똑바로 보며 외쳤다.

"우리도 꿈이 있으니까! 돈 많이 벌어서 정원 딸린 이층집도 사고, 뚜껑 열리는 차도 사고 싶었다고! 남들보다 덜 쉬고 덜 자면서 죽어라 일했는데, 저 노망난 할방새 때문에 다 망했어. 꿈이고 뭐고 다 끝났다고."

빅의 망연자실한 표정에 노아의 손에서 스르르 힘이 빠졌다.

"그게 꿈이라고? 이층집에, 뚜껑 열리는 차가?"

노아가 멍하니 빅과 스몰을 쳐다보며 한 걸음 물러섰다. 잠자코 있던 스몰이 노아에게 가까이 다가와 말했다.

"개, 개인 비행기를 사고 싶었습니다아. 하, 하늘을 나는 자전거보다 더 빠르고, 머, 멋진 비행기요오."

스몰의 말에 빅이 허탈하게 웃으며 긴 한숨을 내쉬었다. 스몰 역시 세상이 무너진 듯 절망한 표정을 짓고 있었다. 그런 그들을 보며 노아가 허망한 목소리로 말했다.

"그럼 바라별로 가요. 당신들이 원하는 게 모두 다 있어요."

"그래 봤자 내가 가질 수 없으면 다 무슨 소용입니까. 거기에선 우리 경력을 얼마나 인정해 줄지도 모르고, 또…."

노아가 빅의 말을 잘랐다.

"하얀 벽에 그리기만 하면 되요. 집이든 차든 비행기든 그리기만 하면 다 가질 수 있다고요."

이내 빅과 스몰의 눈이 휘둥그레졌다.

"말도 안 돼! 천국이잖아!"

"처, 천국이네요오."

"그 대신 마음은 절대 얻을 수 없어요."

노아의 말에 빅이 정색하고 노아에게 얼굴을 들이밀었다.

"노아 군, 지금 무슨 말을 하는 겁니까? 우린 변하지 않는 걸 원해요. 그게 돈이고 집이고 차고 비행기죠. 볼 수도 만질 수도 없는 데다 언젠가는 변할 마음을 위해 평생을 바친 게 아니라고요!"

노아는 잠시 할 말을 잃었다. 바라별 주민들은 원하는 걸 모두 가졌지만 고양이달의 마음 하나를 얻지 못해 결국 모든 걸 포기하고 떠났다. 마음을 갈망하는 순간 그들이 누려 왔던 물질적 풍요는 어떤 위안도 의미도 되지 못한 채 허물어졌는데, 그곳을 천국이라 하니 갑자기 혼란스러워졌다. 그런 노아의 마음을 알아차렸는지 빅이 단호히 말했다.

"우릴 비난할 생각 말아요. 누구도 예외일 수 없으니까."

"난, 난 아니에요."

노아가 말을 더듬으며 손사래를 쳤다. 빅이 코웃음 치며 받아쳤다.

"정말로 노아 군의 마음은 견고한가요? 영원할 거라고 확신할 수 있어요?"

빅이 얼굴을 쑥 들이대며 대답을 기다리자 노아가 순간 머뭇거렸다. 그 모습에 빅이 회심의 미소를 지으며 뒤로 물러났다.

"우린 떠납니다. 어쨌든 그런 천국을 알려 주었으니, 노아 군은 예외이길 빌어 드리죠."

빅이 스몰의 어깨를 툭 치며 엄지손가락으로 밖을 가리켰다. 그리고 먼저 천막 밖으로 나가자 스몰이 뒤따랐다. 그 순간 미스터앵이 벌떡 일어나 소리쳤다.

"내도 집! 차! 같이 가재이! 기다리래이!"

노아가 미스터앵을 붙잡으며 말했다.

"미스터앵, 왜 이래요?"

빅이 능글맞게 웃으며 돌아보았다.

"그 날개로 괜찮겠어?"

"요번에 전국 순회공연 마쳐야 하늘을 나는 자전거 살 수 있다 안 했나! 우주여행 하고 싶데이!"

노아가 외쳤다.

"이미 그 자전거를 타고 여기 왔잖아요. 정신 차려요!"

미스터앵이 노아의 말은 아랑곳하지 않고 빅에게 호소했다.

"우린 영원한 팀이데이. 평생 함께하기로 맹세한 사이란 거 잊지 않았재?"

"미스터앵!"

"뭐든 시키는 대로 할기다. 버리지만 마래이."

미스터앵이 굽실거리자 빅이 스몰에게 했듯 엄지손가락으로 밖을 가리켰다. 미스터앵이 이내 환히 웃으며 노아를 뿌리치고 빅에게 날아갔다. 접힌 날개를 퍼덕일 때마다 윽 하는 신음 소리와 함께 미스터앵의 몸이 휘청거렸다. 그 모습을 보다 못한 노아가 곧장 달려가 미스터앵을 받쳐 주었다.

"뭐꼬? 와 자꾸 귀찮게 하노? 퍼뜩 안 꺼지나?"

미스터앵은 노아를 밀치고 빅과

스몰보다 앞장서서 날아갔다. 노아가 쫓아가 아무리 붙잡고 말려도 소용없었다. 노아가 끝까지 달라붙자 미스터앵이 급기야 날개로 노아를 공격했다. 그 모습을 보고 빅이 빈정거렸다.

"미스터앵과 당신의 우정은 그새 변했나 보군요. 하긴 우정이랄 것도 없었죠? 그저 마음 둘 곳 없는 노인네가 잠시 얹혀 있었던 걸 가지고 거창하게 우정이라니."

스몰이 옆에서 낄낄거리며 거들었다.

"형님, 우, 우정도 별거 없는데에, 저, 저도 한번 해 볼까요오?"

"그런 쓰잘머리 없는 짓을 왜 해? 차라리 잠이나 자고 말지."

빅과 스몰은 노아를 비아냥거리며 천막 앞에 줄 지어 서 있는 살구나무 사이를 빠져나갔다. 다친 날개를 퍼덕이며 미스터앵이 힘겹게 그 뒤를 따랐다.

"잠깐만요!"

노아의 외침에 빅과 스몰, 미스터앵이 동시에 뒤돌아보았다.

"줄 게 있어요. 잠깐만 기다려 줘요."

노아가 천막에 뛰어들어 가 그동안 보관해 왔던 책을 꺼내 왔다.

"스몰, 당신 거예요. 빅이 부탁해서 그동안 돌려주지 못했는데, 이제 그만 가져가요. 여기 꿈도둑에게 도둑맞았던 당신 마음이에요."

스몰이 얼떨결에 책을 받았다. 빅이 눈살을 찌푸리며 노아를 쏘아보았다. 노아가 말했다.

"안심해요, 빅. 어차피 떠나는 마당에 이미 지난 일이 무슨 소용이 있겠어요? 게다가 스몰은 당신과 같은 생각이니 걱정할 거 없잖아요. 스몰, 당신의 마음이니 알아서 처리해요."

스몰이 어리둥절한 표정으로 책을 펼쳤다. 책장을 한 장 한 장 넘길 때마다 스몰의 눈이 휘둥그레졌다. 이게 나라고? 스몰은 자신이 그런 표정을 지으리라곤 상상도 못 했다. 그렇게 누군가를 애정 어린 눈길로 바라보고, 누군가와 환하게 마주 보며 웃는 모습은 정말이지 꿈도 꿀 수 없는 일이었다. 이름이 뭐였더라? 스몰이 상대의 이름을 더듬으며 책장을 넘기는 순간, 어느 오후의 풍경 속에 초이라는 이름이 자연스레 묻어났다. 초이, 그래 초이였어. 처음으로 내가 지어 주고, 불러 주었던 이름. 스몰이 "초이" 하고 부르자 초이가 쑥스러운 듯 나뭇잎에 몸을 숨겼다가 얼굴을 빼꼼 내밀었다. 그리고 이번에는 초이가 스몰의 이름을 불렀다.

"아…."

그때 느꼈던 위로와 행복이 다시금 스몰의 마음 깊숙이 스몄다. 지금껏 꿈을 도둑맞은 사실조차 모른 채 어찌 그리 까맣게 다 잊고

지냈는지, 스몰의 머릿속이 그 어느 때보다 북적거렸다. 그 모습을 보고 빅이 고함을 쳤다.

"스몰! 지금 감정 나부랭이에 젖어 있을 때야? 어서 바라별로 가야지!"

스몰이 화들짝 놀라 주위를 둘러보았다. 그러다 노아와 눈이 마주치자 멈칫했다가, 민망한지 슬며시 고개를 숙였다.

"스몰!"

"네, 형님! 어, 어서 가시지요오!"

스몰이 서둘러 책을 덮고는 빅보다 앞장서서 걸어갔다. 빅이 헛기침을 하며 스몰의 뒤를 따라 걷다 말고 뒤돌아보았다. 그러고는 멀뚱히 서 있는 노아를 보란 듯이 비웃었다. 미스터앵도 빅을 따라 비웃는 시늉을 하더니, 빅이 손가락으로 신호를 주자 이내 빅의 뒤를 쫄래쫄래 따라갔다. 노아는 우두커니 그 모습을 지켜보았다. 내가 바보인 걸까. 나는 마음만 얻을 수 있다면 집이 없어도, 차가 없어도 아무렴 좋은데. 설사 언젠가 변하고야 말 것이라 해도, 그래도 좋은데. 미스터앵이 힘겹게 날갯짓을 하며 멀어지고 있었다. 그 모습이 그토록 처절해 보일 수가 없었다.

미스터앵, 가지 마요. 거긴 진짜 하늘이 아니에요. 남은 생마저 가짜 하늘에서 보내면 안 돼요. 내게 진짜 하늘을 가르쳐 줬잖아요. 그렇게 소중한 걸 일깨워 줬잖아요. 나도 미스터앵이 더는 불행하지 않도록 잡아 주고 싶은데 어떡해야 하죠? 미스터앵, 생각해 봐요. 누구보다 그녀의 마음을 원하잖아요. 과거의 미스터앵이 어떠했든 지금 제일 소중한 건 마음이잖아요. 그 순간 노아의 머릿속에 미스터앵의 말이 스쳤다. '그 후로 내 인생의 주파수는 오직 그 가시나한테만 맞춰져 있다 아이가.' '그게 얼마 동안인데요?' '평생.' 평생이라고 했다. 과거 빅스몰 형제와 함께했던 시절에도 미스터앵이 진정으로 원했던 건 소녀의 마음이었단 얘기잖아! 그렇다면 치매로 인해 정신이 과거로 돌아갔다 해도 미스터앵이 원하는 건 여전히 소녀의 마음일 것이다. 미스터앵 스스로 자신을 속이고 있어. 노아가 저도 모르게 발걸음을 내딛더니 점점 빠르게 달리기 시작했다.

빅과 스몰은 이제 막 아리별을 떠나려던 참이었다. 그동안 머물렀던 원형 천막에서 짐이란 짐은 다 바깥으로 빼냈다. 빅이 자전거에 큰 짐을 싣자 스몰이 작은 짐을 올렸다. 스몰은 노아에게 받은 책을 실을지 말지 고민했다.

"뭘 꾸물거리는 거야? 퍼뜩 서두르지 못해?"

빅의 재촉에 스몰이 잔디 위에 책을 내던졌다. 그러자 빅이 그 위에 보란 듯이 쓰레기를 버렸다. 스몰은 멈칫했지만 이내 아무렇지 않은 듯 따라서 쓰레기를 버렸다. 가만히 지켜만 보던 미스터앵이 눈치가 보이는지 일손을 거들었다. 부리로 작은 짐을 들어 올리려 낑낑대자 빅이 혀를 끌끌 찼다.

"애쓴다, 애써. 미스터앵, 정말 나 모르겠어?"

"모르긴 와 모르노, 우리 팀 대장 빅이재."

"그래, 나 빅이라고. 평소에 미스터앵이 나를 어떻게 생각하는지 내가 아주 잘 알아서 말인데, 날 따라가면 후회하지 않겠어?"

"니 내 날개 보이재? 지금 말장난할 기운 없으니까네, 빨랑 가기나 하재이!"

빅이 코웃음 치며 자전거 앞좌석에 앉았다.

"그래, 어디 부지런히 따라와 봐. 자전거가 바라별까지 버텨 줘야 할 텐데, 일단 가 보자고. 자, 천국으로 출발!"

"네, 형님! 드, 드디어 우리 세상을 만나러 가는군요오!"

스몰이 장단을 맞추며 빅의 뒤에 올라타다 말고 주춤했다.

"왜 그래?"

"아, 아니에요오. 가요, 형님."

스몰이 앉자마자 빅은 페달을 세차게 밟았다. 속력이 붙은 자전거가 숲길을 사정없이 질주했다. 새들이 사는 자작나무 숲과 우체통사거리가 쏜살같이 지나갔다. 미스터앵이 기를 쓰고 따라가다가 힘에 부치는지 점점 뒤처졌다.

"유후! 바라별아 기다려라! 우리가 간다!"

빅이 소리치며 더 힘껏 페달을 밟았다. 자전거의 앞바퀴가 서서히 들리더니 뒷바퀴도 따라서 붕 떠올랐다. 그러나 앞에서 불어오는 바람에 부딪쳐 자전거의 속도가 줄어들자, 빅이 엉덩이를 떼고 일어나 페달을 힘주어 돌렸다. 그 힘에 자전거가 바람에도 끄떡없이 갈대밭을 지나 가문비나무 숲 위를 쌩쌩 날아갔다. 기대에 부풀어 싱글벙글 미소 짓는 빅과 달리 스몰의 얼굴은 굳어 있었다. 스몰의 마음속에서 그동안 가라앉아 있던 진심이 아지랑이처럼 슬금슬금 피어오르다가 격렬하게 요동치기 시작했다. 계속 우물쭈물 망설이던 스몰이 마침내 크게 외쳤다.

"형님, 자, 잠깐만요! 세, 세워 주세요오!"

"뭔 헛소리야?"

"세, 세워 줘요오. 빠, 빨리요오!"

빅이 오만상을 찌푸린 채 돌아보았다.

"장난해? 이제 구름 위로 올라갈 거야."

"두, 두고 온 게 있어요오."

"그냥 가, 늦었어!"

"비, 비싼 거예요. 다이아몬드! 다, 다이아몬드를 두고 왔어요오!"

"뭐? 다이아몬드?"

"네, 다, 다이아몬드요오!"

스몰의 말이 떨어지기 무섭게 빅이 안간힘을 다해 페달을 반대로 돌렸다. 자전거가 잠시 멈추었다가 뒤로 나아가기 시작했다. 앞에서 바람이 불어와 앞으로 나아가는 것에 비해 뒤로 내려앉는 게 훨씬 쉽고 빨랐다. 얼마 지나지 않아 끼이익 소리와 함께 뒷바퀴와 앞바퀴가 차례대로 땅에 닿더니 자전거가 멈춰 섰다. 빅이 고개를 돌리며 꽥 소리를 질렀다.

"내가 누누이 잘 챙기라고 했지! 어디야? 어디다 뒀어?"

스몰의 귓가에 빅의 고성이 날카롭게 박혔지만, 스몰은 앞만 보고 죽어라 달렸다.

"스몰! 스몰!"

빅이 자전거를 내팽개치고 스몰을 부르며 뒤따라 달렸다. 그러나 이미 저만치 멀어진 스몰을 따라잡기엔 역부족이었다. 빅이 헉헉거리며 외쳤다.

"퍼뜩, 퍼뜩 찾아 가지고 와라, 알았지?"

갈대밭에 빅의 목소리가 쩌렁쩌렁 울려 퍼졌다. 그러나 스몰은 어디쯤 가고 있는지 보이지 않았다. 뒤늦게 날아온 미스터앵이 갈대밭에 대자로 뻗은 빅을 보고 그 위에 쓰러지듯 착지했다. 그리고 주르륵 미끄러지더니 빅과 나란히 뻗어 숨을 헐떡거렸다.

같은 시간, 노아는 미스터앵을 찾아 가문비나무 숲속을 뒤지느라 정신없었다. 지금쯤이면 미스터앵이 다시 정신 차리고 이쪽으로 오고 있을지도 몰랐다. 그 날개로는 천막까지 못 올 텐데. 노아는 걱정스런 마음에 발걸음을 재촉했다. 숲 안쪽으로 들어갈수록 가문비나무의 나뭇가지와 잎이 하늘을 가려 주위가 더 어두웠다.

"미스터앵! 미스터앵!"

노아는 눈을 크게 뜨고 주변을 살피며 목이 터져라 미스터앵을 불렀다. 나무 아래 핀 노란 달맞이꽃이 그 소리에 놀라 꼭 오므리고 있던 꽃잎을 펼쳤다. 주변이 환해지자 노아가 달맞이꽃에게 다가가 물었다.

"혹시 미스터앵 못 봤니?"

달맞이꽃은 고개를 저으며 다시 꽃잎을 오므렸다. 그러자 순식간에 주변이 다시 어두워졌다. 노아가 난감한 표정을 지으며 발걸음을 내딛으려는 순간 어디선가 낯익은 목소리가 들려왔다. 미스터 앵? 노아가 귀를 쫑긋 세우고 소리가 나는 쪽으로 달려갔다.

"초이! 초이!"

초이? 노아가 몇 발자국을 더 떼자 스몰의 모습이 보였다. 스몰은 초이의 이름을 부르며 허둥지둥 나무들을 살피고 있었다. 노아가 달려가 스몰의 팔을 붙잡았다.

"스몰! 아직 안 떠났어요? 미스터앵, 미스터앵 어딨어요?"

"초이, 어, 어딨어요오?"

"미스터앵 제정신으로 돌아왔죠?"

"초이, 차, 찾을 수 있겠죠오? 형님은 오래 기다려 주지 아, 않을 거예요오."

"미스터앵 날개는 괜찮아요?"

"시간이 없어요오. 이, 이대로 떠날 순 없다고요오!"

스몰이 소리를 꽥 지르는 바람에 노아가 흠칫 놀라 스몰의 팔을 놓았다. 이번에는 스몰이 노아의 팔을 붙잡고 간곡하게 애원했다.

"도와줘요오. 제, 제발 날 좀 도와줘요오. 초이, 초이를 찾아 줘요오."

노아가 침을 꿀꺽 삼킨 뒤 목소리를 가다듬고 말했다.

"알았어요. 그전에 미스터앵이 무사한지 먼저 알려 줘요."

"저, 정신이 돌아오긴 했는데, 그새 형님과 또 크게 싸워서요오. 이, 일단 형님과 떨어진 아, 안전한 곳에 눕히고 왔어요오. 나를 도와주면, 미, 미스터앵이 있는 곳에 데려다 줄게요오."

"정말 무사한 거죠? 안전한 곳에 있는 거 맞죠?"

"그, 그렇다니까요오. 그러니까 나, 나부터 좀 도와줘요오."

스몰의 말에 노아가 고개를 끄덕였다. 그리고 초이를 찾아 나무 하나하나를 일일이 살펴보며 이름을 불렀다. 한참이 지나도 나타날 기미가 보이지 않자 두 사람은 가문비나무가 무성하게 우거진 숲 안쪽으로 더 들어갔다. 숲 바깥부터 다시 번식을 시작한 틱톡을 피해 안쪽 깊숙이 숨은 게 분명했다.

"초이! 어, 어딨니이? 초이! 초이!"

스몰은 혹시라도 빅이 들을까 봐 전전긍긍하며 다급히 소리쳤다. 그러나 아무리 불러도 초이의 대답은 들리지 않았다. 초조해진 스몰

의 목소리가 갈수록 떨렸다. 노아가 급기야 바닥에 떨어진 나뭇가지를 주워 나무를 휘저으며 초이를 찾았다. 스몰도 노아를 따라 나무 막대기로 나뭇잎 사이사이를 샅샅이 뒤지며 소리쳤다.

"초이! 너, 너무 늦게 와서 미, 미안해애. 다 내 자, 잘못이야아. 그래도 하, 한 번만 얼굴을 보여 줘어. 초이, 초이!"

그러나 스몰이 아무리 목이 터져라 불러도 상황은 그대로였다. 그때 누군가 나뭇잎을 타고 스몰 앞에 떨어졌다.

"초이?"

스몰의 말에 노아가 동작을 멈추고 스몰에게로 고개를 돌렸다.

"찾았어요?"

먼발치에 있던 노아가 흥분해서 달려왔다. 스몰이 환히 웃으며 고개를 숙이자 나뭇잎으로 얼굴까지 몸을 감싼 초록사람이 나뭇잎을 걷고 모습을 드러냈다. 노아가 스몰보다 더 기뻐하며 물었다.

"초이에요?"

초록사람을 유심히 들여다보던 스몰의 표정이 바뀌었다.

"누, 누구세요오?"

그 순간 정적이 흘렀다. 스몰과 초록사람은 서로에게 시선을 떼지 않은 채 침묵했다. 노아도 숨죽인 채 두 사람을 번갈아 보았다. 먼저 입을 뗀 건 초록사람이었다.

"당신이 찾는 초록사람이 제가 아닌가요?"

스몰이 고개를 젓자 초록사람이 단호한 목소리로 외쳤다.

"그 아이를 죽일 셈인가요?"

"뭐, 뭐라고요오?"

"당신은 수많은 초록사람 가운데서 누가 초이인지 아닌지 구별할 수 있군요. 그게 그 아이한테 얼마나 위험한 일인지 알기나 해요?"

"그, 그게 어째서…."

"우리 초록사람들은 절대 서로를 구별하지 않아요. 구별할 수가 없죠. 생존을 위해 모두 똑같은 모습, 똑같은 행동, 똑같은 태도를 취하니까요. 초록사람이 몇 명이든 상관없어요. 한 명처럼 한 덩어리로 움직이죠. 있어도 없는 듯 초록나무에 딱 붙어서 나뭇잎처럼 살아야 해요. 그렇지 않으면 죽음이 먼저 알아채고 달려들 테니까요. 그런데 당신은 수많은 초록사람들 가운데 오직 그 한 아이만 구별해 낼 수 있군요."

스몰이 아무 말도 못 하자 초록사람이 말을 이었다.

"누가 초이라는 이름을 지어 줬죠?"

"제, 제가…."

"초록사람은 이름을 가져선 안 돼요. 나이도 성별도 개성도 다 안 된다고요."

"다, 당신이 뭔데 그런 말을 해요오?"

"내가 누군지를 묻는 건가요? 말했죠, 당신이 어떤 초록사람을 만나든 우린 다 똑같은 초록사람일 뿐, 자신을 설명할 수 있는 작은 특징 하나도 가져선 안 된다고. 그런데 당신이 계속해서 그 아이를 부르면 그 아이는 이름대로 변해 갈 거예요. 당신은 어디서든 한눈에 그 아이를 알아볼 수 있겠죠. 그렇게 되면 틱톡도 그 아이를 알아볼 거예요. 당신이 바라는 게 그런 건가요?"

"저는, 저는…."

스몰이 말을 잇지 못하자 초록사람이 다시 입을 열었다.

"아까 노아 군과 하는 말 들었어요. 떠난다고요. 제발 이대로 그냥 떠나요."

"초이는 지금 어, 어디 있나요오?"

"이름 부르지 말라니까요!"

"하, 한 번만 보고 가게 해 줘요오. 한 번만요오."

스몰이 간절한 눈빛으로 애원하자 초록사람이 정색하며 물었다.

"설마 지금 사랑, 뭐 그런 거 아니죠?"

스몰의 눈동자가 흔들렸다. 사랑. 자신과는 거리가 먼 단어. 지구에서 이곳 아리별까지의 거리보다 더 먼 단어. 그 순간 자신을 응시하는 노아의 눈빛이 느껴졌다. 조금 전까지만 해도 사랑 타령하는 노아를 한심하다는 듯 비웃었는데 상황이 한순간에 뒤바뀔 줄이야. 두 사람을 지켜보던 노아가 조심스럽게 입을 뗐다.

"초이를 사랑해요?"

그 말에 스몰은 처음 초이를 만났던 순간을 떠올렸다. 지구를 떠나 이 낯선 별에 왔을 때만 해도 마음 붙일 곳이 없어 참 많이 외로웠는데, 그 시절에 초이를 만났다. 그땐 초이도 자신처럼 위태로워 보였다. 나와 같은 상대가 나와 같은 곳에 있다는 게 얼마나 위안이 됐는지. 그런 감정을 사랑이라고 해도 되는 걸까? 스몰이 고개를 갸웃거리는 사이 초록사람이 말을 이었다.

"사랑이라… 우리같이 언제 죽을지 몰라 매 순간을 마지막처럼 사는 존재한테 그런 감정을 기대하는 것만큼 잔인한 건 없죠. 그건 보통의 존재나 부릴 수 있는 사치니까요. 스몰 씨도 사랑을 믿는 부류는 아닌 줄 알았는데요. 그래서 바라별로 가는 거 아닌가요?"

스몰은 달리 부인할 길이 없어 고개를 숙였다. 그때 노아가 의아한 듯 물었다.

"잠깐만요. 스몰이 바라별로 가는 건 어떻게 알았죠?"

"그, 그건…."

초록사람이 당황하자 스몰이 고개를 들었다. 초록사람이 난처한 얼굴로 노아와 스몰의 얼굴을 번갈아 쳐다보았다. 노아가 재차 물었다.

"바라별로 가는 거 어떻게 알았냐고요? 천막에서 우리끼리 한 얘기인데."

초록사람이 머뭇머뭇 망설이자 스몰이 풀 죽은 목소리로 말했다.

"돼, 됐어요. 더 말 안 해도 돼, 돼요오. 다 알아들었습니다아."

"스몰, 이렇게 포기하려고요?"

"그만해요오. 이, 이제 됐어요오."

노아가 뭔가 더 말하려고 하자 스몰이 미간을 찌푸리며 고개를 저었다. 그리고 잠시 노아의 눈을 응시하더니 고개를 푹 숙이고 말했다.

"아까는 너무 급해서 거, 거짓말을 했어요오. 미, 미스터앵은 아직 정신이 돌아오지 않았어요오. 미, 미안해요오."

"뭐라고요? 그게 무슨 말이에요?"

스몰이 고개를 들었다.

"아, 아마 미스터앵은 빅과 함께 저를 찾고 있을 거예요오. 누가 먼저 찾던, 이, 일단 저를 찾으면, 그대로 아리별을 뜰 거예요오. 그,

그럼 당신에게 미스터앵을 설득할 기회는 더, 더는 없어요오. 그러니 그들이 저를 찾기 전에 다, 당신이 먼저 미스터앵을 찾아요오. 수, 숲 어딘가에 있을 거예요오."

스몰은 다시 한 번 고개 숙여 사과하고는 먼저 돌아섰다. 노아는 스몰의 갑작스런 고백에 정신이 멍해졌다. 시간은 촉박한데 어디서부터 미스터앵을 찾아야 할지 막막했다. 노아는 그 자리에 서서 멍하니 스몰의 뒷모습만 바라보았다. 스몰은 땅에 시선을 떨어뜨린 채 터벅터벅 걸어가고 있었다.

그때 스몰의 머리 위로 나뭇잎이 또르르 떨어졌다. 간발의 차이로 비켜 지나가자 옆 나무의 나뭇잎이 또다시 또르르 떨어졌다. 그리고 그 옆 나무에서, 그 옆 나무의 옆 나무에서 나뭇잎이 떨어져 내렸다. 멀리서 보면 스몰이 걸음을 내디딜 때마다 나뭇잎이 따라서

떨어지는 것 같았다. 그러다가 서너 잎이 연달아 떨어졌다. 그러나 스몰은 여전히 고개를 숙인 채 터벅터벅 걷기만 했다. 바람 한 점 없는데 어떻게 된 일이지? 노아가 고개를 갸웃하는 사이 이번엔 저 멀리에 있는 나무에서 나뭇잎 하나가 또르르 떨어져 내렸다. 땅에 떨어진 나뭇잎은 잠시 꿈틀대더니 이윽고 달리기 시작했다. 노아는 그 모습을 의아하게 바라보다가 다시 미스터앵 생각에 털썩 주저앉았다. 미스터앵은 대체 어디 있는 거야? 바보처럼, 빅한테 매달리기나 하고. 노아는 크게 한숨을 내쉬며 고개를 푹 숙였다. 그러는 동안 나뭇잎에서 떨어져 나온 초록사람은 안간힘을 다해 스몰의 뒤를 쫓았다.

"스몰! 스몰!"

초이가 가느다란 목소리로 스몰을 불렀다. 그러나 그 작은 목소리로는 스몰을 돌아보게 할 수 없었다. 그 작은 발걸음으로는 스몰을 따라잡을 수도 없었다. 스몰의 뒷모습이 점점 멀어지고 있었다.

"스몰…."

초이의 눈가에 눈물이 그렁그렁 고였다.

초이는 태어나 한 번도 소리를 질러 본 적이 없어서, 이럴 땐 어떻게 해야 할지 몰랐다. 우물쭈물하는 동안 스몰의 뒷모습이 완전히 사라져 버리자 초이가 이성을 잃고 울부짖기 시작했다.

"스몰, 스몰, 스몰! 스몰!"

초이의 목소리가 점점 커졌다.

"스몰! 스몰! 스몰! 스몰!"

작은 몸이 견디지 못하고 쓰러질 때까지 죽어라 외쳤건만, 스몰을 돌아보게 하기엔 역부족이었다. 그렇게 초이는 발만 동동 구르며 사랑을 떠나보냈다. 저만치서 걸어오던 노아가 초이의 목소리를 듣고 주위를 두리번거렸다. 그러나 노아에겐 아무도 보이지 않았다. 초이는 노아로부터 다섯 걸음 떨어진 곳에서 눈물을 흘리고 있었다. 발자국 소리가 점점 가까워지는 것도 모른 채 그렇게 하염없이 눈물만 흘렸다. 그때였다. 초이가 노아의 발에 차여 나가떨어지면서 바닥을 데굴데굴 굴렀다. 순식간에 벌어진 일이었다. 그 순간 움찔한 노아가 발걸음을 멈추고 천천히 땅을 살폈다. 그러다 쓰러져 있는 초이를 발견하고 눈이 휘둥그레졌다.

"초이? 초이!"

노아가 급히 무릎을 굽히고 앉아 초이를 손바닥에 올렸다. 초록색의 작은 꼬마가 흙투성이가 된 몸을 돌돌 말고는 바들바들 떨고 있었다.

"어떡해…. 괜찮니? 미안해. 미안해…."

노아의 목소리도 바들바들 떨렸다. 노아는 검지로 초이의 몸에 묻은 흙을 조심스레 털어 주었다. 초이가 움찔하며 몸을 피하자 노아가 말했다.

"겁먹지 마. 널 해치지 않아."

"……."

"나는 스몰의 친구야."

그제야 정신이 가물가물하던 초이가 고개를 들고 노아와 눈을 마주쳤다.
"언제부터 스몰을 지켜본 거니?"
"……."
"혹시 스몰이 바라별로 떠나는 거 알고 있었니?"
초이는 말없이 눈을 깜빡였다.
"스몰이 꿈을 도둑맞은 것도 알았던 거야?"
초이가 고개를 끄덕였다.
"너, 그동안 몰래 스몰을 지켜봤구나. 어째서 진작 잡지 않은 거야?"
초이가 슬픈 눈으로 노아의 눈을 응시했다. 그래, 어차피 스몰은 너를 기억하지 못했겠구나. 다가가지도 못하고 몰래 지켜보며 가슴앓이했을 모습을 상상하자 노아는 초이가 가엾게 느껴졌다. 노아가 초이를 주머니 속에 넣고 힘주어 말했다.
"스몰에게 데려다 줄게. 조금만 기다려."
초이가 주머니 밖으로 고개를 빼꼼 내밀었다. 노아는 온 힘을 다해 숲속을 달리기 시작했다. 어린 사랑의 꿈을 이루어 주기 위해, 빅이 스몰을 찾기 전에 먼저 스몰을 찾아야 했다. 그리고 미스터앵을 찾아야 했다. 노아는 스몰과 미스터앵을 목이 터져라 부르며 달리고 또 달렸다. 숲속 깊이 들어갈수록 사방에 가문비나무들의 뿌리가 땅 위로 사정없이 올라와 노아를 위협했다. 뾰족한 돌부리들도 여기저기 튀어나와 있었다. 노아는 나무 뿌리와 돌부리에 걸려 여러 차례 넘어질 뻔했지만, 아슬아슬하게 균형을 잡고 다시 힘차게 달렸다. 스몰, 미스터앵, 잠깐만 기다려요. 초이야 잠깐만 기다려. 노아는 힘든 줄도 모르고 산비탈을 성큼성큼 올랐다. 그때 저

멀리 우거진 가문비나무 사이로 자전거가 불쑥 솟아올랐다.

"안 돼! 가지 마! 스몰! 미스터앵! 가지 마! 가지 말라고!"

노아가 길길이 날뛰며 소리를 질렀다. 그러나 스몰도 미스터앵도 더 높은 하늘만 바라볼 뿐 아래는 거들떠보지 않았다. 노아가 급히 주머니를 더듬으며 초이를 꺼내려는 찰나 자전거가 순식간에 구름 속으로 자취를 감추었다. 노아의 손이 얼어붙은 듯 멈추었다.

"둘 다 가면 안 돼… 안 돼…."

노아는 우두커니 서서 구름을 한없이 바라보았다. 새하얀 구름이 바람에 몸을 맡기고 유유히 흘러가는 모습이 그렇게 무심해 보일 수가 없었다. 그때 손끝이 축축해지는 느낌이 들어 노아가 고개를 숙였다. 초이의 눈물이 말없이 노아의 주머니를 적시고 있었다. 노아는 안타깝고 서글픈 마음에 한동안 그 자리를 떠날 줄 몰랐다.

검정의 노래

22
검정의 노래

모나는 노아의 천막 가까이까지 왔다가 더 다가가지 못한 채 서성였다. 어제처럼 밤새 아무리 불러도 노아는 대답해 주지 않을 게 분명했다. 그저께처럼 아무리 기다려도 만나 주지 않을 게 분명했다. 그렇다고 그냥 돌아갈 수는 없었다. 혼자 노아를 기다리는 건, 이제 모나에게 익숙한 일상이 되어 버렸다. 모나는 천막 앞에 쪼그리고 앉아 또다시 그날의 상황을 곱씹었다. 모나가 잠에서 깼을 때, 마레와 노아가 심각한 표정을 짓고 있었고, 마레가 심한 말로 노아에게 상처를 주었다. 둘 사이에 내가 모르는 무슨 일이 있었던 걸까. 무슨 일이든 간에 이렇게까지 서로 등을 돌리는 건 지나치다 싶었다. 시간이 어느 정도 흘렀으니 화해할 만도 한데 그럴 기미조차 보이지 않는 게 이상했다. 도리어 노아가 자신까지 피해버리는 상황이 계속되고 있으니 답답할 노릇이었다. 마레랑 사이가 나빠졌다고 나까지 안 보는 건 너무해. 모나는 노아에게 서운한 한편 마레가 원망스러웠다. 마레도 매일 곧잠을 먹고, 종일 잠만 잤다. 곧잠을 숨기고, 먹지 못하게 말려도 막무가내였다. 루나가 나서서 화해시켜 주면 좋으련만, 하필 이럴 때

곰곰과 책을 쓰기 시작하면서 정신없이 바빴다. 루나는 글 쓰랴, 손님 맞으랴 종일 분주하다가 저녁 먹고 나면 바로 곯아떨어지기 일쑤였다. 마레도 종일 잠만 자다 보니 초저녁이면 집이 조용했다. 그럴 때마다 모나의 발길은 저절로 노아의 천막으로 향했다. 몇 날 며칠을 기다려도 소용없었지만 모나는 혹시나 하는 희망을 버릴 수 없었다.

처음 노아가 내게 왔을 때도 이런 심정이었을까. 그땐 눈 감고, 귀 닫은 채 내 안에 나를 가두었는데, 노아는 그런 나를 끝까지 기다려 주었어. 아무리 싫다고 밀어내도 언제나 찾아와 주었는데, 그땐 그게 얼마나 큰 인내와 용기를 필요로 하는지 몰랐다. 그때 조금 더 일찍 노아에게 마음을 열어 줄걸…. 모나는 새삼 노아에게 고마운 마음이 들었다. 노아, 이번엔 내가 노아를 기다려 줄게. 모나는 마음을 다잡고 노아의 천막 앞에 다가가 앉았다. 그리고 나지막한 목소리로 노아의 이름을 불렀다. 언제나 그랬듯 한참을 기다려도 아무 기척이 없었다. 모나는 실망하지 않고 가방에서 바이올

린을 꺼내어 어깨에 올렸다. 그리고 차분하게 활을 켜기 시작했다. 노아가 모나의 마음을 열기 위해 처음 연주했던 곡이었다.

모나의 머릿속에 자연스레 노아와의 추억이 떠올랐다. 어느 날, 자다가 눈을 떴는데 주위엔 온통 어둠과 적막뿐 아무도 없었다. 혼자라고 느낀 순간 노아의 나지막한 음성이 들렸다. 그게 시작이었다. 그 이후로 노아와 즐겁게 대화하고, 나들이도 가고, 바이올린도 배우면서 행복한 나날이 이어졌다. 순간순간의 행복을 되새김질하다 보니 모나의 입가에 어느새 따뜻한 미소가 맴돌았다. 그 시간들이 언제까지나 계속될 줄 알았는데, 자신의 의지와 상관없이 이렇게 갑작스럽게 멈출 줄은 몰랐다. 모나는 그것이 억울하고 슬펐다. 그러나 모나를 더욱 슬프게 한 건, 자신을 빛으로 끌어낸 노아가 스스로 어둠에 파묻혀 나오지 않는 것이었다. 모나는 어떻게든 노아를 다시 빛으로 끌어내고 싶었다. 밤이 깊어가면서 그러한 바람도 점점 더 깊어졌다. 모나의 바람이 담긴 바이올린 소리가 천막 주변을 맴돌다 새벽 공기 속으로 흩어졌다. 천막 문은 여전히 굳게 닫힌 채 열릴 기미가 보이지 않았다. 서서히 동이 트고 있었다.

모나는 바이올린을 떨어뜨리고 그대로 주저앉았다. 내가 노아의 빛이 될 수는 없는 걸까. 아무리 노력해도 마음이 전해지질 않아. 모나는 망연자실하여 무릎 위에 고개를 묻었다. 서운한 마음에 당장이라도 눈물이 왈칵 쏟아질 듯했다. 오늘도 이대로 돌아가는구나. 모나는 훌쩍이며 천천히 고개를 들었다. 그때, 모나의 눈에 낯익은 신발이 보였다. 모나가 설마하며 고개를 한껏 쳐들자 거짓말처럼 눈앞에 노아가 서 있었다.

"노아… 노아…."

모나가 당황한 표정으로 노아의 얼굴을 뚫어지게 쳐다보았다.

"내가, 내가 얼마나 기다렸는데… 내가 얼마나…."

모나가 울음을 터뜨리자 노아가 모나의 어깨에 천천히 손을 뻗었다. 모나는 한 치의 망설임도 없이 노아의 품에 와락 안겼다. 그리고 온 숲이 떠나가도록 서럽게 엉엉 울었다.

노아의 눈에 모나의 어깨 너머로 아리별을 닮은 무지개꽃이 한가득 들어왔다. 천막 주변을 삥 둘러싼 무지개꽃들이 아침부터 알록달록한 빛을 내뿜고 있었다. 언젠가 루나가 했던 말이 떠올랐다. '무조건 지나간다고 해서 피는 게 아니야. 적어도 일주일은 꾸준히 머물러야 돼. 그러면 그 자리에 진하게 스며든 우리의 흔적이 무지개꽃으로 피어나는 거지.' 도대체 얼마나 서성였던 걸까. 천막 주변에 한 뼘의 공간도 없이 빽빽이 들어찬 무지개꽃을 보니, 몇 날 며칠 천막 주위만 맴돌았을 모나의 모습이 그려졌다. 노아는 지그시 눈을 감고 모나의 등을 천천히 다독여 주었다.

잠시 후 모나가 눈물을 훔치고 노아의 얼굴을 똑바로 응시했다. 노아의 얼굴이 몹시 수척해 보였다. 모나가 힘없이 물었다.

"괜찮아?"

모나가 노아의 얼굴을 어루만지다 말고 또다시 울음을 터뜨리고 말았다. 이번에는 노아가 먼저 모나를 안아 주었다.

"미안해. 내가 잘못했어. 모나에게 너무 심하게 굴었어."

"아니야. 나는 노아가 이렇게 힘든 줄 몰랐어. 내가 마레 가만두지 않을 거야."

"그런 거 아니야. 그냥 이런저런 일들이 한꺼번에 터지니까 감당이 안 돼서, 정신을 놓고 있었어."

"내가 밖에서 부르는 소리 못 들었어?"

"미안해…."

노아는 모나의 눈을 똑바로 보지 못한 채 고개를 푹 숙였다. 모나가 노아의 손을 잡으며 말했다.

"혼자 아프지 마. 내가 옆에 있잖아. 응?"

"응."

노아가 힘없이 대답했다. 모나의 옆에 잠든 마레가 보였다. 노아가 잠시 슬픈 눈으로 마레를 바라보다가 모나에게 고개를 돌렸다. 모나가 눈물을 머금은 채 따뜻한 미소로 노아를 바라보고 있었다.

다음 날부터 모나는 매일 노아를 찾아가 말을 건넸다. 노아는 여전히 의욕이 없어 보였다. 모나는 어떻게든 노아의 관심을 끌고자 아무 이야기나 막 늘어놓았다.

"곰곰이 생각보다 글 솜씨가 엉망인가 봐. 거기다가 대충대충 빨리 쓰려고만 하니까 루나가 답답해 죽을 지경이야."

"공동 집필 하기로 했구나."

"공동 집필이라기보다는 루나가 곰곰을 가르치는 모양새랄까? 차라리 루나 혼자 쓰는 게 낫겠어. 루나가 얼마나 글을 잘 쓰는데. 곰곰은 정말 아무 도움도 안 된다고."

노아는 말없이 눈만 천천히 껌뻑였다. 모나가 노아의 눈치를 살피더니 화제를 돌렸다.

"핀은 요즘 린이랑 사이가 안 좋은 거 같아. 요새 자작나무 숲에서 혼자 지낸다는 소문이 들리던데. 린도 결국엔 링고한테 돌아가겠지?"

"……."

"링고는 수업도 미루고 옆 별에 여행 갔대. 십 년 동안 단 한 번도 수업을 쉰 적이 없었는데, 많이 힘들었나 봐. 불쌍한 링고…. 아무리 생각해도 린이 너무했어. 그렇지?"

노아가 무기력한 얼굴로 고개를 끄덕였다. 모나가 말을 이었다.

"링고가 없어서 그런가? 깨마도 요즘 이상해. 그렇게 남 얘기 좋아하는 아줌마가 쥐 죽은 듯 지낸다니까. 노래도 안 하고. 숲이 조용해서 좋긴 한데, 그래도 갑자기 그러니까 적응이 안 돼. 제일 친한 친구가 그런 일을 당하니까 속상해서 그렇겠지?"

노아가 대답 대신 크게 한숨을 내쉬었다. 모나는 또 무슨 말을 꺼내야 할지 고민하다 입을 뗐다.

"우리 나들이 갈까?"

"다음에."

"그럼 가볍게 산책하는 건 어때?"

"이따가."

노아의 반응에 모나는 맥이 빠져 입을 다물었다. 노아가 멍하니 하늘을 보다가, 곧잠을 삼키고 잠든 마레에게 시선을 주었다. 그리고 다시 하늘을 향해 깊은 한숨을 내쉬었다. 모나는 그런 노아를 뚫어지게 바라봤다. 노아의 몸만 여기 있지, 마음은 다른 곳에 가 있는 것 같았다. 모나가 마음을 다잡고 다시 말을 붙였다.

"마레도 속이 상해서 그랬을 거야. 그렇게 못되게 말해 놓고 제 맘은 편했겠어? 아직 사과할 준비가 안 돼서 그런 거니까 노아가 조금만 더 기다려 줘. 응?"

그제야 노아의 초점 없던 눈에 생기가 돌았다. 그 어떤 말을 들어도 반응이 없더니 '마레'라는 한 마디에 눈빛이 바뀔 줄이야. 모나는 노아를 원래대로 돌려 놓을 방법이 무엇인지 알 것 같았다.

그날 밤 모나는 곧잠을 먹고 잠든 마레를 흔들어 깨웠다.

"마레, 눈 떠 봐. 할 얘기가 있어."

그러나 곧잠을 얼마나 먹었는지 마레는 도무지 일어날 기미가 안 보였다. 모나는 일단 남은 곧잠들을 찬장에 숨기고 마레가 눈을 뜰 때까지 기다렸다. 그리고 마레가 눈을 뜨자마자 다그치기 시작했다.

"네가 그때 한 말 때문에 노아가 얼마나 상처받은 줄 알아? 대체 뭐 때문에 그렇게 싸운 거야? 어쩌다가 그런 심한 말까지 나오게 된 거냐고? 비겁하게 숨지 말고 당장 노아한테 가서 사과해."

마레는 들은 척도 안 하고 곧잠을 찾아 주변을 샅샅이 뒤졌다.

"내 말 안 들려? 너 때문에 지금 노아가 엉망이 됐다고! 당장 가서 사과해!"

"여기 있던 곧잠, 어디에다 치웠어?"

"노아한테 사과하라고!"

마레는 모나가 소리치든 말든 온 집 안을 헤집고 다니더니 마침내 곧잠을 찾아냈다. 그리고 모나가 말릴 틈도 없이 순식간에 두

뿌리를 꿀꺽 삼켜 버렸다.

"마레! 마레!"

모나가 흥분해서 길길이 소리를 질렀다. 그러거나 말거나 마레는 태연히 곧잠 하나를 더 입에 넣었다. 모나는 더는 안 되겠다 싶어 노선을 바꾸었다. 타이르고 애원하고 별수를 다 써 보았지만 마레는 들은 척도 않더니 잠들고 말았다. 그 후로도 모나가 몇 번 더 곧잠을 숨겨 가며 마레를 설득했으나 소용없었다. 상처를 준 마레도, 상처를 받은 노아도 가만히만 있을 뿐 문제를 해결하려는 의지가 없으니, 모나의 속만 점점 더 까맣게 타들어 갈 뿐이었다.

오늘도 모나는 어김없이 노아의 천막을 찾았다. 노아가 부스스한 모습으로 밖으로 나오자, 둘은 천막 앞에 나란히 엉덩이를 붙이고 앉았다. 해 질 녘 살구나무의 푸른 잎들이 붉은 빛깔로 물들어 짙은 여름 향기를 풍기고 있었다. 모나는 오랜만에 눈도 코도 즐거워 기분이 들떴다. 시시콜콜한 얘기라도 좋으니 노아와 함께 나누고 싶은 마음이 컸다. 그러나 노아는 여느 때처럼 모나의 말을 듣는 둥 마는 둥 멍하니 하늘만 바라보았다. 그리고 긴 한숨을 내쉬더니 한참 만에 입을 뗐다.

"그림자별 말이야. 저 별도 참 한심해. 몸집이 부풀다 못해 회색 기운이 아리별로 흘러들어 오기까지 하잖아. 정작 주인은 코빼기

도 안 비치는데, 별만 마음이 너무 앞선 거 아냐?"

모나가 고개를 들어 하늘을 보았다. 노아의 말대로 그림자별은 부푼 몸집을 감당하지 못하고 몸 밖으로 회색 기운을 흘리고 있었다. 그 바람에 파란 하늘의 일부가 회색으로 물들었다. 모나가 말했다.

"쌍성이잖아. 아리별이 끌어당기고 있으니까 흘러들어 오는 게 당연하지."

"끌어당기고 있다고? 저 혼자 그러는 게 아니고?"

노아가 의외라는 표정을 지었다.

"뭘 그렇게 놀라? 노아도 이미 다 알고 있는 얘기 아니었어? 그림자별의 주인이 제대로 찾아올 수 있도록 아리별은 끊임없이 신호를 보내고 있어. 그림자별이 이 정도로 가까워진 걸 보면 거의 다 온 거 같은데. 곧 만나게 될 거야."

"모나도 기다리고 있어?"

"응?"
"아리의 운명이니까 모나의 운명인 거잖아. 모나도 기다리고 있어?"
"그게… 그러니까, 난…."
예상치 못한 질문에 모나가 말끝을 흐렸다. 마레와 루나는 그럴지 몰라도 모나에겐 운명이라느니, 전설이라느니 하는 말들이 왠지 모르게 낯설었다. 그림자별이 변해 가는 모습을 봐도 정작 그림자별의 주인이 가까이 오고 있다는 사실이 와 닿지 않았다. 그저 자신이 아리별의 주인이고, 주인의 숙명이 그렇다니까 그런 줄 알고 기다리는 것뿐 그 이상도 이하도 아니었다.
노아가 다시 말이 없어지자 모나는 또다시 걱정스러워졌다. 도대체 무슨 생각을 하기에 저렇게 얼굴에 근심이 가득한 걸까. 노아는 자기만의 슬픔에 빠져 모나의 걱정을 알아차리지 못했다. 그런 노아에게 모나도 서서히 지쳐 가고 있었다. 요즘 다들 이상해. 루나도 마레도 모두 제각기 흩어져 놀고, 노아마저 완전히 다른 사람처럼 굴고 있어. 아무리 각자의 사정이란 게 있어도 그렇지, 어떻게 한순간에 서로 관심을 딱 끊는 거야? 모나는 다 같이 어울려 놀던 때가 그리웠다. 그때를 떠올리면 지금은 혼자가 된 것 같아 외롭게 느껴졌다. 그리고 무엇보다 이렇게 자기를 방치하는 루나와 마레가 원망스러웠다. 아무리 애써도 자기를 봐 주지 않는 노아는 더욱 원망스러웠다. 그러나 어떤 색을 섞어도 변하지 않는 검정의 마음은 원망마저 흡수해 버렸다. 노아에 대한 모나의 마음은 그렇게 한결같았다.
어떻게 하면 노아를 기쁘게 해 줄 수 있을까? 모나는 아침에 눈을 뜨면 그 생각부터 했다. 밤에 눈을 감기 전까지도 오로지 그 생각뿐이었다. 아무리 재밌는 얘기를 해 줘도 소용없고 나들이도 가기 싫어하는데, 그렇다면… 그래, 선물! 노아가 활짝 웃을 만한 선물을 해 주는 거야! 모나는 마치 대단한 보물이라도 발견한 것처럼 흥분해서 자리에서 벌떡 일어났다. 어떤 선물이 좋을까? 노아가 뭘 좋아할까? 선물을 고르자, 선물을. 모나의 머릿속은 이내 노아에게 줄 선물로 가득 찼다. 그러나 아무리 생각해도 노아에게 가장 절실한 선물이 무엇인지 알 수가 없었다.

다음 날 모나는 선물 생각에 하루 종일 머리를 싸맸다. 마레는 여느 때와 마찬가지로 잠들어 있고, 루나는 곰곰과 서로 원고를 바꾸어 고치느라 정신이 없었다. 모나는 집 안 구석구석을 훑어보며 선물로 줄 만한 것을 찾았다. 그러다가 선반에 놓인 녹음기가 눈에 띄었다. 일전에 루나가 선물 꾸러미를 풀었을 때 모나가 챙겨 놓은 녹음기였다. 루나가 곰곰보다 먼저 첨삭을 마치고 잠시 눈을 붙이자 모나는 그 틈을 타서 녹음기를 가지고 왔다. 다행히 스몰에게 작동법을 배워 둔 덕에 녹음하는 건 어렵지 않았다.

"노아, 뭐가 제일 갖고 싶어? 옷? 모자? 사탕? 아니면 책?"

모나는 저 혼자 말하고 쑥스러운지 녹음기를

꼈다 켜길 반복했다.

"아무리 생각해도 모르겠어. 노아가 뭘 좋아했더라? 오린고 열 꾸러미, 이거 어때?"

모나의 목소리가 커지자 눈을 감고 있던 루나가 스르르 눈을 떴다.

"뭐해, 너?"

루나의 말에 모나가 화들짝 놀라 재빨리 녹음기를 숨겼다.

"뭘 숨겨. 다 봤거든."

루나가 키득거리며 다시 눈을 감았다. 모나가 잠시 루나의 눈치를 살피더니 다시 녹음기를 꺼냈다. 그리고 한참을 뜸 들이다 조심스레 입을 열었다.

"노아, 이거 은근히 재밌다. 노아는 지금 뭐해? 혹시 내 생각 하고 있어?"

모나는 자신이 말해 놓고도 민망한지 제 머리를 두드렸다. 그리고 방금 전에 한 말을 지우고 다시 녹음 버튼을 눌렀다.

"마레 말이야. 곧잠 너무 많이 먹어서 탈났다. 쌤통이지?"

이번에는 지나치게 밝은 목소리가 스스로도 어색했는지 고개를 저으며 한숨을 내쉬었다. 그리고 다시 녹음 버튼을 눌렀다.

"저번 음악회 때 알아봤어야 했어. 노아 골탕 먹이려고 그때 노래도 아주 엉망진창으로…."

그 순간 모나의 머릿속이 번뜩였다. 왠지 노아를 기쁘게 해 줄 방법을 알 것 같았다. 모나는 심호흡을 한 뒤 목소리를 가다듬었다.

"아아. 아, 에, 이, 오, 우."

이번엔 입 모양을 더 크게 해서 한 음정을 높여 소리를 냈다. 그렇게 몇 번 발성 연습을 한 뒤 작게 노래를 불러 보았다. 지난 음악회에서 마레가 노아 대신 무대에 올라가서 망친 노래, 빨강과 주황의 노래였다. 이 노래를 다시 예쁘게 불러 주면 좋아하지 않을까? 음악회 때만 해도 다 같이 행복했으니까 그때의 추억이 떠올라 웃음을 되찾을지도 몰라. 모나는 목소리를 좀 더 키웠다. 그러면서 계속 루나와 곰곰의 눈치를 보았다. 루나는 잠이 들었는지 반응이 없었고, 곰곰은 아직도 땀을 뻘뻘 흘리며 원고에 집중하고 있었다.

잠시 후 루나가 눈을 뜨자 모나는 녹음기를 내려놓았다. 지금은 루나가 몸을 쓸 차례라서 루나의 일이 끝날 때까지 기다려야 했다. 루나는 곰곰이 첨삭한 원고를 보고 인상을 찌푸렸다. 곰곰이 먼저 선수 치고 이런저런 핑계를 늘어놓자 루나가 참다못해 화를 냈다.

그리고 더는 입씨름하기 피곤한지 곰곰을 돌려보냈다. 곧장 침대에 쓰러지는 루나를 보며 모나가 말했다.

"루나, 저녁 먹고 자야지. 루나!"

아무리 흔들어 깨워도 루나가 꼼짝하지 않자, 모나는 속으로 쾌재를 불렀다. 루나의 원고 작업 때문에 낮엔 늘 집에 묶여 있었는데, 오늘은 일찍 노아에게 갈 수 있었다. 모나는 녹음기를 들고 집을 나섰다.

모나는 천막으로 가기 전에 광장을 향해 발걸음을 내디뎠다. 광장에 양탄자처럼 깔린 보드라운 초록 잔디를 밟고, 그루터기 무대를 지나 키 작은 자작나무 숲에 들어서자, 푸르게 우거진 녹음이 눈에 들어왔다. 나무 위 새들이 모나를 보고 반갑게 지저귀자 모나도 손을 마주 흔들었다. 그리고 노래하는 모습을 아무에게도 들키지 않으려 더 깊은 숲속으로 들어갔다. 시냇물을 건너 키가 큰 자작나무 숲에 이르자 마침내 새들도 자취를 감췄다. 모나는 멈춰 서서 주위를 두리번거리다가 만족스러운 표정을 지었다. 이제 마음 놓고 큰 소리를 낼 수 있었다. 그러나 막상 노래를 시작하자 몇 소절도 채 부르지 못하고 다시 처음으로 돌아가기 일쑤였다.

"괜찮은데 왜 자꾸 끊어요?"

"으아악!"

불쑥 튀어나온 목소리에 모나는 소스라치게 놀라 녹음기를 떨어뜨렸다. 재빨리 뒤돌아보았지만 아무도 없었다. 그때였다. 핀이 수풀 뒤에서 몸을 일으키며 말했다.

"왜 소리는 지르고 그래요?"

모나는 핀의 얼굴을 보고 안도의 한숨을 내쉬고는 다시 소리쳤다.

"너였어? 언제부터 엿들은 거야? 기척이라도 내야지!"

"자는데 어떻게 기척을 내요?"

"자는데 노래는 어떻게 듣니?"

"그렇게 목청껏 부르는데 못 듣는 게 더 이상하지 않아요?"

핀이 꼬박꼬박 말대답을 하는 통에 모나가 무안한 듯 녹음기를 챙겨 일어섰다.

"어딜 도망가요? 자는 사람 다 깨워 놓고 그렇게 가면 안 되죠."

모나는 핀의 말을 무시하고 돌아섰다. 그러나 몇 발자국 못 가 다시 돌아섰다. 핀은 다시 풀 속에 드러누웠는지 보이지 않았다. 모나가 헛기침을 몇 번 하더니 어렵사리 말문을 열었다.

"노래는 어때? 들을 만했어?"

모나의 말이 끝나기 무섭게 허공에 핀의 목소리가 울려 퍼졌다.

"뭘 제대로 끝까지 들어 봐야 괜찮다 아니다 말을 하죠."

모나가 입을 삐죽이며 돌아서는 순간 핀이 말을 이었다.

"뭐, 나쁘진 않았어요."

모나의 얼굴에 이내 만족스런 미소가 번졌다. 동시에 불현듯 생각이 스쳤다.

"근데 너 갈대밭에 있어야지 왜 여기 있어? 린은 어쩌고?"

"……."

"싸웠니?"

"노래 안 할 거면 그냥 가요."

핀의 말에서 모나는 심상치 않은 분위기를 느꼈다. 그렇다고 집요하게 물고 늘어지기도 뭐해서 그냥 모른 척 노래를 이어 갔다. 몇 번 반복하다 보니 목이 점점 풀렸다. 아까보단 한결 나아진 목소리에 핀이 박수를 쳐 주었다. 모나는 만족스럽게 웃으며 녹음기를 바라보았다. 앞으로 연습만 꾸준히 하면 충분히 나아질 수 있을 것 같았다. 그럼 노아도 좋아하겠지? 일단 오늘은 여기까지. 모나는 연습을 끝내고 노아를 보러 천막으로 향했다.

그날 이후로 모나는 노아에게 가기 전에 자작나무 숲에 들러 노래 연습을 했다. 노래 실력은 전보다 나아졌지만, 모나는 왠지 모르게 허전한 느낌이 들었다. 중요한 게 빠진 것 같은데 뭐지? 연습이 더 필요한 건가? 모나는 목이 쉬어라 연습했지만 허전한 느낌은 여전히 가시지 않았다. 그러다 어느 순간 깨달았다. 루나와 마레가 없네. 혼자 아무리 노력해도 노아를 웃게 할 수 없었던 것처럼, 노래 선물 역시 혼자 하기엔 역부족이었다. 노아에게 다 같이 행복했던 시간들을 되돌려 주려면 루나가 필요했다. 마레도 필요했다. 모나가 기회를 엿보다 루나에게 은근슬쩍 말을 꺼내자, 루나는 노아의 일이라면 아무리 바빠도 돕겠다며 흔쾌히 수락했다. 문제는 마레였다. 노아와 잠깐이라도 마주칠까 봐 곧잠 먹고 온종일 자는 통에 말을 꺼낼 기회조차 없었다. 모나는 며칠을 벼르다 마레가 잠깐 깨어 있는 틈에 말을 꺼냈다. 그랬다가 짜증 섞인 말만 된통 듣자 마침내 모나도 폭발했다.

"너도 노아 좋아했잖아!"

마레의 얼굴이 굳었다.

"나라고 이런 부탁 하는 게 좋은 줄 알아? 너 때문에 노아가 아파. 근데 어떻게 모른 척 할 수가 있어? 우리 모두 노아랑 함께해서 행복했잖아."

모나가 저도 모르게 울컥했다.

"내가 아무리 노력해도 안 된단 말이야. 노아를 위해서 하는 게 싫으면 나를 위해 해 줘. 부탁이야."

모나의 간절한 눈빛에 마레가 잠시 망설이다가 고개를 돌렸다. 모나가 실망한 얼굴로 고개를 푹 숙였다. 그때 나지막한 마레의 목소리가 들렸다.

"어떻게 하면 되는 거야?"

그 순간 모나는 자신의 귀를 의심했다.

"뭐부터 하면 되는데?"

모나가 고개를 들어 마레의 눈을 뚫어지게 바라보았다. 마레가 파랑 눈을 껌뻑이며 자신의 대답을 기다리고 있었다. 모나는 너무 기쁜 나머지 소리라도 지르고 싶었다. 그동안 마레에게 쌓인 원망이 한순간에 다 사라지는 듯했다. 그러나 모나는 속내를 숨기고 눈물을 훔치며 퉁명스레 말했다.

"저번처럼 망치기만 해 봐. 가사를 음미하면서 잘 좀 부르라고."

마레가 마지못해 고개를 끄덕였다. 모나는 루나도 불러 다 같이 호흡을 맞춰 봤다. 마레가 첫마디부터 음정과 박자를 다 틀리는 바람에 험난한 앞길이 예상되었다. 그러나 마레의 굵고 거친 저음은 루나의 듣기 편한 중음, 모나의 가늘고 맑은 고음과 의외의 조화를 이루었다. 문제는 셋이서 노래를 부른 건 처음이라 표정도 목소리도 뻣뻣하게 굳어 있다는 데 있었다. 모나가 말했다.

"다들 오늘 기분 나쁜 일 있어? 왜 이렇게 우울해? 이런 식이면 곤란하다고."

"한밤중인데 어떻게 크게 소리를 내?"

루나의 반박에 모나가 주섬주섬 녹음기와 담요를 챙겼다.

"자작나무 숲으로 가자. 거긴 아무도 없으니까 목청껏 부를 수 있을 거야. 가서 제대로 해 보자."

루나와 마레는 의욕이 넘치는 모나의 모습에 내심 놀랐다. 모나가 문을 박차고 나가자 루나와 마레도 한 묶음으로 딸려 나갔다.

광장의 그루터기 무대를 지나, 키 작은 자작나무 숲에 들어서자 여름밤의 공기가 피부에 착 달라붙었다. 부드럽게 시원한 기분. 새들도 기분에 취했는지 밤인데도 이 나무에서 저 나무로 왔다 갔다 하면서 노래를 부르고 있었다. 루나도 덩달아 신나서 콧노래로 화음을 넣자 새들이 반갑다는 듯 루나의 머리 위를 뱅뱅 돌았다.

"분위기 좋은데? 모나, 여기서 연습하자."

그러나 모나는 고개를 저으며 더 깊은 곳으로 발걸음을 옮겼다. 여전히 노래하는 모습을 누구에게도 보이고 싶지 않았다. 기어이 시냇물을 건너 아무도 없는 키 큰 자작나무 숲에 이른 뒤에야 모나가 입을 뗐다.

"자, 이제 시작해 볼까?"

모나가 먼저 정확한 음정과 박자에 맞춰서 노래를 부르자 루나와 마레가 알았다는 듯 고개를 끄덕였다. 모나가 손가락으로 하나, 둘, 셋을 셌다. 셋의 목소리가 동시에 흘러나와 화음을 이루었다. 자작나무 사이를 비집고 들어온 달빛이 무대 조명처럼 이들 셋을 환히 밝혀 주고 있었다.

"저, 너무 진지한 거 아니에요?"

"으아!"

갑자기 들려온 목소리에 마레가 기겁하여 주변을 둘러보았다. 핀이 하품을 하며 수풀 속에서 몸을 일으켰다.

"분위기가 너무 심각해요. 장송곡 부르는 것 같다고요."

"야! 놀랐잖아!"

마례가 발끈하여 소리치자 핀도 맞받아쳤다.

"내가 더 놀랐어요. 귀신이라도 나오는 줄 알았다고요!"

"뭐라고? 누가 너보고 평가해 달랬어? 갈대밭 놔두고 왜 여기 와서 방해야?"

"됐어요. 마음대로 해요."

핀이 귀찮다는 듯 다시 풀숲에 누웠다.

"너, 린한테도 이런 식으로 대해? 그러니까 여기서 혼자 이러고 있는 거 아니야."

마례의 말에 핀이 다시 벌떡 일어나 마례를 쏘아보았다. 마례가 아차 싶어 아랫입술을 살짝 깨물며 고개를 슬쩍 돌렸다. 모나가 수습하듯이 말했다.

"핀, 좀 도와줘. 너도 들어서 알잖아. 우리 진짜 심각하지 않아?"

모나가 마례에게 눈치를 주자 마례가 핀에게 다가가 사과했다.

"실수였어. 미안해. 내가 심했어."

그래도 핀의 사나운 눈매가 풀리지 않자 마례가 목소리에 힘을 실어 말했다.

"기분 상하게 할 마음은 없었어. 정말이야. 마음 풀어."

그제야 핀도 못 이기는 척 고개를 끄덕였다. 그러고는 상황이 멋쩍은지 헛기침을 몇 번 하더니 말문을 열었다.

"빨강, 주황의 노래는 화사한 분위기잖아요. 더 밝은 목소리로 불러요. 그리고 마례 목소리가 너무 커요. 음정, 박자도 다 틀리고.

그러니까 화음이 엉망이 되잖아요."

"내가 무슨 음정, 박자가 다 틀렸다고 그래? 너 일부러 나한테만 트집 잡는 거지?"

마레가 욱하고 소리치자 핀이 '그럼 그렇지.' 하는 표정으로 말했다.

"그냥 입 다물고 있을까요?"

"아니, 아니야. 고칠 부분 있으면 다 얘기해 줘. 부탁할게."

모나가 손사래 치며 핀을 달랬다. 그리고 마레를 타일렀다.

"마레, 핀 말대로 네 목소리가 크긴 커. 조금만 작게, 응? 루나랑 내 목소리도 들어 가면서, 제대로 맞춰서 불러 봐."

"알았어."

마레가 못마땅한 목소리로 대답했다. 그때 핀이 곧바로 말을 덧붙였다.

"아, 그리고."

"또, 뭐!"

마레가 발끈했다. 핀이 마레를 째려보더니 루나에게 휙 고개를 돌렸다.

"루나, 감정을 더 실어 봐요. 가사도 더 정확하게 발음하면 훨씬 듣기 좋을 거 같아요."

"그래, 알았어!"

루나가 활기차게 대답하자 핀이 루나를 향해 엄지를 치켜세웠다. 마레는 자신과 루나를 영 딴판으로 대하는 핀이 못마땅해 입을 삐죽거렸다. 핀은 마레의 기분 따위는 아랑곳없이 다시 수풀에 대자로 누웠다. 모나가 말했다.

"다들 핀 얘기 들었지? 신경 써서 다시 한 번 해 보자."

모나의 신호에 따라 셋은 입을 모아 노래를 시작했다. 소리 없이 불어온 밤바람이 아리의 노래를 싣고 가 숲 곳곳에 퍼뜨리자, 멀리서 저들끼리 지저귀던 새들이 아리가 있는 곳으로 날아들었다. 그리고 아리와 함께 입을 모아 한 목소리로 노래를 불렀다. 처음에는 쑥스러워 쭈뼛거리던 아리도 시간이 지나자 새들과 익숙하게 어울렸다. 그렇게 몇 날 며칠 숲속에는 빨강의 노래와 주황의 노래가 아름답게 울려 퍼졌다.

어느 날 아침, 모나는 여느 때처럼 노아와 천막 앞에 나란히 앉아 이런저런 얘기를 나누고 있었다. 요즘 무리해서 노래 연습을 했더니 목소리가 칼칼했지만 다행히 노아는 알아채지 못하는 듯했다. 노아가 모나의 말을 듣는 둥 마는 둥 그림자별만 멍하니 바라보다가 불쑥 입을 열었다.

"어제보다 조금 더 가까이 온 거 같아."

그 말에 모나가 곧장 하늘을 올려다봤지만 어제와 별다른 차이는 보이지 않았다. 노아가 말을 이었다.

"이제 정말 거의 다 왔나 봐. 아리별의 노래에서는 뭐래?"

"아리별의 노래?"

"응. 아리별의 노랫말이 상대를 찾는 열쇠라며?"

"그렇긴 한데 아직 가사에선 별다른 단서를 찾지 못했어. 노아도 알다시피 초록의 노래를 잃어버려서…. 어쩌면 그 안에 결정적인 단서가 있을 수도 있긴 한데…."

"결정적인 단서라… 그때 할머니철새만 놓치지 않았어도 초록의 노래에 관한 얘기를 들을 수 있었을 텐데."

모나는 못내 아쉬워하는 노아의 모습을 놓치지 않았다.

"듣고 싶어? 음악회 때도 초록의 노래를 부르고 싶어 했잖아."

"난 그냥 궁금해서…. 너희에게 꼭 필요한 노래잖아."

"그러니까, 듣고 싶어?"

노아가 고개를 끄덕이자 모나의 머릿속이 분주해졌다. 빨강과 주황의 노래가 아니었다. 노아가 진짜 듣고 싶은 노래는 초록의 노래였다. 그렇다면 초록의 노래를 찾아야 했다.

그날 밤 노래 연습을 하러 나가기 직전, 모나는 루나와 마레에게 초록의 노래 이야기를 꺼냈다. 먼저 손사래를 친 건 마레였다.

"네 말대로 언젠가 찾기는 찾아야지. 그건 주인으로서 우리의 의무니까. 근데 지금 당장 무슨 수로 찾겠다는 거야? 그동안 아무리 수소문해도 찾을 수 없었잖아."

"그때 할머니철새가 뭘 좀 아는 것 같았어. 할머니철새를 찾으면

분명 초록의 노래에 대한 단서를 들을 수 있을 거야."

모나의 말에 잠자코 듣고 있던 루나가 한마디 했다.

"할머니철새는 떠났어, 모나."

"아닐 수도 있어. 그때 나무새가 하도 소리 지르고 난리를 치니까 놀라서 도망친 거야. 어딘가에 숨어 있을지도 모른다고."

마레가 어이없는 표정으로 말했다.

"할머니철새가 왜? 초록의 노래에 대해 뭔가 알려 주려고? 우리가 부탁하지도 않았는데 왜 그런 수고를 하겠어?"

"그때 분명 뭔가 말하고 싶은 눈치였어."

"그럼 벌써 우리를 찾아왔겠지. 그때가 대체 언젠데 그래? 너 설마 할머니철새가 우리를 기다리고 있을 거라 생각하는 거야?"

마레의 말에 모나가 잠시 말을 멈추었다가 다시 입을 뗐다.

"그래도 일단 나무새마을로 가 보자. 직접 가서 확인해 보자고."

"단서는 무슨 단서! 할머니철새는 이미 떠나고 없다니까. 설령 있다고 해도 뭐! 아리별 주민들도 모르는 초록의 노래를, 일 년에 한 번 잠시 들르는 할머니철새가 어떻게 알겠어? 할머니철새는 손님일 뿐이야! 초록의 노래는 오래전에 사라지고 없다고!"

마레가 흥분하자 루나가 마레의 뺨에 자신의 뺨을 비비며 진정시켰다. 그리고 모나를 살살 달랬다.

"모나, 요즘 의욕 넘치는 건 알겠는데 거기까진 무리야. 초록의 노래는 없었던 얘기로 하자. 노아는 빨강, 주황의 노래도 좋아할 거야."

모나가 말을 덧붙이려 하자 루나가 말을 막았다.

"오늘은 다들 연습할 기분이 아닐 테니, 내일하자."

모나는 어쩔 수 없이 입을 꼭 닫았다. 다들 알지도 못하면서…. 노아가 초록의 노래를 듣고 싶어 한단 말이야. 모나는 울상을 지으며 루나와 마레를 번갈아 쳐다보았다. 둘 다 연습 없는 날만 기다린 것처럼 침대로 가서 순식간에 곯아떨어졌다. 모나도 어쩔 수 없이 침대에 따라 누워야 했다. 시간은 어느덧 자정을 향하고 있었다.

모나의 머릿속은 온통 초록의 노래에 관한 생각들로 가득했다. 노아는 초록의 노래를 듣고 싶어 해. 초록의 노래는 우리에게 더 절실한 거잖아. 찾지 못할 거라고 왜 미리 단정 짓는 거야? 너희가 안 가면 나라도 갈 거야. 모나는 루나와 마레의 얼굴을 살피다가 조용히 일어나 밖으로 나갔다. 반드시 초록의 노래를 찾아서 노아를 웃게 해 주고 말겠어. 모나는 입을 앙다물고 주먹을 꼭 쥐었다. 그리고 사방에 깔린 어둠을 뚫고 나무새마을을 향해 발걸음을 옮겼다.

갈대밭을 지나 가문비나무 숲에 들어서자 나무 아래 핀 노란 달맞이꽃이 모나의 시야를 가득 채웠다. 달맞이꽃은 낮에는 그렇게 꽃잎을 꼭 오므리고 있더니 밤이 되자 꽃잎을 활짝 펼치고 밤과 담소를 즐기고 있었다. 덕분에 주변이 온통 노란 빛으로 환했다. 모나가 그 옆을 지나가자 달맞이꽃이 재빨리 잎을 오므렸다. 멀리 있는 달맞이꽃들도 따라서 꽃잎을 오므렸다. 주변이 순식간에 어두워지자 모나가 난감한 표정을 지으며 이내 양손으로 두 귀를 꼭 막았다.

"어차피 나한테는 안 들리니까, 편하게 얘기해. 나는 신경 쓰지 말고."

그 말에 달맞이꽃들이 잎을 한두 장 빼꼼 열고 모나를 살피더니 서서히 잎을 펼쳤다. 그리고 밤과 다시 은밀하고도 달콤한 대화를 나누었다. 모나는 혹여나 달맞이꽃이 다시 꽃잎을 오므릴까 봐 귀를 꽉 막고 분주히 걸음을 옮겼다.

산세가 험해질수록 가문비나무의 키가 점점 더 커지더니 끝이 보이지 않았다. 달맞이꽃도 어느새 자취를 감추고, 수풀만이 가문비나무와 뒤엉켜 오르락내리락하면서 첩첩산중을 만들었다. 슬슬 피로가 밀려오자 모나는 그냥 돌아갈까 말까 망설였다. 그러다가 도저히 안 되겠다 싶어 돌아서려고만 하면 평탄한 길이 나타나 모나의 발을 붙들었다. 모나는 반쯤 감긴 눈으로 졸음을 참아가며 부지런히 길을 걸었다. 그러다 얼마 안 가서 또 포기하고 싶어지면 속으로 주문을 외웠다. 초록의 노래를 찾아야 하는 이유. 그림자별과 아리별, 루나, 마레, 나 그리고 노아. 그래, 가야 할 이유가 이렇게나 많은데 되돌아갈 순 없어. 나는 아리별의 주인이니까 마땅히 해야 할 일인 거야. 그러나 시간이 갈수록 정신이 흐려지면서 머릿속에 맴돌던 이유들이 하나둘 사라졌다. 그리고 오로지 한 사람만 또렷이 남았다. 그 이름은 바로 노아. 느려진 발걸음과 달리 모나의 머릿속에서 노아라는 이름이 빠르게 반복됐다. 갈림길이 나오자 모나의 발걸음이 저절로 오른쪽으로 향했다. 모나가 길을 빠져나와 경사면을 따라 내려가자 눈앞에 좁은 협곡이 펼쳐졌다. 어느덧 나무새마을까지 이백 걸음가량만 남겨 두고 있었다.

다섯, 넷, 셋, 둘, 하나. 다 왔다! 결코 끝나지 않을 것 같던 길이 끝나고 평평한 땅이 사방에 넓게 펼쳐졌다. 지친 모나의 얼굴에 미소가 번졌다. 모나는 걸음을 멈추고 주변을 천천히 둘러보았다. 언제나 아리를 안고 반갑게 맞이해 주던 산도, 투정쟁이 나무새도 모두 숲과 함께 깊은 잠에 빠져 있었다. 비정상인 몸이 부끄러워 늘 나무 뒤로 숨는 기형동물들도 어둠 속에서만큼은 그 누구도 의식하

지 않은 채 바닥에 배를 깔고 편하게 잠들어 있었다. 그 모습을 보자 모나도 다리에 힘이 풀려 땅바닥에 철퍼덕 드러눕고 말았다. 눈을 감자 여기저기서 코 고는 소리가 들렸다. 숲이 잠자는 소리. 높낮이가 뒤섞인 소리들이 엇박자로 반복되고 있었다. 그 소리가 너무 평온해서 모나는 그대로 잠들고 싶었다. 아, 좋다. 좋아…. 그때였다.

"으아악!"

모나는 소리를 지르며 자리에서 벌떡 일어나 사방을 둘러봤다. 방금 뭐지? 아무도 없는데…. 분명 모나의 눈가에 누군가의 손길이 느껴졌다. 그때 나무에서 나뭇잎 하나가 또르르 떨어지더니 모나의 얼굴을 간지럽혔다. 아, 나뭇잎이었구나. 휴…. 모나는 조용히 안도의 한숨을 내쉬었다. 아, 내가 이럴 때가 아니지. 나무새가 깨기 전에 빨리 할머니철새를 찾아야 해. 보나가 입을 앙다물고 누주먹을 불끈 쥐었다. 근데 할머니철새가 이 커다란 숲 어디에 숨어 있는 줄 알고 찾는단 말인가. 모나는 막막한 마음에 주위만 두리번거릴 뿐 쉽사리 발을 떼지 못했다. 그때 모나의 머릿속에 한 장소가 번뜩였다. 맞아, 공동묘지! 일전에 음악회를 앞두고 노아와 함께 초록의 노래를 찾으러 왔을 때 할머니철새를 발견했던 곳이었다. 만약 떠나지 않았다면 그 근방 어디에 숨어 있을지도 몰라. 잠깐! 그때는 할머니철새가 모르고 숨어 있었다 해도, 지금쯤이면 거기가 어떤 곳인지 알았을 텐데, 계속 거기 있을 리가 없잖아? 모나는 다시 긴 한숨을 내쉬었다. 그래도 지금으로선 그곳 말고 딱히 떠오르는 장소가 없었다. 그래, 일단 한번 가 보기라도 하자. 모나는 끝까지 희망을 버리지 않고 공동묘지가 있는 숲 안쪽으로 걸어 들어갔다. 그러나 막상 금지된 구역에 발을 들이려니 마음이 내키지 않아서 발걸음이 더뎠다. 어둠이 그런 모나의 뒤를 슬렁슬렁 따르고 있었다.

모나가 숲 안쪽에 들어서자 밤이 유난히 더 깊고 적막하게 스며들어 있었다. 바깥에 비해 나무들의 키가 더 높다 보니 나뭇잎이 하늘을 가려 달빛이 거의 들지 않았다. 모나는 마음을 단단히 먹고선 캄캄한 어둠을 뚫고 한 발 한 발 내딛었다. 얼마 지나지 않아 입구 양쪽 기둥에 대못을 박아놓은 나무판자가 시야를 가로막았다.

누가 못질을 했는지 아주 견고하게 박혀 있었다. 모나는 판자와 판자 사이에 얼굴을 들이밀어 보다가 몸을 마저 밀어 넣고 반대편으로 넘어갔다. 발걸음을 조금 더 옮기자 시야에서 나무들이 사라지고 넓은 터가 펼쳐졌다.

모나는 긴장한 얼굴로 주위를 쭉 둘러보았다. 초록색 잔디는 온데간데없고 메마른 땅만 맨몸을 드러내고 있었다. 그 위에는 크고 작은 무덤이 돔처럼 봉긋하게 솟아 있었다. 무덤 위에는 희뿌연 안개가 내려앉아 스산한 분위기를 풍겼다. 이곳은 살아 있는 시체들의 무덤, 공동묘지였다. 많이 변했구나. 예전에는 무덤이 드문드문 있었는데 지금은 사방을 꽉 채우고 있었다. 무덤 속 동물들은 아예 밖으로 나오지도 않는지 무덤 입구마다 거미줄이 잔뜩 쳐져 있었다.

이곳이 처음부터 이랬던 건 아니었다. 유독 이 토양에서만 나무가 뿌리를 내리지 못해 숲속 주민들의 발걸음이 뜸하다 보니, 다른 주민들과 잘 섞이지 못하는 몇몇 동물들이 와서 돔 모양의 집을 짓고 살기 시작했다. 처음에는 자기들끼리 대화도 하고, 돌아다니기도 하더니 점점 너 많은 이들이 이곳으로 모이자 부담을 느꼈는지 하나둘 집 안에서 은둔하기 시작했다. 이들은 창문을 통해서만 햇빛을 볼 뿐 밖으로 한 발자국도 나오지 않았다. 그러다가 점점 창문도 사라지더니, 주민들은 세상과 인연을 끊고 무덤 속으로 완전히 자취를 감추었다. 도대체 왜 그런 선택을 했는지는 누구도 알지 못했다. 그저 마음의 병이 있겠거니, 짐작만 할 뿐이었다. 아무도 다가가는 이 없이 방치된 무덤 주변은 날이 갈수록 활기를 잃고 폐허처럼 변해 갔다. 이곳은 점점 아리별의 외딴 섬이 되어 가고 있었다. 그래서 나무새나 산, 기형동물처럼 가까이 사는 주민들조차 이곳에 누가 사는지 몰랐다. 그 후로 오랜 시간이 흐르면서, 누가 살아 있긴 할까 의심하다가 나중에는 아예 시체 취급을 했다.

그러던 어느 날 시체들이 무덤에서 나와 숲을 파괴하고, 길 가는 주민들을 해친다는 소문이 돌기 시작했다. 겁에 질린 주민들은 아리에게 도움을 청했다. 아리는 그때 처음 공동묘지에 와 보고 경악을 금치 못했다. 루나가 빛구슬을 무덤 속으로 들여보내 이들을 밖으로 나오게 하려 했지만 아무 소용 없었다. 오히려 아리조차 어쩌지 못한다는 소문만 퍼져, 하루가 다르게 무덤의 숫자만 늘어나게 되었다. 결국 별다른 대책이 없어 방치한 게 오늘에 이르렀다. 이곳은 숲의 치부나 다름없었다. 치부를 감추기 위해서 무수히 많은 말들이 만들어졌고, 그 말은 왜곡되어 부풀려졌고, 이제는 주민들 스스로가 만든 소문에 겁먹고 발길을 끊은 상태였다. 아리도 발길을 끊은 지 오래였다. 그런데 이 밤중에 혼자 오게 될 줄이야. 모나는 무덤을 둘러보며 감회에 젖었다. 밤이라 그런지 더 쓸쓸하고 음산한 느낌이었다.

도대체 이 많은 무덤 가운데 어디서 할머니철새를 찾지? 모나가 막막한 얼굴로 무덤을 하나하나 지나칠 때마다 무덤 안에서 숨소리나 코 고는 소리가 들렸다. 큰 무덤에서는 흡사 천둥소리 같은 덩치 큰 동물의 숨소리가, 작은 무덤에서는 거의 들릴 듯 말 듯 작은 숨소리가 새어 나왔다. 모나는 할머니철새의 작은 체구를 떠올리고는 그에 맞는 숨소리를 찾아다녔다. 그러나 하나같이 너무 크거나 너무 작을 뿐 꼭 맞는 소리가 없었다. 아니야, 이게 아니야. 그렇게 계속 지나치다 보니 어느새 구석의 무덤들만 남았다. 일곱 개의 크고 작은 무덤이 일정한 간격을 두고 떨어져 있었다. 모나는 먼저 제일 앞에 있는 무덤에 귀를 가져다 대 보았다. 아무런 숨소

리도 들리지 않았다. 여긴 아무도 안 사나? 모나는 옆에 있는 무덤으로 가서 귀를 대 보았다. 마찬가지로 아무 소리도 들리지 않았다. 고개를 갸웃하며 다른 무덤에 귀를 대 보았지만 그 일대 무덤에서는 아무런 기척도 들리지 않았다. 이제 남은 건 한가운데 있는 무덤 하나뿐이었다. 모나는 마지막 희망을 품고 가까이 다가갔다. 무덤에 귀를 대는 순간 모나의 얼굴에 환한 미소가 번졌다. 그렇게 크지도 작지도 않은 숨소리, 할머니철새였다. 들뜬 모나가 무덤 입구에 다가가 문을 두드렸다. 똑똑똑. 깊이 잠들었나? 똑똑똑. 똑똑똑. 똑똑똑. 좀 더 세게, 여러 차례 두드렸지만 여전히 문은 굳게 닫혀 꼼짝도 하지 않았다.

"휴…."

모나가 깊은 한숨을 쉬며 고개를 숙였다. 저도 모르게 기운이 쫙 빠졌다. 아침이 밝기 전에는 돌아가야 하는데, 그 전에 일어날까? 그때였다. 스르르, 무덤 입구의 문이 열렸다. 문소리에 모나가 고개를 드는 순간, 머리털이 검은 괴물이 불쑥 튀어나왔다.

"엄마야!"

모나가 비명을 지르며 뒤에 있던 무덤에 바짝 등을 기댔다. 온몸의 털이 쭈뼛 서고 눈앞이 캄캄했다. 괴물의 가슴팍에서 날카롭고 기다란 침이 튀어나와 모나를 위협했다.

모나가 떨리는 목소리로 말했다.

"나, 모, 모나야. 아리별의 주인, 모나라고."

그러나 괴물은 침을 더 길게 뽑아 모나를 겨누었다.

"왜, 왜 이래… 이러지 마…."

모나의 눈동자가 심하게 흔들렸다. 괴물은 모나의 애처로운 눈빛에 아랑곳하지 않고 침을 위아래로 사정없이 휘둘렀다. 모나는 저도 모르게 주먹을 꽉 쥐었다. 순식간에 손이 땀으로 흥건해졌다.

"제발… 제발…."

모나가 애원할수록 괴물의 퀭한 눈에 살기가 더했다. 괴물의 눈에서 빨간 핏줄이 뒤엉키더니 밖으로 튀어나올 것처럼 꿈틀거렸다. 모나의 시선이 그쪽으로 쏠린 사이, 괴물의 가슴팍에 달린 침이 모나를 향해 뻗어 나갔다.

"으악!"

모나가 기겁하고 몸을 옆으로 피했다. 괴물의 침이 모나가 기댔던 무덤을 푹 찔렀다. 그 모습을 본 모나의 입술이 파르르 떨렸다. 괴물은 금세 가슴팍에서 새 침을 뽑아 다시 모나에게 돌진했다. 피할 곳을 찾아 주위를 두리번거리던 모나가 바로 옆 무덤으로 몸을 던지자, 괴물의 침이 모나보다 한 발 앞서 무덤에 턱 꽂혔다. 모나가 곁눈으로 괴물의 침을 보고 돌아서려는 찰나, 괴물이 곧장 침을 뽑아 모나에게 겨누었다.

모나는 두 눈을 질끈 감았다. 그때였다. 모나의 등 뒤에서 무덤의 문이 열리더니 순식간에 모나를 집어삼켰다. 문이 닫히기 무섭게 괴물의 침이 문을 뚫고 들어왔다. 날카로운 침 끝을 본 모나는 등골이 오싹했다. 그 순간 누군가 뒤에서 모나의 어깨를 탁 내리쳤다.

"으악!"

숨 돌릴 틈도 없이 또 다른 괴물의 공격이 이어졌다. 모나가 재빨리 몸을 돌려 발톱을 세우는 순간, 상대가 물러서서 촛불을 켰다. 캄캄한 동굴이 이내 환해지면서 상대의 모습이 드러났다.

"할머니?"

"쉿!"

할머니철새가 재빨리 모나의 입을 막고 숨죽인 채 문밖의 기척을 살폈다. 그러더니 느닷없이 소리를 꽥 질렀다.

"엎드려!"

할머니철새와 모나가 동시에 바닥에 넙죽 엎드렸다. 처음보다 두 배는 더 긴 침이 문을 뚫고 들어와 박혔다. 문밖의 괴물은 연달아 포격하듯 자잘한 침들을 마구 쏘아 댔다. 모나가 엎드린 채 귀를 막

고 눈을 질끈 감았다. 괴물은 아직도 성이 안 풀렸는지 무덤 위에 올라가 마구 날뛰었다. 모나는 혹여나 무덤이 무너질까 봐 마음을 졸이며 괴물이 진정하기를 간절히 바랐다. 그렇게 한동안 난리를 치던 괴물은 안에서 아무런 반응이 없자 제풀에 지쳤는지 잠잠해졌다. 같이 엎드려 있던 할머니철새가 천천히 고개를 들고 속삭였다.

"아마 다시 올 거야. 저 녀석, 하루에도 저렇게 몇 번씩 발작을 하거든. 이미 주변 무덤의 주인들은 저 침에 맞아 참혹하게 죽었어."

"그걸 알면서 왜 여기 있는 거예요?"

"가장 위험한 곳이 가장 안전하니까."

"뭐라고요?"

"들키지 않으려면 이 방법밖에 없었어. 생각해 봐. 아리별에서 여기만큼 주민들의 관심 밖인 곳도 없다고. 여기 있으면 누구에게도 들킬 위험은 없지."

"그래도 저런 괴물 옆에 숨어 있는 건, 너무 위험하잖아요."

"그거 알아? 무덤 속 동물들이 아무리 무덤 밖 사정에 어두워도 저와 다른 부류는 귀신같이 알아차린단 말이지. 흉내 내 봤자 안 통해. 똑같이 살아 있는 시체가 되지 않으면, 나무새가 아니라 그들한테 먼저 생매장 당할 판이더라고."

"그럼 지금까지 어떻게 무사했던 거예요?"

할머니철새가 문에 무수히 박힌 침들을 가리켰다.

"그들이 절대 건드릴 수 없는 녀석 옆에 바짝 붙어 있었지."

"진짜 무슨 일이라도 당하면 어쩌려고…."

"그래서 항상 신경을 곤두세우고 녀석의 일거수일투족을 감시해야 했어. 만약의 상황에 대비해서 잠도 자면 안 돼. 하루 두 번 쪽잠이 전부야. 그 덕분에 녀석의 성격, 습관, 공격 방식까지 모조리 꿰뚫게 되었지. 그러니까 너도 도울 수 있었던 거 아니겠니."

"아… 고마워요."

"아직 고마워하긴 일러. 저 녀석 조금 이따가 다시 공격해 올 거야."

"제가 아리별의 주인인 걸 모르나요?"

"네가 아리별의 주인이라고 달라지는 건 없어. 제 부모 형제까지 모조리 죽인 녀석한테 아리별의 주인이 뭐 대수겠어."

순간 모나가 할 말을 잃었다.

"그걸 알면서도 여기 있었던 거죠…. 목숨까지 걸고 어째서…."

모나가 말끝을 흐리며 할머니철새의 눈을 응시했다. 순간 할머니철새의 눈동자가 흔들렸다.

"넌 어째서 지금 여기 있는 건데?"

"그건… 돌려 말하지 않을게요. 초록의 노래에 대해 알고 싶어요. 할머니는 뭔가 알고 계신 거 같은데…. 말해 줘요. 저에겐 초록의 노래가 꼭 필요해요."

할머니철새가 말없이 모나를 바라보더니 입을 열었다.

"진심으로 초록의 노래를 원하니?"

"네. 지금처럼 간절히 원했던 적은 없었어요."

"그림자별의 주인과 만나야 하니까?"

"그건… 맞아요. 그림자별의 주인을 만나려면 초록의 노래가 있어야죠."

"다른 이유가 있는 건 아니고?"

모나가 머뭇거리자 할머니철새가 다음 말을 기다렸다.

“저는 아리별의 주인이니까… 당연히 그림자별의 주인을 찾아낼 의무가 있다고요. 찾아서 전설대로 사랑을 해야 셋으로 나뉜 모습에서 완벽한 하나의 모습으로 다시 태어날 수 있고, 그래야 아리별을 온전히 지킬 수 있겠죠. 그러려면 초록의 노래가 필요해요. 그 안에 결정적인 단서가 있다고요.”

“내 눈을 보고 똑바로 말해 보렴. 정말 그게 전부니? 순수하게 그 이유만으로 초록의 노래를 찾는 거야?”

할머니철새가 모나의 눈을 뚫어지게 바라보았다. 모나가 머뭇거리다가 나지막이 고백했다.

“노아… 노아에게 들려주고 싶어요.”

그 말에 할머니철새가 ‘끙’ 소리를 내뱉으며 지그시 눈을 감았다.

“뭔가를 알고 계신 거죠? 초록의 노래에 대해서 말해 줘요, 제발. 아주 사소한 거라도 괜찮아요.”

모나의 간절한 애원에 할머니철새가 눈을 떴다.

"어디서부터 어떻게 얘기를 해야 할지 모르겠지만…."

모나는 숨을 죽인 채 할머니철새의 말에 귀를 기울였다. 그 모습에 할머니철새가 마른침을 한 번 꿀꺽 삼키더니 말을 이었다.

"이야기는 우리 할아버지의 할아버지, 그 할아버지의 할아버지, 또 그 할아버지 위로 계속 거슬러 올라간단다. 그때도 우리 조상들은 일 년에 한 번씩 아리별을 찾았어. 아리별은 그때나 지금이나 우리 철새들에게 고향이나 다름없었지. 우리는 여기서 잠시 머무는 시간을 손꼽아 기다렸단다. 하지만 행복한 만큼 시간은 빠르게 흘러가 버렸고, 조상들은 다시 떠날 채비를 해야 했단다. 그때 한 분이 예상치 못한 부상을 입어서 무리와 함께 떠나지 못했어. 며칠을 혼자 더 머물러야 했지. 그러던 어느 이른 새벽, 그분은 아리별을 떠나려고 날아올랐단다. 그때, 그때 그러니까…."

할머니철새가 잠시 말문을 닫았다가 다시 열었다.

"그때 초록여왕의 죽음을 목격한 거야."

"아…."

모나의 입에서 저절로 탄식이 흘러나왔다. 할머니철새가 계속해서 말을 이었다.

"초록여왕의 본모습인 나무 기둥이 불길에 휩싸이자 기둥 속에 숨겨진 초록의 노래 가사가 솟아올랐어. 그분은 초록여왕이 노래 가사와 함께 재가 되어 사라질 때까지 그 모습을 지켜보았단다. 그 다음은 네가 아는 대로야. 그날 이후 숲은 슬픔에 잠겼고, 노래를 부르는 이는 아무도 없었지. 그렇게 오랜 시간이 흐르는 동안 초록의 노래는 조금씩 잊혀져 갔어."

"그럼 그때 그분이 본 초록의 노래는요?"

"그 당시 너희가 자리를 비웠기 때문에 바로 전해 줄 수가 없었어. 그분은 다음 해를 기약하고 이곳을 떠났지. 이듬해 아리별에 오자마자 너희를 찾아갔지만, 너희는 스스로 초록여왕을 죽였다고 자책하고 있었어. 충격이 컸는지 과거 기억도 일부 잃어버린 듯했고. 숲도 엉망이긴 마찬가지였지. 바로 돌려줬다간 상황이 더 나빠질 게 뻔했어. 그래서 그분은 일단 자신이 갖고 있기로 했단다. 그런데 상황은 쉽사리 좋아질 기미가 보이지 않았어. 시간이 걸리는 일이었지. 그렇게 속절없이 세월이 흘러 그분이 생을 마감하기 전, 초록의 노래가 모든 이들의 기억에서 영영 사라질지 모른다는 예감이 들었대. 그래서 너희에게 전해 줄 그날까지 초록의 노래를 잘 보존하는 것이 철새 가문의 오랜 전통이 되었어. 모든 것이 비밀에 부쳐졌지. 초록의 노래를 물려받은 철새는 절대 자신이 계승자란 사실을 들켜선 안 됐어. 왜 당장 너희에게 주면 안 되는지, 그렇다면 언제 줘야 하는지 아무것도 들을 수 없었지. 그저 묵묵히 다음 세대 계승자에게 초록의 노래를 물려주는 것이 계승

자의 과업이었어."

"그럼 지금 계승자가… 바로 할머니…."

"그래, 맞아. 그래서 떠날 수가 없었지. 그 언젠가가 바로 지금이라는 걸 알게 됐으니까."

할머니철새는 잠시 말을 멈추고 모나의 눈을 가만히 들여다보았다. 모나가 말했다.

"제가 올 걸 알고 계셨나요?"

할머니철새가 고개를 끄덕였다.

"그런데 나무새가 낌새를 눈치챘는지 이상하게 나를 견제했지. 나무새들도 몇 대에 걸쳐 초록의 노래를 수소문하고 있다는 얘기를 들었거든. 뭘 알아냈는지 언제부턴가 우리 철새들이 자신들의 시야를 벗어나는 걸 허락하지 않았어. 그랬다간 당장이라도 쫓아낼 기세였지. 그렇다 보니 숲 어디에도 몸을 숨길 만한 곳이 없었어. 이곳 주민들은 모두 나무새의 영향력 아래 있기 때문에 몸을 피하는 게 쉽지 않더라고."

"나무새는 우릴 싫어하니까요. 우리가 초록여왕을 죽였다고 생각해요. 초록의 노래를 찾게 가만히 두고 볼 리가 없죠."

"우물 안 개구리처럼 굴기는. 한 곳에만 뿌리를 내리고 살다 보니 시야가 좁아서 그래. 아리의 불행이 곧 아리별의 불행이고, 아리가 행복해야 아리별에 사는 모든 생명들이 행복하다는 것을 왜 몰라."

할머니철새가 계속해서 혀를 쯧쯧 찼다. 그리고 모나에게 시선을 돌리더니 나지막한 목소리로 말했다.

"우리 철새 집안은 조상 대대로 아리별에 크나큰 신세를 지고 있어.

이렇게나마 보답할 수 있게 되어 얼마나 기쁜지 몰라. 이제 초록의 노래를 돌려줄게."

할머니철새가 인자한 미소를 지으며 입을 벌리려는 순간 모나가 외쳤다.

"잠깐만요!"

할머니철새가 그대로 멈춰서 모나의 말을 기다렸다.

"어째서 지금인지 알고 싶어요. 더 이를 수도, 더 늦을 수도 있었는데, 왜 하필 지금인지… 더군다나 이런 위험까지 무릅쓰고서…."

"초록의 노래에 모든 답이 있단다."

할머니철새는 부리를 크게 벌렸다. 그리고 입 속에서 구슬을 빼내려 안간힘을 썼다. 그러다 힘이 부치는지 다시 부리를 다물었다 벌리기를 반복했다. 모나는 그제야 할머니철새에게 구슬이 단 하나밖에 남지 않았다는 사실을 떠올렸다. 철새에겐 구슬이 심장과도 같아서 그 하나를 써 버리면 삶도 바닥나 버렸다. 그러므로 마지막 구슬은 최후의 순간, 사랑하는 이들이 지켜보는 가운데 가장 소중한 순간을 나누는 데 써야 했다.

"잠깐만, 잠깐만요."

할머니철새가 입을 벌린 채 모나를 쳐다보았다. 모나는 눈을 오래 마주치지 못하고 고개를 숙인 채 괜히 애꿎은 손만 만지작거렸다. 이대로 노래를 받아도 될지, 할머니를 위해 막아야 할지 고민스러웠다. 그러는 사이 할머니철새는 다시 입 속에서 구슬을 빼내려 안간힘을 썼다. 구슬이 할머니철새의 목을 타고 넘어올락 말락 했다. 그때였다.

"으윽!"

할머니철새가 목을 부여잡고 주저앉았다. 구슬이 목에 걸려 숨이 턱 막혔다. 모나가 할머니철새 앞에 무릎을 꿇고 앉아 소리쳤다.

"안 되겠어요! 제 욕심 때문에 그럴 순 없어요."

할머니철새가 컥컥대며 헛기침을 몇 번 하더니 모나에게 고개를 돌렸다. 그리고 인자한 목소리로 물었다.

"노아를 사랑하니?"

모나가 슬픈 눈으로 고개를 끄덕였다.

"그렇다면 초록의 노래를 받을 자격이 있어."

할머니철새는 다시 일어나 부리를 활짝 벌렸다. 모나의 만류에도 마지막 구슬을 빼내기 위해 계속 고군분투했다. 모나는 더 견딜 수 없어 입술을 꽉 깨문 채 귀를 막고 고개를 숙였다. 할머니철새의 신음 소리가 갈수록 커지고 있었다.

"윽… 윽… 윽!"

날카로운 비명이 터지자 모나가 움찔 놀라 고개를 들었다. 그 순간 할머니철새의 부리 끝으로 구슬이 또르르 굴러 나왔다. 모나는 숨을 죽인 채 마른 침을 꿀꺽 삼켰다. 구슬은 순식간에 풍선처럼 부풀더니 부리 밖까지 삐져 나갔다.

모나의 눈에 눈물이 그렁그렁 맺혔다.

"안 돼요…. 저 때문에 할머니를 죽게 할 순 없어요."

투명 구슬은 허공을 향해 계속 부풀다 못해 할머니철새보다 다섯 배는 더 커졌다. 투명 구슬에 고통스럽게 타들어 가는 초록여왕의 모습이 서서히 비쳤다. 모나는 저도 모르게 입을 막았다. 초록여왕. 자신을 아리별의 주인으로 키워 주고 함께 숲을 지켜 온 어머니 같은 존재. 그런 존재가 자신이 등진 시간 속에서 타들어 가고 있었다. 그 모습은 상상했던 것보다 훨씬 참혹했다. 초록여왕은 참을 수 없는 고통에 얼굴이 일그러질 대로 일그러진 상황에서도 절대 살려 달라고 소리치지 않았다. 숲속 주민들을 깨워 비참한 최후를 알리는 대신, 지그시 눈을 감은 채 아리의 이름만 부를 뿐이었다. 감은 눈 사이로 초록여왕의 눈물이 흘러내렸다.

"네, 저 여기 있어요. 아리, 여기 있어요. 여기, 여기 있어요."

모나는 허공에 손을 뻗었다. 그러나 이제 와 초록여왕의 뺨에 흐르는 눈물을 닦아 줄 수는 없었다. 그때 나는 어디에 있었던 거지? 초록여왕이 저토록 처참하게 죽어 갈 때 나는 대체 어디서 뭘 하고 있었던 거냐고…. 왜 기억조차 못 하는 거냐고! 모나는 죄책감에 점점 몸을 가누지 못하더니 마침내 바닥에 고개를 처박고 엉엉 목놓아 울었다. 세월의 강 건너에서 모나가 초록여왕을 위해 할 수 있는 일이라곤 그저 가슴을 부여잡고 우는 것밖에 없었다. 내가 초록여왕을 죽였어. 내가, 내가 죽인 거야, 내가…. 모나의 마음속에 오랜 세월 동안 앙금처럼 가라앉아 있던 후회와 슬픔이 소용돌이치며 입 밖으로 흘러나왔다.

그때 초록여왕의 본모습인 나무 기둥에 초록의 노래 가사가 서서히 솟아올랐다. 슬픔에 잠긴 모나는 좀처럼 초록의 노래에 집중하지 못했다. 할머니철새가 날개를 파닥거리며 모나의 주의를 끌었다. 그래도 소용없자 더욱 요란하게 날갯짓을 하며 끽끽 소리쳤다. 그제야 모나가 꾸역꾸역 몸과 마음을 추스르고 두 눈 똑바로 가사를 응시했다. 가사를 한 구절 한 구절 가슴에 새기는 동안 눈물이 자꾸 앞을 가려 제대로 볼 수가 없었다. 그때마다 할머니철새는 주의를 주느라 바빴다. 마침내 모나가 마지막 구절과 마주한 순간, 노래 가사가 나무 기둥과 함께 완전히 타들어 가면서 순식간에 잿더미로 변했다. 투명 구슬에 비친 풍경 역시 점점 희미해지더니 구슬과 함께 빵 터지며 온데간데없이 사라졌다. 할머니철새가 잿더미 속 꺼져 가는 불씨처럼 제자리에 스르르 쓰러졌다.

"할머니!"

모나가 할머니철새를 부축해서 무릎 위에 눕혔다. 할머니철새의 눈꺼풀이 서서히 내려앉았다.

"할머니! 할머니!"

모나가 울면서 할머니철새의 어깨를 흔들었다. 할머니철새가 힘겹게 눈을 뜨더니 말했다.

"아직 끝나지 않았어."

모나가 눈물을 훔치며 고개를 갸웃하자 할머니철새가 말을 덧붙였다.

"마지막 구슬이 남았어."

"마지막 구슬이요? 그건 방금 전에…."

“진짜 마지막 구슬은 따로 있어. 전통을 계승하는 철새는 비밀리에 구슬을 하나 더 남겨 놓아야 했단다. 그러나 그 구슬의 가치를 아는 계승자는 아무도 없었어. 초록의 노래와는 전혀 상관없는 풍경이었으니까. 그 의미 없는 풍경을 왜 초록의 노래와 함께 전해야 하는지, 왜 초록의 노래가 아닌 그 풍경을 위해 마지막 구슬을 남겨 둬야 하는지 전혀 이해할 수가 없었어. 초록여왕의 죽음을 목격한 조상이 그 전에 보았던 풍경 하나를 엉뚱하게 같이 전한 거라고만 여겼지. 그래서 마지막 구슬은 그냥 없는 셈 치고 살았어. 그런데 이제야 알겠구나. 모든 걸 목격한 조상이 왜 초록의 노래보다 그 풍경을 더 중요시했는지, 왜 그걸 위해 마지막 구슬을 남겨 두게 했는지 다 알겠어.”

할머니철새가 모나의 얼굴을 물끄러미 바라보더니 누운 채로 다시 입을 벌렸다. 그리고 꺽꺽 소리를 내며 구슬을 토해 내려 기를 썼다. 마지막 남은 구슬이 가까스로 모습을 드러냈다. 그리고 오랜 세월 초록의 노래와 함께 계승된 풍경을 재현했다. 생이 다한 할머니철새처럼 구슬의 풍경 역시 가물가물했다. 풍경을 응시하던 모나의 얼굴이 서서히 굳었다.

“말도 안 돼….”

모나의 두 뺨 위로 흘러내리던 눈물이 저절로 뚝 그쳤다. 천천히 부풀어 오르던 구슬도 그 상태에서 멈추었다. 구슬은 머지않아 바람 빠진 풍선처럼 점점 쪼그라들더니 풍경과 함께 자취를 감추었다. 할머니철새가 숨을 거칠게 몰아쉬었다.

"어쩌면 초록여왕의 죽음조차 필연적이었는지 모르겠어. 모나, 이제 운명은 너의 손에 쥐여졌어. 모든 것이 네 선택에 달렸구나. 부디 그림자별의 주인과 행복해져서 우리 후손들이 계속해서 아리별을 찾을 수 있도록 해 다오."

모나가 하얗게 질린 얼굴로 고개를 살짝 끄덕였다. 할머니철새의 머리를 받치고 있던 모나의 손이 파르르 떨리고 있었다. 할머니철새는 힘겹게 몸을 추스르고 일어나 무덤 밖으로 나갔다.

"기다리세요. 아직 위험해요."

"나도 이제 무리로 돌아가야지. 가족과 친구들 품으로."

할머니철새가 힘없이 웃더니 침이 깊숙이 박힌 문을 열었다. 문틈으로 싸한 새벽의 어둠이 흘러들어 왔다. 할머니철새는 비틀거리며 문밖으로 걸어 나갔다. 그때였다. 쏴 하고 쏜살같이 날아온 침이 할머니철새의 몸에 타다닥 박혔다. 그 즉시 할머니철새가 땅바닥에 푹 쓰러졌다.

"안 돼!"

모나가 비명을 지르며 할머니철새에게 달려갔다. 이번엔 괴물이 모나를 향해 침을 쏘았다. 할머니철새가 이를 악물고 양 날개를 활짝 펼쳐 모나를 감쌌다. 순식간에 날개를 뚫고 들어온 침이 모나의 눈 옆에서 반짝거렸다. 할머니철새의 눈이 힘없이 감기고 있었다.

"할머니! 할머니!"

모나가 할머니철새를 흔들며 울부짖었다. 괴물은 제 뜻대로 되지

않자 길길이 날뛰었다. 순식간에 괴물의 눈동자가 뒤집히고 흰자위에서 빨간 핏줄이 엉키더니 눈 밖으로 튀어나와 할머니철새에게 향했다. 할머니철새가 있는 힘껏 모나를 밀치며 외쳤다.

"도망쳐! 어서!"

모나가 뒤로 나가떨어졌다가 정신을 차리고 할머니철새를 쳐다봤다. 피투성이가 된 할머니철새는 빨간 핏줄에 포박당한 채 꼼짝도 하지 못했다.

"가! 가!"

그 순간 할머니철새의 심장을 겨눈 괴물이 침 세례를 사정없이 퍼부었다. 모나는 눈을 질끈 감았다. 괴물이 무섭게 달려들어 할머니철새를 갈기갈기 찢는 소리가 들렸다. 모나의 온몸이 부르르 떨렸다. '할머니… 미안해요… 미안해요…. 꼭 초록의 노래를 지킬게요.' 모나는 앞만 보고 죽어라 달렸다. 공동묘지를 빠져나와 숲 바깥으로 내달리는 내내 머릿속으로 초록의 노래를 떠올렸다. 가사가 한 구절씩 지나가면서 눈물이 왈칵 솟구쳤다. 뿌옇게 흐려진 시야를 닦아 낼 때마다 어슴푸레 남아 있던 어둠이 함께 걷혔다. 숲이 간밤의 치부를 숨기듯 서둘러 아침을 불러내고 있었다. 모나는 아침의 고요와 평온을 견딜 수 없어 숨이 끊어지도록 앞만 보고 달렸다. 귓가에는 여전히 할머니철새의 비명이 맴돌고 있었다.

며칠이 흘렀다. 모나는 공동묘지에 다녀온 후 우울한 마음에서 헤어나지 못했다. 그림자별 주인은 핑계일 뿐 노아에게 선물하려고 초록의 노래를 찾았던 건데, 할머니철새는 그 노래를 전하다가 목숨을 잃고 말았다. 초록여왕의 죽음 역시 지금껏 사고인 줄로만 알았는데, 결과적으로 그녀의 죽음이 초록의 노래를, 아리별의 전설을 완성했다.

"말도 안 돼… 그럴 순 없어."

모나는 아무리 생각해도 그러한 상황을 받아들일 수 없었다. 초록여왕은 아리와 아리별을 지켜 온 위대한 존재였다. 누군가의 운명을 완성하기 위해 동원된 수단일 수 없었다. 그녀는 그녀 자체로 완성된 존재여야 했다. 그런데 어째서… 내가 뭐라고, 아리가 뭐라고, 우리의 운명을 위해 그녀가 희생양이 되다니…. 어쩌면 초록여왕은 이미 모든 걸 알고 있었을지 모른다는 생각이 불현듯 스쳤다. 온몸이 타들어 가면서도 비명 한 번 지르지 않고, 읊조리듯 아리의 이름만 부르던 그 목소리가, 그 눈빛이 그랬다. 모나는 다시 한 번 숨이 턱 막혔다.

"다 알고 계셨던 거야. 다, 전부 다…."

초록의 노래에 따르면 아리별과 그림자별의 주인이 만나려면 그녀가 필연적으로 죽음을 맞이할 수밖에 없었다. 초록여왕은 자신의 죽음을 훗날 아리가 그림자별의 주인을 찾을 수 있는 중요한 단서로 만들고 떠났다. 그걸 내게 주려고, 아리에게 주려고 그렇게까지 하다니… 정말 그렇게까지 하다니…. 지금까지 모나는 그림자별이니, 쌍성의 운명이니, 아리별의 노래니 하는 것들에 큰 관심을 두지 않았다. 그림자별이 하루가 다르게 몸집을 키우며 다가와도, 그것이 아리별에 대한 마음이 커져서 그렇다는 얘기를 들어도, 조금도 마음에 와 닿지 않았다. 멀리 떨어져 거창하게 운명의 상대라고 불리는 그림자별의 주인보다, 가까이에서 눈을 마주 보고 이야기를 나눌 수 있는 노아가 훨씬 소중했다. 그림자별 주인에게는 아리별의 주인으로서 최소한의 관심만 주면 그만이라고 여겼다. 정작 당사자의 마음은 그러한데, 할머니철새와 초록여왕이 아리별의 운명을 위해 무엇을 바쳤는지 생각하니 모나의 마음이 더없이 무거워졌다. 이제는 아리별의 주인으로서 주어진 운명과 마주하고 그림자별의 주인을 진지하게 받아들여야 할 때였다.

그리고 노아. 어느 날 갑자기 눈앞에 나타나 나를 설레게 했던 사람. 노아가 내게 주었던 마음과 내가 노아에게 품었던 마음 덕분에 초록의 노래를 찾을 수 있었다. 고마워, 노아. 훗날 그림자별로 인해 우리의 관계가 지금과는 완전히 달라진다 해도 이 마음 잊지 않을게. 모나는 루나와 마레에게 초록의 노래를 찾았다고 알리기 전에 노아에게 먼저 들려주고 싶었다. 노아가 그토록 아리에게 찾아주고자 했던 초록의 노래를, 그토록 듣고 싶어 했던 노래를 직접 불러 주고 싶었다. 노아에게 그렇게라도 보답하고 싶었다. 어쩌면 이 노래가 지금 관계에서 마지막 선물이 되리라. 모나는 노래 연습을 하러 남색띠 지하마을로 발걸음을 옮겼다.

남색띠 지하마을을 내려가자 모나의 방이 나타났다. 모나는 방 바로 옆에 있는 샹들리에 공연장 문 앞에 멈춰 섰다. 문에 단단히 채워진 자물쇠가 보였다. 매일같이 방을 들락날락하면서도 눈길 한 번 주지 않았던 곳, 샹들리에 공연장. 오래전 땅속 주민들을 위해 공연을 준비할 땐 저 안에서 살다시피 했는데…. 적당히 준비하면 진심이 전해지지 않을까 봐 아픈 몸을 혹사해 가며 연습했는데, 결국 외면 당하고야 말았다. 그때의 감정이 되살아나 모나는 등을 돌렸다. 시간이 이렇게나 많이 흘렀건만 상처는 여전했다. 모나는 심호흡을 크게 한 번 하고 문 앞에 섰다. 오랫동안 마주하기 두려워

자물쇠로 꼭꼭 잠가 두었지만, 이제라도 아픈 기억들을 내보내고 좋은 기억들을 들이고 싶었다. 며칠 동안 우울의 늪 밑바닥을 샅샅이 뒤져 찾아낸 열쇠가 모나의 손에 꼭 쥐어져 있었다. 모나는 열쇠를 자물쇠 구멍에 넣었다. 그러나 차마 용기가 나지 않아 열쇠를 뺐다가 다시 넣기를 수차례, 마침내 덜커덕 소리와 함께 자물쇠가 풀렸다. 모나는 문고리를 칭칭 감은 쇠사슬을 걷어 냈다. 그리고 조심스레 문을 열고 그 안으로 들어갔다.

천장에 매달려 하얗고 투명한 빛을 내뿜는 아름다운 결정들. 중앙의 한 점에서 사방으로 뾰족하게 뻗어 나간 특이한 형상들. 마치 샹들리에가 휘황찬란하게 빛나는 무도회장 같았다. 시간이 많이 흘렀는데 어쩌면 조금도 변한 게 없을까. 찾는 이 없어도 빛나는 그 모습 그대로를 지키고 있는 게 신기하고도 감격스러웠다. 모나는 감회에 젖어 공연장을 천천히 거닐었다. 그리고 무대에 올라가 텅 빈 객석을 마주 보았다. 오래전 그날도 지금처럼 객석이 텅 비어 있었지. 단 한 명이라도 좋으니 제발 와 주었으면, 그 얼마나 간절히 바랐던가. 아무리 기다려도 누구 하나 모습을 드러내지 않아 얼마나 울었던가. 결국 밤새 홀로 연주했던 기억이 되살아나 가슴이 아렸다. 그때는 누구에게도 보여 주지 못했지만, 이번엔 반드시 보여 주리라. 그때처럼, 아니 그 이상으로 혼신의 노력을 다하리라. 모나는 노아만을 위해 노래할 그날을 상상하며 매일 밤 열심히 노래를 연습했다.

루나와 마레는 갑자기 바뀐 모나의 태도가 의아했다. 왜 요즘에는 노래 연습하자는 말이 없는지도 궁금했다. 모나는 이리저리 둘러대다 결국 혼자 하겠다고 했다. 루나와 마레는 처음엔 아쉬워했지만 곧 자신들의 일상으로 돌아갔다. 루나는 곰곰과 원고 작업을 하는 데 열을 올렸고, 마레는 오랫동안 손을 놓았던 뜨개질을 시작했다. 모나는 다들 잠이 들면 곧장 지하로 내려가 노래 연습을 했다. 루나와 마레와 함께 만들어야 할 화음까지 각각 녹음해서 합치자 마치 셋이 부른 것처럼 들렸다. 감정 표현이나 가사 전달력이 부족한 루나나, 음정과 박자를 못 맞추는 마레와 함께 부른 노래보다 훨씬 더 듣기 좋았다. 그렇게 매일 밤, 어제보다 더 나은 노래를 녹음하기 위한 모나의 노력이 이어졌다. 조금만 더 하면 되겠어. 조만간 노아 앞에서 노래를 들려줄 수 있을 것 같았다. 녹음기에 담아 둔 자신의 목소리를 반주 삼아 세상에서 가장 아름다운 노래를 들려주리라. 모나는 상상만으로도 들뜨고 설레어 저도 모르게 미소를 지었다. 고된 연습으로 몸이 힘든 것쯤이야 아무렴 상관없었다.

그리고 얼마 지나지 않아 드디어 그때가 왔다. 바닥에 놓인 녹음기의 정지 버튼을 누르는 순간 모나는 저도 모르게 환호성을 터뜨렸다.

"됐다! 됐어! 됐다고!"

모나는 녹음기를 손에 쥐고 무대 위에서 방방 뛰었다. 지금 이 기분이라면 태양까지도 단숨에 뛰어오를 수 있을 것 같았다. 모나는 지하 공연장에서 나와 곧장 지상으로 향했다. 지상은 어둠을 덮고 곤히 잠들어 있었다. 아, 소리치고 싶어! 자랑하고 싶어! 모나는 넘치는 기쁨을 주체하지 못하고 아리마을 곳곳을 뛰어다녔다. 그러다가 광장의 그루터기 무대에 다다르자, 루나와 마레가 잠에서 깨든 말든 숲이 떠나가도록 소리를 질렀다.

"노아! 내가 해냈어! 내가 해냈… 윽!"

모나의 말이 끝나기도 전에 하늘에서 무언가 뚝 떨어졌다. 소스라치게 놀란 모나가 뒤로 넘어지면서 손에 쥔 녹음기를 놓치고 말았다. 땅바닥에 대자로 뻗은 미스터앵이 눈을 껌뻑이며 소리쳤다.

"아이고, 보소! 기차 화통을 삶아 먹었나. 오밤중에 뭔 봉변이꼬!"

모나가 먼저 정신을 차리고 주변을 두리번거렸다. 녹음기는 하늘로 꺼졌는지 땅으로 꺼졌는지 온데간데없었다. 미스터앵이 고개만 빼꼼 들어 상대를 확인했다.

"모나였나? 괜찮나?"

녹음기를 찾던 모나가 미스터앵의 날개를 잡아당기며 다급히 말했다.

"좀 비켜 봐요. 미스터앵 엉덩이에 깔렸나 봐요."

미스터앵은 영문을 모른 채 모나의 얼굴만 멀뚱히 보았다. 모나가 급한 마음에 미스터앵의 엉덩이를 이마로 확 받아 버렸다. 이에 미스터앵이 기겁하고 벌떡 일어났다.

"아고마, 노인네 죽이뻘끼가?"

"미스터앵 때문에 내가 죽겠어요."

모나는 재빨리 녹음기를 집어 재생 버튼을 눌렀다. 모나가 정성스레 녹음한 노래 대신 삐 소리만 시끄럽게 울려 퍼졌다. 모나가 울상을 지으며 말했다.

"난 몰라. 다 망했어."

"뭔데 그라노?"

"보름 동안 밤새서 녹음한 노래인데… 다 날렸어요. 미스터앵이 다 망쳐 놨다고요."

모나는 미련을 버리지 못하고 고장 난 녹음기를 껐다 켜길 반복했다. 그러다 삐 소리마저 끊기고 녹음기가 완전히 먹통이 되자 결국 울음을 터뜨리고 말았다. 미스터앵이 난감한 얼굴로 모나를 달랬다.

"울지 마래이. 니가 그리 계속 울면 내가 더 미안해진다아이가."

"당연히 미안해해야죠."

"그건 글타. 일단 녹음기 들고 고철별에 내 갈끼다. 그 별의 주인을 내가 좀 안다아이가. 실력이 보통이 아니야. 못 고치는 게 없다카이."

"거짓말."

"진짜래이. 내도 무전기 고장 날 때마다 얼매나 끙끙댔다꼬. 그때마다 주인이 알아서 척척 잘 고쳐줬다아이가. 먼저 좀 해 달라고 하면 얼매 안 걸릴 끼다."

모나가 이내 눈물을 거두며 말했다.

"정말 고칠 수 있는 거죠?"

미스터앵이 모나의 손을 꼭 붙잡고 고개를 끄덕였다. 모나의 시선이 저절로 미스터앵의 날개에 꽂혔다. 날개가 반으로 접히다 못해 깃털도 듬성듬성 빠져 있었다. 모나가 다시 울상을 지었다.

"그 날개로 가긴 어딜 간다는 거예요?"

"내를 뭘로 보고 그라노. 내 아직 팔팔하다꼬. 며칠만 기다리래이, 내 금방 다녀온데이."

미스터앵은 말 끝나기가 무섭게 녹음기를 들고 하늘 높이 날아올랐다. 모나의 머리 위로 얼마 남지 않은 깃털이 빙글빙글 원을 그리며 떨어졌다. 미스터앵은 떨어지는 깃털처럼 균형을 잡지 못하고 한동안 같은 자리에서 위태롭게 파닥거렸다. 그 모습을 보며 모나는 한숨을 푹 내쉬었다. 저래 가지고 언제 돌아올지 모르는 미스터앵을 기다리느니, 차라리 새로운 선물을 준비하는 게 더 빠를 것 같았다.

아침이 밝았다. 책을 쓰느라 집에만 머물렀던 루나가 오랜만에 뜰에 나와 손님을 맞자, 아리 집 앞이 모처럼 북적였다. 마레는 이를 예견이라도 한 듯 미리 곧잠을 먹고 잠들어 있었다. 모나는 간밤에 미스터앵이랑 한바탕 난리를 쳐서 그런지 몸이 나른하고 피곤했다. 그동안 노래 연습하느라 노아 얼굴을 못 본 지 꽤 됐는데, 잘 지내려나? 이따 한번 가 보려고 했더니, 벌써부터 왜 이렇게 졸리지? 모나는 눈을 껌뻑거리며 잠을 쫓았다. 그때 저 멀리 노아가 손을 흔들며 다가오는 모습이 나타났다 사라졌다.

"노아!"

모나가 눈을 번쩍 뜨고 소리치자 루나가 손님과 이야기를 나누다 말고 고개를 돌렸다. 그러고는 언제나 그랬듯 노아를 향해 환한 얼굴로 눈인사를 하고, 다시 손님에게 시선을 주었다. 노아가 가까이

다가와 모나와 마주하고 앉았다. 노아가 말했다.

"요새 무슨 일 있어? 천막에도 통 안 놀러 오고."

"그냥… 좀 바빴어. 할 일도 있었고."

"그랬구나. 오랜만에 보니까 반갑다."

모나가 말없이 노아의 얼굴을 바라보았다. 여전히 수척한 얼굴에 모나의 마음이 아팠다. 노아, 조금만 기다려. 다시 예전의 노아처럼 웃게 해 줄게. 노아의 시선이 저절로 마레에게 향했다가 모나를 의식한 듯 다시 돌아왔다. 모나는 무슨 이야기를 꺼내야 노아의 시선을 붙잡아 둘 수 있을지 머리를 굴렸다. 그때 머릿속이 반짝하며 미스터앵이 생각났다. 맞다! 미스터앵 떠나고 노아가 엄청 서운해했지. 모나가 밝은 목소리로 입을 뗐다.

"노아, 미스터앵 돌아온 거 알아?"

"정말이야?"

노아가 눈을 휘둥그레 뜨며 기쁜 내색을 감추지 못했다.

"미스터앵, 지금 어디 있어?"

"녹음기 때문에 고철별로…."

모나가 아차 싶어서 급히 말을 돌렸다.

"소리별에 뭘 두고 왔대. 중요한 거라던데."

"중요한 거 뭐?"

"그게… 아니다, 그냥 여행 간다고 했다. 머리 좀 식히고 오겠대."

"소리별에서? 관객들 앞에서 그 난리를 치고 거길 쉬러 갔다고?"

"소리별이 아닌가? 나중에 돌아오면 직접 물어 봐."

모나는 들킬까 봐 조마조마한 마음에 노아의 눈치를 보았다.

"다행이다. 안 돌아올까 봐 걱정했는데."

노아가 안도의 한숨을 내쉬며 말했다. 모나도 따라서 안도했다. 선물은 상상도 못 하는 노아를 보니 내심 흐뭇했다. 한편으로는 더욱 수척해진 노아의 모습이 안쓰러워 하루 빨리 미스터앵이 돌아오길 바랐다. 그 전까지는 전처럼 잡다한 소식들을 늘어놓으며 시간을 때우는 수밖에 없었다. 모나는 아침에 루나에게 전해 들은 이야기를 그대로 옮겼다.

"소문 들었어? 핀이랑 린이랑 헤어졌다던데…."

"헤어졌다고? 어디서 들었어?"

"마을 사람들 다 아는 얘기라던데."

"그런 소문은 대체 누가 퍼뜨리는 거야?"

"요즘 핀이 갈대숲을 정신 나간 것처럼 혼자 막 뒤지고 다닌다는데, 사람들 말로는 린이 사라졌대. 링고한테 다시 돌아간 거 아니야?"

노아가 대답 대신 긴 한숨을 내쉬었다.

"링고 가슴에 못 박은 것만도 모자라 핀한테까지… 린 너무해. 어차피 그럴 거면서 어린 가슴에 왜 불을 지핀 거야? 그래 놓고 자기만 제자리로 돌아가면 다야?"

모나가 계속 열을 올렸다.

"노아는 뭐 좀 아는 거 없어? 링고는 여행에서 돌아왔나? 아직 안 돌아왔으면 린 혼자 배불뚝이 나무집에서 기다리고 있는 건가?"

노아는 소문 따위에 더 이상 신경 안 쓴다는 듯 하늘만 멍하니 바라보았다. 모나가 어떻게든 노아의 관심을 끌려고 계속 질문을 퍼부었지만, 노아는 그저 먼 하늘만 바라볼 뿐이었다. 결국 모나도 노아를 따라 고개를 들었다. 그리고 노아의 눈치를 살피며 화제를 돌렸다.

"이제는 낮에도 그림자별이 보이네? 얼마 전까지만 해도 초저녁이나 되어야 보였는데, 엄청 가까워졌나 봐."

"그냥 저렇게 둬도 괜찮은 거야? 파랑이 사라지고 있는데?"

노아가 심각한 얼굴로 모나를 바라보자, 모나가 고개를 갸웃했다.

"그게 무슨 말이야?"

"그림자별이 파랑을 빨아들여서 파랑이 흐릿해지고 있다고. 예전에 모나도 말했잖아. 그림자별이 주변의 색을 빨아들인다고. 어떤 색색의 별도 꽃도 그림자별 가까이 가면 모두 색을 잃고 그림자처럼 짙은 회색만 남는다고 그랬어."

"그건 맞는데… 그림자별이 파랑을 빨아들인다고?"

모나가 다시 하늘을 올려다보았다. 이상하다? 하늘은 오늘따라 유난히 더 파랗건만 어디가 흐릿하다는 거지? 노아가 말했다.

"이대로 가만히 있을 수만은 없어. 그냥 뒀다간 칙칙한 회색 하늘로 변해 버릴 거라고."

노아의 강한 어조에 모나가 말을 얼버무렸다.

"뭐, 괘, 괜찮아지겠지. 근데 노아, 어제 잠 잘 못 잤어? 아니면 요즘 몸이 안 좋아?"

노아가 고개를 저었다. 모나는 갑작스런 노아의 말들이 의아했지만 대수롭지 않게 여기고 넘겼다. 그러나 다음 날도 같은 상황이 반복되자 더는 그냥 넘길 수가 없었다. 노아가 말했다.

"하늘에서 파랑이 사라지고 있어. 파랑이 점점 사라지고 있다고!"

모나는 노아를 따라 고개를 들어 하늘을 보았다. 하늘은 어제와 마찬가지로 더없이 높고 파랬다. 도대체 왜 저러는 거지? 모나가 노아에게 고개를 돌렸다. 노아가 슬픈 눈으로 잠든 마레의 얼굴을 보고 있었다. 그 순간 모나의 온몸에 맥이 턱 풀렸다. 마레를 말한 거였구나. 난 그것도 모르고 곧이곧대로 받아들였네. 모나는 그제야 노아가 마레의 파랑 눈과 하늘의 파랑을 동일시하고 있음을 깨달았다. 마레의 파랑 눈동자를 보지 못하는 사이 흐릿해진 기억만큼 하늘의 파랑도 흐릿해 보이는 걸까. 멀쩡한 하늘에서 색이 사라진다고 느낄 만큼 마레와 멀어지는 게 고통스러웠단 말인가. 모나는 자신이 노아에게 조금도 위로가 되지 못한다는 사실에 가슴이 아렸다. 아무리 노력해도 마레를 대신할 수 없는 현실이 절망스럽기도 했다. 그러나 다른 한편으로는 마레가 그립다는 말도 못 하고 돌려 말하는 노아가 안쓰럽기도 했다. 그래도 나한테 마레 이야기를 그런 식으로 하는 건 너무해. 모나는 노아가 원망스러웠지만 언제나 그랬듯 검정의 마음은 그 원망마저 흡수해 버렸다. 이제 자신이 해 줄 수 있는 거라곤 그저 모른 척하고 묵묵히 들어 주는 것뿐이었다.

노아는 매일 아침 모나를 찾아와 그림자별 타령을 늘어놓았다. 지금껏 모나가 어떤 얘기를 해도 시큰둥했으면서 그림자별에 관해서는 놀라울 만큼 열을 올렸다. 모나는 그런 노아가 당황스러운 한편 그렇게라도 생기 있는 목소리를 들을 수 있어 다행이라고 생각했다. 노아가 그런 모나의 속을 알 리 없었다.

"그림자별이 새파랗던 하늘을 기어이 다 빨아들일 작정인가 봐. 저러다 다 빨아들이고 칙칙한 회색 그림자만 남는 거 아냐? 샛노란 태양을 빨아들인 것도 모자라 파란 하늘까지. 아리별에 온 이후로 왜 노랑이고 파랑이고 점점 흐릿해지나 했더니, 저 별 때문이었어. 그걸 왜 이제야 안 거지?"

노아가 모나를 똑바로 바라보며 진지하게 말을 덧붙였다.

"저러다 빨주노초파남보 아리별에 있는 색이란 색은 모조리 다 빨아들이는 거 아니야? 주인이라는 녀석은 여태 코빼기도 안 비추고 뭐하는 거야?"

"걱정 마. 다 왔으니까."

"그림자별 말고 주인 말이야. 주인이 와야 될 거 아니야?"

노아가 갑자기 흥분하자 모나가 당황했다.

"모나는 아리별 주인이잖아. 그림자별 때문에 아리별에서 루나랑 마레의 색이 사라지고 있는데 무슨 수라도 써야지. 그렇게 태평하게 기다리기만 할 거야?"

"노아…."

"언제 나타날지도 모르는 그림자별 주인만 기다렸다간 정말 큰일 나겠어!"

모나는 저도 모르게 노아의 눈을 향해 손을 뻗었다. 노아가 모나의 어깨를 붙잡고 애원했다.

"쌍성인지 뭔지 그런 거 난 몰라. 그것 때문에 너희의 색을 잃고 싶진 않다고. 그림자별로부터 도망쳐. 도망치자, 우리."

모나는 무슨 말을 해야 할지 몰랐다. 노아의 눈빛이 워낙 간절해

서 얼떨결에 고개를 끄덕이고 말았다. 그리고 다시 하늘을 보았다. 그림자별에서 흘러나온 회색 기운이 하늘의 일부를 칙칙하게 물들이긴 했지만, 나머지 하늘은 구름 한 점 없이 파랬다. 태양 역시 여느 때처럼 샛노란 빛을 내뿜었다. 모나는 노아가 마레를 그리워하는 마음을 은유적으로 표현하는 게 아니라, 진짜 노아의 하늘에서 파랑이 사라지고 있음을 알아챘다. 노아의 말에 의하면 파랑뿐만 아니라 노랑도 사라지고 있었다. 파랑과 노랑 말고 또 어떤 색이 사라지게 될까. 이러다가 노아가 색을 완전히 잃어버리면 어쩌지? 검정까지 잃는다면 내 눈을 볼 수 없을 텐데…. 그럼 내 눈 속에 비친 자신의 눈부처도 영영 볼 수 없게 될 텐데…. 모나의 가슴이 쿵 내려앉았다. 처음에는 안 그랬어. 다 잘 봤다고. 그런데 갑자기 왜 색을 잃어 가는 거야? 도대체 왜, 어째서…. 이제 어떡하지? 내가 뭘 어떻게 해 줘야 하지? 노아의 눈이 멀기도 전에 당장 모나의 눈앞이 캄캄해졌다. 모나는 이제야 비로소 노아에게 가장 절실한 선물이 무엇인지 알 것 같았다. 노아를 바라보는 모나의 눈동자가 사정없이 흔들리고 있었다.

잔인한 진실

23
잔인한 진실

노아의 증상은 나날이 심해졌다. 노아는 태양도 하늘도 어제보다 더 흐릿해졌다며 불안해했다. 하루에도 몇 번씩 다른 별로 떠나자고 조르는 통에 모나만 난감할 따름이었다. 그렇다고 노아에게 사실대로 말할 수는 없었다. 그림자별 때문에 세상이 흐려진 게 아니라, 눈이 멀어 그렇다는 걸 알면 얼마나 충격을 받을까. 모나는 아무리 생각해도 노아를 도울 방법이 떠오르지 않았다. 노아는 하루하루 색을 잃어 가는데, 자신이 줄 수 있는 건 노래밖에 없다는 사실이 안타까울 뿐이었다. 선물이라는 게 자신이 주고 싶은 것보다 상대가 받고 싶은 것을 줄 때 상대에게 더 가치가 있을 것 같은데, 노아에게 가장 절실한 선물은 초록의 노래가 아니었다. 노아에게 필요한 건, 노아에게 필요한 건 바로…. 머릿속에 어떤 생각이 스쳤지만 모나는 이내 고개를 절레절레했다. 노아를 위해서라면 뭐든 할 수 있지만 그것만은 안 됐다. 그것만은, 정말 그것만은 아무리 노아라도 안 되는 거였다. 나는 아리별의 주인이야. 나를 지키는 게 곧 아리별을 지키는 거라고. 모나는 괴로운 마음을 꾹 누르고 노아를 만나러 갔다.

집 앞에 핀 물망초들이 잠자리에 들었다가 모나의 발소리에 고개를 들었다. 모나는 잠시 몸을 낮추고 물망초들을 물끄러미 바라보았다. 물망초들이 하품하듯 꽃잎을 한두 장 펼쳤다가 다시 오므리며 모나를 응시했다. 모나는 무심하게 꽃잎을 톡톡 두드리다가 깊은 한숨과 함께 자리를 떴다. 버섯징검다리를 지나 살구나무길로 들어서자 반대편에서 노아가 걸어오는 게 보였다. 모나가 아무 일 없다는 듯 달려가 노아의 손을 잡았다.

"저녁 먹었지? 뭐 먹었어?"

"오린고. 모나, 그림자별이 하루만큼 파랑을 더 삼켰어. 아까 낮에 봤지?"

모나가 노아를 따라 고개를 들었다. 확실히 어제보다 회색이 차지하는 부분이 눈에 띄게 넓어졌다. 그러나 회색을 제외한 나머지는 평소 밤하늘처럼 짙은 남색을 띠었다. 낮엔 늘 그랬듯 선명한 파랑이 깔려 있었다. 노아가 물었다.

"내가 했던 말 생각해 봤어?"

모나가 노아의 얼굴을 쳐다보았다. 노아가 진지한 눈빛으로 말했다.

"그림자별이 아리별을 삼키기 전에 떠나자고 했잖아. 갈 거지?"

모나가 대답 대신 난처한 표정을 짓자, 노아가 대답을 보챘다. 모나는 노아의 손을 놓고 우체통사거리를 향해 걸어갔다. 노아가 그 뒤를 따라붙으며 소리를 높였다.

"뭘 망설이는 거야? 그냥 이대로 당하고만 있겠다는 거야?"

모나는 아랫입술을 꽉 깨문 채 그저 앞만 보고 걸었다.

"듣고 있어? 모나!"
"……."
노아가 모나의 앞을 막아서자 모나가 입을 뗐다.
"노아, 난 아리별의 주인이야."
"그래서?"
"내가 가면 아리별은 어쩌고?"
"네가 가면 아리별도 따라 움직일 거 아니야. 그대로 있으면 너도 아리별도 다 위험해."
"평생 그림자별을 피해 도망칠 순 없잖아. 그림자별과 아리별의 만남은 운명이라고."
"운명? 상대를 아껴 주기는커녕 파괴하는 운명인데도 피할 생각은커녕 끝까지 기다리겠다고?"
"노아…."
"생각할 시간이 더 필요한 거라면 기다릴게. 루나와 마레가 반대하면 말해. 같이 설득해 보자. 먼저 갈게."
노아가 단호한 표정으로 돌아섰다. 모나는 멀어져 가는 노아의 뒷모습을 바라보았다. 언제까지 이렇게 숨길 수만은 없는데, 어떡하지? 노아, 내가 너를 위해 무엇을 할 수 있을까? 아직 잘 모르겠어. 모나는 깊은 한숨을 내쉬며 온 길을 터벅터벅 되돌아갔다.

노아는 천막으로 향하며 곰곰이 생각에 잠겼다. 어떻게 하면 아리를 설득할 수 있을까. 아리별의 운명이란 게 아무리 대단하다고 해도 이대로 둘 순 없었다. 마레를 모른 척할 수 없었다. 마레가 아무리 자신을 외면하고 아프게 했어도 달라지는 건 없었다. 내가 그림자별의 주인이라면 얼마나 좋을까. 그럼 적어도 너를 위험에 처하게 만들지는 않을 텐데. 언제나 옆에서 지켜 줄 텐데. 노아는 지금껏 아무리 외로웠던 순간이라도 자신이 아닌 다른 사람이길 바란 적은 없었다. 어릴 적 스승 밑에서 크면서 부모가 있는 아이들을 부러워한 적은 있었지만 그렇다고 다른 부모의 자식이길 바란 적은 없었다. 그런데 태어나 처음으로 자신이 아닌 그림자별의 주인이고 싶었다. 다시 태어날 수만 있다면 그림자별의 주인으로 태어나고 싶었다. 아리별과 운명으로 엮일 수만 있다면 버림받고 황폐한 별이라도 상관없었다. 그러나 아무리 간절히 바라도 그럴 수 없다는 걸 알기에 절망스러웠다. 싫어. 내가 나인 게 싫어. 싫다고! 노아는 머릿속으로 같은 말을 되뇌었다. 말을 되뇌는 속도가 빨라지면서 발걸음도 덩달아 빨라졌다. 말과 걸음이 앞서거니 뒤서거니 치열하게 겨루는 동안, 노아는 저도 모르게 천막을 그대로 지나쳐 버렸다. 그때 천막 앞에서 노아를 기다리고 있던 한 남자가 노아의 등 뒤에서 외쳤다.

"이, 이봐요!"

노아가 발걸음을 멈추었다. 돌아보니 눈앞에 한 남자가 노아를 바라보며 서 있었다.

"누, 누구세요?"

"잘 지냈나요? 노아 군 맞죠?"

"네, 그런데요."

"제가 잘 찾아왔군요. 그동안 노아 군이 얼마나 그리웠는지 모릅니다. 다시 만나게 되어 기쁘군요."

"저를 아세요?"

"예상은 했지만, 정말 못 알아보시니 서운하군요. 저, 모르시겠습니까?"

누구지? 언제 봤지? 어디서 봤더라? 노아의 머릿속에 과거의 기억들이 앞다투어 튀어나왔다. 노아가 남자의 눈을 똑바로 마주 보았다. 그러나 아무리 눈을 뚫어지게 바라보아도 남자의 마음을 읽을 수가 없었다. 노아가 잠시 눈을 뗐다가 다시 남자의 눈을 보고 멈칫했다. 이 눈은, 이 눈은 가짜…. 그럼 이 사람은, 이 사람은 바로…. 그때 남자가 노아의 반응을 눈치챘는지 웃음을 흘리며 말했다.

"이제야 알아보시겠습니까? 그때 음악회에서 처음 뵈었죠."

"네, 기억나요."

남자가 코트 안에 품고 있던 지팡이를 꺼내 바닥을 짚으며 노아에게 다가왔다.

"여길 떠난 뒤에도 당신의 연주가 계속 생각나더군요. 당신이 그린 세 소녀의 멜로디도 소중히 간직하고 있습니다. 우주 곳곳을 다니는 동안 궁금해지더군요. 그 소녀들은 과연 누구일까? 당신과는 어떤 관계일까?"

"그건…."

"이런. 제가 실례를 했군요. 다른 의도가 있는 건 아닙니다. 단지 당신이 그린 소녀들이 인상적이었다는 말을 하고 싶었을 뿐입니다."

"그 소녀들은 아리별의 주인, 아리예요. 우주에서 아리를 모르는 이는 없죠. 다들 당신처럼 아리에 대해 알고 싶어 해요. 요즘은 루나가 글을 쓰느라 바빠서 일주일에 한 번만 손님을 맞는데, 아, 바로 내일이네요. 여기서 멀지 않으니 한번 가 보세요."

노아가 가볍게 고개 숙여 인사하고 천막 안으로 들어가려는 찰나 남자가 외쳤다.

"어차피 전 못 보지 않습니까! 저에겐 세상이 온통 검정 도화지에요. 온 우주를 샅샅이 뒤져 가며 볼 수 있는 방법을 수소문했지만, 저를 볼 수 있게 해 준 사람은 당신이 유일했습니다."

노아가 뒤돌아 남자를 쳐다보았다. 남자의 시선은 노아를 조금 빗겨나 있었다.

"저는 오직 당신의 연주를 통해서만 볼 수 있어요. 저에게 아리를 보여 주세요. 그녀들을 꼭 만나고 싶습니다."

남자의 진심 어린 목소리에 노아는 마음이 흔들렸다. 그러나 이내 마음을 다잡고 말했다.

"저는 당분간 연주를 할 수 없어요. 죄송해요. 돌아가 주세요."

"연주를 못 한다고요? 이유가 뭡니까?"

"그건… 죄송합니다."

노아는 연거푸 고개 숙여 사과하고 천막으로 들어갔다. 남자가 곧바로 따라 들어왔다.

"혹시 그 소녀들 때문입니까?"

갑작스런 남자의 말에 노아가 당황했다.

남자가 지팡이로 땅을 툭툭 쳤다. 그러다 노아의 발을 찾아내고는 그쪽으로 조심스레 발걸음을 옮겼다.

"그때 연주를 듣고 당신의 마음을 느꼈습니다. 유독 한 소녀에 대한 마음이 애절했죠. 혹시 그 소녀가 당신을 받아 주지 않습니까?"

"잘 알지도 못하면서, 함부로 말하지 마세요."

"연주를 들려줘요. 그럼 당신의 마음을 헤아릴 수 있습니다."

"왜 그래야 하죠? 잘 모르는 사람에게 제 마음을 왜 들려주냐고요."

"그건… 모르겠습니다. 그냥 당신을 알아봤어요. 나와 비슷한 느낌… 당신 음악이 그랬습니다."

"그만 가 주세요."

노아가 남자의 팔을 붙잡고 뒤로 밀자 남자가 노아의 손을 획 뿌리치며 외쳤다.

"다시 볼 수 있게 됐다고요! 자그마치 십 년 만에 다시요! 당신의 연주를 들으면 머릿속에 당신이 보는 세상이 그려집니다. 까맣기만 한 세상을 보는 건 너무 괴로워요. 부탁입니다. 연주를 들려줘요."

"저는 당분간 연주를 못 한다니까요!"

"기다리겠습니다. 당신이 다시 활을 잡을 때까지 얼마든지 기다릴 수 있습니다. 여기 머물게 해 주십시오. 제발…."

남자가 지팡이를 내팽개치고 노아의 팔에 매달렸다. 노아가 이러지도 저러지도 못한 채 남자의 눈을 응시했다. 눈은 눈이되, 볼 수 없는 눈. 의미와 기능을 잃은 눈이 그 자리에 그대로 박혀 있었다. 눈이 멀기 전까진 저 눈으로 멀쩡히 보고 다녔을 텐데, 대체 어쩌다가 장님이 된 걸까. 노아는 문득 남자의 사연이 궁금해졌다. 눈앞에 온통 검정 도화지만 펼쳐져 있다면 기분이 어떨지도 궁금했다. 고개를 돌리자 창문 너머로 어둠이 검은 도화지처럼 사방에 펼쳐져 있었다. 이미 암흑 속에 갇힌 남자를 차마 밤의 한가운데로 밀어낼 수는 없었다. 노아는 하는 수 없이 남자를 하루 재워 주기로 했다. 그러나 남자는 하루가 지나고, 이틀이 지나고, 사흘 나흘이 지나도록 떠날 생각을 안 했다. 그렇게 두 사람의 의도하지 않은 동거가 계속되었다.

남자와의 생활은 의외로 자연스럽게 흘러갔다. 남자는 말이 없었고, 노아에게 폐를 끼치지 않으려고 부단히 신경 썼다. 밤마다 들리는 잠꼬대만 빼면 노아는 남자와 천막에서 지내는 게 그리 불편하지 않았다. 오히려 외롭고 힘든 시간에 누군가가 늘 곁에 있다는 사실이 안정을 주었다.

노아는 남자를 '검정 목도리' 라고 불렀다. 몇 번이고 그의 이름을 물었지만 그가 끝내 알려 주지 않아 만든 호칭이었다. 그는 더운 날씨에도 두꺼운 목도리를 두르고 있었다. 그 모습을 보다 못해 노아가 그에게 물었다.

"그 목도리 좀 벗지 그래요? 덥지 않아요?"

"괜찮습니다. 목에 아무것도 두르지 않으면 오히려 허전합니다."

남자는 목도리를 더 꽉 죄고 눈앞에 있는 짐을 꽉 끌어안았다.

"편히 계시지…."

"저는 이게 가장 편합니다. 마음 쓰지 않으셔도 됩니다."

"아, 네…."

노아가 의아한 표정으로 답했다. 남자는 그렇게 하루 종일 검정 목도리를 칭칭 두르고 짐을 한시도 몸에서 떼 놓지 않았다. 중요한 물건이라도 들었나? 노아는 처음에는 고개를 갸웃하고 넘겼지만 시간이 갈수록 더욱 신경이 쓰였다. 천막 안에 단둘밖에 없는데, 자신을 믿지 못해 그러는 것 같아서 기분이 나빴다. 게다가 질문만 던지고 정작 본인의 이야기는 한마디도 하지 않는 게 서운하기도 했다. 그러나 눈이 멀고 험한 인생을 살아왔을 남자의 입장을 생각하면 어느 정도 이해가 되었다. 도대체 어쩌다가 장님이 되었을까? 사고가 있었던 걸까? 노아의 궁금증은 날로 커졌지만 대놓고 물어볼 수도 없는 노릇이었다. 그러나 시간이 흐르면서 노아는 자연스럽게 알게 되었다. 밤마다 남자가 늘어놓는 잠꼬대에 그 답이 있었다.

"당신이 나한테 어떻게 이래? 어떻게 그렇게 감쪽같이 속일 수가 있어? 하루도 아니고 이틀도 아니고 십사 년을! 나랑 다른 녀석 품을 왔다 갔다 하면서 어떻게 그렇게 날 속였어?"

남자의 악몽은 매일 끝없이 이어졌다.

"뭐라고? 내 아이가 아니었다고? 그럼 누구 아인데? 우리 아이가 아니면 누구 아이인데? 안 돼, 절대 못 데려가. 당신도 안 돼. 못 가!"

남자가 자다 말고 소리 지르는 바람에 노아가 번쩍 눈을 떴다. 남자의 잠꼬대는 계속되었다.

"아빠야. 내가 네 아빠라고. 아빠 두고 너까지 어딜 간다고 그래? 네 엄마, 지금 제정신 아니야. 아빠가 엄마 어디 못 가게 할 거니까,

넌 가만히 있어. 아빠 말 알겠지? 응? 응? 대답해!"

보다 못한 노아가 남자를 흔들어 깨웠다. 하지만 남자는 쉽사리 악몽에서 헤어나지 못했다.

"둘 다 가만 안 둘 거야! 내가 우주 끝까지라도 쫓아가서 다 작살 내고 말 거야!"

"이봐요. 눈 떠 봐요. 이봐요! 이봐요!"

남자가 몸서리를 치며 몸을 벌떡 일으켰다. 그의 눈가에 맺힌 눈물이 볼을 타고 주르륵 흘러내렸다. 노아가 남자의 어깨에 손을 올리며 말했다.

"괜찮아요?"

남자가 주위를 두리번거리더니 긴 한숨을 내쉬었다.

"혹시 제가 무슨 소리라도 했습니까?"

노아가 시침을 떼고 말했다.

"모르겠어요. 방금 깨서…."

노아가 먼저 등을 돌리고 눕자 남자도 따라 누웠다. 얼마 지나지 않아 쌔근쌔근 잠자는 소리가 들렸지만 노아는 쉽사리 잠이 오지 않았다. 간신히 마음을 가라앉히고 잠이 들려는 찰나, 남자가 이번에는 흐느끼기 시작했다.

"내가 더 잘할게. 좋은 가장이 되도록 노력할게. 이제부터 술도 안 마시고 도박도 안 할 거야. 일자리도 구해 볼게. 그러니까 가지 마. 가지 마, 제발. 가지 말라고! 여보! 우주야!"

노아는 남자가 꿈속에서나마 실컷 울도록 놔두었다. 남자는 감정이 격해지면서 노아의 옷자락을 붙잡고 애원했다. 그러다 양팔을 벌려 노아를 끌어안았다. 남자는 그렇게 밤새 처절하게 울부짖었다.

노아는 몇 번의 잠꼬대를 통해 남자의 사정을 알게 되었다. 남자는 아내가 다른 남자가 있다고 고백했던 그때, 충격으로 앞이 흐릿해지기 시작해서 가족이 떠났을 때 완전히 눈이 멀었다. 가족을 잃은 슬픔이 그의 눈을 멀게 했구나. 노아는 그의 심정을 조금은 이해할 수 있을 것 같았다. 애초에 가족을 가져 본 적이 없어서 잃는다는 게 어떤 기분인지 제대로 알 수는 없었지만, 가족이 없는 삶이 어떤지는 누구보다 잘 알았다. 노아는 남자가 가엾게 느껴졌다. 처음엔 이상한 남자라고 생각했는데, 그의 사연을 알면 알수록 그에게 마음이 쓰였다.

반면 남자는 아무리 시간이 지나도 굳게 닫힌 마음의 빗장을 풀지 않았다. 천막에서 지낸 지 보름이 지났건만 짐을 풀기는커녕 땀을 뻘뻘 흘리면서도 검정 목도리만은 절대 풀지 않았다. 모나가 놀러와 노아가 천막을 비운 사이에도 남자의 태도는 변함없었다. 언제나 주변을 경계하고 누구도 믿지 않았다.

그러던 어느 날이었다. 모나가 노아와 천막 앞에 나란히 앉아 이야기를 나누다가 문틈으로 남자를 보고 입을 열었다.

"저 남자는 왜 안 가고 저러고 있는 거야?"

"연주를 듣기 전에는 가지 않겠대."

"그럼 그냥 한번 들려주고 보내지 그래? 불편하지 않아?"

"그러려고 몇 번 활을 잡았는데 못 하겠더라고. 내키지 않아서 그런 건지…."

"노아가 연주를 못 한다고?"

"응. 이런 적이 없었는데…. 저 남자도 알아챘는지 억지로 하는 건 의미 없다고, 기다리겠대."

"그렇다고 계속 저렇게 둘 순 없잖아."

모나가 남자를 주시했다. 불안해 보이는 표정, 주변을 계속 경계하는 눈빛. 노아도 곧 저렇게 변해 갈까? 모나는 잠시 생각에 잠겼다가 얼떨결에 남자와 눈이 마주치자 화들짝 놀라 고개를 돌렸다. 아 참, 어차피 앞을 못 보지. 모나가 다시 남자에게 시선을 돌렸다.

남자가 초점 없는 눈으로 주변을 두리번거리고 있었다.

"모나."

모나가 화들짝 놀라 노아에게 고개를 돌렸다

"뭘 그렇게 놀라? 오랜만에 산책할까?"

노아가 먼저 자리에서 일어나 모나에게 손을 내밀었다. 모나와 노아는 손을 마주 잡고 자작나무 숲으로 걸음을 옮겼다.

맑고 화창해서 산책하기 좋은 날씨였다. 우체통사거리를 지나자 양쪽에 핀 금난초가 햇빛을 받아 더욱 샛노란 빛을 뽐내고 있었다. 늘 그렇듯 꽃잎을 잔뜩 오므리고 있었지만 이제는 그 모습이 익숙했다. 노아의 시선이 하늘로 향하더니 노아가 잠시 멈추어 섰다. 그 순간 모나는 긴장했다. 노아가 또 그림자별의 이야기를 꺼낼 텐데… 분명 떠나자고 할 텐데…. 이번엔 뭐라고 둘러대지? 때마침 자작나무 숲에서 깨마가 날아오는 모습이 보였다.

"깨마! 깨마!"

모나가 부르는 소리에 깨마가 다가와 바로 근처 나무 위에 내려앉았다. 노아가 눈인사하자 깨마가 가볍게 날개를 흔들며 반갑게 인사를 건넸다.

"둘 다 오랜만이네? 오늘 날씨 너무 좋지?"

"네, 바람도 없고 그렇게 덥지도 않고 좋네요."

"나도 그래서 나왔어. 한동안 집에서 축 늘어져 지냈더니, 오늘은 나가고 싶더라. 역시 그냥 죽으란 법은 없어."

노아는 깨마를 보자 갑자기 링고가 떠올랐다. 링고는 잘 있을까? 여행 간 지 벌써 한참이 지났는데 왜 아직도 돌아오지 않는 거지?

혹시 나 때문에… 내가 보기 싫어서 오지 않는 거면 어쩌지? 보고 싶어, 링고…. 깨마가 노아의 눈치를 보더니 입을 열었다.

"혹시 링고한테 편지 같은 거 없었어?"

노아가 고개를 저었다.

"이상하네. 링고가 노아 너는 끔찍이 챙겼는데, 왜 너한테도 소식이 없지?"

깨마 때문이잖아요. 내가 배신한 것처럼 말해서 링고를 더 힘들게 해 놓고선…. 노아가 깨마를 원망의 눈길로 쳐다보자 깨마가 헛기침을 하며 눈을 피했다. 그래도 따가운 시선이 계속 느껴지자 일부러 딴청을 부렸다.

"아, 하늘 한번 새파랗다. 이제 여름도 절정인가 봐?"

깨마의 말에 노아가 멈칫 고개를 들었다. 그림자별이 하루만큼 가까워져서 하늘이 더 뿌옇게 흐려졌는데 무슨 소리를 하는 거야? 깨마가 말을 이었다.

"어쩜 구름 한 점 없나 몰라. 햇살도 좋고. 저 회색 기운만 없어도 완벽한데."

노아가 고개를 갸웃하자 모나가 안절부절못한 채 입을 뗐다.

"깨마, 요즘 곰곰 못 본 지 한참 됐죠? 루나 말로는 오늘 쉬기로 했다던데, 한번 가 보지 그래요?"

"그래? 맨날 얘기 들어 달라고 징징대더니, 이제는 루나랑 글 쓴다고 코빼기도 안 비추더라고. 얼마나 대단한 걸 쓰고 있는지 내 직접 가서 봐야겠다."

깨마가 나뭇가지에서 날아오르려는 찰나 노아가 외쳤다.

"잠깐만요!"

순간 모나의 가슴이 철렁 내려앉았다. 노아는 다짜고짜 깨마에게 따지듯 물었다.

"하늘이 새파랗다니요? 그림자별이 태양이고 하늘이고 색을 모조리 빨아들여서 지금은 물 빠진 것처럼 흐릿한데, 새파랗다니요?"

"깨마, 어서 가 봐요. 곰곰이 어디 가기라도 하면 어떡해요?"

모나가 다급히 말하자, 깨마가 노아와 모나를 번갈아 쳐다보며 누구 말에 반응해야 할지 망설였다.

"그림자별이 아리별의 색을 모조리 삼키려고 하는데 농담이 나와요? 아리별이 위험하다고요! 아리별이 위험해지면 깨마도 주민들도 다 위험해지는 건데, 너무 무심한 거 아니에요?"

노아가 발끈하자 깨마가 안 그래도 터질 것 같이 큰 눈을 부릅뜨고 말했다.

"지금 뭔 소리 하는 거야? 하늘이 새파라니까 새파랗다고 말한 건데 뭐가 문제야? 그림자별은 아리별과 쌍성인데, 뭐가 위험하다는 거고? 내 참 어이가 없네."

"깨마, 그냥 가요. 노아, 우리도 가자. 응?"

모나가 억지로 노아의 손을 잡아끌었다. 그러나 노아는 그대로 버티고 서서 깨마의 말을 맞받아쳤다.

"깨마 눈에는 저 흐릿한 게 안 보여요? 그림자별에게 파랑이란 파랑은 다 뺏기고 회색 그림자처럼 어렴풋한 흔적만 남았잖아요."

"무슨 어렴풋한 흔적! 멀쩡한 하늘을 두고 무슨 헛소리를 자꾸 하는 거야? 안 그래도 심난해서 죽겠고만. 모나, 노아 대체 왜 이러는 거야?"

노아도 억울하단 듯이 모나에게 호소했다.

"모나, 네가 얘기 좀 해 봐."

노아와 깨마의 시선이 모나에게 쏠렸다. 모나는 어찌할 바를 모른 채 둘의 얼굴을 왔다 갔다 쳐다보았다. 그러다 결국 눈을 딱 감고 말했다.

"날은 좋은데, 하늘은 흐릿하네요."

그 순간 노아와 깨마가 연달아 소리쳤다.

"거봐요! 제발 생각 좀 하고 말씀하세요!"

"둘 다 눈이 삔 거야?"

노아가 깨마를 매섭게 노려보자 깨마가 기가 막힌 얼굴로 자리에서 팔짝팔짝 뛰더니 휙 날아가 버렸다. 노아가 그 모습을 보며 고개를 저었다. 모나는 마른침을 꿀꺽 삼키며 조용히 한숨을 내쉬었다.

"가자, 노아."

모나가 먼저 발걸음을 내딛자 노아가 뒤따라와 모나의 손을 잡았다. 모나는 노아가 그림자별 얘기를 계속할까 봐 먼저 이런저런 얘기를 늘어놓았다. 노아는 묵묵히 듣기만 할 뿐 별다른 반응을 보이지 않았다. 그러는 사이 두 사람은 갈대밭을 한 바퀴 다 돌고, 다시 자작나무 숲을 향해 걸음을 옮기고 있었다. 그때였다. 깨마가 갑자기 나타나 길을 막았다. 어린 꾀꼬리가 열 마리 넘게 깨마의 뒤를 따르고 있는 걸 보니 작정하고 기다린 듯했다. 깨마가 어린 꾀꼬리들을 나뭇가지에 앉히고는 모나와 노아를 손가락으로 가리켰다.

"쟤들한테 똑똑히 일러 주렴. 지금 하늘이 무슨 색이니?"
"파랑색이요."
"파랑색이요. 근데 왜요?"
"이따가 얘기해 줄 테니까, 다음 얘기해 봐. 무슨 색으로 보여?"
"파랑색이요. 지금 게임 하는 건가요?"
"다음은?"
"파랑이요."
"파랑이요. 근데 왜 당연한 걸 자꾸 물어요? 보면 알잖아요."
"보고도 모르는 사람이 있어서 그렇지. 하늘이 흐릿하단다."
"누가요? 그 사람 장님 아니에요? 킥킥."
그 순간 모나의 얼굴이 일그러졌다. 노아의 얼굴에는 당황한 기색이 역력했다. 깨마가 흥분한 목소리로 따졌다.
"내가 오죽하면 얘들을 다 데리고 왔겠어? 왜 새파란 하늘을 두고 우겨 우기길? 둘이 짜고 나 바보 만들기로 작정한 거야?"
"죄송해요."
모나가 저도 모르게 사과했다가 아차 싶어 노아의 표정을 살폈다. 당황한 노아가 모나를 뚫어지게 쳐다보자 모나가 이내 시선을 피했다.
"모나, 나 좀 봐. 하늘이 파래?"
모나는 여전히 시선을 피한 채 아무 말도 하지 못했다.
"대답해, 하늘이 파란 거 맞아?"
노아가 억지로 모나의 고개를 자신에게 고정시켰다.
"노아…."

모나의 눈동자가 사정없이 흔들렸다. 그 모습에 노아가 저도 모르게 실소를 터뜨렸다. 하늘이 흐릿해진 게 아니라 내 눈이 멀어 가는 거였어? 내가, 내가 장님이 되어 간다고? 노아는 실성한 사람처럼 웃으며 깨마와 모나, 하늘을 차례대로 보더니 발길을 돌렸다.

"노아! 노아!"

모나가 따라가 노아의 팔을 붙잡았다. 노아는 모나의 팔을 뿌리치고 달리기 시작했다. 모나가 노아의 이름을 부르며 뒤쫓았지만, 따라잡기엔 역부족이었다. 깨마와 어린 꾀꼬리들만 무슨 영문인지 몰라 멀뚱히 그 모습을 지켜볼 뿐이었다.

노아는 이 상황을 도저히 인정할 수 없었다. 자신의 세상에서 파랑이 사라지고 있었다. 노랑이 사라지고 있었다. 그리고 조만간 더 많은 색들이 사라질 것이다. 세상은 온통 암흑 속에 잠길 것이다. 그럴 순 없어. 그러는 법이 어디 있어! 안 돼. 안 된다고! 노아는 달리다 말고 그대로 주저앉아 울었다. 어린 시절, 텅 빈 방 안에 불을 끄고 혼자 누웠을 때의 풍경이 떠올랐다. 고독이 버거웠던 꼬마는 '엄마, 아빠'를 목이 쉴 때까지 소리쳐 부르곤 했다. 그러나 끝내 대답은 들을 수 없었다. 아무것도 보이지 않고, 아무것도 들리지 않는 세계. 그 세계로 돌아가 평생을 살아야 한다니, 생각만으로도 끔찍했다. 내가 어떻게 빠져나왔는데, 내가 어떻게 견뎌서 여기까지 왔는데…. 노아는 바닥에 쓰러져 목 놓아 울었다. 그러다 불현듯 천막에 있는 남자가 떠올랐다. 노아는 몸을 일으켜 다시 정신없이 내달렸다. 그리고 천막에 다다르자마자 급히 안으로 뛰어들어 갔다.

"눈이 멀면 어떤가요? 정말 아무것도 안 보여요? 사방이 검기만 해요?"

노아의 다급한 목소리에 남자가 깜짝 놀라 일어섰다.

"왜 그러십니까? 무슨 일 있습니까? 누가 눈이 멀기라도 한대요?"

"눈이, 눈이 먼대요."

"누가 말입니까?"

"저요."

노아의 말에 남자가 침을 꿀꺽 삼키더니 천천히 입을 뗐다.

"확실한 겁니까? 저 안 보여요?"

"보여요. 근데 색이 하나씩 흐려지고 있어요. 처음엔 노랑이 흐릿해지더니, 이제는 파랑이 흐려지면서 회색으로 변해 가고 있어요."

"이런… 어쩌다가…."

남자가 허공을 더듬거리다가 노아의 팔을 붙잡고 앉혔다. 노아가 말했다.

"말해 줘요. 눈이 멀면 다 검게 보이나요?"

"그렇습니다. 노아 군의 회색도 결국 검은색으로 바뀔 거예요."

"안 돼요. 그럴 순 없어요. 색이 다 사라져도 파랑만은 안 된다고요!"

그 순간 노아를 뒤쫓아 온 모나가 그대로 천막 앞에 얼어붙었다. 노아는 그런 줄도 모르고 계속해서 남자에게 매달렸다.

"어떻게든 파랑은 남겨야 해요. 검정 대신 파랑을 남기는 방법은 없나요?"

"음…."

"알려 줘요. 제발 부탁이에요."

남자가 고개를 젓자 노아가 더 간절히 애원했다.

"온 우주를 다녔다고 했잖아요. 검정 말고 다른 색을 남긴 이는 보지 못했나요?"

남자가 잠시 생각에 잠기더니 입을 뗐다.

"딱 한 사람, 회색이나 검정 같은 무채색 대신 세상이 온통 빨강으로 변했다는 이를 본 적이 있습니다. 선천적인 맹인은 아니었고 후천적으로 눈이 먼 사람이었는데, 어떻게 된 영문인지 그 사람만 유채색 도화지를 가지고 있었죠."

"그 사람은 지금 어디 있죠?"

"그 별이 어디였더라…. 워낙 오래전이라 기억이 잘 안 나는데, 몇 군데만 직접 가 보면 알 것 같기도 해요."

"저를 그분에게 데려다 주세요. 뭐든 할게요."

노아의 말에 남자가 회심의 미소를 지었다.

"그 말 정말입니까? 정말 제가 원하는 대로 다 해 주실 겁니까?"

"네, 얼마든지요."

"그럼 제가 가서 어떻게든 방법을 찾아올 테니 당신의 연주를 들려주십시오."

"알겠습니다."

"평생 해 주십시오."

그 말에 노아가 주춤했다. 남자가 말을 이었다.

"평생 저의 눈이 되어 주십시오. 당신의 눈이 완전히 멀 때까지 당신이 보는 것을 저도 볼 수 있게 해 주십시오. 그 이후엔 당신의 기억을 연주해 주십시오. 그래 줄 수 있나요?"

"그렇게 하겠습니다. 파랑만 남길 수 있다면, 뭐든 할게요. 지금 당장 출발하죠."

노아가 벌떡 일어나자 남자가 노아를 다시 자리에 앉혔다.

"저 혼자 다녀오겠습니다. 지금 당신은 여행하기 위험한 상태예요. 조만간 우울증에 빠질 가능성도 높고요. 중간에 눈이 더 나빠지기라도 하면 시간만 지체될 거예요."

"전 괜찮아요. 잘 갈 수 있다고요."

"제가 괜찮지 않습니다. 혼자 다녀오게 해 주십시오. 지금 바로 떠나겠습니다."

"그래도… 그래도 제가…."

"한시가 급한 상황 아닙니까? 계속 입씨름하는 데 시간을 낭비해도 괜찮나요?"

남자의 단호한 목소리에 노아는 물러설 수밖에 없었다.

"그럼 하나만 약속해 줘요. 반드시 파랑을 남길 수 있는 방법을 찾아오겠다고."
"약속합니다."
노아는 지푸라기라도 잡는 심정으로 남자의 손을 꼭 붙잡았다.
"기다릴게요."
남자는 노아의 어깨를 다독이더니 자리에서 일어났다. 언제라도 당장 떠날 것처럼 짐을 끌어안고 있더니, 이때를 기다렸다는 듯 한 치의 망설임도 없이 천막을 나섰다. 문 앞에서 이야기를 엿듣던 모나가 재빨리 나무 뒤로 숨었다. 천막을 나온 노아가 떠나는 남자의 뒷모습을 지켜보고 있었다. 남자가 저만치 걸어가다 말고 노아를 향해 돌아섰다.
"마레 양도 이 사실을 알고 있나요?"
노아가 머뭇거리자 남자가 말을 이었다.
"마레 양이 알면 당신에게 한쪽 눈을 줄지도 모르는데, 알리지 그래요?"
남자는 노아의 침묵을 읽고는 혼자 고개를 끄덕였다.
"이제야 알겠군요, 어째서 그동안 연주를 하지 않았는지. 제가 돌아왔을 땐 아무리 슬퍼도 당신의 감정을 꽁꽁 숨겨선 안 됩니다. 음악회 때보다 더 선명해진 당신 마음속의 파랑을 꼭 보고 싶으니까요."
노아가 고개를 끄덕이자 남자가 가던 길을 계속 갔다. 남자의 모습이 보이지 않자 노아는 그 자리에 털썩 주저앉았다. 나무 뒤에서 노아를 지켜보고 있던 모나도 따라서 주저앉고 말았다.
모나는 모든 게 허망했다. 지금껏 노아를 위해 한 모든 일이, 노아

에게 쓴 모든 마음들이 덧없게 느껴졌다. 노아를 위해 노력한 자신보다, 상처만 주고 아무것도 하지 않은 마레가 노아에겐 여전히 더 소중했다. 아무리 시간이 지나도, 자신이 아무리 애써도 그 사실은 변하지 않았다. 노아가 마음에 품고 있는 사람이 왜 내가 아니라 마레인 거야? 나는 할 만큼 했는데, 죽도록 노력했는데 도대체 왜… 어째서…. 모나의 두 눈에 눈물이 핑 돌았다. 그때 노아가 일어나 걷는 모습이 보였다. 노아는 얼마 가지 못하고 다시 주저앉아 오열했다. 모나는 그 모습을 더는 지켜볼 수 없어 발걸음을 돌렸다. 그래도 노아의 울음소리가 계속 들리자 두 귀를 꽉 막고 달리기 시작했다. 그림자별도 모나를 따라 눈먼 짐승처럼 아리별을 향해 질주하고 있었다.

며칠 동안 모나의 머릿속에는 파랑을 외치던 노아의 목소리가 울려 퍼졌다. 모나는 세차게 고개를 저으며 입술을 꽉 깨물었다. 파랑, 파랑, 파랑. 그놈의 파랑! 차라리 노아의 눈이 멀어 파랑 따위 영영 보지 못했으면 좋겠어! 모나는 점점 질투에 눈이 멀어 가고 있었다. 처음에는 노아가 아무것도 보지 못할까 봐 두려웠는데, 이제는 파랑만 보게 될까 봐 그게 더 두려웠다. 정말 그 남자가 파랑만 남기는 방법을 찾아오면 어쩌지? 파랑이 흐릿해도 저런데, 온 시야가 파랑으로 가득 차기라도 하면 정말…. 모나는 상상만으로도 몸서리를 쳤다. 안 돼. 그것만은 절대 안 돼. 노아의 마음에 들어갈 자리가 아예 사라지는 거라고. 무슨 수를 써서라도 막아야 해. 문득 모나의 머릿속에 한 가지 방법이 떠올랐다. 오랫동안 생각은 했지만, 절대 행동으로 옮길 수 없을 것 같던 일. 노아에게 가장 필요한 선물. 모나는 눈을 감고 심호흡을 크게 했다. 그러나 언제나 그랬듯 이내 고개를 절레절레했다. 안 돼. 노아를 위해서라면 뭐든 할 수 있지만 그것만은 안 돼. 아무리 노아라도 그것만은 안 돼. 정신 차려, 모나. 넌 아리별의 주인이야. 그때, 잠들었던 마레가 눈을 떴다.

"왜 그래? 무슨 일 있어?"

마레가 눈을 껌뻑이며 모나를 쳐다보았다. 모나는 말없이 마레의 눈을 뚫어지게 바라보았다. 새파란 눈동자. 노아가 평생 이 눈만 보고 산다는 거지? 눈을 뜨나 감으나 파랑, 어디를 봐도 파랑, 온통 파랑 천지인 세상을 살아간다는 거지? 그럴 순 없어. 나는 아리별의 주인이기 전에 그저 한 소년을 좋아하는 평범한 소녀야. 좋아하는 사람을 위해서라면 무엇이든 희생할 수 있어. 노아를 지키고 말 거야. 한동안 고민에 고민을 거듭하던 모나가 드디어 결심이 섰는지 주먹을 꽉 쥐었다. 그리고 루나와 마레를 향해 고개를 돌렸다. 마레는 곧잠 뿌리를 세고 있었고, 루나는 그런 마레를 안타깝게 지켜보고 있었다. 모나가 말했다.

"노아 말이야. 요즈음 계속 우울해했잖아. 그동안 마레 때문인 줄 알았는데, 이제야 비로소 이유를 알았어."

그 말에 루나가 모나에게 시선을 돌리고 물었다.

"뭐 때문인데?"

모나가 뜸을 들이자 루나가 보챘다.

"뭔데 그래? 어서 말해 봐. 왜 그런 거야?"

"네가 안 보인대."

"그게 무슨 소리야?"

"노랑이 흐릿하게 보인대. 파랑도 점점 흐릿해지고 있대."

그 말에 마레가 멈칫했다. 루나도 잠시 말문이 막혀 모나의 얼굴만 뚫어지게 바라보았다. 루나가 다시 입을 열었다.

"그동안 멀쩡하게 잘 보고 다녔잖아. 왜 못 본다는 거야? "

"나도 모르겠어. 노아에게 왜 이런 일이 일어난 건지."

"확실해? 잘못 안 거 아니고?"

모나가 대답 대신 고개를 끄덕였다.

"얼마나 안 보인대?"

"노랑과 파랑이 흐릿해지면서 회색으로 변해 간대."

"말도 안 돼. 왜 여태 말을 안 한 거야?"

"노아도 몰랐으니까. 흐릿하게 보이는 게 그림자별이 아리별의 색을 빨아들여서 그런 줄 알았대."

루나가 끙 하고 낮은 한숨을 내쉬었다. 마레는 태연한 척 곤잠을 셌다.

"스물셋, 스물넷, 스물다섯, 스물여섯, 스물일곱, 스물일곱, 스물일곱, 스물일곱…."

마레가 느닷없이 곤잠을 집어 던졌다.

"노아, 이 바보. 멍청이."

모나와 루나가 놀라 동시에 고개를 돌렸다. 마레가 말을 이었다.

"어떻게 모를 수가 있어? 처음 왔을 땐 멀쩡했잖아. 그 지경이 되도록 어떻게 의심 한 번 안 할 수가 있어? 뭔가 이상하다고 느꼈을 거 아니야. 제 눈이 안 보이는데 어떻게 멀리 있는 그림자별만 탓하고 있을 수가 있냐고!"

그때 루나의 머릿속에 불현듯 한 장면이 스쳤다. 언젠가 노아를 태양 속으로 불러들였을 때, 노아가 상대의 눈이 흐릿하게 보여서 마음도 읽을 수 없다고 고백했던 적이 있었다. 맞아, 그때 분명히 그랬어. 색이 일시적으로 흐릿하게 보인다고. 그때부터 서서히 색을 잃어 가기 시작했구나. 루나가 안타까운 표정으로 말했다.

"괜찮은 줄 알았는데…."

마레와 모나의 시선이 루나에게 향했다. 모나가 다급히 물었다.

"왜? 뭐 생각나는 거라도 있어?"

"그게…."

루나가 이러지도 저러지도 못한 채 말끝을 흐리자 마레가 대답을 보챘다.

"말해 봐, 어서."

"예전에 바닷가 갔을 때 노아가 색이 흐릿하게 보인다고 그랬어. 피곤해서 그렇지, 괜찮아질 거라고 해서 대수롭지 않게 넘겼는데, 그때 제대로 알아차리기만 했어도…."

루나가 자책하자 마레가 흥분했다.

"왜 네 탓을 해? 본인도 몰랐다고 하잖아. 근데 네가 무슨 수로 알아채? 본인이 멍청해서 그런 거야. 네 잘못 아니니까 괜한 탓 하지 마!"

루나가 말없이 고개를 푹 숙였다. 마레가 계속해서 씩씩거리자 모나가 한숨을 쉬었다.

"진정 좀 해. 아무리 그래도 당사자인 노아가 제일 힘들다고."

"힘들어도 싸!"

싸늘한 마레의 말에 모나가 욱해서 소리쳤다.

"함부로 말하지 마! 왜 네가 난리야? 언제부터 그렇게 노아를 생각했다고? 노아가 힘들어 하든 말든 넌 속 편하게 잠만 잤잖아. 네가 무슨 자격으로 그렇게 말해?"

마레가 아무 말 못 한 채 모나를 매섭게 째려보기만 했다.

"노아의 세상에서 색이 사라지고 있어. 이제 나까지 완전히 못 보게 될 거라고."

모나의 말에 분위기가 한순간에 가라앉았다. 모나가 떨리는 목소리로 말했다.

"내 눈을 줄 거야."

"뭐?"

모나의 말에 마레와 루나가 일제히 되물으며 모나에게 고개를 돌렸다.

"한쪽 눈을 노아에게 줄 거야."

그 순간 침묵이 감돌았다. 마레도 루나도 입을 반쯤 벌린 채 잠시 멍해 있었다. 마레가 말했다.

"내가 잘못 들은 거지?"

"제대로 들었어. 내 눈을 노아한테 줄 거야."

"눈을 준다는 게 무슨 의미인지 몰라? 넌 아리별 주인이야. 네 눈 속에 아리별이 있다고. 주인이 자기 별을 다른 이에게 준다는 게 말이 돼?"

모나가 마레의 눈을 보고 말했다.

"나도 충분히 생각해 보고 결정한 일이야. 나한텐 이게 최선이야."

"어떻게 그게 최선이야? 말이 돼?"

마레가 흥분해서 길길이 날뛰었다. 루나는 너무 당황한 나머지 여전히 말을 잇지 못했다. 모나는 예상했다는 듯 태연하게 말을 이었다.

“말이 안 되지. 네 말대로 난 아리별의 주인이니까. 그런데 난, 내가 사랑하는 남자도 제대로 못 지키면서 아리별을 온전히 지킬 자신이 없어. 아리별도 소중하지만 내겐 노아가 더 소중해.”

“모나!”

“한쪽 눈은 아리별을 품고 지킬게. 대신 한쪽 눈은 노아의 눈이 되어 노아를 지킬게. 내가 사랑한 사람이니까, 끝까지 내가 지킬래.”

마레와 루나는 기가 막혀 헛웃음만 흘렸다. 모나가 나지막한 목소리로 말했다.

“미안해. 너희들한테는 미안하단 말밖에 할 말이 없어.”

“모나, 이럴 때일수록 냉정해야 해. 노아를 도울 수 있는 현실적인 방법을 찾아야지, 감정에 이끌려서 섣부르게 판단하면 안 돼. 아리별을 생각해.”

루나가 모나를 타일렀지만 모나는 물러서지 않았다.

“보잘 것 없는 나를 봐 줘서, 그래서 내가 살았어. 노아가 더는 날 볼 수 없다면 아리별도 나한텐 아무 의미 없어. 미안해.”

“그래, 너 속상한 거 충분히 알겠어. 나도 그러니까. 그래도 눈을 주는 거, 그건 아니지. 우리 차분히 방법을 찾아보자.”

루나가 아무리 타일러도 모나가 뜻을 굽히지 않자 마레가 언성을 높였다.

“정신 차려! 나오는 대로 막 말하지 말고 정신 좀 차리라고!”

“정신 멀쩡해. 아주 멀쩡하다고. 누가 네 눈 주겠대? 내 눈 내가 주겠다는데, 왜 난리야?"

"그게 왜 네 눈이야! 우리 셋 모두의 것이지! 셋으로 잠시 나뉘어 있는 것일 뿐 언젠가는 다시 하나가 될 거라는 거 몰라?"

"그 '언젠가'가 대체 언젠데? 그러면 뭐가 달라지는데?"

"그걸 몰라서 물어? 그림자별의 주인이 아리석을 손에 쥐면 보라의 노래가 나타나고, 그걸 부르는 순간 우리 셋은 하나가 될 거야. 그림자별의 주인과 아리별의 주인인 우리처럼 별들끼리도 완벽한 한 쌍을 이루어 서로를 지킬 수 있어. 너도 알고 있잖아."

마레의 설명에 모나가 피식 웃었다.

"잘 알지. 그 유명한 아리별의 전설. 운명. 아리별의 주민이라면 모르는 사람이 없지. 모두 한마음으로 그림자별의 주인만 목 빠지게 기다리고 있잖아. 너도, 루나도."

"그게 노아보다 훨씬 중요하니까!"

마레의 말에 모나의 얼굴이 굳었다. 루나도 다소 놀란 눈빛으로 마레를 쳐다보았다.

"지금은 눈앞에 노아밖에 안 보이니까 네 마음이 그렇겠지만, 곧 그림자별의 주인이 나타나면 달라질 거야. 제발 나중에 후회할 짓 하지 마."

"그럼 노아는? 노아는 저대로 내버려 둬? 그때가 되면 완전히 눈앞이 캄캄해질 텐데?"

마레의 말문이 막히자 모나가 말했다.

"노아의 불행을 모른 척하고 그림자별의 주인과 행복할 수 있을 거 같아?"

"누가 모른 척한대? 같이 생각해 보자고 몇 번을 말해?"

"아무것도 잃지 않으려고 하면서 무슨 수로 돕겠다는 거야? 입으로만 도울 거야? 노아를 도울 수 있는 가장 확실한 방법이 손안에 있는데 뭘 더 찾아보자는 거야? 그렇게 늑장 부리는 동안 노아는 눈이 멀 거라고!"

"너 정말 이럴래!"

마레가 화를 참지 못하고 곧잠 뿌리를 집어 던지자 모나가 흠칫 놀라 입을 다물었다. 마레가 격앙된 감정을 누르며 입을 열었다.

"아리 3원칙 제3조. 한 고양이의 행동이 전체 이익에 반하는 경우, 이를 지나쳐서는 안 된다. 어디 네 멋대로 하기만 해. 나도 루나도 절대로 가만 안 있어."

마레의 으름장에 모나가 주춤했다. 모나는 말없이 마레와 루나를 바라보았다. 너희도 언젠가 알게 될 거야. 지금 당장 노아를 모른 척하는 것보다 노아를 돕는 것이 우리 모두를 위한 길이라는 걸. 그러나 지금은 아무리 말해 봤자 소용없었다. 모나의 생각에는 괜히 설득하려고 시간을 끌다가는 더 시끄러워지기만 할 것 같았다. 그러니 당장 오늘 밤 행동으로 옮겨야 했다. 모나는 일단 마레와 루나를 안심시키려고 마지못해 포기하는 시늉을 했다. 둘은 모나와 입씨름을 하느라 지쳤는지 초저녁부터 잠자리에 들었다. 모나는 이들이 깊게 잠들 때까지 묵묵히 기다렸다. 그리고 밤이 무르익자 조용히 침대에서 일어났다. 어둠이 유난히 짙은 밤, 그림자별이 아리별을 향해 무서운 속도로 돌진하고 있었다.

저러다가 정말 충돌이라도 하는 거 아니야? 창문으로 그림자별을 지켜보던 노아의 눈동자가 불안하게 흔들렸다. 그림자별의 몸집은 이미 커질 대로 커진 데다가, 다가올 대로 다가와서 이대로 두었다가는 아리별과 충돌할 것 같았다. 이젠 어떡해야 한단 말인가. 당장이라도 아리에게 달려가 아리별을 떠나자고 하고 싶었지만 도저히 그럴 수가 없었다. 언제 두 눈이 멀지 모르는 상황에서 섣불리 나섰다가는 아리에게 짐이 될 수도 있었다. 노아는 이러지도 저러지도 못한 채 마음을 졸이며 그림자별을 지켜보았다. 밤은 깊어만 가는데 노아는 잠이 들기는커녕 불안해서 가만히 있기도 힘들었다. 그때 누군가가 천막 앞을 서성거리는 소리가 들렸다. 아리가 왔나? 노아는 벌떡 일어나 천막 밖으로 뛰쳐나갔다. 그리고 상대와 눈이 마주치는 순간 놀라서 그대로 멈춰 섰다. 상대가 미소 지으며 말했다.

"오랜만이지?"

"린…."

"너무 늦은 시간이라 올까 말까 고민했어. 좀 들어가도 돼?"

"네, 들어와요."

노아가 먼저 천막 안으로 린을 들여보낸 뒤 따라 들어왔다. 린이 천막 구석구석에 눈길을 주더니 사뿐히 앉았다. 그리고 감회에 젖은 눈으로 노아를 바라보았다.

"처음 네가 나가 살겠다고 했을 땐 엄청 반대했지."

"그래도 허락해 주셨잖아요."

"그래, 그러길 잘했어. 계속 같이 살았으면 너만 마음고생 더 했을 거야."

린이 씁쓸한 미소를 짓더니 조심스레 입을 뗐다.

"링고는 잘 지내니?"

"소식 못 들었어요? 옆 별로 여행간 지 한참 됐는데."

"아…. 언제 돌아올지는 모르고?"

노아가 고개를 끄덕였다. 잠시 어색한 침묵이 감돌았다. 노아가 먼저 입을 열었다.

"핀은 잘 지내죠? 지금 뭐 하고 있어요?"

"숨바꼭질."

"네? 숨바꼭질이요?"

"응. 숨바꼭질하고 있어."

"린이 여기 있는데, 어떻게…."

린은 노아의 눈을 지그시 바라보며 회상에 잠겼다.

린과 핀은 여느 때와 다름없는 평온한 일상을 보내고 있었다. 둘은 갈대밭에 나란히 누워 하늘을 바라보았다. 구름이 강물처럼 하늘 끝에서 끝으로 유유히 흘러가고 있었다. 린이 핀을 향해 고개를 돌리자 핀도 린에게 고개를 돌렸다. 둘은 잠시 말없이 서로를 응시했다. 핀은 린의 눈에서 평소와 다른 기색을 읽고 저도 모르게 고개를 저었다. 린은 그런 핀의 뺨을 어루만지기만 할 뿐이었다. 핀이 린의 손을 꼭 잡고 손가락 하나하나 깍지를 꼈다. 린이 말문을 열었다.

"누군가의 손을 잡고 있지 않으면 늘 불안했어. 누군가가 필요한 순간, 잡아 달라고 손을 내밀 용기도 없을 뿐더러, 용기 내어 손을 내밀었는데 아무도 잡아 주지 않으면 어쩌나 하는 두려움 때문이었을 거야. 그러니 애초에 누군가의 손을 계속 붙잡고 있으면 된다고 생각했어. 그게 나 자신과 상대방을 얼마나 불행하게 만들었는지, 어떻게 서로를 가두었는지 넌 모를 거야."

핀의 손아귀에 힘이 더 들어갔다. 린은 다른 한 손으로 핀의 손등을 감쌌다.

"강하다는 건 말이야. 아프지 않다는 게 아닌 것 같아. 아무리 아파도 자신을 끝까지 포기하지 않고 보듬는 것, 자신도 아프지만 상

대의 아픔까지 기꺼이 감당할 용기를 내는 것. 그게 강한 거야."

"강해지고 싶어요."

"강해질 거야. 너로 인해 나는 강해졌으니까."

핀이 린의 눈을 가만히 응시했다. 이전과는 다르게 한층 깊어진 눈빛. 같이 손을 맞잡고 있어도 린은 강하고, 나는 약하구나. 핀의 입술이 파르르 떨리며 눈에 눈물이 고였다. 핀은 눈물을 들키기 싫어서 눈을 질끈 감았다. 그리고 서서히 린의 손을 놓았다. 아주 오랜만에 숨바꼭질이 시작되려는 참이었다.

잠시 후 핀이 눈을 떴을 때 린은 그 자리에 없었다. 핀은 여느 때처럼 일어나 그동안 린이 숨었던 장소를 차례대로 뒤졌다. 나무 뒤며, 유난히 키가 큰 갈대들이 모여 있는 곳이며, 린이 있을 만한 곳은 다 찾아보았지만 린은 보이지 않았다. 머릿속에 린과의 추억이 빠르게 스쳐 지나갔다. 핀은 계속해서 울컥 솟구치는 눈물을 내리누르며 다시 처음부터 찾기 시작했다. 린이 어딘가에 숨어서 자신을 지켜보고 있다면 지루해하지 않도록 다소 과장되게 울상도 짓고 소리도 쳤다.

"꼭꼭 숨어라, 머리카락 보인다! 꼭꼭 숨어라, 머리카락 보인다!"

핀의 목소리가 갈대밭에 쩌렁쩌렁 울려 퍼졌다. 서서히 해가 저물고 있었다. 평소와 달리 이번 숨바꼭질은 아주 오랜 시간이 걸릴 것 같은 예감이 들었다. 당장 린을 부르고 싶은 마음이 굴뚝같았지만 이를 악물고 참았다. 핀은 천천히 주위를 둘러보았다. 이 넓은 갈대밭에 캄캄한 어둠과 갈대만 무성할 뿐 아무도 없었다. 핀은 그제야 차마 할 수 없었던 말 한 마디를 더듬더듬 꺼냈다.

"사, 사랑, 사랑해요."

마치 아기가 처음 말을 내뱉듯 핀은 다시 한 번 조심스레 입을 뗐다.

"사랑, 사랑해요. 사랑해…."

목이 메어 말끝을 맺지 못하자 마른침을 삼키고 다시 입을 뗐다.

"사랑, 사랑…."

또다시 목이 메자 핀이 기침하듯 소리를 토해 냈다.

"사랑해! 사랑해요! 사랑해요! 사랑해요!"

핀의 울음 섞인 목소리가 갈대밭에 메아리쳤다. 핀은 한참 동안 사랑을 부르짖다 결국 바닥에 풀썩 주저앉고 말았다.

"사랑해요… 린…."

나지막한 목소리가 입 안에서 계속 맴돌았다. 핀은 그 말을 애써 삼키며 꺼이꺼이 목 놓아 울었다. 꼿꼿이 서서 지켜보던 갈대들이 바람에 하나둘 허리 숙여 핀의 등을 쓸어 주었다. 린과 핀의 길고 긴 숨바꼭질이 그렇게 계속되고 있었다.

노아가 물었다.

"핀한테 가 봐야 하는 거 아니에요? 기다릴 텐데…."

린이 말없이 노아를 보며 천천히 입을 뗐다.

"이번 숨바꼭질은 나 없이도 할 수 있어."

"그게 무슨 소리예요?"

"핀이 찾아야 할 상대는 내가 아니라 자기 자신이니까."

노아가 고개를 갸우뚱하자 린이 말을 이었다.

"핀은 늘 부족한 자신을 부끄러워만 했지, 자신이 누구인지 알려고 하지 않았어. 이제부터 끊임없이 찾게 될 거야. 나와 다시 만날 날을 기다리며, 내게 가장 잘 어울리는 상대가 되기 위해 부단히 노력하겠지. 그리고 언젠가 변한 자신의 모습을 발견하게 될 거야."

"어디 다녀오시려고요?"

린이 잠시 말을 멈추고 노아의 눈을 또렷이 응시했다. 린의 눈가에 어느새 촉촉한 눈물이 맺혔다.

"노아, 핀과 링고를 잘 부탁해."

"꼭 멀리 가는 사람처럼 왜 그래요?"

"아리별을 떠날 거야. 그리고 다시는 돌아오지 않을 거야."

노아가 잠시 할 말을 잃고 린을 쳐다보았다.

"네게 늘 모자란 모습만 보여서 미안해. 그래도 항상 널 아꼈단다. 그것만은 알아주었으면 좋겠어."

노아는 말없이 린의 눈을 응시했다. 린의 눈에 그렁그렁 고인 눈물이 떨어지기 직전이었다. 린의 애틋한 마음을 느낀 노아는 저도 모르게 린의 눈가에 손을 뻗었다. 그러나 노아의 손이 채 닿기도 전에 린이 먼저 손등으로 눈물을 훔치고 자리에서 일어났다. 노아도 곧바로 따라 일어났다.

"가지 마요."

린이 노아를 쳐다보았다.

"가지 마요. 이렇게 가는 법이 어디 있어요?"

"너도 어른이 되면 날 이해할 수 있을 거야."

"거짓말! 핑계 대지 마요! 어른이라면 책임을 져야죠. 그렇게 혼자 도망치는 법이 어디 있어요?"

"이게 내가 책임지는 최선의 방법이야. 이대로 가다가는 핀도, 링고도 더 망가질 거야."

그 말에 노아는 말문이 막혔다. 린의 눈빛이 그 어느 때보다 고독하고 쓸쓸하게 느껴져 더는 맞받아칠 수도 없었다. 노아가 풀이 죽은 목소리로 물었다.

"하나만 물어봐도 되요?"

린이 고개를 끄덕였다.

"왜 그때 링고가 아닌 핀을 선택한 거예요? 핀은 아직 어리고, 링고만큼 린에게 해 줄 수 있는 게 없는데 어째서…."

린이 잠시 노아의 눈을 응시하더니 입을 뗐다.

"기억나니? 핀이 처음 집을 나가서 갈대숲으로 갔을 때."

노아의 머릿속에 어렴풋이 그때가 떠올랐다. 린이 말을 이었다.

"그땐 우리 다 같이 핀을 찾아서 온 갈대밭을 헤집고 다녔지."

"기억나요. 그때 도시락 심부름은 제 몫이었으니까요."

"그래, 네가 고생이 많았지. 그때 그 녀석 참, 심통을 많이 부렸어. 제 몸이 상할 때까지 틱툭을 뽑질 않나, 내 블라우스를 엉망으로 만들고도 사과 한마디 없질 않나. 여러모로 반항기 많은 사춘기 소년이었지."

린이 그때를 떠올리며 옅은 미소를 지었다. 노아는 묵묵히 린의 말에 귀를 기울였다.

"그땐 나도 너무 화가 나서 이 녀석을 어떻게든 혼내 줘야겠다는 생각뿐이었어. 그래서 블라우스를 들고 갈대숲을 무작정 뒤졌지. 그때였어. 바로 그때….”

“핀! 핀!”

린은 목이 쉴 때까지 핀의 이름을 부르며 갈대숲을 뒤졌다. 갈대숲이 온통 린의 목소리로 메아리쳤지만 핀은 모습을 드러내지 않았다. 린이 갈대숲을 반 정도 돌았을 무렵 점점 목도 아프고 다리도 아파 왔다. 손에 든 봉투를 보자 한숨이 절로 나왔다. 결국 제풀에 지쳐 돌아서려는 차에 갈대 사이로 누워 있는 핀이 보였다.

“내 저 녀석을 그냥!”

린이 입술을 앙다물고 핀에게 다가갔다. 그러나 잠든 핀의 얼굴과 맞닥뜨린 순간 온몸이 그대로 굳어 버렸다. ‘너 누구니?’ 지금 잠들어 있는 핀은 틱톡 무리에 온몸을 뜯기고도 눈 하나 깜짝 않던 사춘기 반항아가 아니었다. 아무도 없는 캄캄한 곳에 작은 몸을 숨긴 채 쉬고 있는 한없이 여린 영혼이었다. 그 모습이 어딘지 모르게 자신과 많이 닮아 보였다. 린은 쪼그리고 앉아 그 모습을 하염없이 바라보았다. 사는 동안 단 한 번도 마주 본 적 없는 자신의 모습을, 그리고 이 가엾은 소년을. 지금까지 링고의 보호 아래 있어서 깨닫지 못했지만, 이렇게 사방이 뻥 뚫린 갈대밭 한가운데 있으니 자신이 완전히 벌거벗겨지는 느낌이었다. 링고라는 울타리가 없었다면 자신도 어딘가에 숨어 숨죽이고 살았을지도 몰랐다. 린은 그제야 스스로 강해지려고 노력하지 않고 기댈 곳만 찾아왔다는 사실을 깨달았다.

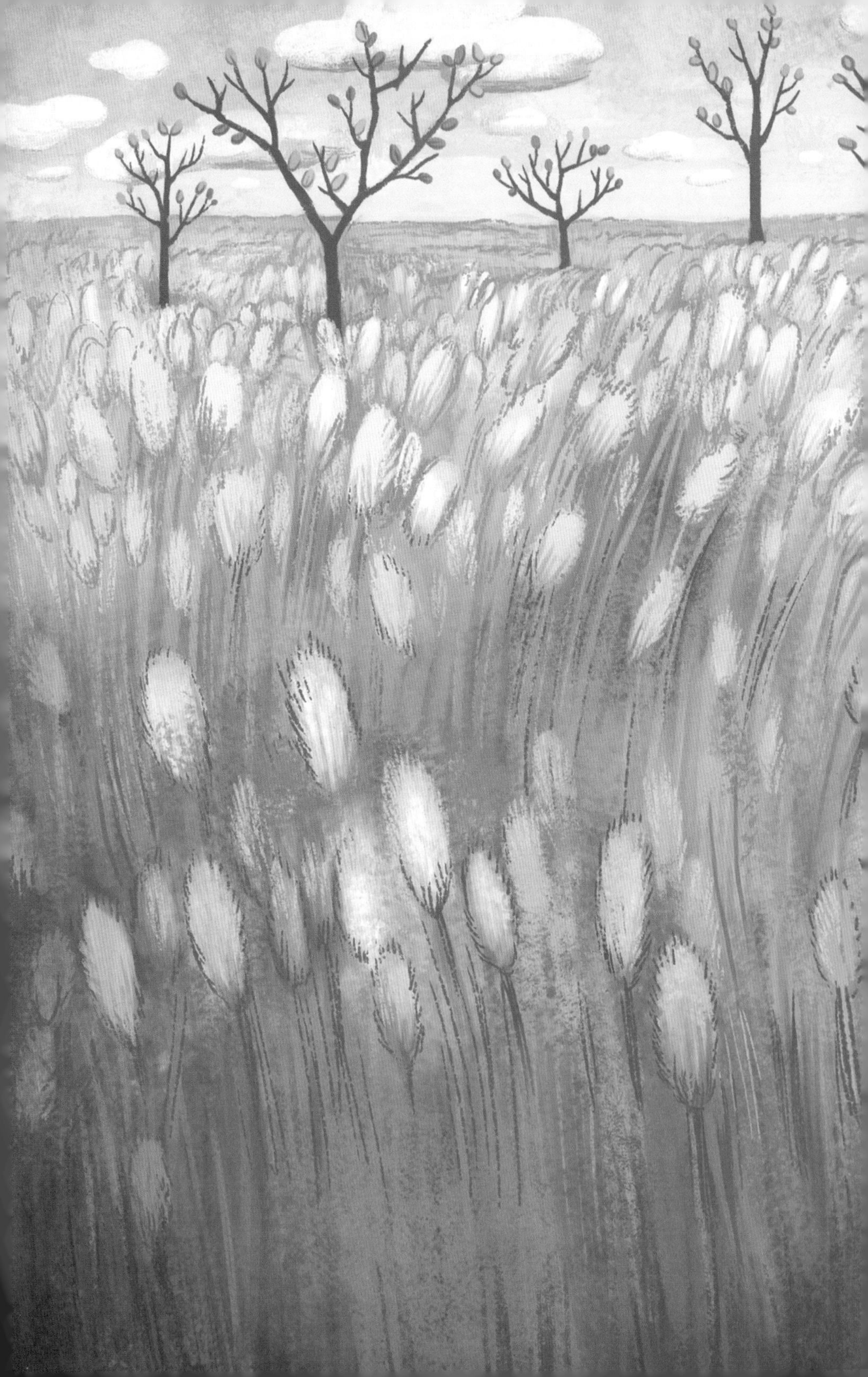

그 순간 갑자기 허무함이 밀려왔다. 반평생을 사는 동안 왜 단 한 번도 홀로 서려 하지 않았을까? 왜 애초에 하지 못할 거라 지레짐작하고 스스로에게 기회조차 주지 않았을까? 린은 그동안 링고가 아무리 잘해 줘도 늘 부족한 느낌을 떨칠 수 없었던 이유를 그제야 알 것 같았다. '나만이 내게 줄 수 있는 행복이 있는데 그것마저 상대에게서 찾으려 했으니 반쪽짜리 행복일 수밖에.' 린은 이제라도 자신에게 기회를 주고 싶었다. 그 누구에게도 기대지 않고 홀로 서 보고 싶었다. 이제 그만 어른이 되고 싶었다. 그리고 이 작은 소년을 지켜 주고 싶었다. 린은 생전 처음 느낀 이 감정을, 상대를 어떻게 받아들여야 할지 당황스러웠다. 괜스레 손에 쥔 봉투만 계속 만지작거리다가 블라우스를 꺼내 핀을 덮어 주었다. 아직 아물지 못한 목과 팔의 상처들이 블라우스 밖으로 삐져나왔다. 린은 조심스레 블라우스 끝을 당겨 상처를 완전히 덮어 주었다. 핏물이 덜 빠진 얼룩이 눈에 띄었지만 아무렴 상관없었다. 린은 해가 지고 달이 뜰 때까지 그렇게 한참을 더 있다가 조용히 그곳을 떠났다.

린이 말했다.

"링고는 언제나 나의 부족함을 채워 주었어. 그래서 넘치거나 모자라는 것 없이 그런대로 만족하고 살았던 거 같아. 그런데 만약 링고가 아니었다면 어떻게든 나 스스로 부족함을 채우려 노력하지 않았을까. 그래서 조금은 더 나은 내가 되지 않았을까, 그런 생각이 들었어."

"링고를 사랑한 걸 후회하세요?"

"링고가 아니었으면 난 살 수 없었을 거야. 내가 미처 깨닫지 못한 긴 시간 동안 링고는 늘 변함없는 안식처가 되어 주었어. 그 고마움을 어떻게 잊겠니? 그 사랑을 내가, 감히 어떻게 후회하겠니."

린은 목이 메어 잠시 말을 멈추었다. 그리고 다시 입을 뗐다.

"근데 링고가 아무리 나를 사랑해도, 내가 아무리 링고를 사랑해도 내가 링고는 아니잖아. 나는 나고, 링고는 링고야. 누구에 의해서가 아니라 나 스스로 내 삶 위에 홀로 설 수 있어야 했어. 링고가 나를 위해 뭐든 할 수 있다고 해도, 나의 삶을 대신 살아 줄 수는 없으니까. 나도 내 삶을, 나 자신을 당당히 책임지고 싶었어. 한 번쯤은 나도 부끄럽지 않은 어른이고 싶었어. 늘 그렇게 보살핌을 받기만 하는 게 아니라, 나도 누군가를 보살피고 싶었어."

"린…."

"이제는 핀 차례야. 내가 옆에 있으면 핀은 성장할 수 없어. 부족한 자신을 숨기려고 내게 더 기대겠지. 핀마저 나처럼 만들 순 없어. 인생은 그리 길지 않으니까. 조금이라도 더 일찍 깨달아서 더 많은 부분을 당당하게 자기 것으로 만들게 하고 싶어. 그게 내가 핀에게 줄 수 있는 최선의 사랑이야."

노아는 린의 눈을 똑바로 보았다. 슬픔 뒤에 반짝이는 무언가가 보였다. 린은 고통에 몸부림치고 있었지만 어느 때보다 안정되어 보였다.

"행복할 자신 있어요?"

노아의 질문에 린이 고개를 끄덕였다.

"꼭 행복해야 돼요. 정말 누구보다 행복해야 해요. 안 그러면 저 정말 린을 미워할 거예요."

린이 울먹이는 노아를 품에 꼭 끌어안았다.

"그래, 노아. 너도 항상 기억해. 행복은 선택이 아니라 의무임을…."

린은 그렇게 마지막 말을 남기고 천막을 나섰다. 노아가 뒤따라 나가 물끄러미 린의 뒷모습을 바라보았다. 린이 한 발 한 발 멀어지고 있었다. 엄마가 간다. 태어나 단 한 번도 엄마를 가져 본 적이 없는 노아에게 처음으로 엄마가 되어 준 그녀가, 떠나간다. 엄마, 그동안 엄마를 잘 알지도 못하면서 함부로 미워했어요. 엄마도 엄마이고 아내이기 전에, 하나의 존재라는 걸 미처 알지 못했어요. 가족을 위해 앞치마를 두르고 요리하는 것 말고도, 엄마의 삶에 다른 행복이 있을 수 있음을 헤아리지 못했어요. 엄마의 입장에서 생각하지 못하고 링고의 입장에서만 생각했어요. 미안해요, 엄마. 이렇게 마지막이 되어서야 엄마라고 불러 보네요. 엄마, 엄마, 엄마! 엄마! 노아는 마음속으로 엄마를 수없이 불렀다. 눈물이 가득 차올라 시야가 뿌옇게 흐려졌다. 아무리 눈물을 닦아도 시야가 계속 흐려지더니, 마침내 린의 모습이 완전히 사라졌다. 잘 가요, 엄마. 노아는 그렇게 린을 보냈다. 봇물 터지듯 툭 터져 버린 눈물이 노아의 뺨을 타고 쉴 새 없이 흘러내렸다.

시간이 얼마나 지났을까. 쉽사리 그치지 않던 눈물이 마르자 노아의 마음도 잠시 진정이 되었다. 기진맥진한 노아는 천막에 누워 링고를 떠올렸다. 링고가 돌아왔을 때 린이 떠난 걸 알면 어떻게 될까.

끝까지 린을 붙잡지 않은 나를 원망하겠지? 그럼 뭐라고 변명해야 하지? 링고가 준 사랑과 린이 받은 사랑이 같지 않았어요. 링고의 부족할 것 없는 사랑이 린에게는 독이 되었어요. 때론 부족한 사랑이 상대를 성장시킨다는 걸 저도 이제야 알았어요. 이제 링고도 린을 놓아 줘요. 노아가 고개를 저으며 힘없이 웃었다. 사실이 그렇다 한들 링고에게 그대로 말할 수는 없었다. 링고가 어떤 마음으로 린을 사랑했는지 뻔히 알면서 그럴 수는 없었다. 그렇다고 예전처럼 린을 미워할 수도 없었다. 어떤 사람의 사정을 이해한다는 건 그랬다. 그 사람이 그렇게 행동할 수밖에 없었던 상황과 감정을 이해하게 되면, 옳고 그름에 대한 판단도 그 사람에 대한 미움과 원망도 다 부질없어지고 말았다. 그때 그랬구나, 헤아리는 것 말고 무엇을 더 할 수 있단 말인가. 노아는 그러한 자신의 마음이 오히려 링고에게 죄를 짓는 것 같아 괴로웠다. 너 정말 링고에게 이렇게 밖에 못 해? 링고가 네게 어떻게 했는데, 어떤 마음으로 널 보듬어 줬는데! 노아는 링고에 대한 죄책감으로 몸서리를 쳤다. 사랑도 가족도 자기 자신까지도 모든 것이 엉망진창이었다. 생각할수록 숨이 막히고 가슴이 아려서 숨 쉬는 것조차 괴롭게 느껴졌다. 곧잠. 곧잠이 어딨지? 곧잠!

노아는 곧장 밖으로 뛰쳐나가 바닥에 무릎을 꿇고 앉았다. 그리고 무턱대고 맨손으로 땅을 헤집었다. 손끝이 이내 상처로 뒤덮였지만 멈추지 않았다. 온 주변을 다 파헤친 끝에야 손끝에 곧잠이 걸려들었다. 노아는 주저 없이 손을 더 깊숙이 박아 곧잠을 뿌리째 뽑았다. 그리고 흙이 묻은 곧잠을 그대로 아작아작 씹어 먹었다.

그때였다. 하늘에서 우르릉우르릉 울부짖는 소리가 들렸다. 고개를 들자 그림자별이 더 다가오지 못한 채 몸을 부르르 떨더니 더는 못 견디고 그 자리에서 뱅글뱅글 도는 모습이 보였다. 이러지도 저러지도 못하는 꼴이 자신과 다를 바 없어 보였다. 노아는 그림자별에게 동질감을 느끼며 씁쓸하게 웃었다. 그리고 곧잠을 씹어 먹는 내내 그림자별에서 눈을 뗄 줄 몰랐다. 슬슬 졸음이 몰려오기 시작했다. 차라리 이대로 잠들어 아주 오랫동안 깨지 않았으면…. 나중에 눈을 떴을 때 모든 게 해피엔딩으로 바뀌어 있다면 얼마나 좋을까. 머릿속에 자신의 바람을 다 떠올리기도 전에 눈꺼풀이 스르르 감겼다. 노아는 가까스로 천막으로 돌아와 가만히 몸을 뉘였다. 눈을 감은 노아의 머리맡에는 현실보다 더 지독한 악몽이 그를 기다리고 있었다.

모나는 아리나무 담장을 벗어나 천막을 향해 한 걸음 한 걸음 천천히 내디뎠다. 물망초꽃밭을 지나는데 오늘따라 그림자별이 요란한 소리를 내며 무섭게 회전하고 있었다. 그러다 갑자기 방향을 확 틀더니 반대 방향으로 사정없이 돌기 시작했다. 그림자별을 볼 때마다 겁에 질려 안절부절못하던 노아의 모습이 떠올랐다. 두려워

할 것 없어, 노아. 아리별도 노아도 모두 무사할 테니…. 노아는 아무것도 잃지 않을 테니…. 모나는 슬픈 미소를 지으며 주변을 둘러보았다. 숲속 모든 생명들이 어둠을 덮고 깊은 잠에 빠져 있었다. 모나는 버섯징검다리를 건너면서 풍경들을 하나도 빠짐없이 가슴에 담고자 손가락으로 형상을 따라 그렸다. 풀과 나무, 바위 등의 그림이 모나의 발걸음을 따라 허공에 길게 펼쳐졌다. 모나는 살구나무길을 걸으며 언젠가 노아의 등에 업혀 함께 살구를 나누어 먹었던 때를 회상했다. 자신을 향해 한없이 밝게 웃어 주던 노아의 얼굴이 눈앞에 어른거렸다. 그런 웃음을 마지막으로 본 게 언제였는지 기억도 나지 않았다. 눈을 주면 그런 미소를 다시 보여 줄까. 모나는 저도 모르게 허공에 노아의 웃는 모습을 그리고 있었다.

살구나무 사잇길로 들어서자 저 앞에 노아의 천막이 보였다. 모나는 멈춰 서서 크게 심호흡을 했다. 그리고 천막으로 다가가 문을 여는 순간, 그림의 주인공인 노아가 나타났다. 모나는 노아의 머리맡에 앉아 잠든 노아를 가만히 응시했다. 그림 속에서 웃고 있는 노아와는 달리 현실의 노아는 미간을 잔뜩 찌푸린 채 고개를 양옆으로 절레절레하고 있었다. 조금만 기다려, 노아. 곧 악몽에서 구해 줄게. 모나는 허공에서 손가락으로 노아의 얼굴을 천천히 더듬었다. 양쪽 눈으로 보는 노아의 마지막 얼굴이었다. 모나는 먼저 얼굴선을 따라 윤곽을 그린 다음, 그 안에 이목구비를 정성스레 그려 넣었다. 이제 노아 눈 속의 눈부처를 그릴 차례였다. 모나는 손을 더 가까이 뻗어 노아의 눈을 어루만졌다. 그 순간 노아가 스르르 눈을 떴다.

"어? 모나…."

노아가 몸을 일으키려고 하자 모나가 노아의 어깨를 밀어 다시 눕혔다. 그리고 노아 눈 속에 비친 자신의 모습까지 마저 그려서 그림을 완성했다. 영문을 몰라 당황한 노아가 입을 여는 순간 모나가 쉿, 하고 손가락으로 노아의 입술을 막았다. 그리고 작은 소리로 말했다.

"날이 밝으면 다시 새파란 하늘을 볼 수 있을 거야. 시간이 없어, 서둘러야 해."

모나가 자신의 눈에 손을 가져다 댔다. 노아가 다시 몸을 일으키려 하자 노아를 밀어 눕히고 고개를 저었다.

"뭐 하려는 거, 읍!"

모나가 재빨리 한 손으로 노아의 입을 막았다.

"내가 널 위해 하지 못할 일은 없어. 한쪽 눈이 아니라 양쪽 눈을 다 내놔야 한대도 난 상관없어. 그렇게 할 거야."

네가 날 봐 주기만 한다면…. 모나가 다른 한 손을 눈에 대는 찰나 노아가 비명을 질렀다.

"안 돼! 안 돼, 모나!"

그 순간 마레가 눈을 떴다. 누워서 모나를 올려다보고 있는 노아의 모습이 먼저 눈에 들어왔다. 그리고 모나의 눈을 파고드는 아리의 손에 눈길이 향했다. 따뜻한 눈물이 손끝에 닿는 순간 마레의 입술이 부르르 떨렸다.

"그만둬!"

마레가 모나의 머리를 있는 힘껏 들이받았다. 이에 놀란 모나가 저도 모르게 손을 툭 떨어뜨렸다. 그리고 다급한 마음에 서둘러 눈을 꺼내려고 하자 마레가 사정없이 모나의 머리를 들이받았다.

"루나, 일어나! 루나!"

마레는 고래고래 소리치며 루나를 깨웠다. 루나가 어서 눈을 떠서 모나가 몸을 쓰지 못하게 막아야 했다. 그렇지 않고서는 당장 모나를 막을 방법이 없었다. 모나는 루나가 깨기 전에 노아에게 어떻게든 눈을 주려고 필사적이었다.

"모나! 그만두지 못해! 루나, 일어나!"

마레 때문에 머리가 흔들려 눈과 손이 자꾸 엇나가자 모나는 슬슬 화가 솟구쳤다. 모나는 양손으로 마레의 얼굴을 밀어냈다. 그러자 마레가 더 기를 쓰고 달려들었다. 노아가 옆에서 안간힘을 다해 말렸지만 이미 불붙은 싸움을 말리기엔 역부족이었다. 둘은 서로 몸싸움을 벌이다가 천막 밖으로 데굴데굴 굴러 나갔다. 노아가 바로 뒤따라 나가며 소리쳤다.

"둘 다 그만해! 멈추라고! 모나! 마레!"

마레는 아무리 막아도 소용이 없자 급기야 가까이 있는 바위에 모나를 밀어붙였다. 모나도 더는 참지 못하고 있는 힘껏 마레의 머리를 들이박았다. 그 순간 마레가 충격으로 고개를 떨어뜨렸다. 그 모습을 본 노아가 급히 달려가 마레의 고개를 양손으로 받쳐 들었다.

“마레! 마레, 괜찮아? 마레! 마레!”

노아가 마레의 뺨을 어루만지며 울먹였다. 뒤늦게 잠에서 깬 루나가 어리둥절해하더니 이내 상황을 파악하고 모나에게 몸 쓸 권리를 빼앗았다. 루나의 결정에 따라 몸 쓸 권리는 이제 마레에게 넘어간 상태였다. 마레가 서서히 눈을 뜨자 노아의 얼굴이 보였다. 고개를 옆으로 돌리자 당황한 모나의 얼굴이 눈에 들어왔다. 마레가 다시 노아에게 고개를 돌렸다.

‘네가 뭔데, 날 걱정해? 모나 앞에서, 네가 뭐라고, 왜 날 걱정해!’

마레가 눈물이 그렁그렁 맺힌 눈으로 노아를 매섭게 째려보았다. 노아가 움찔 놀라 마레의 뺨에서 손을 뗐다.

“모나, 이게 대체 무슨 짓이야? 우리가 안 된다고 했잖아. 허락도 없이 멋대로 행동한 거 그냥 안 넘어가.”

루나가 모나를 호되게 꾸짖었다. 그러는 사이 하늘에서 우르릉거리는 소리가 점점 더 커지고 있었다.

“무슨 소리지?”

루나가 고개를 들었다. 그림자별이 무서운 속도로 제자리에서 회전하고 있었다. 일정한 방향 없이 이리저리 막 돌더니 급기야 중심을 잃고 비틀거렸다.

“어? 어? 저러다 부딪히겠는데.”

루나의 다급한 목소리는 안중에도 없이 마레와 노아는 계속해서 서로를 뚫어지게 바라보았다. 노아가 마레의 뺨에 다시 손을 뻗으며 물었다.

"괜찮아?"

내 말 못 알아들었어? 안 괜찮아! 너 때문에 하나도 괜찮지 않다고! 마레가 있는 힘껏 노아의 얼굴을 할퀴었다. 윽 하고 노아가 한쪽 뺨을 감싸 쥐었다. 루나와 모나가 놀라 동시에 소리쳤다.

"마레!"

노아가 넋이 나간 얼굴로 마레를 보았다. 마레의 차가운 눈빛에 자신의 뺨을 감싸고 있던 손이 힘없이 툭 떨어졌다. 루나가 피 맺힌 상처를 보고 저도 모르게 미간을 찌푸렸다. 그리고 마레에게서 몸 쓸 권리를 가져오는 사이에, 이성을 잃은 모나가 재빨리 몸을 차지하고 마레에게 달려들었다.

"네가 뭔데 노아한테 그래!"

모나가 무섭게 마레를 바위에 밀어붙였다. 그러자 마레와 루나가 함께 바위에 부딪치며 비명을 질렀다. 미처 말릴 겨를도 없이 모나가 연달아 공격을 퍼부었다. 마레보다 바깥쪽에 있는 루나가 바위에 머리를 더 세게 부딪치는 바람에 정신이 희미해졌다.

"그만해! 그만해!"

노아가 모나를 말리자 모나가 노아를 세게 밀쳤다. 노아가 뒤로 넘어진 사이 모나는 계속해서 마레를 공격했다. 눈이 반쯤 감긴 루나의 입에서 가느다란 목소리가 새어 나왔다.

"모나, 그만해. 제발…."

마침내 루나는 완전히 정신을 잃고 말았다. 마레도 더는 충격을

이기지 못하고 눈을 감았다. 노아가 그 모습을 보고 벌떡 일어나 있는 힘껏 모나의 뺨을 때렸다. 그러고는 정신없이 마레를 흔들어 깨웠다.

"내가 잘못했어. 미안해, 마레. 제발 눈 좀 떠 봐. 마레! 마레!"

눈앞의 상황에 모나는 망연자실했다. 볼이 화끈거리면서 온몸에 통증이 확 밀려왔다. 그러나 정작 모나를 아프게 한 건 애타게 마레를 부르짖는 노아의 목소리였다. 지금까지 마레에게 다가가지 못해 가슴속에 맺힌 응어리가 한꺼번에 터져 나오듯, 노아는 그 어느 때보다 절실하게 마레를 불렀다. 모나의 머릿속에 그동안 잠든 마레를 슬프게 바라보던 노아의 눈빛이 스쳤다. 늘 그리워하고 아쉬워하던 눈빛. 아무리 못 본 척, 모른 척 하려 해도 늘 마음에 걸렸던 그 눈빛. 파랑이 선명하게 보이든 흐릿하게 보이든, 아예 보이지 않든 언제나 노아의 마음은 마레를 향해 있었구나. 내 눈을 준다고 해서 노아가 나를 봐 줄 게 아니었구나. 모나에겐 빛의 반을 포기해도 아깝지 않을 만큼 소중한 사랑이, 노아에겐 그저 연민의 정

그 이상도 이하도 아니었음을 받아들여야 했다. 사랑의 정도는 그렇게 다를 수밖에 없었다.

"노아…."

모나가 남은 힘을 다해 노아의 이름을 불렀다. 노아는 여전히 마레의 이름만 부르짖고 있었다. 마침내 마레가 가느다란 실눈을 떴다. 눈물로 범벅이 된 노아가 그제야 안심하는 표정을 지었다.

"노아, 노아…."

모나가 계속해서 노아의 이름을 불렀다. 노아 대신 마레가 고개를 돌렸다. 모나가 꺼져 가는 불씨처럼 위태롭게 눈을 감았다 뜨며 노아를 간절히 부르고 있었다. 순간 마레의 가슴이 무너져 내렸다. 동시에 노아에 대한 분노가 치밀어 올랐다. 마레는 이를 악물고 노아의 눈을 똑바로 응시했다. 그림자별이 회전 속도를 감당하지 못하고 아리별과 충돌하기 직전이었다.

"넌 사랑받을 자격도 없어. 차라리 없어져 버려."

그때였다. 그림자별의 표면이 수백 수천 개의 금으로 쫙쫙 갈라지더니 일순간 우르릉 쾅쾅, 굉음을 내며 폭발했다. 그림자별 안에 내재되어 있던 엄청난 양의 에너지가 한꺼번에 터져 나와 아리별을 뒤흔들었다. 그 충격으로 사방에 있는 나무와 돌이 일제히 공중에 솟구쳐 올랐다. 노아와 아리도 순식간에 붕 떠올랐다. 바로 그때 그림자별이 '펑'하는 소리와 함께 한 번 더 폭발했다. 그 바람에 노아는 살구나무 기둥에 부딪쳐 튕겨 나간 뒤 땅바닥에 널브러졌고, 아리는 바위에 몸을 부딪치고 떨어져 바닥에 나뒹굴었다. 그림자별의 잔재가 검은 비처럼 사방에 쏟아져 내렸다.

"으윽…."

지금껏 상상할 수 없었던 고통이 한순간에 노아를 엄습했다. 노아는 지그시 두 눈을 감았다. '넌 사랑받을 자격도 없어. 차라리 없어져 버려. 없어져 버려. 없어져 버려.' 숨이 가빠 오다 못해 당장이라도 끊어질 것 같았다. 너에게 그런 말을 듣느니 차라리 없어져 버리는 게 낫겠어. 노아의 눈가에 눈물이 핑 돌았다. 노아에겐 오랜 세월 찾아 헤맨 운명의 상대도 잊을 만큼 강렬했던 끌림이, 마레에겐 다른 이에게 얼마든지 양보할 수 있는 한때의 감정이었다. 사랑의 정도는 그렇게 다를 수밖에 없다는 잔인한 진실 앞에서, 노아는 몸에 난 상처보다 더 큰 아픔을 느꼈다. 그림자별은 그런 아픔마저도 용납할 수 없다는 듯이 별 부스러기로 노아의 몸을 더 혹독하게 때렸다. 노아는 마침내 정신을 잃고 말았다.

시간이 얼마나 지났을까. 노아의 귓가에 가느다란 목소리가 들려왔다.

"노아, 괜찮아? 눈 좀 떠 봐. 나 여기 있어."

서서히 눈을 뜬 노아가 힘겹게 고개를 돌렸다. 상처투성이인 몸으로 검은 비를 뚫고 기어 오는 모나가 보였다. 모나는 노아와 눈이 마주치자 그제야 안도의 미소를 지으며 계속해서 힘겹게 몸을 끌었다. 그리고 한참 만에 쓰러져 있는 노아의 품에 안기며 말했다.

"나 버리지 마. 난 너 없으면 안 돼."

"하…."

모나의 말에 노아는 깊이 탄식했다. 미안함이 가슴에 사무쳐 모나를 마주 볼 엄두가 나지 않았다. 노아는 힘겹게 몸을 일으켜 앉아 모나와 눈을 맞추었다. 모나의 눈은 여전히 검정 그대로였다. 반면 고개를 돌린 마레의 눈은 볼 수도 없었고, 보이지도 않았다. 한동안 폭우처럼 무섭게 퍼붓던 그림자별의 재가 서서히 잦아들며 주변이 점점 환해지고 있었다.

잠시 후 이른 아침의 태양이 그림자별의 폭발로 황폐해진 아리별을 비추었다. 나무 기둥과 꽃은 뿌리째 뽑혀 여기저기 쓰러져 있었고, 농장의 작물들은 천막 근처까지 날아와 사방에 널브러져 있었다. 아리마을을 가로지르던 시냇물은 넘쳐서 들판을 엉망진창으로 헤집어 놓았고, 마을 주민들의 집은 지붕이 날아가거나 부서진 채 몸체만 남아 처참하기 그지없었다. 노아와 아리의 모습도 마찬가지였다.

노아는 모나를 품에 안고 하늘을 향해 고개를 들었다. 그림자별의 그 거대하던 몸집은 온데간데없이 사라지고, 주먹만 한 작은 블랙홀로 변해 있었다. 아리별 하늘을 다 차지하고 그토록 기세등등하더니 너도 결국은 처량한 신세가 되었구나. 노아가 씁쓸한 표정을 지으며 그림자별 옆으로 시선을 옮겼다. 그동안 그림자별에 가려 제대로 보이지 않았던 하늘이 비로소 온전히 모습을 드러냈다. 흐릿했던 파랑은 이제 완전히 짙은 회색으로 변해 있었다. 머지않아 사라지고 말 것을, 흐릿한 파랑, 흐릿했던 마레의 마음에서 나는 무엇을 기대했던 걸까. 마레가 아무리 자신을 외면한들 단 한 번도 그녀의 파랑을 의심한 적이 없었다. 그녀의 파랑이 갈수록 흐릿해져도 그건 주변의 상황 때문이라고 생각했다. 그 상황만 정리되면

다시 선명한 파랑을 만나, 그동안 보고 싶어도 못 보고 참았던 시간을 다 보상받을 수 있다고 믿었다. 어째서, 무슨 근거로 그랬던 걸까. 마레의 마음이 자신과 같을 거라고 믿었던 자신의 어리석음이 원망스러웠다. 이제 보이는 것만 믿으리라. 보이지 않는 것, 확실하지 않은 그 어떤 것에도 기대를 품지 않으리라. 노아는 파랑이 완전히 사라진 하늘을 보며 마음을 다잡았다.

여름의 끝

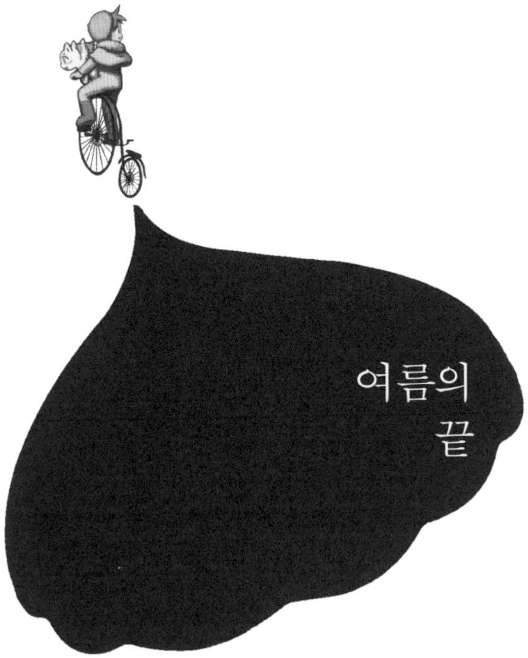

24
여름의 끝

그림자별의 폭발은 아리별에 깊은 상처를 남겼다. 빨주노초파남보 색색의 마을들은 심하게 훼손되었고, 주민들은 대부분 크고 작은 부상에 시달렸다. 소식을 들은 이웃별에서 의사와 간호사뿐만 아니라 다양한 분야의 자원 봉사자들이 찾아와 아리별의 복구 작업을 도왔다. 봉사자들이 임시로 천막을 치고 지내는 광장은 치료나 도움을 받으러 온 환자들로 온종일 북새통을 이루었다.

아리는 아리별 곳곳을 돌아다니며 훼손된 정도를 확인하고, 복구 작업에 동참하느라 정신없는 하루하루를 보내고 있었다. 잠도 제

대로 못 자고 무리하게 일하다 보니 루나, 마레, 모나 모두 쓰러지기 일보 직전이었다. 그래서 아침부터 오후까지는 루나가, 오후에서 밤까지는 마레가, 한밤중에는 모나가 번갈아 가면서 일하기로 정했다. 각자 일하는 시간 외에는 잠을 자며 기운을 보충했다. 그러나 일이 워낙 힘들다 보니 좀처럼 기운이 회복되지 않아 빌빌거리기 일쑤였다. 그래도 아리는 매일 주민들을 찾아가 그들의 상태를 살피는 것을 잊지 않았다. 주민들은 오히려 아리와 아리별을 걱정했다.

"그림자별이 폭발했으니 어쩌죠? 아리별과 그림자별의 운명은 이제 끝인 건가요?"

"그림자별의 주인은 대체 어디서 뭐하고 있는 거죠? 상황이 이 지경인데 코빼기도 안 보이고…."

"그림자별이 왜 저렇게 된 건지 이해가 안 되네요. 설마 또 폭발하진 않겠죠? 혹여 아리별과 충돌이라도 하는 날에는 정말…."

주민들의 걱정과 불안은 나날이 커져 갔다. 아리는 애써 태연한 척 주민들을 안심시켰지만 본인들도 어찌된 영문인지 몰라 전전긍긍했다. 아직 그림자별의 주인과 만나지도 못했는데 별이 먼저 폭발해 버렸으니 어떻게 해야 할지 앞이 캄캄했다. 오는 길에 무슨 일이 생긴 걸까. 아니면 우리에게 알려 줄 사실이 있는 걸까. 그러나 주먹만 한 블랙홀로 변한 그림자별은 말이 없었다. 마치 죽은 별처럼 멈춰서 미동도 없으니 지켜보는 아리의 속만 까맣게 타들어 갔다.

'계속 저러고 있으면 영영 만날 수 없을 텐데 어쩌지….'

아리는 혹여나 이런 마음을 들킬까 봐 주민들 앞에서는 오히려 여유로운 모습을 보였다. 그럼에도 주민들의 걱정과 불안은 누그러지지 않았다. 오히려 상황이 어쩌다 이 지경까지 왔는지 저들끼리 숙덕거리기 바빴다.

그러던 어느 날이었다. 루나는 주황띠마을을 다녀오는 길에 자작나무 숲 어귀 바위에 기대어 잠시 쉬고 있었다. 그때 바위 너머로 깨마와 너구리 아줌마가 지나갔다. 깨마가 말했다.

"아무래도 아리가 그림자별의 주인을 제대로 기다려 주지 않아서 그런 거 같아. 그림자별의 주인 딴에는 죽어라 아리별만 보고 오고 있는데, 정작 아리별의 주인은 다른 남자에게 정신이 팔려 있으니 화가 안 나? 나라도 그럴 거 같은데."

"다른 남자 누구?"

"누구긴 누구야? 아리랑 만날 붙어 다니는 노아 말하는 거잖아."

너구리 아줌마가 놀란 목소리로 물었다.

"노아? 그냥 가깝게 지내는 친구 아니었어?"

"하여간 눈치 없기는. 한창 이성에 호기심 많을 때 남녀가 그렇게 붙어 다니는데 정분이 안 나고 배겨? 내가 저번에 봤더니 모나는 노아한테 마음을 홀딱 뺏긴 거 같더라고.

어쩌면 노아를 두고 셋이 쟁탈전을 벌이고 있을지도 몰라."

너구리 아줌마가 멈춰 서서 소리쳤다.

"에구머니나, 노아가 뭐라고 아리별의 주인들끼리 그래?"

루나가 더는 참지 못하고 벌떡 일어나 고개를 돌렸다. 이를 보지 못한 깨마는 너구리 아줌마에게 얼굴을 더 가까이 들이밀며 속삭이듯 말했다.

"원래 아리처럼 특별한 존재일수록 평범한 소년에게 끌린다고. 문제는 자신들의 본분을 잊고 행동한다는 데 있지."

"에이, 그래도 설마…. 난 못 믿겠어. 아리에겐 그림자별의 주인이 있잖아. 겉은 저렇게 투박하고 칙칙해 보여도 일편단심 아리별만 보고 오는 게 얼마나 듬직해? 근데 그림자별의 주인을 두고 노아처럼 야리야리한 소년한테 마음을 뺏겼다고? 도저히 이해를 못하겠네."

루나는 억울한 마음에 해명이라도 해야 할지 그냥 넘겨야 할지 망설였다. 그때 깨마가 말했다.

"난 그보다 그림자별 주인이 아리별에 왔다가 노아 때문에 오해하고 그냥 떠날까 봐, 그게 더 걱정이야. 아리별 손님들을 데리고 누가 그림자별의 주인인지 일일이 확인할 수도 없는 노릇이고."

"눈에 그림자별을 품고 있을 거 아니야. 눈동자가 그림자별이랑 똑같이 생긴 사람이 있나 유심히 보자고. 아리가 저러고 있으니 우리라도 정신 똑바로 차리고 찾아야지."

루나가 결국 참지 못하고 깨마와 너구리 아줌마에게 다가갔다. 둘은 순식간에 입을 싹 다물고 루나의 눈치를 살폈다. 루나가 물었다.

"두 분 몸은 좀 어떠세요?"

"마, 많이 나았어. 흠! 흠!"

깨마가 괜히 헛기침을 하며 얼버무렸다. 뒤이어 너구리 아줌마가 어색한 표정으로 말했다.

"난 넘어져서 발목을 살짝 삐끗했는데, 이제 좀 괜찮아."

"다행이네요. 발목은 한 번 다치면 재발할 가능성이 아주 높아요. 완전히 나을 때까지 치료 잘 받으세요."

루나의 말에 너구리 아줌마가 몸 둘 바를 몰라 했다. 그리고 깨마와 서로 눈길을 주고받다가 입을 떼려는 순간, 깨마가 먼저 선수를 쳤다.

"내 정신 좀 봐. 진료 예약해 놓은 걸 깜빡했네. 늦어서 얼른 가 봐야겠다."

"어머, 나도 애들 밥 차려 줄 시간인데 이러고 있었네? 나도 갈게. 아리, 수고해!"

깨마와 너구리 아줌마는 뒤도 돌아보지 않고 허겁지겁 발걸음을 옮겼다. 그 모습을 보며 루나는 깊은 한숨을 내쉬었다. 아직 할 말은 꺼내지도 않았는데…. 요즘은 어딜 가나 이런 식이었다. 주민들이 저들끼리 모여 숙덕이다가 루나를 보면 황급히 자리를 떴다. 마음 같아선 아니라고 적극적으로 해명하고 싶었지만, 몸이 힘들다 보니 웬만해선 그냥 넘겼다. 어차피 시간이 지나면 주민들도 잠잠해지리라. 오늘도 하루 종일 노랑띠마을과 주황띠마을을 복구하고 돌아오는 길인지라 몸이 천근만근이었다. '이제 조금 있으면 마레와 교대하고 잠들 수 있겠어.' 루나는 스스로를 다독이며 발걸음을 옮겼다. 저 앞에 아리마을을 굽어보는 웅장한 아리나무가 보였다. 그러나 루나는 아리나무를 그대로 지나쳤다. 집에 들어가기 전에 잠시 들를 데가 있었다.

노아는 오늘도 천막에 머물며 심신을 돌보았다. 그림자별이 폭발할 때 나무에 등과 어깨를 부딪치는 바람에 통증이 심했다. 어제 치료를 받고 오기는 했지만 여전히 통증이 가시지 않아 가만히 누워만 있었다. 이제 곧 루나가 올 시간이었다. 루나는 마레 대신 변명을 하러 들겠지. 어림없다고. 노아는 마레가 눈 감고 자는 모습을 떠올렸다. 예전 같으면 가슴이 아팠겠지만 이제는 꼴도 보기 싫었다. 더는 마레 때문에 가슴 아파하지 않으리라. 노아는 그날 이후 마레에 대한 마음을 깨끗이 접고 가슴에 모나만 남겼다. 그러기 위해 제일 먼저 머릿속에서 마레의 이름부터 지웠다. 이제 마레는 노아에게 그저 보이지 않는 '파랑 눈'이었다. 그런 노아의 마음을 들여다본 루나는 매일매일 노아를 찾아와 설득했다. 오늘이라고 예외일 리 없었다. 루나가 천막에 들어서자 마레를 본 노아의 표정이 딱딱하게 굳었다. 이를 눈치챈 루나가 바로 노아를 타이르기 시작했다.

"마음 좀 풀어. 알잖아, 마레도 그때 감정이 격해져서 그런 거야."

"그 얘기라면 이제 됐어."

"마레를 미워해 봤자 너만 더 힘들어."

"그래서 어쩌라는 거야? 전처럼 아끼고 사랑해 주기라도 하라는 거야?"

"내 말은 그게 아니라…."

"알지도 못하면서 함부로 편들지 마."

"편드는 게 아니라 난 그저 마레도, 너도 다 안타까워서 그래. 진짜 마음은 그게 아닌데 서로 오해하고 힘들어하잖아."

"진짜 마음이 뭔데?"

노아가 갑자기 언성을 높이자 루나가 입을 다물었다.

"자꾸 껴들어서 이렇다 저렇다 하지 마. 아무리 너라도 용납 못 해."

노아의 완강한 태도에 루나도 더는 말을 잇지 못했다. 노아 스스로 마음의 문을 굳게 닫아 버린 이상 루나의 진심은 노아에게 조금도 가닿지 않았다.

다음 날 루나는 또다시 천막을 찾아 노아의 마음을 두드렸다. 노아는 점점 루나를 쌀쌀맞게 대하기 시작했다.

"같은 얘기 할 거면 그냥 돌아가. 나 피곤해. 넌 더 피곤할 거 아냐?"

"이러는 거 정말 너답지 않아. 누굴 죽도록 미워하는 거 정말 너답지 않다고."

"네가 뭔데 나답다 아니다 말하는 거야? 네가 나에 대해 뭘 안다고."

"알아. 적어도 이게 진짜 너의 모습은 아니라는 것만은 확실히 알아."

"대체 나한테 이러는 이유가 뭐야? 마레가 시켰을 리는 없고, 왜 그렇게 기를 쓰고 마레 변명을 해 주는 건데? 혹시 마레가 모나에게 꼼짝 못 하는 것처럼, 너도 그런 거야? 넌 또 무슨 사연인데? 마레한테 무슨 죄를 지었길래 그래?"

노아의 비딱한 말투에 루나가 말끝을 흐렸다.

"노아…."

"말해 봐. 뭔데? 뭔데 대체 이렇게까지 구는 거야?"

"널 아끼니까! 네가 조금이라도 덜 아팠으면 하니까."

루나의 말에 노아가 멈칫했다. 그리고 루나의 눈을 뚫어지게 바라보았다. 흐릿한 노랑. 언제부터 루나의 눈이 흐릿해 보였더라? 노아는 머릿속으로 기억을 되짚어 보았다. 맞아, 그때였어. 모나와 친해지려고 애쓰는 모습을 못마땅하게 여긴 마레가, 모나에게 내 마음이 진심이 아니라고 오해하게 만들었을 때, 그때였어. 내가 아무리 간절한 눈빛으로 도움을 청해도 외면하고 돌아섰지. 그때 처음 노랑이 흐릿해졌어. 너를 가장 필요로 했을 때 날 외면했으면서 이제 와 날 아낀다고?

"노아, 너는 내가 가장 좋아하는 친구야. 내가 널 걱정하는 마음을 모르겠니?"

루나의 말에 노아가 실소를 터뜨렸다.

"넌 만인의 연인 아니야? 모두를 좋아하고 모두를 걱정하잖아. 누구에게나 다 그러면서 당당하게 날 좋아한다고 할 수 있어?"

"널 좋아해. 근데 내가 좋아한 모습은 이런 게 아니야."

"좋아하는 마음이 뭔지나 알아? 책에서 읽어서 아는 거 말고 실제로 아냐고."

그 순간 루나의 눈에 눈물이 핑 돌았다. 노아가 차가운 목소리로 말했다.

"모르면서 가르치려고 들지 마."

루나가 상처받은 얼굴로 노아를 바라보았다. 노아는 그마저도 외면하고 고개를 돌렸다. 루나도 더는 소용없겠다는 생각에 가지고 온 책을 내려놓고 천막을 나섰다. 못다 한 말은 책이 대신 전해 주리라. 루나는 힘없이 발걸음을 내딛었다. 그러나 몇 걸음 못 가서 북북 종이 찢어지는 소리에 멈춰 섰다. 뒤돌아보니 노아가 천막 밖에 책을 가지고 나와 아무렇지 않게 찢고 있었다. 순식간에 책 한 권을 다 찢은 노아는 천막에 다시 들어가 루나가 전에 가져다 준 책들까지 모조리 가지고 나왔다. 그리고 무표정한 얼굴로 루나의 눈을 똑바로 보며 계속해서 책을 찢었다. 루나는 아랫입술을 깨물고 주먹을 꽉 쥔 채 그 모습을 바라보았다. 루나의 눈에 눈물이 그렁그렁 맺혔다. 노아는 이에 아랑곳하지 않고 이미 너덜너덜해진 책을 더 갈기갈기 찢었다. 그때 마레가 고개를 뒤척이자 루나가 재빨리 마레의 눈을 가렸다.

“눈뜨지 마.”

루나는 감정을 억누르고 그대로 발걸음을 돌렸다. 뒤에서 노아가 큰 소리로 외쳤다.

“흐릿해서 못 본 게 아니라 없으니까 안 보인 거야. 애초에 너희는 나한테 마음이 없었는데, 내가 잠시 착각했던 거라고!”

노아는 루나와 마레를 향해 갈기갈기 찢긴 종이 쪼가리들을 뿌렸다. 조금 전까지만 해도 한 권의 책이었던 종이 뭉치들이 어느새 의미를 잃고 바람에 흩날렸다. 또렷이 보이지 않을뿐더러 잡히지도 않는 그녀들의 마음 역시 이제 더는 노아에게 의미가 없었다. 그걸 모르고 헤매는 바람에 모나를 힘들게 했고, 결국 크나큰 상처를 주고 말았다. 이제 온 힘을 다해 모나만 사랑하리라. 노아는 멀어져 가는 아리의 뒷모습을 보며 또 한 번 다짐했다. 터벅터벅 힘없이 걷는 모습에 혹여나 마음이 약해질까 봐 눈을 부릅뜨고 이를 악물었다. 이마에서 땀이 빗줄기처럼 흘러내렸다. 여름의 끝, 늦더위가 기승을 부리고 있었다.

다음 날 아침이 밝았다. 노아는 이른 새벽에 천막을 나와 어깨 치료를 받고 돌아가는 길이었다. 버섯징검다리를 건너느라 온몸이 공중에서 통통 튀었더니 어깨에 그새 무리가 갔다. 노아는 잔뜩 찌푸린 얼굴로 다리를 마저 건넌 뒤 버섯징검다리를 물끄러미 쳐다보았다. 통증이 쏴 하고 퍼졌다가 점점 잦아들었다. 그러나 노아는 여전히 얼굴을 찌푸린 채 생각에 잠겨 있었다. 어젯밤 루나를 그렇게 보내는 게 아니었는데…. 노아는 루나의 눈에 그렁그렁 맺힌 눈물이 자꾸 마음에 걸렸다. 노아는 한숨을 푹 내쉬며 다시 발걸음을 내딛었다.

노아가 살구나무길을 지나는데, 반대편에서 모나가 한쪽 발을 절룩이며 걸어오는 모습이 보였다. 노아가 놀라 달려가자 모나가 지친 기색을 뒤로하고 희미하게 웃었다. 모나의 몸은 온통 상처투성인 데다가 곳곳에 피가 맺혀 있었다.

"도대체 어쩌다 이렇게 된 거야? 괜찮아?"

노아가 상처에 손을 가까이 가져갔다가 어찌할 바를 몰라 머뭇거렸다. 모나가 고통을 참으며 애써 밝은 표정으로 말했다.

"틱툭 이것들이 말썽을 부리잖아. 지금이 번식기인데 보통 숲 바깥부터 중간까지만 번식을 하거든. 근데 이번엔 안쪽까지 번식해서 아주 난리야. 수적으로 우세해지니까 초록사람만으로는 성이 안 차는지 작은 동물한테까지 떼로 덤비더라고. 아까도 아기 다람쥐를 빙 둘러싸고 겁주는데, 정말…."

모나의 말에 노아가 얼굴을 찌푸렸다.

"그래서 대신 나서서 혼내 준 거야?"

"발톱 좀 세웠지. 겁만 주려고 한 건데 이것들이 눈에 뵈는 게 없는지 나한테까지 막 달려드는 거야."

"그래서 같이 달려들어서 싸웠어? 도망치지 않고?"

"내가 왜 도망쳐?"

"그러다 다치기라도 하면 어쩌려고 그래? 걔들이 아리별 주인이라고 봐줄 거 같아? 일단 물러섰다가 다음에 제대로 혼낼 방법을 찾아야지, 무모하게 덤비면 어떡해? 그 정도 앞뒤 분간도 못 해?"

노아가 잔뜩 흥분하는 바람에 모나의 얼굴에 당황한 기색이 역력했다. 노아는 모나의 상처를 보며 깊은 한숨을 쉬었다. 모나가 분위기를 누그러뜨리려고 장난스럽게 웃으며 말했다.

"요즘 노아한테 빠져서 그래. 그래서 앞뒤 분간도 못 하나? 나, 정신 좀 차려야겠다. 모나, 정신 차리자!"

그 말에 노아가 정색하고 모나를 빤히 쳐다보았다.

"왜 그래?"

"정신 차린다고? 그건 파랑 눈 말투잖아. 왜 그렇게 말해?"

"그게 무슨 소리…."

"왜 파랑 눈을 따라하냐고! 나 이제 파랑 눈이라면 질색하는 거 몰라?"

모나는 노아의 반응에 어리벙벙했다. 도대체 지금 한 말이 마레와 무슨 상관이 있다는 거지? 노아가 큰 소리로 덧붙였다.

"그러면서 어떻게 너만 보라고 하는 거야? 버젓이 파랑 눈 흉내를 내면서 어떻게 파랑 눈을 완전히 잊으라는 거야? 내 말 듣고 있어?"

모나는 그저 말없이 노아의 얼굴을 바라보았다. 잔뜩 찌푸린 표정. 노아는 모나를 길에 계속 세워 둔 채 화만 내고 있었다. 모나는 참고 있던 통증이 한꺼번에 밀려오는 걸 느꼈다.

"노아, 나 아파."

"그러게 왜… 아니다, 가자. 치료부터 하자."

노아가 모나를 안고 천막으로 향했다. 모나가 노아에게 안긴 채 고개를 들어 노아의 얼굴을 올려다보았다. 괜히 나 때문에 아침부터 노아 기분만 상했네. 그러려고 여기 온 게 아닌데. 아까는 틱톡 녀석들이 갑자기 공격하는 바람에 나도 어쩔 수 없었다고. 안 그래도 요즘 루나가 몸살이 나서 마레랑 둘이 일하느라 힘든데, 이런 날은 그냥 따뜻하게 위로해 주면 좋으련만…. 모나는 내심 노아가 원망스러웠다. 그러나 이는 시작에 불과했다. 시간이 지날수록 노아는 더 심하게 트집을 잡았다.

"그건 루나랑 비슷하잖아! 네가 언제부터 입 벌리고 크게 웃었어?"

"그런 표정 좀 짓지 마. 파랑 눈 같은 표정이잖아."

"그렇게 고개 갸웃거리지 마. 파랑 눈이랑 똑같잖아. 파랑 눈을 떠올리게 하는 행동은 좀 하지 말라고!"

"왜 울어? 내가 뭘 어쨌다고 울어? 손으로 입은 왜 또 그렇게 가려? 그러니까 파랑 눈이랑 더 똑같잖아. 일부러 나 약 올리는 거야? 하지 말라니까 왜 더 따라하는 거야!"

노아는 점점 악을 쓰며 말했다. 모나의 말투부터 표정, 손짓, 몸짓까지 사사건건 걸고 넘어졌다. 모나는 눈물이 그렁그렁한 눈으로 노아를 바라보며 생각했다.

'내가 어떻게 하면 좋을까. 이게 원래 난데, 루나와 마레는 나랑 한 몸이니까 닮는 게 당연한데…. 노아, 마레가 그렇게 밉니? 마레는 이제 너 신경도 안 쓰는데… 복구 작업만으로도 지쳐서 널 떠올리고 말 겨를도 없다고. 근데 왜 너만 그렇게 마레를 의식하는

거야.'

모나는 그런 노아의 모습에 갈수록 지쳐 갔다. 이제 정말 마레는 제쳐 두고 서로만 보면 되는데, 노아는 줄곧 마레를 의식하면서 집요하게 트집을 잡았다. 결국 모나도 폭발하고 말았다.

"대체 나랑 있는 거야, 마레랑 있는 거야? 왜 자꾸 나한테서 마레를 못 찾아내 안달이야!"

"말했잖아. 우리가 다시 시작하려면 파랑 눈을 완전히 없애야 돼."

"파랑 눈, 파랑 눈, 파랑 눈! 작작 좀 해! 이제 정말 질린다고!"

"너야말로 왜 이래? 날 못 믿는 거야?"

"못 믿는 게 아니라 네 모습을 좀 봐. 마레에 대한 집착이 도를 넘었잖아. 나한테 계속 시비만 걸면서, 눈앞의 상대가 누구인지 분간도 못 해. 나랑 마레를 헷갈리고 있잖아!"

"그게 무슨 소리야! 내 눈엔 너만 보인다니까! 파랑은 아예 보이지도 않아. 칙칙한 회색 그림자에 불과하다고. 난 너만 보고 싶어. 검정에 칙칙한 회색이 끼어 있는 거 싫다고!"

"그것도 나야. 마레가 아니고 나라고! 모나라고!"

대화는 늘 이런 식이었다. 노아가 마레를 부정하면 할수록 마레의 그늘은 더욱 짙게 드리웠다. 모나와 노아가 예전으로 돌아갈 수 없는 이유가 거기에 있었다.

불똥은 엉뚱한 곳에 튀었다. 노아를 만나고 나면 모나는 으레 뜬 눈으로 마레가 일어나기를 기다렸다. 복구 작업에다 노아와의 실랑이로 심신이 지칠 대로 지쳤지만, 도무지 불안해서 잠을 잘 수 없었다.

"너 정말 노아한테 마음 있는 거 아니지?"

모나의 다그침에 마레는 대답하지 않았다.

"대답해. 정말 노아한테 조금도 미련 없는 거지?"

모나가 다시 한 번 묻자 마레가 낮고 분명한 목소리로 말했다.

"미련 없어. 완전히 끝났어. 아니, 애초에 시작 같은 것도 없었어."

"거짓말. 앞에서는 내 걱정 하는 척 눈치 보는 척 굴더니, 몰래 뒤에서 할 건 다 했잖아."

모나의 목소리가 바르르 떨리자 마레가 한숨을 푹 쉬며 말했다.

"나 빨리 파랑띠마을로 가 봐야 해. 오늘도 할 일이 쌓였다고. 너랑 입씨름할 시간 없어."

"너만 바빠? 나도 남색띠 지하마을 통로가 다 망가져서 그거 고치고 오느라 죽을 거 같아. 괜히 일 핑계 대지 말고 분명히 말해. 너 진짜 노아한테 조금도 미련 없어?"

"없어, 없다고! 노아가 선택한 건 너야. 나 따위 상관하지 마. 나도 너랑 노아 사이 관심 없어."

마레가 단호하게 말하자 모나는 일단 마음을 놓고 눈을 감았다. 잠시 후 마레가 집을 나서는 소리가 들렸다. 그럼에도 모나는 도저히 잠을 이룰 수가 없었다. 마레에게 아무리 확답을 들어도 그때만 잠시 마음이 놓일 뿐 다시 불안해졌다. 혹시라도 마레의 마음이 변해서 내가 잠든 사이에 노아한테 가면 어쩌지? 결국 모나는 눈 감고 자는 척하면서 마레를 감시하기 시작했다. 마레가 파랑띠마을 주민들과 바닷속 곳곳을 다니며 무너진 집들을 고치는 동안에도 끝내 정신을 놓지 않았다. 그리고 일을 마친 마레가 깨우면, 막 눈

뜬 척 일하러 나갔다. 그러다 보니 잠이 턱없이 부족했다. 모나의 몸은 점점 더 허약해지고, 신경은 점점 더 예민해져 갔다. 그러는 사이 의심은 더없이 커져 마레뿐만 아니라 노아에게도 뻗쳤다. 이제는 모나가 노아에게서 마레의 흔적을 잡아내지 못해 안달했다.

모나는 오늘도 이른 아침부터 천막에 들어와 다짜고짜 노아를 다그쳤다.

"왜 마레를 마레라고 안 하고 파랑 눈이라고 하는 거야? 혹시 나 모르게 마레와 둘만 아는 암호를 속삭인 거 아니야?"

자다 깬 노아가 눈을 비비며 일어나 되물었다.

"그게 무슨 소리야?"

"이상하잖아. 시도 때도 없이 파랑 눈, 파랑 눈 하는 게. 혹시 몇 번 부르면 보고 싶다, 또 몇 번 부르면 언제 만나자, 둘만 아는 신호를 주고받는 거 아니야?"

"말이 되는 소리를 해."

노아가 머리를 긁적이며 다시 자리에 누웠다.

"그렇게 부인하니까 더 의심스러워."

모나가 의심에 찬 눈초리로 노아와 마레를 번갈아 보더니 마레를 흔들어 깨우기 시작했다. 깊은 잠에 곯아떨어졌는지 마레가 아무 반응이 없자 이번에는 마레의 뺨을 톡톡 건드렸다.

"자는 척 연기하는 거지? 당장 못 일어나?"

모나의 행동에 노아가 기겁하고 일어나 모나를 말렸다.

"지금 뭐하는 거야? 그만해!"

"마레! 마레! 일어나, 어서!"

"그만하라고!"

"너 안 일어날래?"

노아가 모나의 손을 붙들자 모나가 획 뿌리쳤다. 노아가 곧바로 다시 모나의 손을 붙들었다.

"이거 놔! 마레, 일어나! 일어나라고! 마레! 마레!"

모나가 노아의 손을 깨물자 노아가 반사적으로 모나의 손을 놓았다. 그사이 모나가 마레에게 손을 뻗으려 하자 노아가 모나를 번쩍 들어서 꽉 끌어안았다. 모나가 노아의 품에서 벗어나려 발버둥 치며 소리쳤다.

"놔! 놔, 어서!"

노아는 눈을 질끈 감고 모나를 더 세게 끌어안았다. 모나가 버둥거리며 발길질을 해 대는 통에 노아가 비틀거렸다. 모나는 그렇게 한참을 난리치더니, 맥이 빠졌는지 몸을 축 늘어뜨렸다. 그제야 노아가 모나를 바닥에 내려 주었다. 모나가 힘없이 말했다.

"정말 뭐가 있긴 있나 보네…."

노아가 억울하다는 표정을 지으며 모나를 설득했다.

"그런 거 아니야. 이제 마레는 내게 아무것도 아니야. 나한텐 네가 중요해."

노아의 시선이 잠시 마레에게 향했다. 그 순간 마레의 감은 눈이 떨리는 걸 보고 노아가 멈칫했다. 모나가 말했다.

"다시 말해 봐."

노아가 잠시 입을 다물었다가 다시 입을 뗐다.

"나한텐 네가 제일 소중해. 마레 따위 안중에도 없어. 믿어 줘."

"못 믿겠어. 두 눈으로 확인하지 않는 이상 절대 못 믿어. 두고 봐, 이대로 그냥 넘어가지 않을 테니까."

모나가 매서운 눈초리로 노아를 쏘아보며 천막을 나갔다. 맥이 풀린 노아는 양손을 주머니에 찔러 넣으며 한숨을 푹 내쉬었다.

"아야!"

따끔한 통증에 놀란 노아가 황급히 손을 꺼냈다. 깨진 유리 파편이 손가락 끝에 박혀 피가 났다. 노아는 유리 파편을 떼어 내고 다시 손을 집어넣었다. 그리고 조심스레 주머니를 뒤집어서 유리 파편들을 털어 냈다. 형체를 알 수 없을 만큼 처참하게 부서진 유리 조각상이 바닥에 우수수 떨어졌다. 링고가 준 선물. 링고의 어머니, 그 어머니의 어머니, 또 그 어머니의 어머니로부터 전해 내려왔다는 유리 조각상이었다. 사랑하는 상대를 유리 조각상처럼 여기고 조심스럽게 대하라고 했는데, 나 자신으로부터 상대를 지켜 주라고 했는데…. 노아의 눈에 눈물이 핑 돌았다. 노아가 주머니 속에 지녀 온 유리 조각상도, 마음속에 품어 온 아리도 어느덧 산산조각이 나 있었다.

노아는 유리 파편을 헝겊으로 감싸서 주머니에 넣었다. 그리고 창문 밖을 멍하니 응시했다. 모든 게 엉망이었다.

내가 모든 걸 부수었어. 모나도 마레도 루나도 링고도 결국 다 내가 부수고 말았어. 모든 게 산산조각이 나 버렸다고. 노아는 이제와 뭘 어떻게 해야 할지 몰랐다. 그저 자리에 누워 뒤척이다 잠드는 것만이 당장에 노아가 할 수 있는 일의 전부였다.

노아는 꿈을 꾸었다. 아주 오래전에 꾸었던 꿈. 바라별 벽에 아빠를 그리자 정말로 아빠가 나타났다. 노아는 너무 기쁜 나머지 곧바로 아빠에게 달려갔다. 그러자 아빠가 노아를 번쩍 들어 허공에서 몇 바퀴 돌리더니 품에 꼭 안아 주었다. 노아도 아빠의 목을 양손으로 꼭 끌어안았다. 그 순간 아빠가 컥컥거리며 목을 부여잡더니 쓰러지고 말았다. 노아도 따라서 바닥에 나뒹굴었다.

"아빠! 아빠!"

노아가 누운 채로 아빠의 어깨를 흔들었다. 아빠는 정신을 잃은 채 꼼짝하지 않았다. 노아가 몸을 일으켜 앉자 아빠의 목에 빨간 손자국이 선명하게 보였다. 노아는 떨리는 손으로 손자국에 손을 대 보았다. 자신의 손 크기와 꼭 맞아떨어졌다. 노아가 겁에 질린 얼굴로 아빠를 세게 흔들어 깨웠다. 그때 아빠의 얼굴 위로 그림자가 드리워졌다. 고개를 들자 엄마가 하얗게 질린 얼굴로 노아를 바라보고 있었다.

"아니에요. 엄마, 아니에요."

엄마가 겁에 질려 서서히 뒷걸음쳤다. 노아가 엄마에게 손을 내밀며 다가갔다.

"잠깐만요. 잠깐만, 제 얘기 좀 들어 봐요."

엄마는 여전히 겁에 질린 얼굴로 손사래 치며 뒷걸음했다.

“다가오지 마! 오지 말라고!”

“엄마, 제발….”

“도대체 네 아빠를 몇 번이나 더 죽여야 직성이 풀리겠니!”

“제가 아빠를 죽였다고요?”

“그래. 너는 계속 네 아빠를 죽이고 있어.”

“그런 적 없어요. 단지 예전에 딱 한 번 이 꿈을 꾼 게 전부예요.”

“딱 한 번 이 꿈을 기억했던 거겠지.”

“아니에요. 저는 아빠를 죽이지 않았어요. 그때 아빠를 죽인 건 제가 아니라 엄마….”

“이제 그만 우릴 놓아 줘. 그리고 그들도 놓아 줘.”

엄마가 간절한 눈빛으로 노아에게 애원했다.

“그들이라니요?”

“네가 더 잘 알잖아. 너는 사랑하는 사람을 파멸시키는 운명을 타고났어. 네가 사랑하는 사람은 모두 다치고 말 거야. 그러니 모두 네게서 도망칠 수 있도록 놓아 줘. 내 말 명심해. 너는 아무도 사랑해선 안 돼.”

노아가 눈물이 그렁그렁한 눈으로 말했다.

“그들을 해치려고 한 게 아니에요. 저는 그들을 사랑해요.”

“그러면 결국 그들 모두 네 아빠처럼 네 손에 죽게 될 거야.”

“그렇지 않아요. 저는 살인자가 아니에요. 엄마, 엄마….”

노아가 달려가 엄마의 허리를 꼭 끌어안았다. 그 순간 엄마 역시 숨을 가쁘게 몰아쉬더니 그대로 쓰러지고 말았다. 노아는 이번에도 엄마와 함께 바닥에 쓰러졌다.

"엄마! 엄마!"

노아가 엄마를 흔들어 깨웠다. 엄마가 실눈을 뜨며 힘겹게 말했다.

"나는 이미 오래전 네 손에 죽었어. 이제 그만 날 놓아 줘."

"아니야! 그럴 리 없어! 아니야!"

노아가 소리를 지르며 벌떡 일어났다. 엄마와 아빠는 온데간데없이 사라지고 천막에는 노아 혼자였다. 꿈이었구나. 노아는 안도의 한숨을 내쉬었다. 베개가 눈물로 흥건히 젖어 있었다.

그 날 이후 노아의 악몽은 밤낮으로 계속되었다. 노아는 꿈에서 모나를 죽였다. 그다음 날에는 마레를 죽였다. 그리고 그다음 날 루나를, 그다음 날엔 링고를 죽였다. 노아의 곁엔 아무도 남지 않았다. 말도 안 돼! 이건 꿈이야!

노아는 너무 무서워서 천막 밖으로 뛰쳐나갔다. 훤한 대낮인데도 이상하게 태양이 보이지 않았다. 땅은 메말라 쩍쩍 갈라져 있었고,

풀과 나무는 모두 말라비틀어져 있었다. 노아의 주위에서는 어떤 생명도 뿌리내리고 살 수 없는 듯 보였다. 나 때문이 아니야. 내가 그런 게 아니란 말이야! 노아는 두려운 마음에 죽어라 앞만 보고 달렸다. 어떻게든 꿈에서 깨야 해! 다리가 점점 더 빠르게 움직였다. 바람이 뺨을 스치는 게 느껴졌다. 숨이 점점 가빠 왔다. 모든 감각이 생생했다. 이게 현실일 리 없어. 꿈이야. 다 꿈이야! 그러나 아무리 달려도 꿈에서 깰 수 없었다. 천막부터 갈대밭까지 이어지는 풍경이 실제와 너무 똑같아서 더는 부인할 수도 없었다. 노아는 자기 자신이 점점 무섭게 느껴졌다. 자신이 앞으로 무슨 짓을 더 할지 더럭 겁이 났다. 더는 안 돼. 멈춰야 해. 노아는 울고 있었다.

잠시 후 노아의 눈물도 발걸음도 서서히 멈췄다. 노아는 정신을 차리고 주변을 둘러보았다. 허리를 꼿꼿이 세우고 늠름하게 선 가문비나무가 노아를 내려다보고 있었다. 노아는 여기까지 무슨 정신으로 왔는지 기억나지 않았다. 주위에 자리 잡은 달맞이꽃들이 노아의 기억 따윈 관심 없다는 듯 잎을 잔뜩 움츠리고 있었다. 꿈에서 깬 건가? 아직도 꿈속인가? 노아는 넋이 나간 얼굴로 정처 없이 걷기 시작했다. 숲 안쪽으로 들어가자 나뭇가지에 이파리처럼 꼭 달라붙어 사는 초록사람들이 웬일로 땅에 내려와 무리 지어 이동하고 있었다. 모두 하나같이 초록 잎을 뒤집어쓰고 있어서 이파리들이 살아 움직이는 듯했다. 요즘 틱톡이 한창 번식 중이라는데 모르고 있나? 노아가 가까이 다가가자 한 초록사람이 기둥 아래로 내려가다 말고 노아를 힐끔거렸다. 노아가 먼저 말을 걸었다.

"무슨 일이에요? 다들 분주해 보이는데."

초록사람이 이파리를 걷어 올리고 대답을 하려다 잠시 위를 쳐다보더니 머뭇거렸다. 뒤따라 내려오던 초록사람들이 줄줄이 멈춰 서서 기다리고 있었다. 초록사람이 난처한 표정을 짓자 노아가 초록사람에게 손을 내밀었다. 그러자 초록사람이 노아의 손바닥 위로 뛰어내렸다. 노아가 말했다.

"틱툭이 숲 안쪽까지 번식하고 있다는데 못 들었어요? 아래로 내려오면 위험해요."

"걱정 마요. 틱툭이 낌새를 알아채고 올 때쯤이면 우린 여기 없으니."

"없다고요? 어디 가세요?"

"여름이 끝나 가니 떠나야죠. 우린 초록 없이는 살 수 없으니까요. 초록별로 갈 거예요."

"아… 거긴 이제 여름이죠?"

초록사람이 고개를 끄덕였다. 노아는 아쉬운 마음에 손바닥 위의 초록사람을 뚫어지게 쳐다보았다.

"저기 저 앞의 나무에 내려 줘요. 저쯤이면 원래 자리를 찾아갈 수 있을 거예요."

노아는 초록사람이 가리킨 나무에 다가가 초록사람을 내려 주었다. 초록사람은 땅에 발이 닿자마자 무리 속으로 뛰어들어 갔다. 그 안에 섞이자 금세 누가 누군지 구별이 안 됐다.

"나뭇잎이 늘 초록이면 떠나지 않아도 될 텐데."

노아는 초록사람들이 이동하는 모습을 보며 중얼거렸다. 친하게 지낸 것도 아니었는데 떠난다는 말을 들으니 괜히 마음이 허전해졌다. 그 마음을 달래 보고자 노아는 초록사람들이 이동하는 길을 따라 걷기 시작했다. 그때 저 멀리서 누군가 소리치며 달려오는 게 보였다.

"초이! 초이!"

"스몰?"

노아가 눈을 똥그랗게 뜨고 믿기지 않는 얼굴로 쳐다보았다. 스몰은 점차 속도를 높이며 노아쪽으로 달려왔다.

"스몰!"

노아가 놀라 외쳤다. 스몰은 노아에게 눈길을 줄 겨를도 없이 주위를 두리번거리며 무작정 초이의 이름을 불렀다.

"초이! 초이! 나, 나야, 스몰! 초이, 어, 어딨니이? 초이! 초이!"

스몰은 고개를 쳐들고 나무에 매달린 나뭇잎을 일일이 훑었다. 그러나 그곳에 살았던 초록사람들은 이미 땅으로 내려와 줄을 선 지 오래였다. 뒤쪽 나무에 살던 초록사람들이 땅으로 내려와 앞서 내려온 초록사람들 뒤로 줄을 섰다. 나뭇잎을 온몸에 뒤집어써서 땅에 떨어진 나뭇잎이나 초록 잔디와 감쪽같이 섞였다. 대지에 발을 디딘 수십만 초록 인파가 강물처럼 길을 따라 흘러갔다. 스몰은 초록 인파의 흐름에 맞추어 발걸음을 옮겼다.

"초이! 초이! 초이!"

노아는 스몰과 조금 떨어져 걸으며 초이의 이름을 함께 불러 주었다.

"초이! 초이! 초이!"

그때였다. 틱 하는 소리와 함께 수십만 초록 인파의 움직임이 일제히 멎었다. 스몰과 노아도 그대로 멈춰 섰다. 저 멀리 길목에 숨어 있던 틱툭이 하나둘 모습을 드러냈다. 굶주릴 대로 굶주린 틱툭은 꽃잎을 활짝 펼치고는 게걸스럽게 펄럭이고 있었다. 꽃잎 사이로 침에 흥건히 젖은 날카로운 이빨이 드러났다. 팽팽한 긴장감과 함께 침묵이 맴돌았다. 일 초, 이 초, 삼 초. 그때 바닥에 붙어 있던 나뭇잎 중 하나가 바스락거렸다. 노아는 손에 땀을 쥐고, 마른 침을 꿀꺽 삼켰다. 스몰의 얼굴이 바짝 굳었다. '초이야, 돌아보면 안 돼.' 그 순간 무리 속에 있던 초이가 나뭇잎을 벗어 던지고 일어나 뒤돌아보았다. 그리고 스몰과 눈이 마주치자 입꼬리를 올리며 환히 웃었다.

"스몰!"

초이의 외침에 노아의 가슴이 쿵 하고 내려앉았다. 그때였다. 쏜살같이 달려온 틱툭이 툭 하는 소리와 함께 초이를 순식간에 삼켜 버렸다.

"아악! 안 돼!"

스몰이 달려가 틱툭을 붙잡고 억지로 꽃잎을 벌렸다. 틱, 틱, 툭, 틱, 툭, 툭. 불규칙한 소리와 함께 꽃잎이 반쯤 벌어졌다 닫히기를 반복했다. 그럴 때마다 틱툭이 물어뜯은 상처에서 피가 뚝뚝 떨어졌다.

"뱉어! 뱉으라고! 초이! 초이!"

스몰은 틱툭의 줄기를 잡고 마구잡이로 흔들어 대며 오열했다.

그러나 무슨 방법으로도 활짝 웃던 초이를 되살려 놓을 수 없었다. 그 모습을 안타깝게 지켜보던 노아가 다가가 스몰을 부축해 일으켰다. 틱톡 무리가 노아와 스몰을 향해 모여들고 있었다.

잠시 정적이 흘렀다. 틱, 틱, 틱, 틱, 틱, 틱, 틱. 갑자기 틱톡 무리들이 연달아 꽃잎을 펼치더니 스몰과 노아에게 달려들었다. 노아가 스몰에게서 초이를 잡아먹은 틱톡을 가로채 틱톡 무리를 향해 휘둘렀다.

"아, 안 돼! 초이! 초이!"

스몰이 손을 뻗어 틱톡을 뺏으려는 순간 노아가 한 손으로 스몰을 확 끌어안았다. 그리고 다른 한 손으로는 계속해서 틱톡을 휘둘렀다. 틱톡들이 노아의 손에 달라붙더니 툭 소리와 함께 노아의 팔을 사정없이 물어뜯었다. 게다가 스몰까지 노아의 품 안에서 벗어나려 발버둥을 치자 노아는 더 버틸 힘이 없었다. 노아의 손에서 초이를 잡아먹은 틱톡이 힘없이 툭 떨어졌다. 그 기회를 틈타 틱톡들이 복수라도 하려는 듯 노아의 빈손에 다다닥 달라붙었다. 노아는 윽 하는 신음과 함께 손을 세차게 흔들어 틱톡을 쳐냈다. 그러나 아무리 쳐내도 틱톡들은 끝없이 달려들었다. 나뭇잎 아래 초록 사람들은 모두 틱톡에게 잡아먹힐까 봐 숨죽인 채 바들바들 떨고 있었다. 그 모습을 본 노아는 일단 틱톡을 다른 곳으로 유인해야겠단 생각에 무작정 틱톡 무리로 뛰어들었다. 그러자 틱톡들이 일시에 노아에게 달라붙어 살을 사정없이

물어뜯었다.

"으악!"

노아의 비명 소리가 숲 안에 울려 퍼졌다. 노아는 온몸을 비틀며 틱툭을 떼어 내려고 발악했다. 스몰은 자신의 몸이 물어뜯기든 말든 바닥에 떨어진 틱툭을 돌아보며 초이 이름만 목 놓아 불렀다.

"저리 가! 가!"

노아는 죽어라 달리며 자신과 스몰의 몸에 붙은 틱툭을 하나하나 집어 허공에 내던졌다. 그럴 때마다 손의 살점이 같이 떨어져 나가는 고통에 몸부림을 쳐야 했다. 그렇게 틱툭 몇 마리를 떼어 내자 다른 녀석들이 더 악착같이 달라붙었다. 입 벌린 틱툭 무리가 노아의 뒤를 바짝 쫓으며 '툭' 소리와 함께 꽃잎을 앙다물었다.

"으아악!"

엉덩이를 제대로 물린 노아가 숲이 떠나가게 비명을 질렀다. 스몰은 노아의 고통 따윈 아랑곳없이 여전히 노아의 품에서 벗어나려 발버둥 쳤다. 그 와중에도 노아는 스몰을 놓칠세라 더욱 꽉 안고 달렸다. 노아가 앞만 보고 달리는 사이 스몰은 계속 뒤를 돌아보며 초이의 이름을 불렀다.

"초이! 초이! 내려 줘! 내려 달라고!"

틱툭들이 노아와 스몰을 쫓는 동안 땅바닥에 붙어 있던 초록사람들은 어느새 나무 위로 올라가 몸을 숨겼다. 저 멀리 초이만 틱툭 안에 갇힌 채 홀로 땅바닥에 버려져 있었다.

"초이…."

스몰은 그 모습을 돌아보며 하염없이 눈물만 흘렸다. 마지막으로 그녀를 위해 해 줄 수 있는 일이라곤 그게 전부였다. 초이가 점점 멀어지고 있었다. 스몰은 두 눈을 질끈 감았다. 감은 눈 사이로 눈물이 멈출 줄 모르고 계속 흘러내렸다. 노아는 여전히 틱톡을 피해 달아나느라 정신없었다. 엉덩이를 계속 물리고 또 물렸지만 이제는 비명도 나오지 않았다. 숨이 가쁜 줄도 모르고 골짜기 산비탈을 성큼성큼 뛰어올라 갈 뿐이었다. 노아가 산비탈을 오르락내리락하는 동안 틱톡들이 줄줄이 나가떨어졌다. 노아는 그런 줄도 모르고 죽어라 앞만 보고 달렸다.

얼마나 달렸을까. 주변의 수풀들이 가문비나무와 뒤엉키며 앞을 가로막자 노아가 멈춰 서서 뒤돌아보았다. 어느새 틱톡들이 모두 사라지고 뒤에는 아무도 없었다. 노아는 그제야 안도의 한숨을 내쉬며 스몰을 바닥에 내려 주었다. 스몰은 몸을 가누지 못하고 그대로 쓰러졌다. 노아도 무릎이 풀려 주저앉고 말았다. 그러다가 아예 땅에 대자로 누워 숨을 골랐다. 온몸이 땀과 상처로 범벅이 되어 있

었다. 잠시 후 훌쩍이는 소리가 들리자 노아가 스몰에게 고개를 돌렸다. 꺼이꺼이 울고 있는 모습이 그렇게 서글플 수가 없었다.

"스몰…."

노아는 스몰을 위로해 주고 싶었지만, 그 어떤 말도 위로가 되지 않을 것 같아 가만히 있었다. 주변은 높이 솟아오른 가문비나무로 빽빽했다. 나뭇가지와 이파리가 양옆으로 활개를 펴고 있어 온통 어두침침한 가운데 이파리 사이로 빛이 한 줄기 새어 들어왔다. 정오의 태양이 나무 위에서 한창 여름의 끝을 불태우는 중이었다. 노아는 한 줄기 빛을 물끄러미 바라보다가 스르르 눈을 감았다. 몸에 난 상처가 욱신욱신 쑤셨지만 그보다 더 큰 피로가 밀려와 그대로 정신을 잃었다.

오후에 들어서면서 가문비나무 사이로 바람이 솔솔 불었다. 가문비나무 잎의 그림자가 노아의 얼굴에 어른거리자 노아의 눈꺼풀이 떨렸다. 노아는 눈을 감은 채 주변 소리에 귀를 기울였다. 벌레 우는 소리와 잠든 스몰의 숨소리만 들릴 뿐, 숲은 고요했다. 노아는 눈을 뜨고 서서히 몸을 일으켰다. 그 순간 통증이 한꺼번에 밀려와 저도 모르게 윽 비명을 질렀다. 그 소리에 스몰이 눈을 떴다.

"괜찮아요?"

노아의 질문에 스몰이 대답 대신 몸을 일으켰다.

"집에 데려다 줄게요."

노아가 스몰 앞에 앉아 등을 내 주었다. 그러나 스몰은 눈만 껌뻑일 뿐 미동도 하지 않았다.

"업혀요."

기다리다 못한 노아가 뒤로 양팔을 흔들며 눈짓을 했지만 스몰은 고개를 저었다. 그리고 다리를 절뚝거리며 걸음을 옮겼다. 노아는 어쩔 수 없이 뒤따라 발걸음을 내딛다가 또다시 윽 하고 멈칫했다. 다리와 엉덩이를 물린 상처가 생각보다 깊어 견디기 힘들었다. 노아는 이를 악물고 다시 걸음을 내디뎠다. 숲 깊숙이 들어온 바람에 되돌아가려면 한참 걸릴 터였다. 둘은 아픈 몸과 마음을 이끌고 길을 따라 터벅터벅 걸었다. 그러다 스몰과 노아가 동시에 멈춰 섰다. 어디선가 들려오는 목소리에 둘은 사방을 두리번거렸다.

"이쪽인 거 같아요."

노아가 손가락으로 오른쪽을 가리키며 먼저 걸어가자 스몰이 그 뒤를 따랐다. 목소리가 점점 크게 들려왔다.

"스몰! 스몰!"

저 멀리 덩치가 커다란 사람이 왔다 갔다 하는 모습이 보였다. 노아와 스몰이 가까이 가 보니 빅이 자전거 페달을 부지런히 밟으며 주위를 샅샅이 뒤지고 있었다.

"여기예요! 여기요, 빅!"

노아가 손을 흔들며 소리치자 그제야 빅이 노아와 스몰을 발견하고 한달음에 다가왔다. 끼이익, 자전거를 세운 빅이 두 사람의 몰골을 보고는 오만상을 찌푸리며 말했다.

"꼴이 그게 뭐냐. 어쩌다 그 모양이 된 거야?"

스몰이 대답 대신 빅을 멍하니 쳐다보았다.

"스몰! 정신 차려, 스몰!"

빅이 스몰의 눈앞에서 손뼉을 치며 주의를 끌었다. 스몰이 넋 나간 얼굴로 말했다.

"혀, 형님, 초이가, 초이가… 주, 죽었어요오."

"뭐? 초이? 초이면 그 초록 나부랭이들?"

빅이 오만상을 찌푸리며 물었다. 스몰이 빅의 눈을 보며 눈물을 글썽였다.

"돈은? 나무 밑에 숨겨 놨다던 돈 뭉치는 찾았어?"

빅의 물음에 스몰이 말없이 고개를 숙였다.

"너 이 녀석, 그거 찾으러 간 게 아니라 초이 만나러 갔던 거였어?"

"……."

"혹시 틱톡인가 뭐시긴가 하는 애들한테 당한 거냐?"

빅이 큰 소리로 몰아붙이자 스몰이 눈물만 뚝뚝 흘렸다. 노아는 가만히 보고 있을 수 없어 한마디 거들었다.

"초이를 구해 주려다가 다친 거예요. 스몰은 아무 잘못 없어요."

빅이 더 흥분해서 길길이 날뛰었다.

“이런 바보, 멍청이. 이 똥개 자식아. 아이고, 속 터져. 속 터져, 나 죽겠네.”

빅이 스몰의 어깨를 흔들며 말했다.

“너 이 녀석, 내가 널 그렇게 가르쳤어? 누가 그깟 사랑 따위에 목숨 걸랬어? 너 정말 그것밖에 안 되는 녀석이야?”

“초, 초이가… 초이가….”

스몰이 계속 눈물을 흘리며 초이 타령을 하자 빅은 화가 머리끝까지 치솟았다.

“초이, 어, 어떡해요오? 우리 초이 부, 불쌍해서 어떡….”

빅이 더는 참지 못하고 스몰의 뺨을 세게 휘갈겼다. 그 바람에 스몰의 몸이 휘청거렸다. 스몰은 양손으로 뺨을 감싸 쥔 채 흐느꼈다.

“초, 초이… 초이….”

빅이 더 세게 스몰의 뺨을 때렸다. 그리고 스몰이 채 중심을 잡기도 전에 다시 뺨을 때렸다. 그렇게 연거푸 손찌검을 하자 급기야 스몰이 바닥에 쓰러지고 말았다.

“이런 못난 놈 같으니!”

빅이 씩씩대며 스몰을 걷어차려는 찰나 노아가 달려들어 말렸다. 그러나 다친 몸으로 빅을 막는 건 어림없었다. 빅은 바로 노아를 바닥에 내팽개치고, 스몰에게 마구 발길질을 했다. 스몰이 몸을 움츠리며 윽 하고 신음을 내뱉었다. 빅은 눈 하나 깜짝 않고 연달아 발길질을 해 대더니, 그러고도 도저히 성이 안 풀리는지 획 돌아서서 소리를 질렀다. 빅이 포효하는 소리가 숲속에 쩌렁쩌렁 울려 퍼졌다. 노아와 스몰은 상처를 부여잡고 겁에 질린 눈으로 그 모습을 바라보았다. 한참 동안 숲을 뒤흔들던 소리가 멎자 빅이 갑자기 돌아서더니 노아를 무섭게 쏘아보았다.

"원하는 게 고작 이런 거였어? 사랑 타령을 하려거든 혼자 하든가, 기어이 스몰까지 끌어들여 이 지경으로 만들어 놓다니. 말해 봐. 마음을 얻기 위해 노력한 결과가 고작 이거야?"

노아가 울고 있는 스몰을 가엾게 쳐다보았다. 그 모습에 빅이 조소하며 말했다.

"누가 누굴 동정하는 거야? 당신이나 스몰이나 별반 다를 게 없을 텐데. 얘기 다 들었어. 링고는 아직도 돌아오지 않았고, 린은 떠났고, 핀은 갈대밭에 혼자 버려졌다지. 소문엔 당신과 아리가 사각관계라는 말도 있던데, 사실인가?"

노아가 어쩔 줄 모르는 얼굴로 빅을 쳐다보았다.

"사실이군. 그래, 원하는 대로 아리의 마음을 다 얻고 행복해졌나?"

"그건… 그건…."

노아가 말끝을 흐리자 빅이 언성을 높였다.

"당신 때문에 그림자별이 폭발해서 아리별이 이 지경이 됐다고! 아리별 주인들은 뒷수습하느라 만신창이가 됐다지? 그런데도 그 빌어먹을 사랑, 사랑, 사랑! 그놈의 사랑 타령, 언제까지 할 생각이야?"

빅의 호통에 노아도 겁을 먹고 주춤했다.

"그렇지만 당신이 지금 그렇게 화내고 속상해하는 것도 스몰을 사랑하기 때문이 아닌가요?"

노아의 말에 빅이 당황한 나머지 얼굴을 찡그렸다. 노아가 몸을 일으키며 억울한 표정으로 말했다.

"누굴 사랑한 게 잘못은 아니잖아요. 누구나 사랑할 수 있는 거잖아요."

"그래. 당신 말대로 누구나 사랑을 할 수 있지. 그렇다고 해서 누구나 행복해지는 건 아니라고. 당신처럼 사랑에 목맨 사람들은 결국 다 불행해지잖아. 그런 걸 대체 왜 계속하지? 짧은 인생, 행복하게 살기도 바쁜데 왜 불행해질 게 뻔한 길을 가면서 시간을 낭비하느냔 말이야. 좀 더 행복해질 수 있는 확실한 방법을 찾아 봐. 세상에는 사랑 말고도 행복해질 수 있는 방법들이 널렸다고. 그게 나한텐 돈이고, 명예고, 물질이야. 나는 그것들을 얻기 위해 노력했고, 노력한 만큼 행복해졌어. 그런데 당신은 어떻지? 사랑한 만큼 지금 행복한가? 스몰, 행복하냐?"

힘겹게 일어난 스몰은 아무런 대답도 못 하고 눈물만 뚝뚝 흘렸다. 그러다가 눈물을 훔치며 빅의 눈을 응시했다. 빅도 가만히 스몰의 눈을 응시했다. 사랑 때문에 상처받은 눈. 몸도 마음도 만신창이가 되어 울고 있구나. 순간 빅의 마음이 흔들렸다. 손이 저절로 스몰을 향해 움직였다. 상황이야 어찌 됐든 당장은 이 가여운 동생을 안아 주고 싶었다. 스몰이 빅의 마음을 읽었는지 빅에게 먼저 다가가 안겼다.

당황한 빅이 저도 모르게 뒷걸음치며 양손을 번쩍 들어 올렸다. 그리고 허공에 떠 있는 손을 어찌해야 할지 몰라 혼란스러운 표정으로 스몰을 내려다보았다. 스몰이 빅의 품을 더 깊이 파고들었다. 빅은 눈을 질끈 감았다 뜨며 에라, 모르겠다 하고 스몰을 세차게 밀쳐냈다.

"너 같은 녀석을 동생으로 둔 적 없다. 이제부터 형이라고 부르지도 마. 다시는 볼 일 없을 게다!"

"형님… 형님…."

스몰이 빅의 바짓가랑이를 붙잡았다. 빅은 보란 듯이 스몰을 내팽개치고 자전거에 올라탔다. 노아가 바닥에 쓰러진 스몰을 부축해 일으켰다. 빅이 페달을 밟기 직전 마지막으로 말했다.

"사랑해서 행복해지는 게 어디 쉬운 줄 알아? 돈 벌어 집을 사고 차를 사는 것보다 어렵다는 것만은 알고 해라. 이 어리석은 녀석아."

빅은 안타까운 눈빛으로 스몰의 눈을 응시하더니 페달을 세차게 밟았다. 곧 자전거가 바람을 타고 공중에 붕 떠오르더니 순식간에 구름 사이로 사라졌다. 스몰이 멍하니 하늘을 보며 흐르는 눈물을 닦고 또 닦았다.

노아는 그런 스몰을 지켜보면서 가슴이 꽉 막혔다. 내가 스몰을 이렇게 만들었어. 그때 스몰에게 책을 주는 바람에, 스몰은 초이도 형도 다 잃고 혼자가 되고 말았어. 나 때문에 스몰이 불행해졌다고. 노아는 죄책감에 스몰의 얼굴을 볼 면목이 없었다. 스몰이 길 옆에 있는 바위에 가 앉더니 말했다.

"머, 먼저 가요오. 나, 난 여기 좀 있다가, 가, 갈게요오."

"가서 상처부터 치료해야죠. 그대로 두면 위험해요."

"호, 혼자 있고 싶어요오. 머, 먼저 가요오."

"그래도 일단 치료를…."

"부, 부탁이에요오."

스몰이 간절한 목소리로 말하자 노아는 더 매달릴 수가 없었다.

"혼자 있기 싫으면 천막으로 와요. 기다릴게요. 알았죠?"

스몰은 대답 없이 넋 나간 얼굴로 허공을 응시했다. 노아는 어쩔 수 없이 홀로 발걸음을 돌렸다. 내딛는 걸음마다 온몸의 통증이 몰려와 고통스러웠다. 몸도 마음도 다 아픈 날, 그 어느 때보다 링고가 그리웠다. 링고가 있다면 날 감싸 안아 줬을 텐데…. 모든 게 괜찮다고 말해 주었을 텐데…. 링고, 지금 어디 있어요? 노아는 배불뚝이 나무집을 향해 달리기 시작했다.

한참 뒤 노아의 눈앞에 익숙한 풍경이 나타났다. 노아는 마지막 힘을 다해 속도를 더 냈다. 갈대밭을 지나 우체통사거리에 이르는 동안 몇 번이고 다리가 풀려 넘어질 뻔했지만, 다시 중심을 잡고 미친 듯이 달렸다. 온몸에 땀이 빗줄기처럼 쏟아졌다. 거의 다 왔어. 초롱꽃밭에 이르자 노아는 멈춰 서서 언덕 위의 나무집을 바라보았다. 이제 더는 달릴 힘이 없었다. 노아는 한 발 한 발 천천히 내디뎠다. 집에 늦게 들어가는 날이면 늘 집 앞에서 자신을 기다리던 링고의 모습이 생각났다. 창문 밖으로 새어 나오는 불빛도, 가까이 가면 코끝에 진동하던 오린고 요리 냄새도, 반갑게 맞이해 주던 린과 링고의 환한 미소도 모두 다 그리웠다. 노아는 감회에 젖어 문 앞에 섰다. 한동안 집을 비워 둔 탓에 문고리도, 문짝도 허름해 보였다. 고개를 돌리자 먼지 쌓인 창문 너머로 집 안이 훤히 들여다 보였다. 행복했던 시절의 흔적은 온데간데없이 쓸쓸한 기운만 감돌고 있었다. 노아는 도무지 빈집에 들어갈 자신이 없어, 고개 숙인 채 문 앞에 한참을 서 있었다.

그때였다. 철커덕 소리와 함께 문고리가 저절로 돌아갔다. 노아가 화들짝 놀라 한 걸음 뒤로 물러섰다. 문이 스르르 열리더니 문틈으로 누군가의 발이 보였다. 노아는 가슴이 덜컥 내려앉았다. 천천히 고개를 들자 상대의 얼굴이 보였다. 그 순간 목이 턱 막혀 아무 말도 나오지 않았다. 상대 역시 상처투성이인 노아의 몰골을 보고 놀라 아무 말도 하지 못했다. 둘은 잠시 서로의 눈을 뚫어지게 응시했다. 노아의 두 눈에 울컥 눈물이 솟구쳤다.

"리, 리, 링고…."

노아가 그 자리에 털썩 무릎을 꿇었다.

"잘못했어요. 제가 잘못했어요. 제가 링고를 배신하고 아프게 했

어요. 린과 핀의 사이를 알면서도 말하지 않았어요. 깨마에게도 말 못 하게 했어요. 링고가 린을 기다리는 거 옆에서 보고도, 핀을 린에게 데려다 줬어요. 그렇게 링고에게 상처 주고도 용기가 없어서 도망만 쳤어요. 제가 비겁했어요. 제 마음은 그런 게 아닌데, 링고가 제게 그랬듯 저도 힘이 되어 주고 싶었는데, 결국 더 큰 상처만 주고 말았어요. 그래서 지금 벌 받나 봐요."

노아는 고개 숙인 채 하염없이 눈물을 흘렸다. 이를 지켜보던 링고가 같이 무릎을 꿇고 마주 앉아 양손으로 노아의 얼굴을 감쌌다. 링고의 손바닥으로 노아의 떨림이 고스란히 전해졌다. 링고가 노아의 얼굴을 들어 올렸다. 노아는 차마 링고의 눈을 똑바로 마주 볼 수 없어 이내 고개를 숙였다. 링고가 다시 노아의 얼굴을 들어 눈을 똑바로 마주 보았다. 노아가 주저주저하다가 입을 뗐다.

"린이 떠났어요. 다신 돌아오지 않을 거예요."

링고의 눈동자가 흔들렸다.

"잡고 싶었지만 그럴 수 없었어요. 죄송해요."

어느덧 링고의 눈이 촉촉하게 젖어 들었다. 노아의 눈에서도 눈물이 쉴 새 없이 흘러내렸다. 링고가 노아의 눈물을 닦아 주며 떨리는 목소리로 말했다.

"어디서 뭘 하다가 이렇게 다친 거야, 속상하게."

노아가 멈칫 놀라 링고를 바라보았다. 링고는 노아 얼굴에 난 상처를 하나하나 살피더니 노아를 양팔로 감싸 안았다. 노아는 그런 링고의 품에 얼굴을 파묻었다. 처음으로 나의 눈물을 받아 주었던 품. 돌아왔구나. 노아는 그동안 자신이 무엇을 그토록 애타게 그리워했는지 알 것 같았다. 링고가 노아의 등을 가만히 쓸어 주자 익숙한 따뜻함이 전해졌다. 노아는 비로소 마음 놓고 링고의 품에서 아이처럼 엉엉 울었다. 노아가 울먹이며 말했다.

"누굴 사랑하는 게 어렵고 힘들어요."

링고가 손끝에 힘을 실어 노아의 등을 쓰다듬었다.

"제 마음은 그런 게 아닌데 자꾸 못되게만 굴어요. 그러다 결국 유리 조각상처럼 다 깨지고 말았어요."

노아가 잠시 링고의 품에서 떨어져 주머니에서 헝겊 꾸러미를 꺼냈다. 링고가 헝겊의 매듭을 풀자 유리 조각상이 형체를 알아볼 수 없게 산산조각 나 있었다. 노아가 눈물을 닦으며 말했다.

"소중한 걸 주셨는데 이렇게 만들어서 죄송해요. 나중에 바라별에 돌아가면 벽에 이것부터 그릴게요. 그럼 똑같은 걸 얻을 수 있어요."

"말로만 듣던 그 벽면 얘기로구나. 정말 그리기만 하면 뭐든 가질 수 있니?"

노아가 고개를 저었다.

"꼭 그렇지만도 않아요. 정작 간절히 바랐던 것들은 단 하나도 가지지 못했으니까요."

"무엇을 간절히 바랐니?"

노아가 잠시 생각에 잠기더니 띄엄띄엄 말했다.

"엄마, 아빠, 고양이달 그리고 소녀요."

"그랬구나."

"바라별에서는 원하는 걸 갖기 위해 아무 노력도 안 했으니까, 그렇게 돼도 할 말이 없어요. 그렇지만 아리별에선 아무것도 하지 않은 건 아니었다고요. 그래서 억울하고 화가 나요. 왜 마음만은 노력해도 가질 수 없는지, 왜 난 끝내 행복해질 수 없는 건지… 왜 내가 마음을 준 이들은 하나같이 다 나 때문에 불행해지는 건지…. 난 늘 진심이었는데, 그들이 그렇게 되길 바란 적이 없는데, 어째서 그렇게 돼 버린 건지 억울해요."

"사랑을 한다고 해서 꼭 행복해지는 건 아니란다."

"아니요, 사랑을 하면 반드시 행복해져야 해요."

"보렴. 내가 아끼고 사랑한 아내는 나를 버리고 떠났고, 내가 보살핀 아들은 내게서 아내를 앗아 갔어. 내가 믿고 의지했던 친구는 날 배신했고, 그리고 넌…."

링고가 말끝을 흐리자 노아가 저도 모르게 고개를 숙였다. 링고가 말했다.

"네가 보기에 지금 내게 행복할 만한 요소가 단 하나라도 있니?"

노아가 고개를 저었다. 링고가 말했다.

"왜 꼭 무언가를 이뤄야만 하는 거지? 왜 원하는 대로 이루어지지 않으면 불행하다고 단정 짓는 거니? 린도 핀도 나를 버리고 떠났지만, 그렇다고 해서 내가 그들에게 주었던 사랑이 아무것도 아닌 게 되진 않아. 지금 나는 행복하다고는 할 수 없지만, 그렇다고 꼭 불행하지만도 않아."

"거짓말! 그럴 리가 없어요. 버림받으면 누구라도 불행해질 수밖에 없다고요."

"모두가 버리고 버림받으면서 그렇게들 살아. 누구라도 버림받을 수 있고, 누구라도 버릴 수 있는 거야. 서로가 원하는 게 언제나 완벽히 일치하는 건 아니니까. 노아, 세상 전체가 바라별 벽면으로 둘러싸여 있진 않단다. 아주 작은 바람조차 거저 얻는 법은 없어. 원하는 게 마음이라면 더 그래. 그만큼의 대가를 치러야 하지. 너만 그런 게 아냐, 모두가 그래."

"지금 이 상황에서 무슨 대가를 얼마나 더 치러야 하죠? 도대체 몸도 마음도 얼마나 더 망가져야 행복해질 수 있는 거죠? 알려 주세요. 행복해질 수만 있다면 이제 뭐든 상관없어요."

"노아…."

"대가만 충분히 치루면 정말 행복해질 수 있나요? 마음을 얻을 수 있나요?"

링고가 고개를 저었다.

"'충분히'란 건 없어. 다른 건 몰라도 마음을 얻기 위한 노력만은 끝이 없어. 설령 마음을 얻었다 해도 그게 끝이 아니야. 얻는 것보다 지키는 것이 훨씬 어려운 법이니까."

링고의 말에 노아가 망연자실한 표정을 지었다. 노아의 가슴 깊은 곳에서 긴 한숨이 흘러 나왔다.

"참 어리석지. 그토록 힘겹게 얻은 마음을 터무니없는 이유로 쉽게 잃고 마는 게…. 그러고서 평생을 후회하고 그리워하면서 다들 살아. 그렇다고 그 사랑이 부족하거나 불행하다고 할 순 없는 거야. 사랑이란 게 네가 하얀 벽면에 한껏 상상해 그린 예쁜 그림과 같을 순 없는 거니까. 사랑이 결국 어떻게 끝나든 사랑은 그 자체로 소중한 거란다."

"그렇지만… 이미 망쳐 버렸다고요. 어디서부터 잘못된 건지 손쓸 수조차 없게 됐어요. 차라리 모든 걸 되돌려 다시 시작하고 싶어요."

링고는 손을 뻗어 노아의 눈가에 흐르는 눈물을 닦아 주었다.

"아무리 엉망진창이 되었다고 해도, 너만 포기하지 않으면 돼. 완성되기 전까진 어떤 그림이 될지 아무도 알 수 없단다."

"이 상태에서 뭘 어떻게 해야 할지 모르겠어요. 정말 모르겠어요."

"그럼 나와 같이 해 보자꾸나. 일어나렴."

링고가 먼저 일어나 노아에게 손을 내밀었다. 노아가 영문을 몰라 멍하니 링고의 손을 바라보았다. 링고가 손을 흔들자 노아가 링고의 손을 붙잡고 일어났다. 링고는 노아의 손을 잡고 어디론가 향했다. 노아가 물었다.

"어디 가는 거예요?"

링고가 대답 대신 노아를 향해 담담한 미소만 지어 보였다. 노아는 더 묻고 싶은 걸 참고 묵묵히 언덕을 내려갔다. 바람이 쏴 지나가면서 길가에 선 나무들을 스산하게 흔들었다. 금난초들도 바람을 이기지 못하고 이리저리 몸을 젖혀 댔다. 저 멀리 갈대밭의 갈대들도 갈피를 못 잡고 흔들리는 소리가 여기까지 들렸다. 노아가 심란한 마음에 숨을 들이마시자 거센 바람이 기도를 타고 들어와 노아의 가슴속을 헤집었다. 노아는 링고와 맞잡은 손을 더 꼭 쥐고 링고 옆에 바짝 붙어 걸었다. 해가 미처 지기도 전에 성질 급한 달이 먼저 찾아와 앞길을 비추었다. 그리고 얼마 지나지 않아 이들의 눈앞에 갈대밭이 펼쳐졌다.

노아가 잠시 멈춰 서서 링고의 얼굴을 쳐다보았다. 링고가 말했다.

"핀, 이 녀석, 밥도 못 먹고 쫄쫄 굶고 있을 거 아니야. 찾아서 데리고 가자."

"링고…."

"너도 얼른 치료해야 하니 서두르자. 난 이쪽을 찾아볼 테니 넌 저쪽으로 가 봐."

링고가 먼저 갈대를 손으로 헤치며 앞으로 나아갔다.

"핀! 핀! 핀, 어딨니?"

링고의 목소리가 갈대밭에 울려 퍼졌다. 노아가 뒤에서 그 모습을 물끄러미 쳐다보았다. 노아의 시선을 느낀 링고가 뒤돌아보았다.

"어서 찾지 않고 뭐해? 배고프지 않아?"

노아가 얼떨결에 고개를 끄덕였다. 링고가 말했다

"이따 가서 오린고 요리 해 줄게. 핀부터 찾자."

노아가 링고 반대편으로 갈대를 헤치고 나가며 크게 소리쳤다.

"핀! 핀! 어딨니, 핀! 핀!"

"핀! 핀! 핀!"

갈대밭에 노아와 링고의 목소리가 번갈아 울려 퍼졌다. 핀은 어디에 몸을 숨겼는지 아무리 찾아도 보이지 않았다. 여름의 오후를 뜨겁게 불태우던 태양이 수평선 너머로 사라지고 있었다. 뜨거웠던 만큼 태양의 흔적은 짙었고, 열기의 여운은 좀처럼 가시지 않았다. 노아는 잠시 멈춰 서서 하늘을 바라보았다. 저물어 가는 태양과 유난히 새빨간 노을 아래 초저녁의 공기가 흩어지며 여름의 끝을 느끼게 해 주었다. 노아는 숨을 한껏 들이마셨다. 선선한 공기가 몸 안에 흘러들어 상처 입은 마음을 살살 달래 주는 것 같았다. 멀리서 노아를 지켜보던 링고도 고개를 들어 하늘을 바라보았다.

붉게 물든 노을을 보는 순간 둘의 입에서 저절로 감탄사가 나왔다. 노아가 링고를 향해 고개를 돌렸다. 링고도 노아를 향해 고개를 돌렸다. 그리고 서로 마주 보며 미소 지었다. 잠시 주춤하던 바람이 다시 불어와 멀리 떨어져 있는 노아와 링고를 크게 에워쌌다. 둘은 한동안 우두커니 하늘을 바라보았다. 링고가 먼저 입을 열었다.

"같이 찾아볼까?"

"네! 좋아요!"

노아가 링고를 향해 달려갔다. 링고는 노아의 손을 꼭 붙잡고 천천히 갈대밭을 걸었다. 그때 어디선가 갈대 사이를 뚫고 신음 소리가 흘러나왔다.

"들었니?"

"네. 핀이에요."

링고와 노아는 발걸음을 멈추고 소리에 귀를 기울였다.

"저쪽이다!"

링고가 노아의 손을 놓고 먼저 달려갔다. 그리고 갈대를 일일이 헤집으며 주변을 살폈다. 노아도 링고를 따라 주변의 갈대를 걷어 보았다. 잠시 후 갈대 사이로 누워 있는 핀이 나타났다. 핀은 몸을 움츠린 채 시름시름 앓고 있었다.

"린… 린… 찾았다…."

링고가 무릎을 굽히고 앉아 핀의 이마에 손을 대 보았다. 링고가 미간을 찌푸리자 노아도 핀의 이마에 손을 가져다 댔다. 이마가 불덩이처럼 뜨거웠다. 옷은 땀으로 흠뻑 젖어 있었다. 링고가 핀의 머리를 자신의 무릎에 눕히고 핀의 뺨을 살짝 두드렸다.

“핀, 정신 차려. 핀! 핀!”

“핀, 우리가 왔어. 눈 좀 떠 봐.

노아도 한마디 거들며 핀의 팔을 흔들어 댔다. 핀은 여전히 꿈속을 헤매며 헛소리를 했다.

“이제 아무 데도 가지 마요. 가지 마….”

“안 되겠다, 업어야겠어. 핀 좀 부축해 줘.”

링고가 돌아앉아 등을 내 보이자 노아가 말했다.

“제가 업을게요.”

“그 몸으로 어떻게 업겠다고 그래? 얼른 들어올려 줘.”

노아가 우물쭈물하자 링고가 재촉했다.

“얼른.”

노아가 핀의 양 겨드랑이를 붙잡고 일으켜 세운 후 링고의 등에 업히게 했다.

“으쌰.”

링고가 양손으로 핀의 엉덩이를 받치고 일어났다. 노아가 링고보다 한 발자국 앞서 걸으며 갈대를 걷어 주었다.

"린… 린… 가지 마…."

핀은 계속해서 헛소리와 신음을 내뱉었다.

"이 녀석, 그림자별이 폭발했을 때도 여기 혼자 있었나 보구나. 어디 크게 안 다쳤나 모르겠네."

"진작 와 봤어야 했는데…. 죄송해요."

"넌 네 몸부터 열심히 돌봐. 알겠니?"

"네, 링고 말대로 할게요."

노아는 링고 옆에서 나란히 걸었다. 갈대밭 바깥쪽으로 나올수록 크고 억센 갈대들이 작고 부드러운 갈대들로 바뀌었다. 링고의 숨이 점점 가빠지더니 핀이 자꾸 아래로 처졌다. 링고가 이따금 멈춰서서 핀을 추켜올렸다. 그러자 노아가 핀을 떠받치고 있는 링고의 손 아래에 자신의 손을 받치고 힘껏 밀어 올렸다. 링고가 웃으며 말했다.

"괜찮아, 이 정도는."

링고의 이마에 땀이 송골송골 맺혀 있었다. 노아가 손을 뻗어 링고 이마의 땀을 닦아 주고, 다시 링고의 손 아래에 손을 덧댔다. 링고의 등에 업힌 핀은 어느새 잠꼬대를 멈추고 링고의 등에 얼굴을 묻고 있었다. 아까보다 훨씬 편안하고 안정된 얼굴이었다. 그 모습을 본 노아는 혼란스러웠다. 아무리 생각해도 이럴 순 없었다. 아무리 링고의 성품이 너그럽고, 사랑이 깊다 해도 이건 말이 안 되었다. 그동안 길러 준 은혜를 원수로 갚은 이 녀석을, 그리고 자신을, 이렇게 보듬어 줄 수는 없었다. 링고가 화내고 꾸짖기라도 하면 차라리 마음이 편할 텐데…. 노아의 눈에 눈물이 글썽거렸다. 링고의 그림은 내 그림보다 더 엉망진창이라고 생각했는데, 도저히 손을 쓸 수 없을 정도라고 여겼는데, 링고는 포기하지 않는구나. 끝까지 최선을 다해 사랑을 하는구나. 나는… 나는…. 그때 링고의 손이 노아의 손등을 포근히 감쌌다. 노아의 손이 링고의 손과 손 사이에 낀 상황에서, 링고가 손에 힘을 꽉 주며 말했다.

"무겁지?"

노아가 울컥한 표정을 들키지 않으려 고개 숙인 채 대답했다.

"아니요."

"예전 같으면 어깨에 너희 둘을 하나씩 둘러업었을 텐데. 이젠 나이가 들어서 안 돼."

링고의 허풍에 노아가 저도 모르게 웃으며 고개를 들고 링고와 눈을 마주쳤다. 링고가 노아의 얼굴을 유심히 살피며 말했다.

"아, 얼굴에는 흉 지면 안 되는데. 가자마자 곧잠부터 바르자. 배 많이 고프지?"

"괜찮아요. 그나저나 언제 돌아오셨어요?"

"아까. 너 오기 바로 전에."

노아가 잠시 말을 멈추었다가 물었다.

"어디에 가셨던 거예요?"
"유리별도 가고, 고철별도 가고, 소리별도 가고. 여러 곳을 돌아다녔지."
"아… 그래서 오래 걸렸군요."
"고철별에 제일 오래 있었어. 주인이 어찌나 손재주가 좋은지, 심하게 고장 난 물건도 척척 고치는 게 신기하더구나."
"유리별은요? 거긴 한 번도 못 가 봤는데."
"유리별도 아리별처럼 모래별이라는 쌍성이 있는데, 요즘 주인끼리 서로 사이가 안 좋나 봐. 모래별에서 떨어져 나온 모래자갈들이 유리별에 비처럼 쏟아지는 바람에 유리별 주인이 화가 잔뜩 났더구나. 거긴 그렇게 주인들끼리 허구한 날 티격태격 싸운대. 일 년에 한두 번 반짝 사이가 좋은 시기가 있는데, 그때는 유리별에 고운색 모래가 무지개처럼 떨어진다고 하니 그때 가 보렴."
"모래 무지개라니… 나중에 다 같이 가요. 핀이랑 저랑 링고랑 그리고…."
노아가 말끝을 흐리자 잠시 침묵이 감돌았다. 노아가 머뭇거리다가 조심스레 입을 뗐다.
"린, 돌아올까요? 기다리실 거예요?"
링고는 대답이 없었다. 다시 침묵이 흐르자 링고가 말을 돌렸다.
"아까 말했던 바라별 벽면 말이다. 거기에 물건은 그리면 다 나타나니?"
"네. 특정한 존재나 마음만 아니면 얼마든지요."
"그건 마음에 드는구나. 일일이 필요한 걸 구하러 다닐 필요가 없으니. 뭘 제일 많이 그렸니?"

"바이올린이요. 의뢰가 많은 날엔 하루에 백 곡 이상 연주하다 보니 줄이 자주 끊어졌거든요. 그때마다 일일이 갈아 끼우기도 귀찮아서 아예 새 바이올린을 그렸어요. 맛있는 빵도 많이 그려 먹었고, 각양각색의 모자도 즐겨 그렸어요. 모두 쉽게 그려서 얻을 수 있는 것들이었어요."

"지금 쓴 모자, 아주 잘 어울리는걸."

노아가 모자를 벗어 살펴보고는 만족스러운 미소를 지으며 다시 썼다.

"언젠가 바라별에 다녀올 일이 있으면 핀에게 어울릴 만한 옷이나 모자도 좀 그려 올래? 이 녀석도 한창 외모에 신경 쓸 나이잖니."

"링고 것도 그려 올게요. 뭐든 말씀만 하세요."

링고가 말만 들어도 기분 좋은지 환하게 웃었다. 초저녁이 되자 주위에 어둠이 어슴푸레 깔렸다. 저 멀리 배불뚝이 나무집이 보였다. 링고와 노아는 시원한 저녁 바람을 맞으며 천천히 언덕을 올랐다. 노아가 말했다.

"전 링고처럼 못해요. 자신 없어요."

링고가 잠시 멈춰서 노아의 눈을 바라보았다. 여전히 두려움이 가득한 눈빛. 링고가 인자한 목소리로 말했다.

"다들 그렇게 아프면서 사랑을 배운단다. 계속 사랑하렴."

노아가 자신 없는 눈으로 링고를 응시했다.

"사랑한다, 노아."

링고의 말에 노아는 왈칵 눈물이 솟구쳤다. 노아는 더듬더듬 떨리는 목소리로 말했다.

"저도 사랑해요."

노아가 링고의 허리를 끌어안았다. 링고가 한쪽 뺨으로 노아의 머리를 쓰다듬어 주었다. 노아는 링고의 품을 더 깊숙이 파고들었다. 노아 몸에서 나는 열이 링고에게 고스란히 전해지자 링고가 눈을 지그시 감았다. 감은 두 눈 사이로 눈물이 한 줄기 흘러내렸다. 등에 업힌 핀이 잠결에 얼굴을 더 깊이 파묻었다. 사랑에 상처 입은 영혼들이 링고에게 꼭 달라붙어 아파하고 있었다. 링고가 주문을 걸 듯 말했다.

"괜찮아. 다 괜찮아질 거야."

·
·
·

링고의 그림은 서서히 완성되어 가고 있었다.

하루가 지났다. 그날 오후 루나는 마을을 돌보고 돌아가는 길에 노아의 천막에 들렀다. 몸살이 나서 한동안 마레와 모나 둘만 일하게 두었는데, 미안한 마음에 다 낫기도 전에 나왔더니 몸이 천근만근이었다. 그럼에도 잠깐이나마 노아 얼굴을 보려고 왔건만 노아는 천막에 없었다. 잠시 기다릴까 생각했지만 곧 마레와 교대할 시간이었다. 루나는 어쩔 수 없이 천막 앞에서 발걸음을 돌렸다.

루나가 집에 도착하니 문 앞에 곰곰의 원고가 놓여 있었다. 그림자별이 폭발한 후 루나는 원고에 손을 댈 시간이 없었다. 다행히 원고를 거의 써 놓은지라 곰곰이 마무리만 하면 되는 상황이었다. 그러나 곰곰에게 큰 기대를 하지 않은 터라 완성된 원고를 보니 몹시 놀라웠다. 루나는 집에 들어가자마자 피로도 잊고 원고부터 꼼꼼히 살펴보았다. 기쁜 마음도 잠시 땅이 꺼질세라 한숨만 푹푹 나왔다. 늘 그랬듯 고칠 부분이 한두 곳이 아니었다. 루나는 어디서부터 손을 대야 할지 막막했다. 그래도 인내심을 가지고 곰곰의 원고를 빨간 펜으로 꼼꼼히 첨삭해 나갔다. 시간이 흐르면서 집중력이 흐트러지고, 점점 졸음이 쏟아졌지만 꾹 참고 첨삭을 마무리했다. 그리고 원고의 맨 마지막 장에 쪽지를 남겼다.

수고 많았어요. 이제 정말 얼마 안 남았으니까, 조금만 더 힘내서 다시 써 봐요. 언제나 응원하고 있어요.

루나가.

그때 마레가 눈을 떴다.

"아직 안 잤어? 뭐해?"

"아, 원고 만지느라…."

"힘든데 지금 무슨 원고 작업이야? 어서 쉬어."

"거의 다했어. 그것보다 마레, 요즘 이상한 소문 도는 거 알아?"

"무슨 소문?"

"노아랑 우리랑 사각관계라고. 그래서 그림자별이 화나서 폭발한 거라고들 그런대."

"하! 누가 그런 소문을 퍼뜨리는 거야? 안 그래도 불안한 시기에."

"모르겠어. 그것보다 노아가 걱정이야. 주민들이 괜히 노아를 미워할까 봐. 상처 많이 받을 텐데."

루나의 말에 마레의 얼굴이 어두워졌다.

"누가 상처받아?"

이제 막 잠에서 깬 모나가 눈을 비비며 끼어들었다. 루나가 놀라서 말을 더듬었다.

"너, 너 왜 벌써 깼어?"

"누가 상처받냐니까? 아까 한 얘기 다시 해 봐."

"아, 그게 별 얘기 아니야. 그냥 노아랑 우리랑…."

똑똑똑. 셋이 동시에 문을 향해 고개를 돌렸다. 똑똑똑.

"누구지?"

루나가 다가가 문을 열었다. 문 앞에 겁에 질린 초록사람들이 열 명가량 서 있었다.

"어? 아직 안 갔어요? 어제 떠나기로 하지 않았나요?"

“중간에 사고가 생겨서 출발이 좀 늦어졌어요. 오늘 아침에 초록별로 다 떠났어요.”

“그런데 왜 여기 계세요?”

“그게, 그러니까….”

앞에 있던 초록사람이 말을 잇지 못한 채 눈물을 글썽거리자 뒤에 있던 초록사람이 나섰다.

“아리, 도와줘요. 함정이었어요.”

“함정이라니요?”

“저번에 반란을 일으키고 쫓겨난 그라우잠이 초록별에서 기다리고 있다가 초록사람을 모조리 인질로 잡았어요. 저희만 말을 전하라고 풀어 준 거예요. 자신들을 다시 받아 주지 않으면 틱툭을 불러 초록사람들을 모조리 없애 버리겠대요. 아리, 도와줘요. 제발 저희를 버리지 말아요, 부탁이에요.”

루나가 끙 하고 신음 소리를 내뱉었다. 대장을 잃고 아리별에서 쫓겨난 뒤 우왕좌왕 갈피를 못 잡고 헤맸을 그라우잠의 모습이 눈에 선했다. 얼마나 궁지에 몰렸으면 이런 극단적인 행동까지 할까. 루나는 그들의 처지가 가여운 한편 화가 났다.

“살려 주세요. 제발 저희들을 모른 척하지 말아 줘요. 부탁이에요.”

초록사람의 애원에 아리는 어떻게 해야 할지 난감했다. 지금은 아리별을 돌보는 일만으로도 벅찼다. 아리별도 여기저기 다치고 무너진 상황에서 초록별에 초록사람까지 구하러 갈 여력이 있을 리 없었다. 루나, 마레, 모나 셋 모두 선뜻 대답을 하지 못하자 초록사람들이 모두 무릎을 꿇고 빌었다.

"살려 주세요. 살려 주세요. 제발 살려 주세요."

모나가 더는 못 보겠는지 입을 열었다.

"땅장군 부대 하나가 부상을 입어서 지금 치료 받고 있어요. 많이 회복되긴 했는데 당장 복구 작업에 투입하기는 무리여서 대기 중이에요. 그들을 보낼 테니 함께 가서 다른 사람들을 구해요."

"정말이요? 고맙습니다. 정말 고맙습니다."

"고맙습니다. 이 은혜 잊지 않겠습니다."

초록사람들이 머리를 조아리며 감사의 인사를 했다. 모나는 순식간에 자신의 눈 속으로 들어가 땅장군들을 불러들인 뒤 다시 아리의 몸으로 돌아왔다. 그리고 초록사람들을 향해 말했다.

"잠깐만 들어와서 기다려요. 남색띠 지하마을에서 오는 데 시간이 좀 걸릴 거예요."

모나의 말에 초록사람들이 집 안에 발을 들였다. 그리고 한쪽 구석에 모여 앉아 초조하게 땅장군을 기다렸다.

잠시 후 아리마을 전체가 지진이 일어난 것처럼 들썩였다. 모나의 부름을 받은 땅장군들이 급하게 마을을 가로질러 오는 길이었다. 길을 가던 주민들은 하나같이 놀라 그 모습을 멀뚱히 쳐다보았다. 그 중에는 깨마도 있었다. 깨마는 고개를 갸웃거렸다. '땅장군들이 대낮부터 무슨 일로 아리마을에 나타난 거지? 또 무슨 문제라도 생겼나?' 호기심이 발동한 깨마는 몰래 땅장군들의 뒤를 좇았다. 땅장군들이 워낙 빠르다 보니 뒤좇느라 날개가 부러질 것 같았다. 곧 땅장군들이 아리의 집 앞에 멈춰 섰다. 깨마도 가까스로 아리나무 가지 위에 내려

앉았다. 땅장군이 곧장 문을 두드리자 아리가 문을 열고 나왔다. 고개 숙여 인사하는 땅장군들을 보며 모나가 입을 뗐다.

"생각보다 빨리 왔네요. 오느라 수고했어요. 상황은 아까 말했던 대로예요. 그라우잠이 다시 아리별로 돌아오게 해 달라고, 초록사람을 인질로 잡았어요. 이들이랑 같이 가서 초록사람들을 모두 구해 와요."

"네, 분부대로 하겠습니다."

땅장군들은 아리에게 경례를 한 뒤 초록사람들을 데리고 초록별로 떠났다. 위에서 몰래 숨어서 지켜보던 깨마가 놀라서 딸꾹질을 했다. 그 소리에 아리가 주위를 두리번거렸다. 깨마는 들킬까 봐 후다닥 날아가 버렸다. 마레가 말했다.

"일단 기다려 보자. 루나는 피곤할 텐데 어서 자고, 모나 너도 더 자. 난 일하러 갈게."

모나가 마레를 매섭게 쳐다보며 말했다.

"널 어떻게 믿고 자?"

"그럼 언제까지 그렇게 잠도 제대로 안 자고 내 감시만 할 거야? 너 몸 축나는 건 생각 안 해?"

"네가 나 몰래 노아랑 만나는 것보다 훨씬 덜 힘들어."

"안 만난다니까!"

옆에서 지켜보던 루나도 이제 지겹다는 듯 말했다.

"그래, 자지 마. 일분일초도 자지 말고 두 눈 똑바로 뜨고 감시해. 마레, 그냥 모나 마음대로 하게 내버려 둬."

마레가 질린 얼굴로 고개를 저으며 파랑띠마을로 향했다. 이때만 해도 아리별에 어떤 소문이 돌지 아리는 상상도 하지 못했다.

소문은 주민들의 입에서 입으로 삽시간에 퍼졌다.

"땅장군이 초록별로 갔다고? 그럼 아리별은 누가 지키고? 그림자별이 언제 또 달려들지 모르는 상황에서 섣부른 결정 아니야?"

"초록사람 구하러 갔다고 하잖아."

"지금 초록사람이 중요해? 잘못하면 아리별 주민들이 모두 위험해질 수도 있는데."

"혹시 그림자별 주인이 한 짓 아닐까? 아리에게 화가 난 나머지 복수하려고 그라우잠과 손잡았는지도 모르잖아."

"설마 그랬겠어? 아리는 운명의 상대인데…."

"입장을 바꿔 생각해 봐. 오랫동안 오로지 아리를 만나길 고대하며 먼 길을 왔는데, 아리가 자신을 기다리기는커녕 다른 녀석이랑 연애질이나 하면서 저들끼리 싸우고 있으니, 얼마나 화가 나겠어? 나라도 열불 날 거 같은데."

"듣고 보니 그럴 수도 있겠네. 그래도 그라우잠과 손잡아서 뭘 어쩌자는 거야?"

"자세히는 모르겠지만, 그런 식으로 아리에게 경고를 하려고 한 걸 수도 있고…."

"경고? 한눈팔면 아리별 주민들을 가만두지 않겠다는 그런 경고?"

"그렇지! 배신했으니 응징하겠다!"

"에구머니나."

대화는 모두 이런 식이었다. 처음에는 설마 하던 사람들도 소문이 끊이지 않자 하나둘 믿기 시작했다. 소문은 입에서 입으로 전해질 때마다 조금씩 부풀려져 순식간에 아리마을을 휩쓸었다. 주민들은 불안과 공포에 떨었고, 비난의 화살은 엉뚱한 대상에게 날아들었다.

"이게 다 노아 때문이야. 그 녀석만 아니었으면 그림자별이 폭발하지도 않았을 거고, 아리별도 이 지경이 되지 않았을 거라고."

"그 녀석을 어떻게든 혼내 주든가, 쫓아내든가 해야겠는데?"

"아리가 분명 싸고돌 테니, 몰래 해야 해. 작전을 짜 보자고."

그때부터 마을 사람들은 삼삼오오 모여 숙덕거리기 바빴다. 대부분 노아에 대한 험담이나 아리에 대한 원망을 늘어놓는 데 그쳤지만, 몇몇 과격한 이들은 조만간 일을 칠 낌새를 풍겼다. 깨마는 노아가 슬슬 걱정되었다. 일이 이렇게까지 될 줄은 생각 못 했는데,

점점 분위기가 험악해지자 난감하기 짝이 없었다. 그러던 차에 아리가 수상한 분위기를 알아채고 깨마를 불렀다. 깨마는 이때다 싶어 한달음에 달려갔다.

아리와 탁자에 마주 앉은 깨마가 먼저 그녀들의 눈치를 살폈다. 다행히 소문의 근원이 자신일 거라고는 생각하지 못하는 눈치였다. 안심한 깨마는 민심이 어느 정도 흉흉한지, 마을 사람들의 대화를 고스란히 전했다. 루나, 마레, 모나의 얼굴이 딱딱하게 굳었다. 땅장군들을 파견한 지 불과 사흘 만에 상황이 이렇게 걷잡을 수 없어진 게 당황스러웠다.

"땅장군들이 초록사람을 구하러 간 건 어떻게 알았지요?"

루나의 말에 깨마가 당황했다.

"땅장군들이 대낮에 좀 쿵쿵거리면서 왔어야지. 지하에 있어야 할 이들이 지상을 막 뛰어다니는데, 아무런 의심도 안 하는 게 이상하지."

"요즘 복구 작업 때문에 땅장군이 지상을 다니는 게 낯선 풍경은 아닐 텐데요. 누가 엿듣기라도 한 건가…."

마레의 말에 깨마가 발끈했다.

"말도 안 돼! 엿듣긴 누가 엿듣는다고 그래?"

"어우, 깜짝이야. 왜 소리를 지르고 그래요?"

"도무지 말이 안 되는 소리를 하니까 그렇지."

"왜 말이 안 돼요? 우리끼리 조용히 한 일을 주민들이 알게 된 게 더 말이 안 되죠."

깨마가 잠시 머뭇거리더니 다시 허둥지둥 소리쳤다.

"어떻게 알았는지 그게 그렇게 중요해? 노아가 위험하다고! 다들

노아를 쫓아내겠다고 이를 갈고 있는데, 정말 무슨 일이라도 나면 어쩌려고 그래?"

잠자코 듣고 있던 모나가 더는 참지 못하고 외쳤다.

"누구예요? 대체 누가 그런 짓을 꾸민다는 거예요? 가만 안 놔둘 거야. 노아 건드리면 내가 가만 안 둘 거라고!"

모나가 눈을 부릅뜨고 소리치자 깨마가 겁에 질린 얼굴로 입을 꾹 다물었다. 루나와 마레도 놀라 잠시 할 말을 잃었다. 깨마는 루나와 마레, 모나의 눈치를 살피더니, 슬그머니 일어나 도망쳤다. 모나가 그 모습을 보며 나지막한 소리로 말했다.

"너희도 잘 들어. 노아에게 상처 주면 너희라도 가만 안 둬. 주민이든 누구든 다 마찬가지야."

"너 그게 아리별 주인으로서 할 말이야?"

마레가 발끈하자 모나가 얼굴에 핏대를 올리며 말했다.

"주인? 주인이니까 여태 참고 있었던 거야. 마레 너도 똑바로 해.

더는 안 참아."

"모나!"

마레도 마침내 폭발하고 말았다. 그때였다. 똑똑똑. 누군가 밖에서 문을 두드렸다. 당황한 루나가 모나와 마레에게 조용히 하라는 눈짓을 하며 문을 반쯤 열었다. 곰곰이 원고를 들고 서서 머리를 긁적이고 있었다. 곰곰과 눈이 마주치자 루나가 난처한 표정을 지으며 말했다.

"곰선생, 지금 사정이 있어서 그런데 원고만 주고 갈래요?"

곰곰이 문틈으로 마레의 표정을 쓱 살피더니 원고를 건넸다.

"다음에 얘기해요. 잘 가요."

원고를 받은 루나는 곰곰이 입을 떼기도 전에 서둘러 문을 닫았다. 그 즉시 마레가 모나에게 소리쳤다.

"너 아까 한 말, 다시 한 번 해 봐!"

"곰선생, 아직 문 앞에 있어. 들으라고 그러는 거면 계속 소리치든가."

루나의 단호한 목소리에 마레가 인상을 찌푸리며 화를 삭였다. 루나가 그런 마레를 다독이는 동안 모나는 만일의 경우를 대비해서 노아를 지킬 방법을 찾는 데 집중했다. 마레가 그런 모나를 못마땅하게 쳐다보았다. 오전 내내 노랑띠마을을 뛰어다니느라 지친 루나는 슬슬 눈이 감겨 왔다.

잠시 후 루나는 깊은 잠에 빠져들었다. 끝까지 마레를 감시하고자 눈을 부릅뜨고 있던 모나도 서서히 눈꺼풀이 내려앉았다. 마음을 가라앉힌 마레가 복구 작업을 나서다가 모나의 잠든 얼굴을 보며 중얼거렸다.

“저가 무슨 철인도 아니고, 안 쓰러지고 배겨?”

문을 열고 나간 마레는 뜰을 걸어가다 말고 잠시 멈춰 섰다. 그리고 한참 망설이더니 느닷없이 땅을 파기 시작했다. 그 자리가 아닌지 옆을 파고, 또 그 옆을 팠다. 순식간에 주변을 다 파헤친 뒤에야 흙 속에서 뭔가를 발견한 마레가 환히 웃었다. 예전에 노아가 선물해 준 소라 껍데기였다. 마레가 조심스레 소라 껍데기를 꺼내 귀에 대 보더니 작은 소리로 중얼거렸다.

“노아….”

마레의 목소리에 그리움이 묻어났다. 그것도 잠시 마레는 고개를 절레절레하며 소라 껍데기를 땅에 묻었다. 그러나 이내 다시 꺼내어 귀에 가져다 댔다. 그렇게 몇 차례 묻고 꺼내기를 반복하다가,

결국 한 순간도 마음 편히 귀에 대 보지 못한 채 구덩이에 완전히 묻어 버렸다. 구덩이를 가득 메운 흙을 꾹꾹 누르며 마레는 가슴속에 차오른 슬픔도 꾹꾹 내리눌렀다. 그리고 크게 심호흡을 한 뒤 일어나 뜰 밖으로 발걸음을 옮겼다. 그런 마레의 모습을 루나가 곁눈질로 지켜보고 있었다.

며칠이 지났다. 루나는 오늘도 아침 일찍 복구 작업을 하러 집을 나섰다. 아직 해가 뜨기 전이라 주변이 어두컴컴했다. 광장을 지나는데 아침 산책을 나온 주민들이 나무 뒤편에서 숙덕이는 소리가 들렸다.

"노아가 머무는 나무집의 창문이 다 깨졌대. 아무래도 그림자별이 폭발했을 때 피해가 컸던 몇몇 주민이 들고 일어난 모양이야."

"선전 포고한 건가?"

"그렇다고 볼 수 있겠지? 며칠 내로 나무집을 포위할 거란 말이 돌던데."

"아니, 링고도 있는데 무슨 포위야, 포위는."

루나가 '포위'란 말을 듣고 창백한 얼굴로 멈춰 섰다. 그리고 나무 사이로 걸어가 사람들에게 물었다.

"그게 무슨 말이에요?"

루나가 가까이 다가가자 주민들이 인사는커녕 아는 척도 하지 않고 슬슬 발걸음을 옮겼다.

"내 말 못 들었어요? 그게 무슨 말이냐고요?"

루나가 다그치자 주민들은 괜히 욕이라도 먹을까 봐 줄행랑을 쳤다. 도중에 만난 다른 주민들도 마찬가지였다. 루나가 노아의 이름만 꺼내도 다들 못 들은 척 자리를 떴다. 루나는 냉담한 주민들의 반응에 당황했다. 그림자별이 폭발한 이후 민심이 흉흉한 것은 알았지만, 이렇게 빠른 시간 내에 아리에게 등을 돌리고 노아를 해치려 할 줄은 생각도 못 했다. 이대로 있다간 노아가 위험했다. 무엇보다 모나가 이 소식을 들으면 길길이 날뛰다 못해 주민들에게 무슨 짓을 할지 몰랐다. 홧김에 큰 실수라도 하면 노아와 사각관계라는 소문을 인정하는 꼴밖에 되지 않으니 상황이 걷잡을 수 없어지기 전에 손을 써야 했다.

루나는 일단 마레를 조용히 깨웠다. 마레가 게슴츠레 눈을 뜨며 물었다.

“잘 다녀왔어? 고생했어. 많이 안 잔 거 같은데, 벌써 교대네.”

“오늘은 복구 작업 안 갔어.”

“왜 안 가? 무슨 일 있어?”

“노아한테 가야겠어. 같이 가자.”

마레는 루나의 목소리에서 이상한 낌새를 느끼고 아무 말 없이 고개를 끄덕였다. 가는 길에 설명을 들은 마레는 착잡한 마음에 무슨 말을 해야 할지 몰랐다. 혹여나 모나가 깰까 봐 마음을 졸이며 부지런히 걷기만 할 뿐이었다. 마레가 자꾸 모나를 힐끔거리자 루나가 말했다.

“나랑 교대하고 잠든 지 얼마 안 되서 당장은 안 깰 거야. 마음 편히 가도 돼.”

마레가 고개를 끄덕였다. 그래도 불안한 마음에 시선이 주변을 헤집다 못해 나무를 타고 오르다가 햇빛에 가로막혔다. 태양이 하늘

정상을 향해 오르며 강렬한 빛을 내뿜고 있었다. 마레가 눈을 찡그리며 고개를 숙였다. 루나가 자그마한 목소리로 말했다.

"마레."

"응?"

"아까 꿈을 꿨는데, 네가 나왔어."

"그래?"

"응. 꿈속에서는 몸이 떨어져 있어서 네가 하는 말이 하나도 안 들렸어. 그래서 가까이 가려는데, 내가 한 발자국 내디디면 너는 한 발자국 물러서는 거야. 그러면서도 계속 말을 하더라. '하나도 안 들려!', 외쳤더니 더 크게 말하는 거 같았어. 그제야 너한테는 내 말이 들리는구나, 알았지."

"무슨 말을 했을까?"

"네 표정이 하도 심각해서 나도 무척 궁금하더라고. 그래서 막 달려갔더니 너도 달리는 거야. 그래서 더 빨리 달렸더니 내가 갑자기 하늘을 날더라?"

"뭐? 날개는 갑자기 어디서 생겼대?"

"갑자기 생긴 게 아니라 원래 있었어. 팔이 날개더라고."

루나가 양팔로 날갯짓을 해 보이자 마레가 오랜만에 웃었다.

"네 코앞까지 날아가 마주 보고 섰는데, 네가 당황했는지 아무 말이 없는 거야. 그러다 갑자기 막 화를 냈어. 그런데도 들리지가 않더라, 너는 계속해서 말하고 있는데. 그제야 네가 입만 움직일 뿐 목소리를 내지 않는다는 걸 알았어."

"……."

"그것도 모르고 안 들린다고 소리쳐서 미안해."

"그게 무슨 소리야?"

"네가 들키기 싫어서 그런 줄도 모르고 끝까지 쫓아가서 미안해."

"어차피 꿈이잖아."

"그렇게 많은 말을 했는데, 내 귀에 안 들린다고 다 흘려버려서 미안해."

마레가 멈춰 서서 루나를 향해 고개를 돌렸다. 루나도 마레를 향해 고개를 돌렸다. 완벽히 마주 볼 순 없어도 서로의 얼굴이 비스듬히 보였다. 루나의 표정이 사뭇 진지했다.

"결국 너 혼자 그 많은 얘기들을 끌어안게 해서 미안해."

마레가 떨리는 목소리로 말했다.

"그만해."

"이젠 같이 풀어 가 보자. 응?"

"……."

"응?"

"응."

마레의 눈에 눈물이 핑 돌았다. 루나가 마레의 뺨에 자신의 뺨을 비비며 말했다.

"서두르자."

둘은 다시 발걸음을 내디뎠다. 얼마 지나지 않아 눈앞에 배불뚝이 나무집이 모습을 드러냈다. 나무집 옆에 바람을 쐬고 있는 노아도 어렴풋이 보였다. 루나와 마레는 노아의 모습을 바라보며 언덕을 올랐다. 노아에게 가까워질수록 마레는 목이 메어 연거푸 마른

침을 삼켰다. 그러다 결국 마음을 주체하지 못하고 먼저 노아의 이름을 중얼거렸다.

"노아… 노아… 노아…."

마레의 목소리가 점점 커지고 있었다. 루나가 재빨리 마레의 입을 막고 노아를 크게 불렀다. 그 소리에 고개를 돌린 노아의 눈이 휘둥그레졌다. 루나와 마레가 가까이 다가오고 있었다.

"너희가 어떻게…."

마침내 둘은 노아와 마주 보고 섰다. 마레의 회색 눈동자가 심하게 흔들렸다. 마레가 입을 떼려는 순간 루나가 단호히 말했다.

"떠나 줘."

그 순간 노아의 가슴이 덜컥 내려앉았다. 마레는 차마 노아의 얼굴을 볼 수 없어 눈을 감았다. 루나가 말했다.

"모나를 사랑한다면 떠나 줘."

"내가 지켜 줄 거야."

"떠나는 게 지켜 주는 거야. 제발 떠나."

루나의 냉정한 목소리에 노아의 마음이 다시 한 번 무너졌다. 루나가 이럴 리 없었다. 마레면 몰라도 루나가 자신한테 이럴 리 없었다. 노아가 입술을 파르르 떨며 말했다.

"그림자별 때문이야? 내가 있어서 그림자별의 주인과 못 만날까 봐 그래?"

"그래. 네가 있어서, 그림자별 주인을 여태 못 만났어. 그림자별이 폭발한 지가 언젠데 아직도 못 만나고 있다고. 그러니까 그만 가 줘. 그림자별 주인과 만날 수 있게 떠나 달라고."

"너희를 해쳤는데도 그림자별이 그렇게 소중해?"

"그래, 소중해. 지금처럼 아리별이 힘든 때일수록 더욱 간절해. 우리 모두 나름대로 최선을 다하고 있지만, 이대로는 역부족이야. 더는 버틸 힘이 없다고. 그래서 그림자별의 주인이 더 절실해. 그림자별 주인만이 우리 셋을 하나로 만들어 줄 수 있고, 그래야만 무너진 아리별을 일으킬 힘도 얻을 수 있으니까."

말문이 막힌 노아가 잠시 고개를 숙인 채 침묵했다. 그러다 다시 루나를 보며 말했다.

"그렇게 대단한 인연인데, 나 따위가 뭐라고 신경 써? 어차피 너희에게 난 아무것도 아닌데… 그냥 무시하면 되잖아."

"모나가 그러질 못하니까! 모나에겐 아리별보다 네가 더 소중하니까. 셋의 마음이 같아야만 하나가 될 수 있어. 그런데 네가 있으면 그림자별의 주인이 나타나도 우린 하나가 될 수 없어. 아리별이 무너져 가고 있는데 너 때문에 아무것도 할 수 없겠다고. 그러니까 가 줘."

루나는 감정에 조금도 흔들리지 않고 말했다. 노아는 그게 너무 서운한 나머지 눈물이 핑 돌았다. 노아가 떨리는 목소리로 물었다.

"그동안 너희에게 난 뭐였어?"

잠시 침묵이 흘렀다. 노아와 루나는 서로의 눈을 뚫어지게 쳐다봤다.

"아무것도 아니었어. 아무것도 아니었다고. 우리에겐 그림자별의 주인만이 소중해."

끝내 노아의 눈에서 눈물이 뚝 떨어지고 말았다. 그때였다. 노아

가 힘없이 눈을 껌뻑이는 순간 노아의 세상에서 노랑이 사라졌다. 어렴풋했던 노랑마저 파랑처럼 완전히 사라지자 이제 루나의 눈에는 회색 그림자만 남았다. 그 순간 잠자코 듣기만 하던 마레가 눈을 떴다. 마레는 가슴이 답답한지 숨을 힘겹게 들이마셨다가 내쉬었다. 노아가 마레에게 시선을 돌렸다. 회색 눈동자. 한때 너희의 눈동자에서 바다를 보고, 태양을 보았는데, 이제 모두 사라지고 텅 빈 그림자만 남았구나. 노아는 그동안 그녀들과 함께했던 시간들이, 그녀들과 나누었던 마음들이 허망하게 느껴졌다. 자기 자신도 그처럼 와르르 무너질 것만 같았다. 노아가 넋이 나간 얼굴로 헛웃음을 지었다. 마레는 그 모습을 차마 보고만 있을 수 없었다.

"노아, 나에겐… 너도 소중해."

마레의 떨리는 목소리에 루나도 노아도 놀라 마레에게 고개를 돌렸다. 그 상태로 잠시 침묵이 감돌았다.

"지금 뭐라고 했어?"

침묵을 깬 모나의 목소리에 노아와 루나, 마레 모두 얼어붙었다. 모나가 눈을 뜨더니 이를 악물고 얼굴을 구겼다. 일 초, 이 초, 삼 초. 모나의 고함 소리가 온 숲을 쩌렁쩌렁 울렸다.

"노아한테 뭐라고 했냐고!"

마레가 아무 말도 못 하자 루나가 다급히 모나를 진정시켰다.

"아니야, 모나. 네가 생각하는 그런 거 아니야."

"시끄러워! 지금까지 다들 연기한 거야? 노아한테 관심 끊은 척 날 안심시킨 다음 몰래 만났던 거였어?"

루나와 마레가 대답이 없자 모나가 소리쳤다.

"대답해! 그런 거였어?"

"그런 거면 어떡할래? 어떡할 건데?"

마레의 말에 모나는 이성을 잃고 대뜸 마레와 루나를 향해 머리를 박았다.

"모나!"

노아가 소리치며 말리자 모나가 노아의 머리도 쿵 박아 버렸다. 머리통이 깨질 것 같은 고통에 노아가 머리를 감싸며 주춤한 사이, 모나가 다시 마레의 머리를 사정없이 박았다.

"그만해! 그만하라고!"

노아가 아무리 소리쳐도 모나의 귀에 들리지 않았다. 모나는 제 머리가 부서지는 한이 있어도 마레를 그대로 둘 수 없었다. 날 배신하고 노아랑 만나면 어떻게 되는지 똑똑히 보여 주겠어. 노아한테 내가 안 된다면 마레 너도 안 된다고, 절대로! 이제 누구도 모나를 말릴 수 없었다. 모나는 자신을 막는 이는 누구라도 가만두지 않을 기세였다. 노아도 예외가 아니었다. 모나는 닥치는 대로 마레와 루나를, 노아를 그리고 자기 자신을 때려 부수었다. 그 순간 노아의 머릿속에 처음 모나를 만났을 때의 모습이 스쳤다. 지금의 모나에게선 연약하고 순수했던 그때의 모습은 찾아볼 수 없었다. 노아는 모나가 한없이 무너지는 모습을 두 눈으로 똑똑히 지켜보았다. 그러다 결국 털썩 주저앉고 말았다.

"그만해, 제발…. 내가 떠날게."

노아의 말에 모나가 멈춰 섰다.

"그만 놓아 줄게."

모나는 순간 할 말을 잃고 실소를 터뜨렸다. 그러다가 마레와 루나를 향해 고래고래 소리를 질렀다.

"대체 노아한테 뭐라고 한 거야! 내가 여기 있는데 가긴 어딜 가!"

마레와 루나가 시선을 피하자 이번엔 노아를 향해 외쳤다.

"너 때문에 다들 꼴이 어떻게 됐는지 봐. 아리별도 그림자별도 루나도 마레도 주민들도 모두 엉망이 됐어. 그것만으론 부족해? 나까지 망가지는 꼴을 봐야 직성이 풀리겠어?"

모나의 말이 노아의 가슴을 후볐다. 이미 너는 나로 인해 충분히 망가졌는데, 내가 뭘 어떻게 더 망가뜨릴 수 있겠니. 노아는 모나가 자기 때문에 해서는 안 되는 일들을 더는 하지 않길 바랐다. 해서는 안 되는 말들을 더는 하지 않길 바랐다. 더는 망가지지 않길 바랐다. 노아가 슬픈 눈으로 모나의 눈을 바라보았다. 노아의 눈이 이별을 예고하고 있었다. 그 순간 모나의 가슴이 덜컥 내려앉았다.

"안 돼. 못 가, 노아. 못 가!"

모나가 고래고래 소리를 지르며 고개를 저었다. 노아와 만나기 전의 암흑으로 돌아가는 일만은 죽어도 싫었다. 그러나 노아의 눈빛은 확고했다. 망연자실한 모나는 힘없이 고개를 떨어뜨렸다. 루나와 마레는 그런 모나를 말없이 지켜보기만 했다. 둘은 서로 눈짓을 주고받더니 모나에게 몸을 쓸 권리를 주었다. 루나와 마레의 예상과 달리 모나는 노아에게 더 매달리지 않고 그대로 돌아섰다. 한 걸음 한 걸음 내디딜 때마다 제법 선선해진 공기가 모나의 두 뺨을 스쳤다. 어느새 늦더위마저 잦아들고 계절은 가을의 문턱에 다다라 있었다. 아직은 아니야. 아직 끝나지 않았다고! 난 이제 시작인데, 아직 내 마음을 제대로 보여 주지도 못했는데, 어째서 떠나려는 거야! 왜 내 마음 따윈 안중에도 없는 거냐고! 모나는 노아가 원망스러웠다. 이 계절이 원망스러웠다. 자신의 심장이 뜨겁게 뛰는 한, 노아도 이 여름도 떠나선 안 됐다. 모나는 끓어오르는 감정을 견디다 못해 달리기 시작했다. 그러면서 머릿속으로 노아를 붙잡을 방법을 끝도 없이 떠올렸다. 그렇게 모나는 노아를 끝까지 놓지 않으려 애썼다.

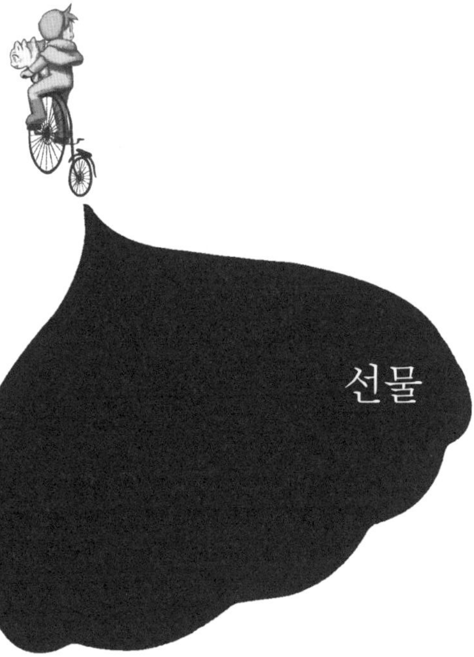

선물

25
선물

아리별은 서서히 안정을 찾아갔다. 끝이 보이지 않던 복구 작업이 어느덧 마무리 단계에 들어서면서 아리도 한숨을 돌렸다. 불안과 공포에 떨던 주민들도 몸에 난 상처가 아물고 아리별이 서서히 예전 모습을 되찾자 마음을 놓았다. 노아도 곧 떠난다고 하니 이제 그림자별의 주인이 오기만을 기다리면 됐다. 주먹만 한 블랙홀로 변한 뒤 미동도 않던 그림자별도 슬슬 움직이기 시작했다.

노아가 떠나는 걸 서운해하는 주민들도 있었다. 그들은 길 가다가 노아를 만나면 손을 꼭 붙잡고 어디로 갈 건지 물으며 앞길을 걱정해 주었다. 떠날 때 챙겨 준다고 소소한 선물을 준비하는 이들도 있었다. 루나와 마레도 마찬가지였다. 그들은 노아에게 줄 이별 선물을 준비하느라 바쁜 하루하루를 보내고 있었다.

마레는 날씨가 추워지면 노아의 목을 따뜻하게 감싸 줄 목도리를 떴다. 지난번 음악회 때 초록 턱시도를 떠 준 이래로 두 번째 주는 뜨개질 선물이었다. 마레는 노아에게 어떤 색이 잘 어울릴까 고민하다 이번에도 초록색 털실을 골랐다. 문득 머릿속에 언젠가 노아에게 했던 말이 스쳤다. '너는 마치 초록여왕이 보내 준 선물 같아.

함께 있으면 혼자가 아닌 것 같아서 안심이 돼.' 마레는 그때를 떠올리며 수줍게 웃었다. 정말 그랬지. 노아는 마치 초록여왕이 보내 준 선물 같았어. 끝까지 함께하진 못했지만, 잠시나마 너와 단둘이 보낸 시간이 있어서 다행이야. 마레는 노아와 비밀의 정원에서 함께 지냈던 일주일을 떠올렸다. 자신의 삶을 통틀어 그때만큼 행복했던 적은 없었다. 처음으로 자신의 외로움을, 책임의 무게를 알아주는 이가 생겨 힘이 났고, 가슴 깊숙이 따뜻한 위로를 느꼈다. 마레에겐 그것만으로 충분했다. 그 기억만으로도 평생을 살 수 있을 것 같았다. 마레는 그 기억을 선물해 준 노아에게 작게나마 보답하고자 몇 날 며칠 목도리를 뜨는 데 온 정성을 쏟았다.

루나도 마찬가지였다. 어떻게든 노아가 떠나기 전에 책을 완성해서 선물할 마음에 분주한 나날을 보냈다. 복구 작업을 다녀오는 시간을 제하고는 원고를 고치는 데에만 몰두하다 보니 잠잘 시간도 부족했지만, 노아를 생각하면 힘이 났다. 생각해 보면 그랬다. 자신은 늘 사람들의 고민과 아픔을 들어 주기만 할 뿐, 한 번도 자신의 이야기를 해 본 적이 없었다. 그런데 노아의 앞에서 처음으로 해 볼 수 있었다. 그동안 가슴속에 꽁꽁 싸매 놓았던 이야기, 그라우잠과 얽힌 상처를 털어놓을 수 있었다. 그렇게 속을 다 내보이며 각별한 마음을 주었지만, 더 욕심내지 않고 일정한 거리를 지켜 주었던 유일한 사람. 그래서 루나는 노아를 마음에 품고도 서로 상처받지 않을 수 있어 행복했다. 그 고마운 마음을 어찌 말로 다 전할까. 언제까지나 함께할 줄 알았는데, 떠나게 되었으니 이렇게 책으로나마 진심을 전하고 싶었다. 그러나 수백 장이 넘는 긴 내용을 짧은 시간 안에 다듬으려니 엄두가 나지 않았다. 루나는 곰곰과 나누어 작업하기로 하고, 원고의 절반을 곰곰에게 넘겼다. 항상 대충대충 넘어가는 곰곰이 미심쩍었지만 일단 믿어 보는 수밖에 없었다.

며칠이 흘렀다. 루나는 잠자는 시간까지 줄여 가며 글을 고친 덕에 맡은 부분을 거의 다 해 가고 있었다. 문제는 곰곰이었다. 반이나 했을까? 그대로 팽개쳐 놓고 세월아 네월아 하며 마냥 미루고 있는 건 아닌지 걱정스러웠다. 이 아저씨, 가서 독촉 좀 해야겠어. 루나는 문을 열고 나가려다가 그대로 멈춰 섰다. 문 앞에 곰곰이 놓고 간 원고가 놓여 있었다. 루나는 원고를 주워 들고 얼떨떨한 표정으로 바라보다가 일단 책상 앞에 앉아 원고를 펼쳤다. 읽기도 전에 얼마나 난장판일지 걱정스러웠다. 루나는 마음을 단단히 먹고 처음부터 차근차근 읽어 나갔다. 책장이 넘어갈수록 루나의 눈이 휘둥그레지면서 입이 조금씩 벌어졌다. 마지막 장을 넘기는 순간 루나가 기가 막힌 듯 웃음을 터뜨렸다. 말도 안 돼! 루나는 원고를 덮고 크게 심호흡을 했다. 그러고 나서 빨간 펜을 들고 다시 처음으로 돌아가 고칠 부분을 표시했다. 그렇게 반나절을 집중한 끝에 완성된 원고를 들고 루나는 집을 나섰다.

루나가 광장을 지나 시냇물 위에 놓인 나무다리를 건너자, 지붕을 초록색 나뭇잎으로 덮은 둥그스름한 집이 보였다. 루나는 초록색 문에 바짝 다가갔다. 문을 똑똑 두드리는 순간, 안에서 드르릉 코 고는 소리가 들렸다. 잠시 멈칫한 루나가 문 옆에 난 창문으로 발걸음을 옮겼다. 창문에 햇빛이 반사되어 눈이 부셨다. 루나는 양손으로 눈 주위를 가리고 안을 살폈다. 곰곰이 침대에 대자로 퍼져서 자고 있었다. 숨을 들이마시고 내쉴 때마다 불뚝 솟은 배가 부풀어 올랐다가 다시 가라앉았다. 루나는 그 모습을 보며 길게 한숨을 내뱉었다. 그리고 어쩔 수 없이 문 앞에 원고만 두고 그곳을 떠났다.

곰곰은 잠시 후 어떤 일이 벌어질지 상상하지 못한 채 계속 잠만 잤다. 그러다가 시계가 반 바퀴를 돌아 해가 서서히 저물 무렵에야 눈을 떴다. 하루 종일 자고도 부족한지 바로 일어나지 못하고 침대에서 몸을 뒤척였다. 남들은 나이가 들수록 잠이 없어진다는데, 자신은 갈수록 잠이 늘어서 걱정이었다. 깨마는 나이를 거꾸로 먹는 거 아니냐며 언제 철들 거냐고 타박하기 일쑤였다. 그럴 때마다 보란 듯이 일찍 일어나겠다고 칼을 갈았지만 작심삼일이었다. '그래도 요 며칠은 밤늦게까지 원고에 집중했으니까 괜찮아.' 곰곰은 늘 그렇듯 자신을 너그럽게 이해하며 기분 좋은 얼굴로 한껏 기지개를 켰다. 곰곰 밑에 깔린 이불이 오만상을 찌푸리며 몸을 비틀었다. 곰곰은 한참을 더 침대 위에서 뒹굴다가 일어나서 옷을 대충 걸쳤다. 어디 가볍게 밤 산책 좀 나가 볼까나. 곰곰이 문을 여는 순간 하루 종일 곰곰을 기다린 하얀 원고 뭉치가 눈에 들어왔다. 그리고 예쁘게 묶인 노란 리본.

"아…."

곰곰이 나지막한 탄성을 터뜨리며 원고 뭉치를 집어 들었다. 나무줄기 대신 원고를 예쁘게 묶은 노란 리본을 어루만지며 곰곰은 환한 미소를 지었다. 그리고 원고를 쭉 넘기는데 원고 사이에서 빨간 카드가 툭 떨어졌다. 곰곰이 허리를 숙여 카드를 주워 들었다.

곰선생,

그동안 대충대충 한다고 구박했는데, 이번에 저에게 제대로 한 방 먹였네요. 이 한 방을 위해 곰선생이 얼마나 치열하게 노력했는지 알 거 같아요. 곰선생의 눈부신 성장에 진심 어린 박수를 보냅니다. 책이 나오면 고생한 만큼 꽃 같은 시간을 맞이하길 바랄게요. 마지막 한 방, 정말 멋지고 훌륭했습니다!

당신의 친구, 루나가

추신 : 이제 곰선생 대신 곰작가라고 부르겠어요!

카드를 들고 있는 곰곰의 손이 미세하게 떨렸다. 곰곰은 가슴에 뜨거운 뭔가가 울컥 치밀어 오르는 걸 느꼈다.

"이야! 해냈다! 내가 해냈어!"

곰곰은 세상을 다 가진 듯한 얼굴로 방방 뛰며 소리쳤다. 그리고 그길로 루나에게 달려갔다. 나무다리를 건너 광장을 가로지르는데 멀리 아리나무 담장 안으로 들어가는 루나가 보였다. 루나는 복구 작업을 마치고 들어가는 길이라 어깨가 뻐근한지 한껏 기지개를 켜고 있었다. 그 모습을 본 곰곰의 얼굴에 함박웃음이 가득 차올랐다.

"루나! 루나! 루나!"

곰곰이 달려가며 큰 소리로 외쳤다. 루나가 놀라 돌아보자 곰곰이 원고의 노란 리본을 흔들어 보였다. 루나가 환히 웃으며 엄지를 치켜세우자, 곰곰이 순식간에 다가와 루나를 덥석 끌어안았다.

"으, 숨 막혀요! 이봐요, 곰작가님!"

'곰작가'라는 말에 곰곰이 순간 멈칫하더니 감격에 겨워 루나를 더욱 힘껏 껴안았다.

"믿어 줘서 고마워요! 당신은 내 생애 최고의 선물이에요!"

그 말에 루나도 가슴이 벅차올라 곰곰의 품에서 손을 빼내어 곰곰을 마주 안았다. 곰곰은 태어나서 처음으로 자신이 끝까지 해냈다는 성취감과 인정받았다는 기쁨에 눈물을 글썽였다. 노력은 결과를 배신하지 않았다. 늘 열등감에 찌들어 남의 이야기나 베끼던 과거의 자신은 더는 없었다. 이젠 동료가 얼마나 잘 나가든 간에, 주위 사람들이 그 나이 먹도록 뭐했냐고 비웃든 간에, 신경 쓰지 않고 정말 하고 싶은 이야기를 차분히 할 수 있을 것 같았다. 이제야 비로소 모두 앞에서 당당할 수 있을 것 같았다. 무엇보다 자기 자신에게 당당할 수 있을 것 같았다. 곰곰이 루나의 품에서 떨어지자 루나가 입가에 미소를 머금고 곰곰을 바라보았다. 곰곰이 머뭇거리더니 입을 열었다.

"그런 생각이 들었어요. 성공이란 게 어느 날 갑자기 짠 하고 나타나지는 않을 거라는 생각이요. 대신 한 계단 한 계단 오르다 보면 적어도 어제보다 더 나은 내가 되지 않을까 하는 그런 희망이 생겼어요. 원고를 작업하는 동안 그랬던 것처럼요. 물론 루나 양은 저 때문에 속이 터졌겠지만….”

루나가 고개를 끄덕이자 곰곰이 머리를 긁적이며 멋쩍게 웃었다.

“그렇게 한 계단씩 차분히 올라가다 보면 언젠가 성공까진 몰라도, 문턱까지는 갈 수도 있지 않을까 하는 생각이 들더라고요.”

“그래요. 앞으로는 시간에 얽매이지 말고 과정에 충실하세요. 빨리 도달하는 게 중요한 게 아니잖아요. 조바심 내지 말고 지금처럼 하나하나 해 나가면 돼요.”

“루나 양, 제게 기회를 줘서 고마워요. 부끄러운 얘기지만 사실 저, 단 한 번도 제 자신에게 기회를 준 적이 없어요. 용기가 없었죠. 최선을 다했는데 실패하면 어떡하지? 못하는 게 아니라 안하는 거라고 주변에 큰소리쳤는데, 열심히 했다가 실패하면 그땐 뭐라고 변명하지? 그게 두려워서 늘 대충대충 적당히 해 왔어요.”

“실패 없이는 어떤 성공에도 이를 수 없어요. 실패는 결과가 아니에요. 성공으로 가기 위한 과정일 뿐이에요.”

“그걸 이제야 알았어요. 용기 있는 자만이 실패도 성공도 자기 것으로 만들 수 있다는 걸요.”

“이제라도 자신에게 마음껏 실패하고 다시 일어설 기회를 주세요.”

루나의 말에 곰곰이 고개를 끄덕였다. 루나는 곰곰의 등을 힘주어 다독이며 힘 있는 목소리로 말했다.

“이제 정말 마지막이네요. 끝까지 힘내자고요!”

루나와 곰곰은 함께 집으로 들어갔다. 둘은 책상에 나란히 앉아

원고를 나누어 맡았다. 그리고 최대한 집중하여 원고를 다듬고 또 다듬었다. 배가 고프면 미리 준비해 놓은 샌드위치를 입에 욱여넣으며 한시도 눈에서 원고를 떼지 않았다. 중간중간 피곤이 몰려왔지만 서로를 격려하며 원고를 마무리하는 데 온 정신을 쏟았다. 그렇게 밤이 꼴딱 새도록 작업에 열중했더니 어느덧 새벽이 밝아 오고 있었다.

“드디어 끝!”

곰곰과 루나는 동시에 원고를 덮고, 양손을 머리 위로 번쩍 올렸다. 그리고 온 집 안이 떠나가도록 만세를 불렀다.

“만세! 만세! 루나 만세! 아리 만세!”

“만세! 만세! 곰곰 만세! 아리별 만세!”

둘은 흥분을 쉽사리 가라앉히지 못한 채 한동안 서로를 부둥켜안고 겅중겅중 뛰었다. 그 소리에 잠들었던 모나가 게슴츠레 눈을 떴다. 루나가 곰곰에게 원고를 한 부 건네며 말했다.

“이걸 가지고 도서별에 있는 출판사로 가요. 리발 박사의 ‘길을 걷다'가 어디 출판사에서 나온 책이었죠?"

"아띠봄 출판사요."

"그 출판사의 편집장에게 보여 줘요."

곰곰이 잠시 주춤했다.

"우리 책을 받아 줄까요?"

"그럼요! 어제의 자신감 넘치던 곰작가님은 어디 갔죠? 어깨 펴고, 허리 꼿꼿이 세우고, 당당하게 웃어요!"

루나가 시범을 보이자 곰곰이 과장된 표정과 몸짓으로 따라 했다.

"다녀와요. 기다리고 있을게요."

루나가 환하게 미소를 지어 보이자 곰곰이 고개를 끄덕이며 물었다.

"나머지 한 부는 노아에게 선물할 거죠?"

"맞아요."

"제가 돌아오면 노아는 이미 떠나고 없겠네요. 대신 인사 전해 줘요. 노아에게도 좋은 선물이 되었으면 좋겠어요."

"저도 그랬으면 좋겠어요."

루나가 곰곰을 문밖까지 배웅했다. 모나가 그 모습을 지켜보며 못마땅한 표정을 지었다. 떠나긴 누가 떠난다고 인사를 전해 달래? 자신은 노아를 잡을 방법이 없나 고민하느라 머리에 쥐가 날 지경인데, 루나와 마레는 작별 선물을 준비하고 있으니 속이 터졌다. 그렇다고 별 뾰족한 수가 떠오르지도 않아 하루하루 아까운 시간만 흘려보내고 있었다. 초조함에 서서히 말라 가던 어느 날, 모나는 노아가 떠날 때까지 이틀밖에 남지 않았음을 알아차렸다.

모나는 하루 종일 안절부절못하다가 새벽이 되자 극도로 불안해졌다. 이렇게 노아를 보낼 순 없어. 노아를 잡을 수만 있다면 무슨 짓이든 할 거야. 그게 안 되면 따라 갈 거야. 아리별은… 몰라, 모르겠어. 모나는 늦은 새벽까지 잠을 이루지 못한 채 침대에서 뒤척였다. 그때였다. 모나가 돌아눕는 순간 크고 시커먼 그림자가 시야를 가렸다. 이에 놀란 모나가 소리를 지르려고 하자 그림자가 다가와 모나의 입을 막았다. 손이 어찌나 큰지 모나의 얼굴이 전부 가려졌다. 모나가 저도 모르게 상대의 손을 꽉 깨물었다.

"아야!"

비명을 지른 쪽은 상대가 아니라 오히려 모나였다. 뭐지? 왜 이렇게 딱딱한 거야? 그 순간 그림자가 모나에게서 떨어지더니 작은 소리로 말했다.

"놀라게 해드려서 죄송합니다."

모나가 벌떡 일어나 실눈을 뜨고 가만히 상대를 살폈다. 땅장군이 고개 숙여 사과하는 모습이 어슴푸레하게 보였다. 모나는 그제야 가슴을 쓸었다.

"아, 땅장군이었어요? 난 그것도 모르고…."

"죄송합니다. 당연히 주무실 줄 알았는데 깨어 계셔서, 저도 놀라 그만…. 정말 죄송합니다."

땅장군이 거듭 고개를 숙이며 사과를 하자 모나가 손을 저으며 말했다.

"됐어요. 그만해요. 그보다 이 시간에 어쩐 일이에요? 초록사람들은 모두 구출해 왔나요?"

"그게…."

땅장군의 얼굴이 순식간에 어두워졌다. 모나가 낌새를 알아차리고 물었다.

"문제가 생겼군요. 어서 말해 봐요."

땅장군이 머뭇거리며 루나와 마레의 눈치를 보자 모나가 가까이 오라고 손짓했다. 땅장군은 모나에게 다가가 귓속말로 속삭였다. 모나의 얼굴이 순식간에 일그러졌다. 이야기를 마친 땅장군이 뒤로 물러서며 말했다.

"어떻게 할지 분부를 내려 주십시오."

모나는 말이 없었다. 예기치 못한 상황에 어떻게 해야 할지 막막했다. 땅장군이 눈빛으로 모나의 대답을 재촉했다. 모나가 혼란스러운 표정을 애써 감추며 태연한 척 말했다.

"일단 남색띠 지하마을로 가서 대기하고 있어요."

"네?"

땅장군이 놀란 얼굴을 하자 모나가 재차 말했다.

"대기하고 있어요."

"하지만 지금 당장 수를 쓰지 않으면…."

"가서 대기하고 있으라고요."

"네, 알겠습니다."

땅장군은 모나에게 경례를 한 뒤 문을 열고 나갔다. 땅장군의 발자국 소리가 희미해지자 모나는 곧장 침대에 누워 생각에 잠겼다.

이제 어떡하지? 정말 어떡하면 좋지? 루나와 마레부터 깨울까? 잠깐, 성급하게 굴면 안 돼. 일단 마음을 차분히 가라앉히고 생각을 해 보자. 모나는 손톱을 물어뜯으며 생각에 골몰했다. 일 분, 십 분, 한 시간…. 별 뾰족한 수가 떠오르지 않자 방 안에 드리운 어둠보다 마음속이 더 캄캄해졌다. 이제 더 이상 물어뜯을 손톱도 남아 있지 않았다. 그때였다. 모나가 멈칫하더니 눈을 동그랗게 뜨고 벌떡 일어났다. 그래, 그 방법이 있네! 지금으로선 그 방법이 최선이야. 모나는 루나와 마레의 얼굴을 차례대로 살폈다. 심장이 점점 빠르게 뛰고, 눈동자가 불안하게 흔들리기 시작했다.

다음 날 노아는 링고와 핀과 함께 아리별에서의 마지막 하루를 보내고 있었다. 마지막이라고 별 다를 건 없었다. 평소처럼 익숙하고 평범한 일상이었다. 아침에 일어나 마주 앉아 아침을 먹고, 때가 되자 점심을 먹었다. 요리는 늘 먹는 오린고 요리였다. 주고받는 대화도 오린고 요리의 맛, 날씨, 몸 상태 등 다른 날과 비슷했다. 다만 한 가지 다른 것은, 링고가 오늘은 수업을 가지 않은 것이었다. 핀도 산책 한 번 나가지 않고 집에만 있었다. 그렇다고 둘 다 노아 옆에 꼭 붙어 있는 것도 아니었다. 링고는 핀을 앉혀 놓고 그동안 밀린 수업을 했다. 예전 같으면 핀이 벌써 도망쳤거나 내내 툴툴거렸을 텐데, 요즘은 군소리 없이 수업을 들었다. 오늘도 마찬가지였다. 노아는 옆에 앉아 수업을 기웃거리기도 하고, 창가에 기대앉아 링

고의 책을 뒤적이기도 했다. 창가에 들어오는 햇살이 노아를 따스하게 감싸자 노아의 눈이 스르르 감겼다. 링고가 설명하고 질문하는 목소리와 핀이 대답하는 소리가 자장가가 되어 노아의 귓가를 맴돌다가 점점 희미해졌다. 잠든 노아의 얼굴에선 편안한 미소가 떠나지 않았다. 그렇게 평화로운 오후가 잔잔히 흘러가고 있었다.

어느덧 노오란 햇살이 주황빛 노을로 바뀌어 창가를 물들였다. 시간은 이들을 하루의 끝에 데려다 놓았다. 수업을 마친 링고가 노아를 흔들어 깨웠다.

"노아, 저녁 먹자."

노아가 잠에 취해 정신을 못 차리자 링고가 노아의 뺨을 쓸었다.

"밥 먹고 천막에서 짐 가지고 와야지."

게슴츠레 눈을 뜬 노아가 잠긴 목소리로 말했다.

"오늘 밤은… 천막에서 잘게요."

그 말에 링고가 당황했다. 식탁에서 숙제를 마무리하던 핀도 멈칫 돌아봤다.

"혼자 정리할 시간이 필요해요."

"그럼 내일 아침에 올 거니?"

"아니요. 일찍 떠날 거예요."

드르륵, 핀이 의자를 밀며 벌떡 일어났다. 노아와 링고가 동시에 핀을 쳐다보았다. 핀이 울상을 지으며 노아에게 다가왔다.

"왜에…. 여기서 자고 가."

노아가 핀의 어깨에 손을 올리며 말했다.

“형도 아리별과 작별할 시간이 있어야지.”

작별. 하루 종일 누구도 입 밖에 내지 못한 말. 그 말을 끝내 노아가 꺼내 놓고야 말았다. 핀이 금세 눈물을 글썽였다. 링고는 감정이 울컥 치솟는 걸 꾹 참고 담담한 목소리로 말했다.

“저녁 먹자.”

링고가 먼저 주방으로 가자 노아와 핀도 식탁 앞에 둘러앉았다. 노아가 핀 앞에 놓인 냅킨을 집어 핀의 무릎에 펴 주었다. 핀도 노아의 냅킨을 집어 노아의 무릎에 펴 주었다. 링고가 미리 준비해 놓은 음식을 하얀 접시에 담아 차례대로 내왔다. 노아가 말했다.

“처음 아리별에 와서 먹은 음식이 오린고였는데, 마지막으로 먹는 음식도 오린고네요.”

링고가 옅은 미소를 지으며 노아의 손에 칼과 포크를 쥐어 주었다.

“어서 먹어 보렴.”

노아가 오린고에 칼집을 내고 껍질을 능숙하게 벗기자 이내 오린고가 속살을 내보였다. 노아는 한 조각씩 오물오물 씹으며 혀끝으로 천천히 맛을 음미했다. 꿈인지 실제인지 모를 얼떨떨한 맛. 처음 오린고를 맛보았을 때가 떠올랐다. 가족과 함께 식사하는 모습을 상상만 하다가 그게 현실이 되자 참 신기하고 얼떨떨했는데…. 오린고는 그때의 맛과 기분을 그대로 간직했다가, 지금 이 순간 노아에게 선물처럼 건네주었다. 린도 함께 있다면 참 좋았을 텐데. 노아는 머릿속으로 린을 떠올렸다. 오린고를 어떻게 먹는지 몰라 버벅거

릴 때 린이 손수 까서 내 입에 넣어 주었는데…. 맛이 어떤지 물어봐 주고, 맛있다는 대답에 환한 미소도 지어 줬는데…. 노아는 갑자기 린이 너무 보고 싶었다. 잘 지내고 있을까? 노아는 어딘가 멀리 있을 린에게 마음속으로 안부를 물었다.

"오린고가 유난히 달구나. 그렇지 않니?"

링고의 말에 퍼뜩 정신이 든 노아는 다시 오린고를 오물거리며 말했다.

"네. 알갱이도 엄청 커요."

"알갱이가 클수록 더 달고 맛있지. 이거 먹어 보렴."

링고가 자신의 오린고 조각을 노아와 핀의 접시에 덜어 주었다. 노아가 먼저 오린고를 포크로 찍어서 입에 넣더니 방긋 웃었다. 링고가 흐뭇한 미소를 지으며 물었다.

"더 달지?"

"네, 링고의 오린고가 더 맛있는데요?"

노아의 말에 링고가 자신의 접시와 노아의 접시를 바꾸었다.

"괜찮은데…. 제 것도 맛있어요."

"어서 먹어."

링고가 노아 접시에 있던 오린고를 집어 먹자 노아도 따라서 오린고 한 조각을 입에 넣었다. 링고가 그 모습을 보며 또다시 흐뭇하게 웃었다. 노아는 링고의 표정과 눈빛에 저도 모르게 눈물이 울컥 솟구쳤다. 이제 더는 링고의 미소를 볼 수 없을 거라는 생각에 가슴이 먹먹해졌다. 참자, 참아야 해. 노아는 억지로 오린고 조각을 목구멍으로 밀어 넣었다. 그때 주전자 물이 끓는 소리가 들렸다. 자리에서 일어난 링고가 주전자를 들고 와 식탁 위의 빈 잔을 채웠다. 쪼르륵 물 따르는 소리, 달그락달그락 칼과 포크가 접시에 부딪히는 소리. 이젠 너무나도 익숙한 소리였다. 내 생에 이처럼 따뜻한 시절이 다시 올까. 천장에 달린 전등의 노란 불빛이 노아의 마음을 대변하듯 탁자 위를 따듯하게 비추었다. 나뭇결이 고운 탁자에 묻은 손때와 매끈하게 닳은 모서리에는 이제 노아가 함께한 시간도 스며들어 있었다. 문득 노아가 입을 열었다.

"보고 싶을 거예요."

달그락거리는 소리가 일시에 멎었다. 링고와 핀이 말없이 노아의 눈을 바라보았다. 링고가 나지막한 목소리로 물었다.

"다시 돌아올 거지?"

노아의 눈에 눈물이 글썽거렸다. 링고가 떨리는 목소리로 말했다.

"기다릴게. 언제든 돌아와. 네가 있어야 할 곳은 이제 여기야."

노아는 목이 메어 대답 대신 고개를 끄덕거렸다. 시선을 돌리자 눈시울이 붉어진 핀이 보였다. 핀이 칼과 포크를 내려놓고 노아의 품에 와락 안겼다.

"형, 꼭 다시 와야 해. 알았지?"

"응. 꼭 올게."

노아가 핀을 꼭 끌어안았다. 링고가 자리에서 일어나 모두를 감싸 안았다. 하루 종일 꾹꾹 눌러 온 이별의 슬픔이 느지막이 온 집 안을 적셨다. 창밖으로 새어 나오는 울음소리에 나무 기둥이 위로하듯 손바닥나뭇잎을 흔들었다. 세찬 기세로 언덕을 올라온 바람도 상황을 알아챈 듯 기세를 누그러뜨리고 배불뚝이 나무집을 온화하게 휘감았다. 그리고 또 누군가, 문 앞에서 이들의 울음소리를 엿듣고 있는 이가 있었다.

"칫. 노아 오기 전까지 멀쩡히 잘 살았으면서…."

깨마가 못마땅한 얼굴로 구시렁거렸다. 양손엔 노아에게 주려고 만들어 온 음식이 한가득했다. 머리카락이 자꾸 바람에 헝클어지는데 손을 쓸 수 없어 깨마는 오만상을 찌푸렸다. 배불뚝이 나무집에서 흘러나오는 울음소리는 쉽사리 멎을 기미가 보이지 않았다. 깨마가 창문으로 다가가 집 안을 들여다보았다.

"누가 보면 죽으러 가는 줄 알겠네. 유난 떨기는…."

깨마는 혀를 차며 바닥에 그릇을 내려놓고 자리를 떴다.

잠시 후 노아가 문을 열고 나왔다가 그 앞에 놓인 그릇을 발견했다. 뒤따라 나온 링고가 주위를 두리번거리며 말했다.

"깨마가 뭐라도 해 줘야 마음이 편하겠다고 노래를 부르더니, 결국 오린고 요리를 해 왔구나. 가져가렴."

링고가 노아에게 그릇을 내밀자 노아가 고개를 저으며 말했다.

"링고가 해 준 오린고 요리의 여운을 남길래요. 그래야 또 먹고 싫어서 빨리 오죠."

노아가 돌아서서 발걸음을 떼자 링고와 핀이 노아를 따라 나섰다.

"나오지 마세요."

"천막까지 데려다 줄게."

"혼자 가게 해 주세요."

노아의 간절한 눈빛에 링고가 하는 수 없이 고개를 끄덕였다.

"항상 몸조심하고. 잘 가렴."

"형, 안녕."

"잘 있어, 핀. 다녀오겠습니다!"

노아가 애써 밝은 목소리로 외치며 돌아섰다. 또다시 눈물이 울컥 솟구치는 걸 꾹꾹 눌러 삼켰다. 돌아보지 말자. 돌아보지 말자. 노아는 주문을 외듯 한 걸음 한 걸음 내디뎠다. 그러다 결국 참지 못하고 돌아보자 링고와 핀이 눈물을 훔치며 손을 흔들고 있었다.

노아도 가만히 한 손을 흔들었다. 벌써부터 이들이 가슴 찡하게 그리웠다. 그동안 고마웠어요. 그리고 미안해요. 노아는 눈물을 쏟는 모습을 들킬까 봐 재빨리 등을 돌리고 걸었다. 노아의 눈물을 대신해 하늘에서 별똥별이 하염없이 쏟아지고 있었다.

천막에 돌아온 노아는 떠날 준비를 했다. 짐을 싸고 천막 안을 깨끗이 청소한 뒤, 마지막으로 산책을 나섰다. 아리마을은 고요히 잠들어 있었다. 노아는 저절로 아리나무로 향하는 발걸음을 억지로 돌려세워 갈대밭으로 향했다. 우체통사거리를 지나자 길 양쪽에 핀 금난초가 시선을 붙잡았다. 꽃잎을 꼭 다물고 있는 모습. 끝내 네 속내를 보지 못하고 떠나는구나. 노아는 아쉬운 표정을 지으며 자작나무 숲을 지나갔다. 이제 조금만 더 걸어가면 산딸기나무와 덩굴이 엉킨 수풀이 나오겠지. 노아는 수풀 앞에서 틱툭과 씨름하던 핀의 모습을 떠올렸다. 그때만 해도 핀이 참 어색하고 무서웠는데…. 지금은 너무나 소중한 존재가 되어 버렸다. 이 길도 아리마을도 아리별도 그리고 아리도. 노아는 아리마을 주민들과의 추억을 하나하나 곱씹으며 갈대밭을 돌아 다시 천막으로 돌아왔다.

주민들과는 미리 인사를 해 두었고, 아리는 내일 아침에 찾아갈 예정이었다. 이제 다 됐구나. 노아가 고개를 끄덕이다가 멈칫했다. 미스터앵… 그래도 떠나기 전엔 돌아올 줄 알았는데…. 결국 미스터앵을 만나지 못하고 떠나는 게 마음에 걸렸다. 노아는 미스터앵에게 편지를 써서 천막 문 앞에 놓아두었다.

이제 모든 채비를 마쳤으니 날이 밝으면 아리별과도 안녕이었다. 쉽사리 잠이 올 것 같지 않았지만, 노아는 잠깐이라도 눈을 붙이려 몸을 뉘었다. 잠시 후 노아의 꿈속에 누군가 찾아와 귓속말했다.

"일어나 보래이. 해 줄 얘기가 있으니께."

노아가 눈을 뜨자 미스터앵이 노아의 머리맡에 앉아 있었다. 노아는 몸을 벌떡 일으키며 말했다.

"미스터앵! 언제 왔어요? 못 보고 가는 줄 알았는데…. 저 떠나요."

미스터앵이 이미 알고 있다는 듯 손에 든 편지를 흔들었다.

"또 언제 정신이 오락가락할지 모르니께 미리 작별 인사 해야겠데이. 나가재이."

미스터앵이 먼저 천막 밖으로 나갔다. 노아는 지금 천막을 나서면 다시 돌아오지 못하리란 예감이 들었다. 부랴부랴 배낭과 바이올린을 메고 나가자 미스터앵이 벌써 저만치 앞서 걷고 있었다. 노아가 그 뒤를 급히 따라 걷다가 불현듯 멈춰 섰다. 뚝 그친 발자국 소리에 미스터앵이 뒤돌아보았다. 노아가 천막을 물끄러미 바라보고 있었다. 미스터앵이 물었다.

"아쉽나?"

"링고와 함께 지은 집인데, 생각날 거 같아서요."

"그럼 실컷 봐 두래이. 잊어버리지 않구로."

노아가 천막 주위를 천천히 돌더니 이제 됐다는 듯 미스터앵을 향해 고개를 끄덕였다. 그리고 미스터앵의 옆으로 걸어왔다.

둘은 천천히 걸음을 옮겼다. 숲이 잠든 밤, 사방에 짙게 깔린 어둠과 고요한 분위기에 눌려 둘 다 좀처럼 입을 떼지 못했다. 바람에 쏴아 하고 갈대 흔들리는 소리만 이따금 들렸다. 얼마 걷지 않았는데도 미스터앵은 힘에 부치는지 중간중간 멈춰 섰다. 그때마다 노아도 따라서 멈추었다가 미스터앵이 다시 걸음을 떼면 같이 걸음을 내디뎠다. 무성한 갈대밭이 자취를 감추고 주위에 가문비나무가 하나둘 나타나기 시작했다. 나무 밑에 활짝 핀 달맞이꽃도 눈에 들어왔다. 무거운 침묵을 깨고 미스터앵이 먼저 말문을 열었다.

"내가 유명해지기 전 내를 보살폈던 소녀가 있었데이. 소녀는 내한테 먹을 것과 쉴 곳을 주고 바이올린도 가르쳐 줬재. 내는 바이올린을 연주하는 것보다 소녀와 함께 있는 그 자체가 좋았데이."

"목걸이의 주인공 맞죠?"

"맞데이. 처음 공연해서 번 돈으로 산 선물이래이."

"첫사랑이었어요?"

"처음이자 마지막이재. 행복은 오래가지 않았데이. 나는 곧 바이올린을 연주하는 앵무새로 유명세를 탔고, 소녀와 더는 함께 있을 수 없었데이. 만인의 사랑을 받았지만 불행했데이. 내한테는 소녀의 마음만이 절실했으니께."

미스터앵은 어느덧 그 시절로 돌아가 설레는 미소를 지었다. 그리고 좀 더 부드러워진 목소리로 말을 이었다.

"깊은 밤을 날아 소녀한테 가가 고백했뿌따, 사랑한다고."

"와… 용기가 대단한데요?"

"소녀는 말이 없었데이. 눈길 한 번 안 주고 등을 돌렸다아이가.

소녀가 한 발자국씩 멀어질 때마다 내는 아쉬워 어쩔 줄 몰랐데이. 그게 마지막이란 걸 알았뿐기라."

미스터앵은 잠시 말을 멈추었다. 그리고 노아의 표정을 살피고는 말을 이었다.

"안타까워할 것 없데이. 사랑하는 동안 충분히 행복했으니께. 멀어져 가는 소녀를 향해 그 고마운 마음을 털어놓았데이. 적어도 그 순간만큼은 아무 욕심도, 기대도 없이 그저 있는 그대로의 내 마음을 고백했데이. 지나고 보니 그 마음이야말로 내 생애를 통틀어 가장 순수하고 아름다웠던 기라. 그때의 기억은 내한테 평생의 선물이 됐데이."

잠자코 미스터앵의 말에 귀를 기울이던 노아가 발걸음을 멈춰 세웠다. 그리고 미스터앵의 얼굴을 우두커니 쳐다보더니 입을 뗐다.

"왜 매달리지 않았나요? 평생 그녀 곁을 맴돌 거면서, 왜 그렇게 쉽게 포기한 거죠?"

미스터앵은 조금 전과 달리 단호한 목소리로 말했다.

"내가 암만 좋아도 상대가 아니면 아닌 기다. 그렇다고 마음이 없어지거나 작아지지도 않았데이. 내는 소녀한테 짐이 되지 않으면서 계속 사랑할 수 있는 방법을 찾았고, 내 방식대로 소녀를 사랑해 왔데이. 그기 맞는지 아인지는 내한테 중요하지 않데이. 누군가는 내를 비난하고, 아무도 사랑이라 인정해 주지 않는다 해도 내는 상관읍따. 내한테는 평생을 걸어도 아깝지 않을 만큼 소중한 사랑이었으니께."

"그래도 그 긴 세월을 어떻게…. 아프지 않았나요?"

미스터앵이 긴 한숨을 푹 내쉬고는 다시 걷기 시작했다.

"계절이 수없이 돌고 도는 동안에도 아픔은 그칠 줄 몰랐데이. 소녀가 한 사내의 아내가 되고, 한 아이의 어매가 될 때까지 내는 쪼매씩 오래 아팠데이. 근디 그 아픔도 결국은 사라지게 돼 있데이. 계속 붙들고 살기엔 삶이 그리 녹록치 않다아이가. 내처럼 늙고 병든 노인네한테는 더 가혹하데이. 기억을 통째로 앗아 가삐니까. 근디 세월도 절대 앗아 갈 수 없는 한 가지가 있데이."

"세월도 절대 앗아 갈 수 없는 한 가지라…."

노아가 미스터앵의 말을 되뇌다가 다시 걸음을 멈추고 물었다.

"그게 뭐죠?"

미스터앵이 노아를 향해 씩 웃더니 대답했다.

"선물. 고백했던 순간 받았던 선물이데이. 소녀의 머시마가 내는 아니라케도, 내 마음 그대로 내보일 수 있었다카면 그걸로 충분한 기다."

"저는 선물을 받을 자격이 없는걸요."

미스터앵이 서서히 날아올라 노아의 귓가에 속삭였다.

"사랑을 준 사람이라면 누구라도 자격이 있다아이가. 선물을 받아봐래이, 생애 단 한 번 지금이 아니면 받을 수 없는 선물말이데이."

노아는 대답 대신 미스터앵의 눈을 똑바로 응시했다. 미스터앵이 날갯짓을 하며 두 다리를 흔들었다.

"붙잡으래이."

노아가 머뭇거리자 미스터앵이 노아의 머리 위로 날아가서 두 다리를 더 세차게 흔들었다.

"정말 괜찮겠어요?"

"그럼 괘안고 말고! 내 미스터앵이래이! 퍼뜩 안 잡나!"

노아가 마지못해 미스터앵의 다리를 붙잡자 미스터앵이 더욱 힘차게 날아올랐다. 평소에 빌빌거리던 모습은 온데간데없이, 미스터앵은 유유히 하늘을 가로질렀다. 노아는 선선한 밤공기를 맞으며 발아래 펼쳐진 세상을 굽어보았다. 잠든 아리의 얼굴처럼 잠든 아리별의 풍경도 사랑스러웠다. 내게 이 풍경을 선물하고 싶었던 걸까. 노아는 고개를 들어 미스터앵을 바라보았다. 내색은 안 해도 안간힘을 쓰고 있을 걸 생각하니 고맙고 또 미안했다. 미스터앵은 묵묵히 날개를 퍼덕이며 험준한 초록산맥을 지나고 있었다. 발아래로 험한 산비탈과 거대한 암벽이 보이자 지난 날 아리와 함께했던 기억이 새록새록 올라왔다. 그땐 참 힘들었는데, 지나고 나니 그마저도 추억이 되는구나. 그때 아리와 함께 걸었던 샛길이 빠르게 지나갔다. 미스터앵의 분주한 날갯짓에 마치 얼룩말과 구름새의 몸속을 달리는 것처럼 풍경이 순식간에 바뀌고 있었다. 울창한 전나무 숲이 펼쳐지자 미스터앵이 속도를 줄이며 서서히 내려앉았다.

"다 왔데이."

미스터앵의 말에 노아가 공중에서 발을 휘젓다가 폴짝 뛰어내렸다. 미스터앵도 곧바로 땅에 내려앉더니 한참을 헉헉거렸다. 노아가 걱정스럽게 말했다.

"괜찮아요? 너무 무리했어요."

미스터앵이 대답 대신 날개를 까딱하며 전나무 사이를 앞장서 갔다. 노아가 뒤따라 걷자 얼마 지나지 않아 너른 모래사장이 나타났다. 모래사장 너머에는 푸른 밤하늘 아래 잔잔한 파도가 밀려오고 있었다.

눈앞에 넓은 바다가 펼쳐지자 노아와 미스터앵은 말이 없었다. 바다도 하늘도 장엄한 어둠과 고요 속에 휩싸여 있었다. 바람과 파도가 잠결에 가끔 속삭이는 소리가 애잔한 이별 노래처럼 사방에 울려 퍼졌다. 꼭 한 번 다시 오고 싶었지만, 차마 올 수 없었던 곳. 행복했던 기억도, 아팠던 기억도 고스란히 남아 노아에게 말을 건넸다. 미스터앵이 노아의 복잡한 속내를 알아채고 노아의 손을 잡아끌었다. 노아가 몇 발자국 채 떼기도 전에 앞에 무언가가 보였다. 미스터앵이 먼저 날아가 노아에게 어서 오라며 날갯짓했다. 가까이 다가가자 원고 뭉치를 손수 엮어서 만든 책과 그 위에 놓인 초록 목도리가 보였다. 노아는 예기치 못한 상황에 입을 다물지 못했다. 그런 노아의 반응에 미스터앵이 몰래 흡족한 미소를 지으며 시치미를 떼고 말했다.
"이야, 기가 막힌데? 이거 마레 솜씨 맞재? 이게 와 여기 있재?"
미스터앵이 초록 목도리를 집어 노아의 목에 둘러 주었다. 노아는 말없이 목도리를 손에 꼭 쥐고 뺨에 비볐다. 까칠하면서도 부드러운 촉감이 마치 마레 같았다. 고마워, 마레. 노아는 눈을 감고 마레를 떠올렸다. 한 코 한 코 정성 들여 짰을 모습을 생각하니 따뜻한 기운이 마음속까지 퍼져 나갔다.

"노아, 이것 봐래이! 루나가 직접 썼나 보데이."

노아가 눈을 뜨자 바닥에 놓인 책 표지가 보였다. '아리별 모험'이라는 제목 아래 '지은이 루나 • 곰곰'이라고 적혀 있었다. 책 사이에는 소라 껍데기를 털실로 길게 이어 만든 책갈피가 꽂혀 있었다. 예전에 노아가 마레에게 선물한 그 소라 껍데기였다. 마레… 간직하고 있었구나. 노아가 책갈피를 어루만지며 책갈피가 꽂혀 있는 장을 펼쳤다. 그러자 하얀 종이 위에 검정 잉크로 꾹꾹 눌러 쓴 헌사가 나타났다.

"잘 안 보이재? 저쪽으로 가서 봐래이."

미스터앵이 달빛이 잘 드는 곳으로 책을 끌었다. 노아도 함께 책을 끌어서 옮긴 뒤 모래 위에 무릎을 붙이고 앉았다. 환한 달빛이 책 위의 글씨를 선명하게 비추었다.

나의 소중한 친구 노아에게

하늘과 바다와 땅이 맞닿아 있고, 세계는 모두 하나로 연결되어 있어. 너와 나도 하나로 연결되어 있어. 믿음을 잃지 않는다면 너는 어디든 갈 수 있어. 돌아가는 길은 걱정하지 않아도 돼. 원한다면 언제든 제자리로 돌아갈 수 있을 테니까. 어디로 가야 할지 막막할 땐 언제든 내게로 와. 내가 너의 제자리가 되어 줄게. 그러니 두려워하지 말고 원하는 모든 곳으로 가렴.

노아의 눈에 눈물이 글썽거렸다. 해냈구나, 루나. 친구로서 정말 자랑스럽다. 노아는 루나와 곰곰이 쓴 책을 한 장씩 넘겨 보았다. 한 글자 한 글자 정성스레 쓴 문장들 속에 노아가 아리별에서 쌓은 추억이 고스란히 담겨 있었다. 생각도 못 했는데, 내가 주인공이었구나. 노아는 자신의 이야기에 금방 빠져들었다. 책장을 넘기는 속도가 점점 빨라지자 미스터앵이 그 모습을 흐뭇하게 바라보았다. 그리고 노아가 마지막 책장을 넘길 때까지 묵묵히 곁을 지켰다.

어느덧 수평선 너머로 아침이 밝아 오고 있었다. 노아는 마지막 책장을 덮으며 가슴이 벅차오르는 걸 느꼈다. 언젠가 루나의 눈 속에 들어갔을 때 루나가 했던 말이 생각났다. 상상 속에서는 원하는 만큼 상대에게 마음을 줄 수 있다고. 거기서는 모두가 해피엔딩이라고. 현실에서 못다 한 루나의 마음이 책을 통해 노아에게 전해졌다. 루나의 바람이 고스란히 담긴 책에서는 노아와 루나, 마레, 모나까지 모두 행복한 결말을 맞고 있었다. 고마워, 루나. 네 진심, 잊지 않을게. 노아는 내내 손에 꼭 쥐고 있던 소라 껍데기를 잠시 내려놓고 처음부터 다시 한 번 책을 쭈욱 넘겨 보았다.

책을 덮는 순간 노아의 시선이 자연스럽게 소라 껍데기로 향했다. 노아는 소라 껍데기를 귓가에 가만히 대고 눈을 감았다. 그러자 마레와 함께 바닷속을 날았던 기억이 넘실거렸다. 끝없이 하늘로 오르던 그때, 그 악몽의 순간에 네가 내게 와 준 것만으로도 나는 충분해. 그 고마운 마음, 잊지 않을게. 노아의 입가에 어느새 미소가 번졌다. 먼 바다를 바라보며 생각에 잠겨 있던 미스터앵에게 노아가 물었다.

"미스터앵의 진심은 한 번도 변한 적이 없나요?"

미스터앵이 돌아보며 겸연쩍은 미소를 지었다. 그 미소에서 답을 읽은 노아가 다시 물었다.

"미스터앵만 그런 건가요? 아니면 다른 이들도 그런 가요?"

"적어도 루나랑 마레는 그런 것 같은디."

"저한테 그런 진심은 과분해요. 저는 변하지 않을 자신이 없는걸요. 그럼 다신 아리를 못 만나게 될까요?"

미스터앵은 대답 대신 노아의 손에 녹음기를 쥐어 주었다.

"모나한테 전해 주래이."

노아가 녹음기를 보며 고개를 갸웃하더니 이내 고개를 끄덕였다. 이제 헤어져야 할 시간이었다. 노아는 가방에서 별신을 꺼내 신었다. 둘은 잠시 말없이 서로의 눈을 응시했다.

"미스터앵, 우리 다시 볼 수 있을까요?"

"내는 한 번 마음 주면 끝까지 가는 거 아직도 모르겠나? 니가 어디에 있든 내 손바닥 안에 있다카이."

"손바닥이 아니라 미스터앵 무전기 안에 있겠죠."

"잘 아네."

둘은 마지막으로 서로 마주 보며 한바탕 웃었다. 미스터앵의 눈에 눈물이 촉촉이 고였다.

"늙은이 울릴 생각 말고 언능 가뿌라. 떠나는데 아침부터 내 질질 짜는 거 보면 재수 없데이."

노아는 인사 대신 미스터앵을 꼭 끌어안았다. 미스터앵도 양 날개로 노아를 힘껏 포옹했다. 그게 그들의 마지막이었다.

노아는 미스터앵을 뒤로하고 홀로 모래사장을 지나 전나무 숲으로 걸어갔다. 미스터앵은 울지 않으려 바닷가로 시선을 돌렸다. 밤새 까맣게 빛나던 바다가 그 어느 때보다 선명한 파랑 빛으로 바뀌어 있었다. 태양이 그 위를 금색으로 눈부시게 수놓았고, 구름 한 점 없는 하늘이 거울처럼 바다 위에 투명하게 비쳤다. 풍경 하나하나가 화창한 날씨를 예고했다. 미스터앵은 다행이라는 듯 고개를 끄덕이며 전나무 숲으로 고개를 돌렸다. 노아는 이미 사라지고 없었지만, 미스터앵은 그곳을 하염없이 바라보며 자리를 뜰 줄 몰랐다.

해가 점점 높이 떠오르자 노아의 발걸음이 빨라졌다. 손님들이 몰리기 전에 아리의 집 앞에 도착해야 할 텐데. 지금의 걸음걸이로는 어림없었다. 노아는 멈춰 서서 별신을 내려다보았다. 별신이 고장 나는 바람에 아리별에 오게 되었는데…. 만일 그때 별신이 고장 나지 않았다면 아리별을 그냥 지나쳤겠지? 별신이야말로 내 운명을 송두리째 바꾸어 놓았구나. 노아는 고개를 숙여 별신을 어루만졌다. 이제 내가 원래 있던 곳으로 가자. 스승님이 나를 반겨 주실지는 알 수 없지만, 적어도 그곳에선 나 때문에 누군가 다치는 일은 없을 테니 돌아가자. 노아가 오른쪽 뒤꿈치로 땅을 쿡쿡 세 번 내리치자 순식간에 노아의 몸이 공중에 떠올랐다. 노아가 양팔을 벌리자 서서히 노아의 몸이 앞으로 기울더니 점점 높이 올라갔다. 노아는 어느새 한 마리 새처럼 아리별 상공을 날고 있었다.

빨주노초파남보 무지개 띠 마을로 이루어진 아리별이 한눈에 들어왔다. 그 아름다운 풍경에 노아가 새삼 감탄하며 소리쳤다.

"아리별, 안녕!"

노랑띠 공중마을에서 저들끼리 놀고 있던 빛구슬들이 노아를 발견하고 지상에 있는 빛구슬들을 불렀다. 그러자 다른 빛구슬들도 따라서 하늘 위로 떠올랐다. 이들은 순식간에 하늘 전체를 노랗게 물들이며 깜박깜박 불을 밝혔다. 옆 마을의 튤립족은 꽃잎을 활짝 펼쳤다 오므리고, 오린고나무들은 나뭇가지를 신나게 흔들어 댔다. 빨강, 주황, 노랑이 노아의 시야를 울긋불긋하게 물들이며 화려한 작별 인사를 건넸다. 그때 노란빛에 눈부셔 잠에서 깬 거인 막내가 노아를 발견하고 손을 흔들었다.

"어, 어, 위험해!"

막내의 팔뚝 위에 있던 수풀이 우르르 떨어지는 걸 보고 노아가 놀라 주춤했다. 막내가 재빨리 다른 손으로 수풀을 받치고 노아에게 마저 손을 흔들었다. 노아는 안도의 숨을 내쉬며 함께 손을 흔들었다. 노아의 시선이 옆에 있는 나무새와 산으로 향했다. 나무새는 눈이 휘둥그레져서는 마냥 부러운 얼굴로 노아를 쳐다보았다. 산은 하늘을 나는 노아의 모습에 자극을 받아 푹 꺼진 몸을 일으켜 세우려고 애썼지만, 자꾸 주저앉고 말았다. 노아는 그 모습을 안타깝게 바라보았다. 이루어질지는 모르겠지만 바라별 벽에 당신들의 꿈도 그려 볼게요. 노아는 잊지 않기 위해 마음속에 그들의 꿈을 새겼다. 그때였다. 수면 위로 바닷속 식구들이 하나둘 떠올라 손을 흔들었다. 몸집이 큰 개복치가 제일 먼저 눈에 띄었고, 문어공주와 불가사리왕자도 보였다. 개복치가 커다란 몸을 춤추듯 이리저리 흔들며 노아에게 인사했다. 옆에 있는 문어공주가 양손을 입에 모으고 크게 외쳤지만 노아에겐 들리지 않았다. 노아가 머리를 수그리며 외쳤다.

"뭐라고요? 안 들려요!"

문어공주가 더 크게 소리치다 안 되겠는지 주변 식구들과 맞춰서 다 같이 소리쳤다.

"잘 가요! 행복해요!"

그 순간 노아의 얼굴에 함박웃음이 번졌다.

"잘 있어요! 모두 행복하세요!"

노아도 목청껏 소리쳤다. 그 소리에 자신 없이 땅만 보고 있던 남색띠마을의 돌꽃들이 고개를 들었다. 그들은 처음으로 자신들을 예쁘다고 인정해 주었던 노아를 기억하고 있었다. 돌꽃들이 처음으로 열등감을 이기고 노아를 향해 고개를 들어 올렸다. 노아가 엄지손가락을 치켜세우며 소리쳤다.

"예뻐요! 아주 예뻐요!"

그렇게 자신 있는 모습이 정말 예쁜 거예요. 지금처럼 늘 당당하게 하늘을 마주 보고 살아요. 노아가 돌꽃을 보며 흐뭇해하는 동안 보라띠마을의 문지기가 부릅뜬 눈을 껌뻑이며 노아를 쳐다보고 있었다. 그러다 노아와 눈이 마주치자 안 그래도 큰 입을 더 크게 찢으며 노아를 향해 웃었다. 두꺼비같이 넙대대하고 험상궂은 얼굴도 웃으니 온화해 보였다. 노아가 문지기에게 소리쳤다.

"아리별을 잘 지켜 줘요!"

안녕, 모두 안녕. 노아는 아리별의 주민들과 작별 인사를 나누며 아리에게 훨훨 날아갔다.

어느덧 저 아래 아리나무가 보였다. 공중에서 별신을 세 번 맞부딪치자 노아의 몸이 서서히 내려앉았다. 물망초꽃밭에 착지한 노아는 아리가 있는 곳을 향해 걸음을 옮겼다. 담장만 돌아 들어가면 아리와 만나게 되리라. 그러면 눈물을 참고 다가가 루나, 마레, 모나와 차례대로 눈을 마주칠 것이다. 그리고 인생 최대의 용기를 내어 마음을 고백할 것이다. 아리가 그 자리에서 등을 돌린다 해도, 그녀들과 나 자신에게 줄 수 있는 생애 가장 소중한 선물을 포기하

지 않을 것이다. 마지막 순간에는 처음 왔을 때처럼 안녕을 말하리라. 그러나 그 안녕 뒤에는 물음표 대신 마침표가 찍히리라. 그렇게 같은 듯 다르게 떠날 것이다. 노아는 길게 심호흡을 한 후에 천천히 걸음을 내디뎠다.

그때였다. 땅이 일순간 흔들리더니 쿵쿵거리는 소리가 들렸다. 노아가 몸을 비틀거리는 사이 소리는 점점 더 가까워졌다. 가까스로 중심을 잡고 선 노아가 돌아보자 땅장군들이 열을 맞추어 행진하고 있었다. 모두 하나같이 딱딱하게 굳은 얼굴이었다. 무슨 일인지 물을 새도 없이 땅장군들이 순식간에 노아의 앞을 스쳐 지나갔다. 무슨 일이지? 그 순간 불길한 예감이 바람과 함께 노아의 몸을 휘감고 지나갔다. 아리나무의 잎들이 바람에 사락사락 흔들렸다. 조금 전까지 밝게 빛나던 태양은 어느새 먹구름에 가려 보이지 않았다. 최근 간간이 움직였던 그림자별이 갑자기 빠르게 회전하며 부풀어 오르고 있었다.

눈부처로 남다

26
눈부처로 남다

노아가 서둘러 아리나무 뜰에 들어섰다. 아리는 이미 뜰에 나와 땅장군들과 마주하고 있었다. 침통한 분위기에 노아는 발걸음을 멈추었다. 아직 노아를 보지 못한 아리는 심각한 얼굴로 땅장군의 말에 귀를 기울이고 있었다.

"그라우잠이 초록사람을 인질로 잡은 건 함정이었고, 배후에 크루델이 있었습니다. 크루델은 그때 파견한 땅장군들과 그라우잠을 앞세워 간밤에 아리별을 침략했습니다. 남색띠 지하마을은 이미 포위됐습니다."

"포위됐다고요?"

루나가 기겁해서 소리쳤다.

"간밤의 기습으로 부대는 대부분 함락되었고, 남은 부대가 맞서 싸우고 있지만 그리 오래 버티지는 못할 겁니다."

루나가 끙 하고 신음 소리를 내뱉었다. 마레는 겁먹은 얼굴로 아랫입술을 깨문 채 아무 말도 하지 못했다. 모나는 그대로 고개를 숙였다. 소대장이 조심스럽게 말했다.

"어째서 진작 땅장군들을 초록별로 보내지 않으셨습니까. 그때 손을 쓰기만 했어도 크루델이 아리별까지 쳐들어오는 건 막을 수 있었을 텐데…."

루나가 의아한 얼굴로 물었다.

"그게 무슨 소리죠?"

"며칠 전 제 직속 부하를 보냈는데 못 만나셨습니까? 초록별은 함정이라고 군사 요청을 했는데요."

마레가 정색했다.

"우린 모르는 일이에요. 땅장군은 오지도 않았다고요. 아, 어떡하면 좋아."

마레의 말에 모나의 시선이 불안하게 흔들렸다. 뒤에서 듣고만 있던 노아가 다가와 소대장의 팔을 꽉 잡았다.

"그럼 아리별은 이제 어떻게 되는 거죠?"

루나, 마레, 모나의 시선이 일제히 노아에게 향했다. 그리고 자연스레 노아의 배낭과 별신으로 시선이 움직였다. 이제 가는구나. 이별을 감지한 루나와 마레, 모나의 눈에 슬픔이 묻어났다. 그때 찬물을 끼얹듯 소대장이 다급하게 말했다.

"크루델들이 노리는 건 아리와 아리석이니 곧 초록띠마을을 습격

해 올 겁니다. 일단 나무새마을로 몸을 피하시는 게 좋겠습니다. 저희와 함께 가시지요."

아리가 머뭇거리자 노아가 아리의 손을 잡아끌며 말했다.

"어서 가자."

그 순간 루나가 노아의 팔을 붙잡았다.

"노아 먼저 배웅하고."

노아가 머뭇거리자 루나가 말을 덧붙였다.

"작별 인사 하러 온 거잖아. 아무리 급해도 인사는 제대로 해야지."

루나가 소대장에게 눈짓하자 소대장이 땅장군들과 함께 뒤로 물러섰다. 루나가 노아의 눈을 보며 말했다.

"잘 가, 노아."

마레가 작은 목소리로 따라 말했다.

"잘 가."

노아가 마레의 눈을 쳐다보았다. 겁에 질린 눈빛. 노아는 그런 마레를 두고 차마 돌아설 수 없었다. 마레가 노아의 시선을 견디지 못하고 고개를 돌렸다.

"그동안 고마웠어. 좋은 친구가 되어 주지 못해 미안해."

루나의 말에 노아는 가슴이 울컥했다. 예상했던 상황인데 목이 메여 한 마디도 할 수 없었다. 노아는 말없이 루나의 눈을 바라보았다. 루나가 말하지 않아도 다 안다는 듯이 옅은 미소를 보내며 고개를 끄덕였다. 모나는 고개를 푹 숙이고 있었다. 노아가 떨리는 손으로 모나의 머리를 쓰다듬었다. 감정이 복받쳐 오르는 순간 루나가 말했다.

"그만 가."

노아가 이러지도 저러지도 못하자 루나가 힘주어 말했다.

"가, 어서."

노아가 어쩔 수 없이 돌아서려는 찰나 모나가 고개를 들었다.

"같이 가."

"뭐?"

루나와 마레가 놀라 동시에 모나를 쳐다보았다. 노아가 놀란 표정으로 뒤돌아보았다.

"나도 갈래."

모나가 노아의 눈을 똑바로 보며 말했다. 루나와 마레는 어리벙벙한 표정을 지었다. 땅장군들이 웅성거리기 시작했다. 뒤로 물러나 있던 소대장이 한 발자국 앞으로 나와 아리를 재촉했다. 더는 지체할 시간이 없었다. 루나와 마레가 동시에 소리쳤다.

"가!"

노아가 모나와 마레, 루나를 번갈아 보다가 다시 힘겨운 발걸음을 내디뎠다.

"가지 마!"

모나가 소리치며 노아를 뒤따르려 했지만 꼼짝할 수가 없었다. 지금은 루나가 몸을 쓰고 있었다. 모나가 노아의 등에 대고 소리쳤다.

"아리별이 위험에 빠졌는데, 우리만 두고 어딜 간다는 거야!"

노아가 뒤돌아보자 모나가 간절한 눈빛으로 노아를 붙잡았다. 노아가 주춤거리자 루나와 마레가 큰 소리로 다그쳤다.

"어서 가!"

"가라고! 가!"
"가지 마!"
"가, 빨리!"
"가지 말라고!"
"이럴 시간 없어, 제발 가!"

공중에서 이들 셋의 목소리가 사정없이 부딪혔다. 노아의 눈에 눈물이 그렁그렁 맺혔다. 앞으로 나갈 수도, 뒤로 돌아갈 수도 없는 상황에 갈팡질팡 정신이 어지러웠다. 그때였다. 갑자기 셋의 목소리가 뚝 끊겼다.

노아가 뒤돌아보자 모나가 마레의 머리를 세게 들이받고 있었다. 그러자 모나에게 치인 마레의 머리가 루나의 머리와 부딪쳤다. 무방비 상태였던 루나와 마레는 혼비백산했다. 모나는 루나와 마레가 정신을 차릴 새도 없이 계속해서 머리를 박았다.

"모, 모나, 그만…."

마레의 입에서 신음 소리가 흘러나왔다. 모나는 눈을 질끈 감고 계속해서 머리를 박았다. 루나와 마레가 정신을 잃어야 그 틈에 몸을 차지할 수 있었다. 너희에겐 미안하지만 나한테는 이게 최선이야. 모나는 제 몸이 부서지는 아픔을 감수하면서까지 필사적으로 마레와 루나를 공격했다.

그 모습을 본 노아는 온몸이 얼어붙은 듯 꼼짝할 수가 없었다. 땅장군들도 마찬가지였다. 예상치 못한 상황에 다들 어안이 벙벙했다. 모나는 죽을힘을 다해 마레와 루나에게 공격을 퍼붓고 있었다. 땅장군들은 주인들 간의 싸움에 함부로 끼어들 수도, 그렇다고 그냥 지켜볼 수도 없어 발만 동동 굴렀다. 보다 못한 소대장이 다가가자 모나가 눈빛으로 단숨에 제압했다. 정신없는 와중에 루나까지 손을 들어 제지하자 소대장은 하는 수 없이 한 발 물러섰다. 다른 땅장군들도 소대장을 따라서 아리에게 등을 돌리고 돌아섰다. 노아가 넋 나간 얼굴로 중얼거리며 아리를 향해 걸음을 뗐다.

"그만해… 그만해…."

노아가 중얼거리며 아리에게 가까이 다가가자 소대장이 노아의 앞을 막아섰다.

"그만해… 그만해, 모나. 그만하라고! 모나! 모나!"

그때 땅장군들이 노아의 양팔을 붙잡았다. 다른 땅장군들까지 가세해 노아를 에워싸자 노아는 꼼짝도 할 수 없었다.

"이거 놔! 놓으라고!"

노아가 땅장군들을 뿌리치고 달려가려 하자 땅장군들이 억지로

노아를 끌어냈다. 노아는 고래고래 소리치며 발버둥을 쳤다. 그 모습을 본 루나와 마레가 더 크게 소리쳤다.

"가, 노아! 제발 가!"

"좀 가라고! 어서!"

루나와 마레의 거듭된 외침이 모나를 더욱 자극했다. 모나는 이성을 잃고 루나와 마레를 사정없이 죽음으로 내몰았다. 마레는 더는 버티지 못하고 정신을 잃기 직전이었다. 이제 최후의 선택을 해야 할 순간이었다. 루나가 외쳤다.

"마레, 더는 봐주면 안 돼!"

마레가 힘겹게 정신을 차리고 루나와 함께 있는 힘껏 모나의 머리를 박았다. 상황은 한순간에 뒤바뀌었다. 모나가 충격으로 잠시 정신이 가물가물한 사이, 마레와 루나는 몸을 바위로 끌고 가 모나를 매섭게 밀어붙였다. 결국 모나는 바위에 머리를 부딪치고 정신을 잃고 말았다. 그 모습을 본 땅장군들은 정신이 멍해지면서, 손에 힘이 풀려 노아를 놓아주고 말았다. 노아가 허겁지겁 달려가 모나의 얼굴을 흔들었다.

"모나, 정신 차려! 나야, 노아! 모나! 모나!"

"가! 노아!"

"제발 좀 가! 가! 가!"

마레와 루나가 아무리 소리쳐도 노아는 끄떡도 하지 않았다. 마레와 루나는 더는 머뭇거릴 틈이 없었다. 가라고 아무리 악을 써도 안 되면 물어뜯어서라도 쫓아내야 했다. 급기야 마레와 루나가 노아에게 달려들어 날카로운 발톱으로 노아를 위협했다. 그러나 노아는 도망치기는커녕 마레와 루나의 어깨를 꼭 붙잡고 꼼짝 못하게 옭아맸다. 마레와 루나가 노아의 양손에서 벗어나려 발버둥 치다 못해 노아의 손을 발톱으로 긁기 시작했다. 노아는 살점이 떨어져 나가는 고통에 얼굴을 찌푸렸다. 마레와 루나는 이에 아랑곳없이 노아의 손등에 계속해서 생채기를 냈다. 노아가 마레와 루나의 눈을 번갈아 보며 말했다.

"그렇게 싫어? 이 위험한 상황에서도 내 도움 따윈 거절할 만큼 난 아닌 거야? 어떻게 그래? 어떻게!"

노아의 손에 점점 힘이 실리자 마레와 루나의 눈이 서서히 감겼다. 그 모습에 노아의 양손이 떨리더니 이내 온몸이 부들부들 떨렸다. 그리고 루나의 눈이 완전히 감기는 순간, 노아의 눈가에 맺혔던 눈물이 바닥에 뚝 떨어졌다. 멀리서 지켜보던 소대장이 그제야 상황을 파악하고 달려왔다. 소대장은 축 늘어진 아리를 보고 노아에게 주먹을 뻗었다. 그때였다. 루나의 눈이 번뜩 뜨이더니 눈에서 태양의 불길이 뿜어져 나왔다. 노아는 태양의 불길에 맞아 곧바로 나가떨어졌다. 그 바람에 함께 땅바닥에 나뒹굴던 모나와 마레가 눈을 떴다. 모나의 눈이 휘둥그레졌다.

"노아! 괜찮아?"

모나의 말이 떨어지자마자 마레가 애원하듯 말했다.

"제발 떠나… 제발…."

노아가 가까스로 몸을 추스르고 일어났다. 아리도 따라서 몸을 일으켰다. 노아가 마레의 눈을 바라보았다. 떠나 달라는 마레의 간절한 눈빛에 노아는 결국 고개를 푹 숙인 채 돌아섰다. 한 걸음 한 걸음 멀어져 가는 노아를 향해 모나가 목이 터져라 외쳤다.

"거기 서! 거기 서라고!"

노아는 더 이상 돌아보지 않았다. 그리고 서서히 멀어져 갔다.

"가지 마! 가지 마! 가지 말라고!"

모나는 노아를 따라가려고 온갖 힘을 썼지만 루나와 마레 때문에 꼼짝도 할 수 없었다. 그때였다. 모나의 눈에서 길고 시커먼 통로가 튀어나오더니 노아의 뒤를 쫓았다. 순식간에 노아를 따라잡은 통로는 노아를 삼키고 다시 모나의 눈 속으로 들어갔다. 마레와 루나가 고래고래 소리 지르며 모나의 머리를 박았지만, 모나는 눈을 질끈 감고 두 귀를 닫아 버렸다. 순식간에 벌어진 상황에 마레와 루나뿐만 아니라 땅장군들도 당황했다. 일이 꼬여도 단단히 꼬여 가고 있었다. 루나가 소대장에게 말했다.

"남색띠 지하마을로 가야겠어요."

"거긴 크루델이 점령했기 때문에 피해야…."

"노아와 모나가 거기로 갔어요! 크루델에게 잡히기 전에 어서 찾아야 해요."

루나의 말에 소대장이 난처한 표정을 지었다.

"머뭇거릴 시간이 없어요. 어서 출발해요."

"예, 알겠습니다."

소대장이 어쩔 수 없이 아리를 어깨에 태우고 앞장섰다. 그러자 다른 땅장군들이 줄줄이 뒤를 따랐다. 세찬 바람이 앞길을 막고 훼방을 놓는 통에 땅장군들이 휘청거렸다. 그림자별도 바람에 비틀대며 사정없이 부풀고 있었다.

노아는 통로를 따라 깊은 땅속으로 떨어지고 있었다. 어둠의 공포와 짙은 고독이 온몸을 휘감자 노아는 눈을 질끈 감았다. 그때 누군가 노아를 부드럽게 감싸 안았다. 눈을 뜨자 검정 머리카락에 검정 눈을 지닌 소녀가 보였다. 노아가 물었다.

"어디로 가는 거야?"

"나 사는 곳. 땅속 끝."

"날 거기에 데려가서 어쩌려고?"

"아무 데도 못 가게 할 거야. 다시는 날 떠날 생각 못 하게."

"그러지 마. 널 위해서라도 그러면 안 돼."

"날 위한다고? 진짜 날 위하는 게 뭔지 몰라?"

"미안해."

"사과하지 마. 내 삶을 송두리째 흔들어 놓고 미안하다고 말하면 안 되는 거야."

"모나…."

둘은 서로를 껴안은 채 더 빠른 속도로 추락했다. 주변의 무거운 공기가 사정없이 달려들어 이들을 천길만길 나락으로 떨어뜨렸다.

"눈곱만큼도 미안해하지 마. 그냥 네가 거기 있었고, 나도 거기 있었던 것뿐이야. 나는 후회하지 않는데 네가 미안하다고 하면, 내가 거기 그대로 있었던 게 잘못인 것 같잖아."

"그래도 너한테 미안해."

"말하지 마!"

"미안해…."

"하지 말라고!"

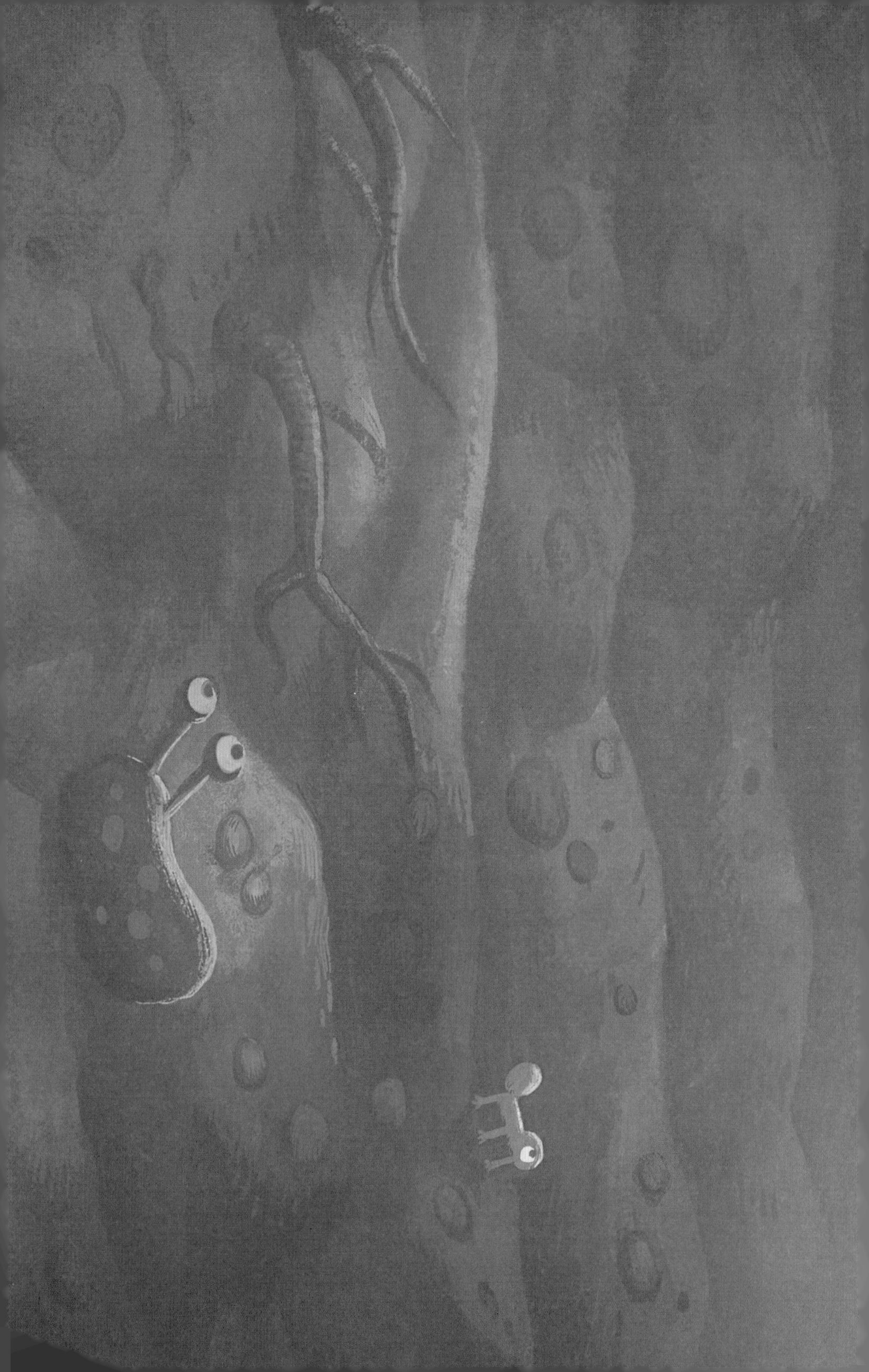

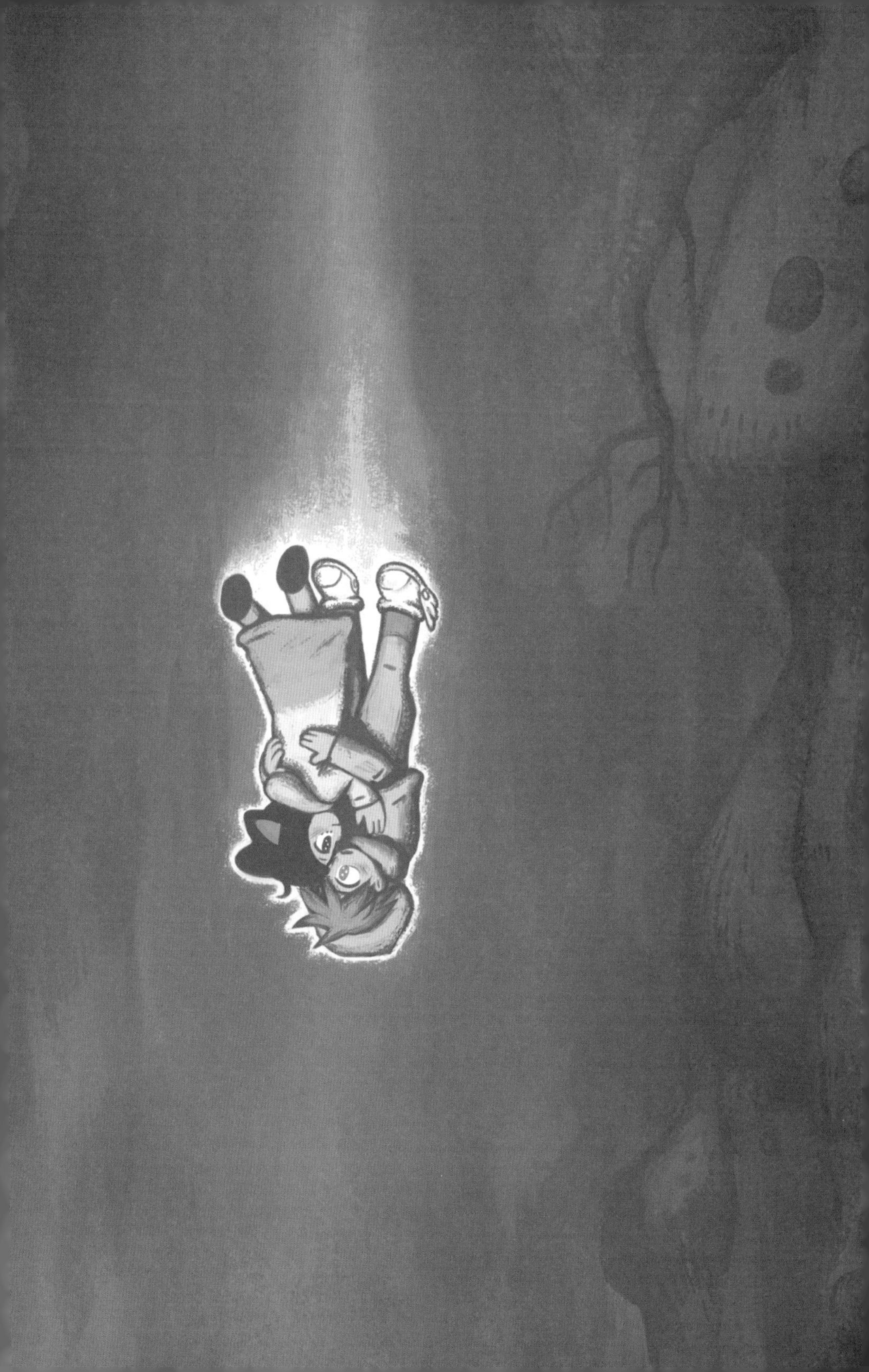

모나가 격앙된 나머지, 노아를 밀쳐 냈다. 노아가 손을 뻗었지만 모나는 잡아 주지 않았다. 노아는 모나의 품에서 떨어져 홀로 추락했다. 허공에 떠 있는 모나가 눈물을 머금고 노아를 내려다보았다. 모나, 제발…. 노아는 간절한 눈빛으로 모나에게 도움을 청했지만, 모나는 끝내 손을 내밀지 않았다. 결국 너마저 날 버리는구나. 너만은 날 버리지 않을 거라고 믿었는데… 그랬는데…. 모나의 얼굴이 점점 멀어지고 있었다. 모나의 눈에 맺힌 눈물이 반짝 빛나더니 노아를 향해 뚝 떨어졌다. 눈물이 노아의 뺨에 닿는 순간 노아가 눈을 껌뻑였다. 그때였다. 사방의 칠흑 같은 어둠은 온데간데없이 사라지고 회색 그림자만 남았다. 눈을 감았다 뜨는 데 걸린 시간, 일 초. 그사이 세계가 변했다. 나의 세상에서 네가 사라졌다. 이럴 수는 없었다. 그저 눈을 감았다 떴을 뿐인데, 이렇게 쉽게, 아무 예고도 없이, 그림자처럼 흔적만 남기고 사라질 수는 없었다. 더는 안 돼! 더는 싫어! 검정마저 잃을 순 없다고!

"모나! 모나! 모나!"

노아는 모나의 이름을 애타게 불렀다. 추락할수록 죽음과 맞닿은 공포가 밀려왔지만 멈출 수가 없었다. 그때 하늘을 오르던 순간이 떠올랐다. 높이 오르는 것도, 아래로 떨어지는 것도 두렵기는 매한가지였다. 그나마 하늘을 오르던 순간은 결국 눈뜨면 사라지고 말 꿈이었지만, 지금 이 순간은 꿈이 아니었다. 이 세계는 가짜가 아니었다. 노아는 실제로 추락하고 있었다. 검정이 사라진 검정의 세계. 노랑과 파랑, 검정이 사라진 아리별. 나는 어디로 가고 있는 건가. 이 세계에서 내가 발붙일 곳은 어디에도 없는데, 이 어둠은 대

체 나를 어디로 데리고 간단 말인가. 세계에서 추방된 자는 갈 곳을 잃고 한없이 추락하고만 있었다. 이제 그만. 제발 그만해! 내가 떠날게! 떠나겠다고!

"모나! 모나!"

노아의 처절한 절규가 남색띠 지하마을을 뒤흔들었다. 그리고 겹겹이 쌓인 땅을 뚫고 올라가 루나와 마레에게 전해졌다. 땅장군들과 함께 남색띠 지하마을로 향하던 루나와 마레가 그대로 멈춰 서서 서로를 마주 보았다.

"노아…."

루나와 마레의 눈에 눈물이 핑 돌았다. 둘은 서로 눈짓을 주고받았다. 루나가 하늘을 향해 두 팔을 벌리자 먹구름에 가려졌던 태양이 서서히 모습을 드러냈다. 루나의 눈에서도 빛이 반짝이더니 점점 그 빛과 열기가 강해졌다. 그러다 태양처럼 회오리치며 활활 타오르자 하늘에 떠 있던 태양도 똑같이 이글거리며 강한 빛과 열기를 내뿜었다. 그러자 순식간에 아리별의 땅이 메마르면서 쩍쩍 갈라졌다. 루나는 더욱 강렬한 기운을 내뿜어 노랑띠 공중마을에 있는 빛구슬들을 땅속으로 불러들였다. 곧 노아가 떨어진 수직 통로에 균열이 일더니 빛구슬들이 일제히 들어가 노아의 흔적을 좇았다. 마레도 가만히 보고만 있지는 않았다. 마레의 눈에서 파도가 일더니 파랑띠마을의 바닷물이 남색띠마을 통로로 향했다. 바닷물이 빛구슬을 따라서 통로로 쏟아져 내리자 남색띠 지하마을 전체가 심하게 요동쳤다.

노아의 추락을 지켜보고 있던 모나는 느닷없는 빛구슬과 바닷물의 등장에 소스라치게 놀랐다. 루나는 땅속을 쩍쩍 가르다 못해 산산조각 내어 남색띠마을 곳곳에 빛구슬 무리를 보냈다. 마레 역시 땅속 구석구석 바닷물을 보내어 노아를 찾았다. 루나와 마레의 추적이 갈수록 집요해지자 마음이 다급해진 모나는 빛구슬과 바닷물을 앞질러 전속력으로 낙하했다. 루나와 마레가 손을 쓰기 전에 노아를 찾아내야 했다. 잠시 후 통로 끝에 노아가 보였다. 광활한 허공과 대협곡이 펼쳐지기 직전이었다.

"노아!"

노아를 따라잡은 모나가 노아를 뒤에서 감싸 안았다. 그리고 곧바로 절벽 위에 곤두박질쳤다. 모나는 노아를 감싸 안은 채 거친 절벽 위를 데굴데굴 굴렀다. 충격을 이기지 못해 정신이 가물가물해지는 순간에도, 노아를 안은 두 손만은 끝까지 놓지 않았다. 모나와 노아는 절벽 가장자리까지 굴러간 뒤에야 아슬아슬하게 멈췄다. 간발의 거리에 깎아지른 듯한 낭떠러지가 이어지고 있었다. 노아가 황급히 모나의 품에서 벗어나 모나를 절벽 안쪽으로 데려갔다. 그리고 모나를 흔들어 깨웠다.

"모나! 모나!"

노아가 크게 소리치자 모나가 가까스로 눈을 떴다. 절벽 위로 빛구슬 무리와 함께 바닷물이 쏟아져 내리고 있었다. 모나가 씁쓸하게 웃으며 말했다.

"지하에도 빛이 들고, 물결치는 날이 다 있네. 그런 일은 절대 없을 줄 알았는데…."

노아가 모나를 일으켜 앉히고 얼굴에 묻은 흙을 털어 주었다. 노아는 모나의 시선을 느꼈지만 차마 모나의 눈을 똑바로 볼 수 없었다. 회색으로 변해 버린 눈동자를 감당할 자신이 없었다. 모나가 다시 돌아왔으니 검정도 다시 되돌아와야 했다. 그러나 이미 변해 버린 세상을 이전처럼 되돌릴 순 없었다. 모나가 애원하듯 말했다.

"노아… 나 좀 봐 줘…."

노아는 지그시 눈을 감았다. 부디 눈을 다시 떴을 때 세계가 한 번 더 바뀌어 있기를 간절히 바랄 뿐이었다. 모나의 양손이 노아의 볼을 감쌌다. 노아가 천천히 눈을 떴다. 여전히 흐릿한 회색 눈동자. 미안해, 모나. 검정마저 잃어서 정말 미안해.

건너편 절벽에 붙은 얼굴들이 숨죽인 채 모나와 노아를 지켜보고 있었다. 난데없이 벌어진 상황에 모두 당황한 표정이었다. 얼굴들은 누가 먼저 말을 꺼낼지 서로 눈치만 보고 있었다. 그때 가장 나이 든 원로가 입을 열었다.

"모나, 이게 어떻게 된 상황인지 설명해 보아라."

모나가 원로를 향해 고개를 돌렸다. 그러고는 말없이 원로의 눈만 뚫어지게 쳐다보았다. 이에 놀란 원로가 멈칫했다가 다시 말했다.

"내 말 안 들리느냐? 어떻게 된 상황인지 설명해 보라니까."

모나는 여전히 대답이 없었다.

"흠! 흠흠!"

원로가 헛기침을 해 대며 불편한 심기를 드러냈다. 모나의 눈시울이 붉어졌다. 다른 얼굴들이 한마디씩 보탰다.

"어른이 말씀하시는데 왜 들은 척도 않느냐!"

"꿀 먹은 벙어리처럼 왜 그러는 게냐! 얼른 대답하지 못할까?"

"모나! 무슨 말이든 해 보거라! 어른들이 기다리고 있지 않느냐!"

그래도 모나가 말이 없자 여기저기서 헛기침이 터져 나왔다. 그 소리가 동굴 안을 쩌렁쩌렁 울렸다. 원로들은 아랫입술을 격렬하게 씰룩거리며 불쾌한 마음을 여과 없이 드러냈다. 얼굴들의 입술 주변에서 암석들이 파편처럼 부서져 내렸다. 노아가 모나를 불렀다.

"모나… 어쩌려고……."

모나가 눈물이 그렁그렁 맺힌 눈으로 노아에게 고개를 돌렸다. 여기저기 흩어졌던 빛구슬 무리와 바닷물이 모나와 노아를 향해 모여들고 있었다. 더는 머뭇거릴 시간이 없었다. 모나가 일어서서 소매로 눈물을 훔쳤다. 그리고 노아의 손을 잡고 절벽 가장자리로 걸어갔다. 모나는 자신을 노려보는 원로들을 마지막으로 한 번 쭉

훑어본 뒤 나지막이 중얼거렸다.

"노아, 난 너만 있으면 돼."

모나는 원로들을 향해 보란 듯이 활짝 웃어 보이며 노아와 절벽에서 뛰어내렸다. 그 모습에 원로들이 경악하여 소리쳤다. 얼굴 곳곳에서 바위들이 우르르 쾅쾅 떨어져나갔다.

"모나, 네 이 녀석!"

"모나! 모나!"

천지가 개벽하는 듯한 소리가 남색떠마을 전체를 뒤흔들었다. 그러나 모나에게 이제 더는 원로들의 기분 따위는 중요하지 않았다. 오직 노아만이 중요할 뿐이었다. 너랑 끝까지 갈 거야. 끝까지 널 놓지 않겠어. 모나는 오직 노아만 생각하며 자신의 세계를 응시했다. 깎아지른 듯한 절벽 수십 수백 개와 곳곳에 높이 솟은 바위산, 기이한 형상의 암석들이 순식간에 눈앞을 스쳤다. 이들의 뒤를 바짝 쫓던 루나의 빛구슬과 마레의 바닷물이 절벽 곳곳을 때려 부수며 노아를 찾았다. 모나가 고통스러운 얼굴로 그 참혹한 광경을 바라보았다. 수천수만 년 동안 보이지 않는 어둠 속에서 묵묵히 아리별을 지탱해 온 절벽들이 살려 달라고 신음하고 있었다. 노아는 더는 그 모습을 지켜볼 수 없었다.

"모나! 날 놔!"

모나가 눈을 질끈 감고 노아의 손을 더욱 세게 붙잡았다. 모나의 눈을 비집고 나온 눈물이 허공으로 흩어졌다.

"놔! 놓으라고! 모나!"

노아가 고래고래 소리치자 모나가 눈을 떴다. 노아의 눈가에 맺

흰 눈물이 보였다. 자책하지 마, 노아. 너만 가질 수 있다면 난 무엇이든 내놓을 준비가 되어 있어. 모나가 붙잡은 노아의 손을 끌어당겨 노아를 품에 꼭 안았다. 노아는 모나의 품에 완전히 시야가 막혀 앞을 볼 수 없었다. 아무리 벗어나려 애써 봐도 모나의 힘을 당해 낼 수 없었다. 이들은 어느새 동굴을 지나고 있었다.

빠르게 스쳐 가는 풍경 속에 박쥐 떼가 보였다. 박쥐들은 동굴에서 우르르 몰려 나와 뒤죽박죽 허공으로 흩어지고 있었다. 곧이어 동굴제비와 개똥벌레, 양쪽 귀에 해초를 키우는 흰 도롱뇽, 지느러미 대신 갈고리 모양의 다리로 기어 다니는 갈고리 물고기, 문어처럼 유연한 다리를 가진 꽃게와 투명한 몸 안에 반딧불을 키우는 뱀 등 동굴 주민들이 크루델에게 포위된 채 줄지어 밖으로 나왔다. 도망치던 박쥐 떼가 모나와 노아를 발견하고 다가와 주위를 감쌌다. 박쥐대장이 외쳤다.

"모나! 도망쳐요! 아래 크루델이 쫙 깔렸어요!"

'모나'라는 말에 동굴 주민들이 고개를 숙인 채 걷다 말고 고개를 들었다. 모나를 보는 순간 모두 그대로 멈춰 섰다. 제발 살려 달라는 그들의 간절한 눈빛이 차례대로 스쳤다. 모나는 저도 모르게 신음소리를 내뱉었다. 미안해요. 모두 미안해요. 모나는 그대로 동굴 주민들을 지나쳐 아래로 향했다. 이를 본 박쥐 떼들이 모나와 노아에게 몰려들어 힘껏 위로 밀어 올렸다. 그러나 얼마 버티지 못하고 뿔뿔이 흩어지고 말았다. 모나와 노아는 또다시 추락했다. 빛구슬 무리와 바닷물이 한발 뒤처져서 이들을 바짝 쫓았다. 노아가 고개를 들려고 하자 모나가 노아를 자신의 품속으로 더 세게 끌어안았다.

곧 땅장군들의 군대가 보였다. 크루델이 동굴 입구에 버티고 서서 안에 있는 땅장군들과 전투를 벌이고 있었다. 수십 개의 부대가 대부분 크루델에게 함락된 상태였다. 지금 버티고 싸우는 땅장군들도 위태위태해 보였다. 보다 못한 중대장이 앞으로 나섰다. 그리고 최후의 발악을 하듯 기합 소리를 내지르며 크루델 대장에게 달려들었다. 크루델 대장이 허공에 칼을 높이 들어 올리자 칼날이 반짝하더니 중대장을 내리쳤다. 일 초, 이 초, 삼 초. 중대장의 몸이 반으로 쩍 갈라졌다. 그리고 '쿵' 소리와 함께 바닥에 힘없이 쓰러졌다.

"중대장!"

이를 본 모나가 저도 모르게 비명을 질렀다. 중대장은 모나와 마지막으로 눈을 맞춘 채로 결국 숨을 거두었다. 모나의 눈에서 눈물이 솟구쳤다. 중대장은 우울의 늪에 빠졌던 나를 목숨 걸고 구해 주었는데, 나를 키워 주었는데, 나는… 나는…. 모나는 가슴이 꽉 막혀 와 숨을 쉴 수 없었다. 손을 뻗어 보았지만 너무 멀어 닿을 수 없었다. 그렇게 중대장의 마지막 모습이 시야에서 사라져 가고 있었다. 그때 모나를 발견한 크루델 대장이 눈에서 살기를 내뿜으며 소리쳤다.

"모나다! 당장 모나를 잡아 와!"

크루델 대장의 목소리가 동굴에 쩌렁쩌렁 울려 퍼졌다. 크루델 무리들은 모나를 따라 아래층으로 일사불란하게 달려갔다. 노아를 감싼 모나의 손아귀에 힘이 들어갔다.

"제발 멈춰, 모나. 제발…."

노아가 모나의 품속에 안긴 채 애원했다. 귓가에 들리는 소리만으로 눈앞의 풍경이 선했다. 모나의 세계는 잃어버린 검정을 애타게 찾고 있었다. 모나에게 제자리로 돌아와 달라고 절규하고 있었다. 노아는 어떻게든 모나의 품에서 벗어나려 안간힘을 썼다. 그럴수록 모나는 악착같이 노아를 붙잡고 놓아주지 않았다. 그렇게 서로 치열하게 부대끼는 동안 모나의 눈앞에 믿을 수 없는 풍경이 나타났다. 예전에 그라우잠을 가뒀던 감옥 안에 땅장군들이 갇힌 채 그라우잠의 감시를 받고 있었다. 모나가 그 앞을 스치자 주위가 격렬하게 요동쳤다.

"모나! 모나!"

땅장군들이 철창을 흔들며 모나의 이름을 외쳐 댔다. 그라우잠이 이를 제지하려고 철창 사이로 창을 마구 찔러 넣었다. 땅장군들은 창에 몸이 찔리고 부서져도 아랑곳하지 않고 애타게 모나를 부르며 손을 뻗었다. 미안해. 너희를 살리려면, 노아를 버려야 해. 모나는 이번에도 이를 악물고 모른 척 지나쳤다. 그리고 자신의 방을 지나쳐 더 아래로 향했다.

노아와 모나는 마침내 세계의 끝, 우울의 늪에 다다랐다. 모나는 노아를 꼭 안은 채 늪 속으로 곧장 곤두박질쳤다. 온몸이 진흙과 맞닿는 순간 모나는 숨이 턱 막혔다. 진흙이 눈꺼풀을 짓누르는 바람에 눈을 뜰 수도 없었다. 늪에 갇힌 영혼들이 모나와 노아에게 사정없이 몰려들어 바닥으로 끌어내렸다. 모든 것을 포기한 노아가 모나보다 먼저 가라앉았다. 모나는 어떻게든 노아를 붙잡으려고 안간힘을 썼다. 안 돼. 노아만은 안 돼. 절대 못 데려가. 반드시 내가 널 지켜 내고 말 거야. 모나가 있는 힘껏 손을 뻗어 노아의 손목을 붙잡았다. 그리고 상상했다. 땅속 세계가 무너지고, 루나의 태양이 지고, 마레의 정원이 시들고, 아리별이 완전히 붕괴해서 우울의 늪으로 모두 빨려 들어가는 풍경을…. 자신이 그토록 사랑했던, 그리고 증오했던 아리별이 우주에 흔적조차 남기지 않고 완벽히 사라지는 순간을…. 아무것도 남지 않은 순간, 운명의 굴레에서 벗어나 노아를 찾아내자, 캄캄한 진흙 속에서 자신을 왈칵 껴안는 노아를….

모나의 상상은 계속되었다. 우울의 늪 밑바닥에서 싹튼 서로에 대한 믿음이 모나와 노아를 우울의 늪 위로 떠오르게 한다. 이번엔 노아가 먼저 모나의 손을 잡고 늪 밖으로 나간다. 늪 밖에는 남색 띠마을도 아리별도 마레도 루나도 보이지 않지만, 노아는 더 이상 그들을 찾지 않는다. 오로지 모나만 보면서 모나가 그동안 그토록 그리워했던 미소를 짓는다. 모나는 생각한다. 이제 됐구나. 그 미소를 보려고, 이토록 멀고 험난한 길을 지나왔구나. 모나는 가슴이 아린 동시에 벅차오른다. 입꼬리가 점점 올라가고, 눈물이 하염없이 흘러내린다. 모나는 고통스런 행복을 느낀다. 그러나 그 행복은 온전히 자신의 것이다. 자기 자신을 대가로 치루고 얻은, 생애 가장 값진 행복. 노아가 애잔한 눈빛으로 모나를 보며 고개를 끄덕인다. 모나는 드디어 인정을 받는다.

노아는 우주 건너편에 홀로 떠돌던 자신의 별을 부른다. 노아의 별이 가까이 다가오자 노아가 그곳으로 건너가 모나와 마주 본다. 모나의 별과 노아의 별이 쌍성을 이루고, 광활한 우주에 두 개의 별만이 나란히 떠서 빛을 내뿜는다. 모나와 노아는 별 위에 앉아 해가 뜬 낮이면 도란도란 이야기를 나누고, 달이 뜬 밤이면 달빛의 노래에 함께 귀를 기울인다. 해가 없는 낮이면 서로가 서로에게 태양이 되고, 달이 없는 밤이면 서로가 서로에게 달이 되어 빛으로 가득한 나날이 이어진다. 그렇게 한 달이 지나고, 일 년이 지나고, 십 년, 백 년, 천 년이 지나 마침내 모나의 사랑에 영원이 깃든다. 족쇄처럼 모나의 영혼을 묶고 있던 과거의 죄책감이 아득한 시간 속에 산산이 흩어지고, 모나의 영혼은 깃털처럼 가벼워진다.

덩달아 늪 속에 파묻힌 모나의 몸도 깃털처럼 가벼워졌다. 모나는 노아의 손목을 붙잡고 위로 끌어당겼다. 우울한 상념이 노아를 악착같이 붙들고 놓아주지 않았지만, 모나의 상상을 이길 수는 없었다. 둘은 마침내 늪 위로 떠올랐고, 모나는 정신을 잃은 노아를 데리고 유유히 늪 밖으로 빠져나왔다. 그들을 뒤쫓던 빛구슬과 바닷물은 우울의 늪에 곧장 처박혀 자취를 감추었다.

모나가 노아를 바닥에 눕히고 흔들어 깨웠다. 노아는 기침과 함께 진흙을 토해 내며 눈을 떴다. 모나는 그제야 안도의 한숨을 내쉬며 노아를 일으켜 앉혔다. 둘은 온몸에 진흙을 뒤집어쓴 채 서로의 모습을 우두커니 바라보았다. 모나가 아이처럼 해맑게 웃어 보이자 노아의 눈에 눈물이 울컥 솟구쳤다.

"도대체 너란 애는… 어떻게 그렇게 막무가내로…."

노아는 끓어오르는 감정을 주체하지 못하고 모나를 와락 끌어안았다. 모나의 눈에도 뜨거운 눈물이 흘러내렸다. 둘의 얼굴에 묻은 진흙이 눈물에 씻겨 내려갔다. 그 순간 쿵쾅거리는 소리가 점점 가까워졌다. 모나를 뒤쫓아 내려온 크루델과 그라우잠이었다. 모나가 자리에서 벌떡 일어나 노아의 손을 이끌고 계단을 뛰어올라 갔다. 몇 발자국 앞에 방문이 보였다. 그리고 바로 옆 계단에서 와르르 내려오는 크루델들이 보였다. 모나가 재빨리 방문으로 다가가 자물쇠에 열쇠를 들이밀었다. 그러나 손이 떨려 열쇠가 자꾸 자물쇠 구멍에서 빗나갔다. 그때 앞장서 내려온 크루델이 모나를 발견하고 외쳤다.

"여기 있다! 모나가 여기 있어!"

"잡아!"

그 순간 찰카닥하고 자물쇠가 열렸다. 모나가 문을 열며 다급히 말했다.

"노아, 어서!"

노아를 방 안으로 들여보내고 모나도 들어가려는 찰나 크루델이 손을 뻗었다. 그 손이 모나를 낚아채기 직전이었다. 간발의 차이로 피한 모나가 재빨리 방에 들어가 문을 쾅 닫았다. 그리고 빗장을 굳게 걸었다. 밖에서 크루델과 그라우잠이 세차게 문을 두드리며 으름장을 놓았다.

"모나, 넌 이미 포위됐어. 그냥 항복하는 게 좋을 거야. 아리석만 순순히 내주면 목숨만은 살려 주지. 원한다면 아리별에 계속 살게 해 줄 수도 있어. 어떠냐?"

모나가 문에 등을 기대서서 한쪽 입꼬리를 올리며 비웃었다. 노아가 겁에 질린 얼굴로 모나를 바라보았다. 모나가 짐짓 태연한 척하며 창문으로 다가갔다. 노아의 시선이 모나를 따라갔다. 창밖으로 건너편 암벽이 보이고, 건너편 암벽과 암벽 사이로 빗물이 흘러내리고 있었다. 노아는 모나의 뒷모습을 물끄러미 바라보았다. 시선을 돌리자 세 평 남짓한 공간이 눈에 들어왔다. 칙칙한 암벽이 외부를 완벽히 차단하고 있었다. 여기가 모나의 공간이구나. 한쪽 벽에 붙어 있던 동굴제비들이 처음 맞은 손님을 어떻게 대해야 할지 몰라 둥지 밖으로 얼굴을 반쯤 내밀고 노아를 흘끔거렸다. 이를 알아챈 노아가 동굴제비에게 눈길을 주는 순간, 문밖에서 쾅쾅 문을 들이받는 소리가 들렸다. 노아가 저도 모르게 움찔했다.

"문 열어! 당장 문 열어! 모나! 모나! 어차피 너는 죽은 목숨이야! 시간 끌어 봤자 달라질 것 없다고!"

크루델과 그라우잠은 다 같이 문에 몸을 부닥뜨리며 문을 부수려고 기를 쓰고 있었다. 그들이 한 번 부닥뜨릴 때마다 문이 덜커덩 심하게 흔들렸다. 노아의 시선이 문과 모나 사이를 불안하게 오갔다. 모나는 잠시 문에 시선을 주었다가 다시 창문 쪽으로 고개를 돌렸다. 노아가 모나에게 가까이 다가갔다. 그리고 모나의 어깨에 손을 뻗었다가 차마 닿지 못하고 손을 거두었다. 그렇게 둘은 잠시 동안 말이 없었다. 시간이 지나자 한창 소란을 피우던 크루델과 그라우잠도 지쳤는지 잠잠해졌다. 빗줄기가 점점 굵어지고 있었다. 노아와 모나는 나란히 서서 창밖에 내리는 비를 바라보았다. 마침내 모나가 오랜 침묵을 깨고 입을 열었다.

"너도 나 같았던 적이 있었어?"

노아가 모나에게 고개를 돌렸다.

"아리별에 오기 전, 누군가를 앞뒤 가리지 않고 사랑한 적 있어?"

노아는 잠시 머뭇거렸다. 모나에게는 단 한 번도 소녀의 이야기를 꺼낸 적이 없었다. 지금 이 상황에서 소녀의 이야기를 해도 되는 걸까. 노아가 망설이는 사이 모나는 묵묵히 노아의 대답을 기다렸다. 노아가 조심스레 입을 열었다.

"한 소녀가 있었어. 그때 내 마음이 사랑이었는지는 잘 모르겠어. 소녀와 함께 있을 땐 행복했고, 소녀가 떠났을 땐 불행하다고 느꼈어. 그래서 소녀를 찾아 헤매다가 여기까지 오게 된 거야."

"여전히 소녀를 사랑하니?"

노아는 대답하지 못했다.

"나와 소녀 가운데 한 명을 택해야 한다면 누구를 택할 거야?"

뜬금없는 질문에 노아는 당황했다. 모나가 고개를 돌려 노아의 눈을 바라보았다.

"소녀를 택하겠지. 난… 너한테 부족하니까."

모나가 혼잣말하듯 내뱉고 씁쓸하게 웃었다. 노아가 말했다.

"소녀는 과거일 뿐이야."

"소녀와 마레라면? 그래도 소녀를 택할 거야?"

모나는 노아의 눈을 똑바로 응시했다. 노아의 눈동자가 흔들리고 있었다. 모나가 의외라는 듯 천천히 고개를 저었다.

"당연히 마레라고 할 줄 알았는데… 소녀를 많이 사랑했구나. 그럼 우리 곁은 떠나도, 소녀 곁을 먼저 떠날 생각은 못 했겠네."

노아가 말없이 모나의 눈을 바라보았다.

"앞으로도 그렇겠지? 소녀 곁은 절대로 떠날 수가 없을 거야."

"모나…."

노아가 미안해서 어쩔 줄 몰라 하자 모나가 희미하게 미소 지었다.

"다행이야. 네게 화창한 봄날의 오후 같은 기억이 있어서. 지금 같이 엉망진창인 기억만 있는 게 아니어서. 소녀에 대한 사랑, 그것만 기억해. 네게 사랑은 소녀야. 나도, 마레도 아닌 소녀야. 그 감정이 사랑이야."

모나의 진심이 노아에게 전해지는 순간, 노아는 혼란스러웠다. 나를 위해 이렇게까지 했으면서 어째서 이제 와 소녀 뒤로 한 발 물러서는 걸까. 내 마음이 마레보단 차라리 얼굴 모르는 소녀에게 향하는 게 낫다고 생각한 걸까. 네게 뭘 어떻게 해 줘야 할지 모르겠어. 모르겠어, 모나.

그때였다. 사방을 둘러싼 암벽이 쩍쩍 갈라지더니 캄캄한 방 안에 빛이 새어 들어왔다. 암벽의 틈이 점점 더 벌어지더니 그 사이로 바닷물이 거센 폭포처럼 들이닥쳤다. 방 안은 순식간에 물바다가 되었고, 바닷물은 노아의 허리를 넘어 어깨까지 차올랐다. 암벽이 물살을 견디지 못하고 여기저기 부서져 내렸다. 그나마 동굴제비들의 둥지가 달린 벽면만 간신히 버티고 서서 노아와 모나를 지켜 주고 있었다. 급작스런 상황에 소스라치게 놀란 동굴제비들이 모나를 부르자, 모나가 둥지를 딛고 올라가 노아에게 손을 뻗었다. 노아의 목까지 차오른 물이 노아를 삼키기 직전이었다.

"노아! 손 줘! 손!"

노아가 가까스로 손을 내밀었다. 모나는 노아의 손을 붙잡고, 있는 힘껏 끌어당겼다. 그러나 거센 물살이 노아를 붙잡고 놓아주지 않았다. 모나가 안간힘을 쓰는 와중에 노아의 입까지 물이 차올랐다. 모나가 비명을 질렀다.

"그만둬! 마레! 마레!"

그러나 마레의 공격은 잦아들 기미가 보이지 않았고, 노아는 더는 버티지 못하고 모나의 손을 놓치고 말았다.

"노아! 노아!"

노아는 물살에 휩쓸려 순식간에 방 밖으로 떠밀려 나갔다. 노아를 따라 물속에 뛰어든 모나도 금세 물살에 휩쓸려 떠내려갔다. 그러면서 보았다. 남색띠 지하마을이 온통 물에 잠겨 주민들도 크루델들도 그라우잠들도 허우적대고 있는 모습을…. 그리고 들었다. 살려 달라는, 귀를 찢는 처절한 비명과 신음을…. 모나는 머릿속이 멍해지면서 온몸이 그대로 굳었다. 노아를 찾아야 해! 노아를 찾아야 해. 노아를 찾아야 하는데, 그런데 남색띠마을이… 나의 세계가…. 모나의 가슴을 뚫고 거대한 절망과 슬픔이 솟구쳐 올랐다. 그때 모나의 눈앞에 도룡뇽이 떠내려갔다. 도룡뇽은 양쪽 귀에 정성껏 키운 해초가 송두리째 뽑힌 채 두 팔을 허우적거리고 있었다. 모나가 도룡뇽에게 손을 내밀었다. 그리고 떠내려가는 암벽 조각을 붙잡아 그 위에 도룡뇽을 태웠다. 여기저기서 개똥벌레와 갈고리 물고기, 꽃게와 뱀 등 지하 주민들이 허우적대며 모나를 애타게 불렀다. 마음 같아선 모두 구하고 싶었지만 그건 불가능했다. 모나가 우물쭈물하는 사이 하나둘 물살에 떠내려가고 비명 소리만 메아리쳐 돌아왔다. 도룡뇽이 다급하게 외쳤다.

"모나! 빨리 타요! 빨리빨리!"

모나는 얼떨결에 암벽 조각에 올라탔다. 주위는 온통 아수라장이었고, 노아는 어디로 사라졌는지 보이지 않았다. 모나가 탄 암벽 조각

이 물살에 휩쓸려 산산조각이 난 세계를 정처 없이 떠돌았다. 온 세계가 검정을 잃고 포효하고 있었다. 모나의 입에서 절규가 잇달아 터져 나오자 도룡뇽이 애처로운 눈빛으로 모나를 바라보았다.

그 시각 한참 물살에 떠밀려 가던 노아도 애타게 노아를 부르짖고 있었다. 노아의 목소리가 난리 통 속에서 쩌렁쩌렁 메아리쳤다.

"모나…. 모나! 모나!"

노아는 모나에게 헤엄쳐 가려 했지만 아무리 애써도 물살을 거스를 수가 없었다. 노아는 결국 포기한 채 물살에 몸을 맡겼다. 물살이 노아를 끌고 가는 동안 노아의 입에서 탄식이 흘러나왔다. 여기저기 장엄한 풍경을 연출했던 거대한 절벽들이 마레의 공격에 속수무책이었다. 수만 년 동안 뼈와 살이 깎이는 고통 속에서도 꿋꿋이 버텨 온 세계가 노아 하나로 인해, 와르르 무너지고 있었다. 노아는 참담한 마음을 가눌 수가 없었다. 그때였다. 바로 눈앞에 있던 절벽에 금이 가더니 절벽이 두 동강이 나서 쓰러졌다. 노아는 이를 피하려고 몸을 틀다가 다른 절벽 조각에 부딪혀 정신을 잃고 말았다. 그리고 급류에 휩쓸려 어디론가 흘러들어 갔다.

여기가 어디지? 거센 물살은? 절벽들은? 가까스로 정신을 차린 노아가 주위를 둘러보았다. 눈앞이 캄캄해서 아무것도 보이지 않았다. 간신히 몸을 일으킨 노아는 발걸음을 내딛다가 멈칫했다. 발을 내딛는 동작이 평소와 다르게 느리고 유연했다. 양팔을 앞뒤로 휘저어도 마찬가지였다. 피부에 닿는 물의 촉감으로 노아는 자신이 바닷속에 있다는 걸 알아차렸다. 그러나 이곳 역시 파랑은 사라지고 칙칙한 회색만 남아 있었다.

어둠이 눈에 서서히 익으면서 주변 시야가 밝아졌다. 사방을 두른 암벽이 반구형의 지붕을 형성하고 있었고, 지붕의 중심에는 작은 구멍이 뚫려 있었다. 언젠가 와 보았던 곳. 마레의 세계구나. 노아는 어느 정도 걸어가야 마레의 정원이 나타나는지 알고 있었다. 그곳에 가면 마레를 만날 수 있을까. 이대로 모나가 무너지는 모습을 더는 볼 수 없었다. 마레의 힘을 빌려서라도 모나를 멈추게 해야 했다. 모나, 조금만 기다려. 널 붙잡아 줄게. 노아는 마레를 만날 수 있기를 간절히 바라며 죽어라 달리기 시작했다. 그리고 한참 뒤 머리 위 천장의 구멍 아래에 위치한 마레의 정원에 들어섰다.

발걸음을 내디딜 때마다 노아의 표정이 어두워졌다. 초록이 우거

진 수백 그루의 나무들과 나뭇가지마다 걸린 새장, 새장 안에서 반짝이던 새들과 함께 펄럭이던 수천 개의 파랑 리본은 온데간데없었다. 나무들은 초록을, 새장 속의 새들은 빛을 잃고 다 같이 쓰러져 있었다. 몇몇 새들이 이따금씩 몸을 움직였지만 그마저도 위태로워 보였다. 노아는 눈앞의 풍경을 도저히 믿을 수 없어 고개를 저었다. 남색띠마을도 모자라 파랑띠마을까지, 이럴 수는 없었다. 이렇게 망가져 있을 수 없었다. 잠시 주춤했던 발걸음이 서둘러 방향을 틀었다. 노아는 나무들을 지나쳐 꽃밭까지 한달음에 달려갔다.

꽃밭의 풍경도 별반 다르지 않았다. 하얀 줄기 위에 탐스럽게 피어 있던 붉은 꽃잎들은 하나같이 바닥에 고개를 처박은 채 시들어 있었다. 폐허가 된 풍경에 노아는 할 말을 잃었다. 그러다가 정신을 차리고 시든 관꽃들을 하나하나 일으켜 세웠다.

"일어나! 정신 좀 차려 봐!"

관꽃은 가까스로 몸을 세웠다가도 노아가 손을 떼는 즉시 맥을 못 추고 쓰러졌다. 대체 어찌 된 일이란 말인가? 마레가 소중히 가꿔 온 정원이 어쩌다가 이렇게 된 거지? 왜, 어째서, 무엇 때문에 마레의 세계마저 이렇게 된 거냐고…. 노아는 저도 모르게 주먹을 꽉 쥐었다. 멀쩡할 줄 알았던 마레의 세계마저 이렇게 무너진 모습을 보니 다리에서 힘이 쫙 빠졌다. 왜 말하지 않았니. 속이 이렇게 문드러졌으면서 왜 겉으로는 아닌 척, 아무렇지도 않은 척했던 거야. 내게 말했어도 됐잖아. 나만 그런 게 아니라 너도 힘들다고 말해 줬으면 너를 덜 미워했을 텐데, 덜 원망했을 텐데, 덜 괴롭혔을 텐데…. 노아가 바닥에 털썩 주저앉았다. 바닥을 짚은 양손이 바들바들 떨렸다. 그때 쓰러져 있던 관꽃 하나가 노아의 손등을 툭툭 건드렸다. 노아가 고개를 들자 관꽃이 남은 힘을 다해 돌돌 말린 꽃잎을 펼쳤다. 그러자 그 위에 손가락만 한 마레가 나타났다.

마레는 시들어 가는 꽃들을 붙잡고 발을 동동 구르고 있었다. 그때 땅속에서 구멍이 뚫리더니 모나가 보낸 소포가 도착했다. 마레가 한달음에 달려가 포장을 풀자 따뜻한 기운과 양분들이 나왔다. 이전에 비해 턱없이 부족한 양에 마레가 실망한 표정을 지었다. 다음 날, 그다음 날에는 전날에 비해 더 적은 양이 도착했다. 그리고 어느 날부터는 마레가 아무리 구멍을 뚫어지게 쳐다보며 기다려도 소포는 도착하지 않았다. 마레는 시들어 가는 꽃들을 붙잡고 하염없이 눈물만 흘렸다.

노아는 그 모습을 안쓰럽게 바라보았다. 그리고 자신이 그동안 무엇을 까맣게 잊고 있었는지 깨달았다. 마레의 정원은 모나가 보내 준 기운과 양분으로 유지되는데…. 노아는 마레가 자신 때문에 모나와 어떤 갈등을 겪었는지, 그로 인해 무엇을 잃었는지 이제야 알고 가슴을 쳤다. 마레와 모나가 이 지경이 될 때까지 왜 조금도 알아채지 못했을까. 왜 너희의 절규를 조금도 듣지 못했을까. 보이지 않는다고, 들리지 않는다고 너희가 아무렇지 않은 게 아닌데, 어째서 내 상처만 붙들고 아프다고 끙끙댔을까. 나 때문에 너희가 이렇게나 아팠는데…. 내가 조금만 덜 이기적이었다면, 조금만 너희의 마음을 헤아리려 했다면 정원도 절벽도 다 무사했을 텐데…. 나 때문에 너희가 더 멀어졌구나. 오래전 가슴에 사무친 감정의 골을 메우기도 전에 더 패이게 만들었구나. 노아는 꽃잎 위에서 울고 있는 마레의 등을 토닥여 주려고 손가락을 뻗었다. 그러나 노아의 손가락이 마레의 등에 닿기도 전에 관꽃이 더 버티지 못하고 쓰러졌다. 울고 있던 마레도 같이 바닥에 쓰러졌다. 노아가 놀라서 마레를 일으키려는 찰나 마레가 꽃잎에 돌돌 말려 관 속으로 사라졌다. 노아는 쓰러진 관꽃을 양손으로 감싸 일으키며 말했다.

"조금만, 조금만 더 보여 줘. 마레의 심정을 이제야 알았는데, 이렇게 늦게 알아 버렸는데…."

노아는 말을 다 잇지 못하고 흐느꼈다. 그런 노아가 안타까웠는지 관꽃이 다시 꽃잎을 관 밖으로 내밀었다. 노아가 간절한 눈빛으로 쳐다보자 꽃잎을 서서히 펼치더니 관속에서 글자를 하나씩 꺼내 보였다. 글자들은 꽃잎 위에 차례로 줄을 서며 물을 종이 삼아 한 줄 두 줄 한 편의 글을 완성해 나갔다. 이건 그때 그 편지…. 그래, 기억나. 마레가 허겁지겁 숨겼던 그 편지. 혹여나 들킬까 봐 불안에 떨던 눈동자와 눈가에 그렁그렁하던 눈물까지 하나도 빠짐없이 다 생각났다. 노아는 다소 긴장한 얼굴로 글자들을 읽어 내려갔다.

사랑하는 모나에게

모나, 이 편지를 네게 부칠 수 있을지, 과연 네가 이 편지를 읽어 줄지 확신이 없는 상태에서 편지를 써. 편지가 담긴 관꽃을 네게 보냈지만, 넌 읽지도 않고 돌려보냈지. 따뜻한 기운과 양분을 한가득 담아서. 그럴 때마다 내가 그럴 목적으로 편지를 쓴 것처럼 생각하는 거 같아 마음이 무거워. 그런 게 아닌데 오해하지 않았으면 좋겠어. 난 루나처럼 글을 잘 쓰진 못하지만 그래도 내 진심을 들려주고 싶어. 어디서부터 어떻게 얘기해야 할지 모르겠다.

모나, 나는 네게 말도 안 될 만큼 큰 빚을 지고 있고, 네 희생으로 내 정원이 일구어졌다는 걸 알고 있어. 그런데도 나는 정원에만 신경 쓰느라 네 고통을 제대로 봐 주지 못했고, 결국 네게 너무 큰 상처를 주고 말았지. 그 먼 바다까지 날 만나러 와 준 너를 그렇게 매몰차게 대하는 게 아니었는데, 그렇게 보내는 게 아니었는데. 나는 네 손을 꼭 잡고 네가 준 온기로 얼마나 많은 나무와 관꽃을 키웠는지 보여 줘야 했어. 새장 속의 새들에게 널 소개하고, 관꽃에 담긴 내 일기를 보여 줘야 했어. 네게 고맙다고 말해야 했어. 그런데 관꽃이 시들어 버리는 바람에 추억까지 잃었다고 오히려 너를 몰아붙였지. 추억보다 더 소중한 네게, 그 모든 것을 준 네게 어떻게 그랬는지 내 자신이 원망스럽다. 그때 내가 너의 손을 잡아 주었다면 너는 지금 그렇게 어둠 속에 갇혀 있지 않을 텐데.

모나, 예전에 널 보러 갔던 적이 있어. 음악회 날이었지. 네가 우울의 늪에 뛰어든 이후 주민들의 마음이 차갑게 돌아서자 그들의 마음을 돌리려고

밤낮으로 음악회를 준비했던 걸 알아. 몸이 다 낫지도 않았는데 참 열심이었지. 모나, 넌 정말 순수하게 열정적인 아이야. 다른 사람들 눈에 어떻게 비칠지 계산하지 않고 묵묵히 최선을 다하지. 쑥스러운 고백이지만 난 그런 네가 늘 부러웠고 닮고 싶었단다. 몰래 참 많이도 노력했지. 그런데 더 나은 내가 되기는커녕 아끼는 너를 다치게 하고 말았어. 그래도 네 노력은 결실을 맺길 바랐는데…. 텅 빈 공연장에서 혹여 누가 오지 않을까 마지막까지 자리를 뜨지 못하고 울고 있던 너를 기억해. 당장이라도 달려가서 네 눈물을 닦아 주고 싶었지만 도저히 그럴 수가 없었어. 너를 그렇게 만든 게 바로 난데, 내가 어떻게 그래. 모나, 내가 잘못했어. 잘못했다. 네게 준 상처가 어느 정도인지 그날 내 두 눈으로 똑똑히 다 보았어. 밤새 울던 네 울음소리가 아직도 귓가에 맴도는구나. 나는 나를 용서하지 않을 거야.

모나, 그래도 나는 네가 날 용서해 주길 바라. 날 위해서가 아니라 널 위해서. 너는 이미 나로 인해 충분히 아팠어. 그 고통이 더는 네 삶을 망치게 두지 마. 미움과 원망은 내가 다 짊어지고 갈 테니 너는 훌훌 털어버리고 세상과 마주 봐. 네 삶을 살아.

사랑하는 모나, 나는 아리별 전설대로 언젠가 우리가 하나 될 날을 손꼽아 기다리고 있어. 그날이 오면 너의 상처는 내가 다 떠안을 테니, 넌 그림자별 주인과 행복한 마음만 나눠. 꼭 그렇게 해 줄게. 설령 전설이나 운명이 거짓이라 할지라도, 내 행복보다 너의 행복을 늘 우선시할게. 그렇게 평생 네게 용서를 구하며 살게. 운명이 나와 너의 길을 그렇게 인도하기를 빌어 본다.

너의 못난 마레가

노아는 편지를 손에 든 채 손을 부르르 떨었다. 양 볼을 타고 눈물이 하염없이 흘러내렸다. 관꽃이 더는 버티지 못하고 비틀대자 줄이 비뚤배뚤 흔들렸다. 그러다 결국 관꽃이 쓰러지며 글자들도 산산이 흩어졌다. 노아가 글자들을 붙잡으려 손을 뻗었지만 글자들은 손이 닿는 즉시 사라져 버리고 말았다.

"안 돼… 모나가 아직 못 봤단 말이야. 아직, 아직 못 봤는데…."

노아는 끝까지 포기하지 않고 글자들을 향해 이리저리 손을 뻗었다. 그러나 단 한 글자도 붙잡아 둘 수 없었다. 바닷물에 뿔뿔이 흩어지는 편지를 보며 노아는 괜스레 양손만 허우적댔다. 그때였다. 뒤에서 울먹이는 소리가 들렸다.

"노아… 노아야?"

노아가 그대로 멈춰 섰다. 그리고 천천히 돌아보았다. 마레가 눈물을 꾸역꾸역 삼키며 노아를 바라보고 있었다. 파랑을 잃어버린 회색 눈동자와 회색 머리카락. 노아는 숨이 턱 막혔다. 가엾은 마레… 강한 척, 냉정한 척은 혼자 다하더니 이게 뭐야…. 대체 이게 다 뭐야…. 정말로 강했어야지! 정말로 냉정했어야지! 그러지도 못할 거면서… 바보… 바보…. 노아는 마레에게 한 걸음 한 걸음 다가갔다. 마레가 손으로 눈물을 훔치며 노아를 기다렸다. 마침내 서로의 얼굴이 가까워졌다. 목이 메여 누구도 먼저 입을 떼지 못했다. 그저 말없이 서로의 눈을 바라만 보았다. 마주 선 눈 속에 눈부처가 비쳤다. '네 눈 속에 내가 있어.' '나도 네 눈 속에 있어.' 둘은 눈부처를 뚫어지게 쳐다보았다. 오해와 상처로 얼룩진 소년과 소녀의 모습. 그 둘은 더는 자신을 숨기려 하지 않았다. 그동안 상처 입

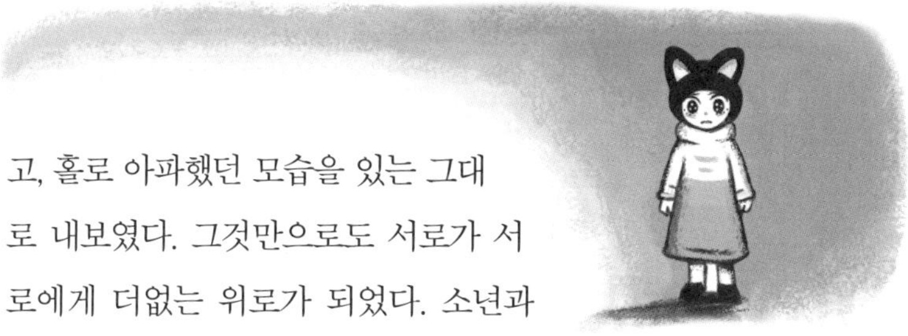

고, 홀로 아파했던 모습을 있는 그대로 내보였다. 그것만으로도 서로가 서로에게 더없는 위로가 되었다. 소년과 소녀는 그 아픈 시간들을 견디고 자신에게 와 준 상대가 고맙고 소중했다. 노아는 마레에게 더 가까이 다가갔다. 노아가 마레를 품에 꼭 끌어안는 순간 마레가 노아의 가슴에 얼굴을 묻고 그간 참았던 눈물을 쏟아 냈다. 노아는 가만히 마레의 등을 다독이며 함께 울었다.

잠시 후 둘은 떨어져서 서로의 눈물을 닦아 주었다. 그리고 애잔한 눈빛으로 서로를 응시했다. 그리고 누가 먼저랄 것도 없이 상대의 입술에 자신의 입술을 맞추었다. 이들의 양 볼을 타고 다시 뜨거운 눈물이 하염없이 흘러내렸다. 그보다 더 뜨거운 입맞춤이 그동안 서로가 서로를 얼마나 애타게 그리워했는지 말해 주고 있었다.

"노아…."

가느다란 목소리에 마레가 멈칫했다. 노아도 따라서 멈추었다가 다시 입맞춤을 이어 가려는 순간 마레가 한 발자국 물러섰다.

"노아…"

그 순간 노아와 마레의 눈동자가 흔들렸다. 둘은 천천히 고개를 돌렸다.

불과 몇 발자국 거리에 모나가 하얗게 질린 얼굴로 서 있었다. 당장 이라도 울음을 터트릴 듯한 표정이었다. 마레가 달려가서 모나의 팔을 잡았다. 모나가 마레의 팔을 세게 뿌리쳤다. 그리고 증오에 찬 눈빛으로 말했다.

"위선자. 역겨워."

마레가 아무 말도 못한 채 눈물을 글썽이다가 다시 모나를 붙잡았다. 모나가 더 세게 뿌리치고 돌아서는 순간 마레가 애원했다.

"가지 마. 제발 이렇게 가지 마."

모나가 보란 듯이 발걸음을 내딛는 순간, 마레가 무릎을 꿇고 앉아 모나의 다리를 붙잡았다.

"잘못했어. 내가 잘못했어. 내가 다 나빠. 가지 마, 제발 가지 마."

모나가 싸늘한 눈빛으로 마레를 내려다보더니 그대로 발걸음을 내디뎠다. 그 바람에 바닥에 엎어진 마레가 그 상태로 모나에게 다시 매달렸다. 모나는 마레를 질질 끌고 기어이 앞으로 걸어갔다. 그래도 마레가 떨어지지 않자 급기야 발길질을 했다. 마레가 바닥에 쓰러지자 노아가 달려와 마레를 부축했다.

"괜찮아? 일어나 봐."

노아의 진심 어린 목소리. 따뜻한 애정의 손길. 그 모습에 모나는 결국 이성을 잃고 말았다.

"다 가만두지 않을 거야!"

모나의 눈에서 깊은 굴이 소용돌이치더니, 바닥이 함께 요동치며 갈라졌다. 모나의 눈 속 소용돌이가 거세지면서 갈라진 땅의 틈새가 더 벌어졌다. 비밀의 정원을 가득 채웠던 바닷물이 그 틈새로

와르르 쏟아져 내렸다. 비밀의 정원을 감싼 암벽과 반구형의 지붕에도 쫙쫙 금이 가더니 폭삭 무너지고 말았다. 그러자 파랑띠마을을 간신히 떠받치고 있던 남색띠 지하마을이 그 충격과 무게를 이기지 못하고 산산이 부서졌다. 파랑띠마을의 바닷물과 바윗덩어리가 남색띠 지하마을을 지나 광활한 우주로 떨어졌다. 마레와 노아는 바닷물에 휩쓸려 서로에게서 멀어졌다.

"마레! 마레! 마레!"

노아의 외침에 모나의 분노가 더욱 거세게 타올랐다. 모나는 빨강띠마을부터 주황띠마을, 노랑띠마을을 떠받치고 있는 땅까지 잘근잘근 부수었다. 빛구슬에 몸을 실은 루나가 노아를 찾아 남색띠 지하마을 곳곳을 돌아다니다가, 위에서 쏟아지는 암석 조각과 바닷물을 보고 기겁했다.

"모나! 그만해! 마레, 어디 있니? 괜찮은 거야?"

안 괜찮아! 마레가 아니라 내가 안 괜찮다고! 그런데 지금 누굴 걱정하는 거야? 루나, 너도 똑같아! 끝까지 마레, 마레, 마레! 더는 못 참아! 모나는 우울의 늪 아래 묻힌 아리별의 심지를 태워 화산을 폭발시켰다. 그러자 우울의 늪 속에 빠진 영혼들이 불타올라 재로 변했다. 화산재는 땅의 틈새를 타고 올라가 지상으로 뿜어져 나갔다. 그리고 그길로 곧장 노랑띠 공중마을까지 솟구쳐 올라가 태양을 에워쌌다. 화산재에 덮인 태양은 순식간에 빛과 열기를 잃고 먼지 덩어리로 변했다. 그러자 빛구슬들이 빛을 잃고 루나를 지하 절벽 위에 떨어뜨리고 말았다. 그리고 자신들은 바닷물에 휩쓸려 우주 허공으로 떨어졌다. 그렇게 아리별이 무너지고 있었다.

마지막 순간은 아리마을 주민들에게도 예외 없이 찾아왔다. 예고도 없이 들이닥친 최후의 순간에 주민들은 어찌할 바를 모른 채 허둥지둥했다.

노아의 천막 안에 있던 미스터앵은 무전기로 그녀에게 마지막 교신을 시도했다. 그녀의 목소리가 들리자 그녀를 위해 평생 연습한 바이올린 연주를 들려주었다. 그녀가 처음으로 미스터앵에게 가르쳐 준 곡이었다.

깨마는 배불뚝이 나무집으로 달려가 그동안 얼렁뚱땅 넘겼던 잘못에 대해 진심으로 용서를 빌었다. 링고는 울고 있는 친구의 등을 토닥이며 떠난 린과의 추억을 떠올렸다.

핀은 린의 블라우스를 입고 갈대밭으로 달려가 허수아비처럼 서서, "못 찾겠다, 꾀꼬리!" 목이 터져라 외쳤다.

스몰은 가문비나무 숲에 들어가 초이를 잃었던 나무 앞에 철퍼덕 주저앉았다. 그리고 고백하려고 준비했던 다이아몬드 반지를 꺼내어 하염없이 바라보았다.

출판사에 원고를 건네고 새벽에 아리별로 돌아온 곰곰만 세상모르고 자고 있었다.

농장 식구들은 오랜 시간 정성스레 가꾼 농작물이 땅의 틈새로 떨어지는 걸 막으려고 이리저리 뛰어다녔다. 그러다가 농작물과 함께 조각난 세계의 틈으로 사라졌다.

온 마을을 굽어 살피던 아리마을의 상징인 아리나무와 그 주변을 수놓은 물망초꽃밭, 주민들이 자주 모이는 광장의 그루터기 무대, 노아가 수없이 지나다녔던 살구나무길과 버섯징검다리, 처음 생긴 가족과 화목한 식사를 했던 언덕 위 배불뚝이 나무집, 집 나간 핀을 찾아 헤맸던 갈대밭까지 어느 하나 예외가 없었다. 모나의 분노는 그렇게 자신의 보금자리마저 마구 부수고 있었다.

그때였다. 한껏 부풀어 오른 그림자별이 무서운 속도로 회전하더니 아리별의 조각들을 빨아들이기 시작했다. 빨강띠마을의 튤립족들과 주황띠마을의 오린고나무들이 뿌리째 뽑혀 날아가 그림자별 주위를 회오리치며 돌았다. 태양을 덮은 화산재가 떨어져 나가자, 태양을 이루는 빛구슬들마저 곧바로 비명을 지르며 떨어져 나갔다. 그렇게 노랑띠마을은 빨강띠마을, 주황띠마을과 함께 그림자별 주위를 돌다가 그림자별의 중심으로 빨려 들어갔다. 세 마을이 그림자별 속으로 빨려 들어가 완전히 사라지기까지는 몇 분도 채 걸리지 않았다. 다음은 초록띠마을 차례였다. 거인족들은 주머니 속에 엄지족들을 넣고 바닥에 바짝 엎드렸다. 나무새와 산 역시 뿌리로 땅을 꽉 움켜쥐고 버텼다. 기형동물들과 주변 동물들은 안간힘을 다해 나무새와 산에게 매달렸다. 그러나 끝내 그림자별의 힘을 당해 내지 못하고 하나둘 빨려 들어갔다. 그림자별은 그것만으로는 성에 차지 않는지 곧장 파랑띠마을을 빨아들이기 시작했다. 바닷물의 일부가 앞서 간 빨강, 주황, 노랑, 초록띠마을의 뒤를 따라 그림자별 주변을 회오리쳐 돌았다. 마레는 자신의 일부가 빨려 들어가는 상황에서도 노아를 찾기에 급급했다. 얼마 남지 않은 바닷물을 타고 정신없이 헤맨 끝에 노아를 발견하자, 파도에 실어 갈라진 땅 위로 올려 보냈다. 그 순간 불뚝 솟구치는 힘에 압도되어 노아가 정신을 잃었다. 마레는 간신히 버티고 있는 초록산맥의 품에 잠시 노아를 맡겼다. 그리고 모나를 찾아 다시 지하로 내려갔다.

잠시 후 노아가 눈을 뜨자 아수라장이 된 아리별의 모습이 눈에 들어왔다. 노아는 경악을 금치 못했다. 곧 노아를 감싸 안고 있던 초록산맥마저 무너져 내렸고, 그림자별은 이를 놓칠세라 노아와 초록산맥을 동시에 빨아들였다. 그때 누군가 노아의 손을 잡았다. 노아가 돌아보자 모나, 마레, 루나가 아리의 모습으로 노아 앞에 서 있었다. 아리는 바닷물에 노아를 태우고 보라띠마을의 동굴로 향했다. 공중에서 굽이치는 파도가 아리와 노아를 투명한 막으로 감싸고 사방에서 날아오는 아리별의 조각을 막았다. 얼마 지나지 않아 홀로 꿋꿋이 버티고 서 있는 보라색 언덕이 나타났다. 노아와 아리가 가까이 다가가자 몸속에 얼굴을 파묻고 있던 동굴의 문지기가 고개를 들었다.

"아리! 기다리고 있었어요. 괜찮아요?"

아리가 애써 침착한 표정을 지으며 고개를 끄덕였다. 문지기가 겁먹은 눈동자로 아리의 온몸을 덮은 상처를 훑어보더니 눈물을 글썽이며 말했다.

"끝까지 아리석을 지켜 줘요. 그것만이 아리별을 지키는 길이라는 거 잊지 말아요."

아리가 문지기의 눈을 응시하며 고개를 끄덕이자 문지기가 입을 쫙 벌렸다. 아리와 노아는 서둘러 그 안으로 들어갔다. 사방에서 날아온 바윗덩어리가 사정없이 문지기를 때리고, 그림자별의 힘이 문지기에게도 뻗쳐 왔지만 문지기는 입을 꾹 다문 채 끄떡도 하지 않았다. 저 멀리 살아남은 크루델 무리가 양손에 무시무시한 창을 들고 문지기를 향해 몰려오고 있었다. 문지기는 입을 앙다물고는 제 몸 안에 얼굴을 쑤욱 밀어 넣었다. 그러자 문지기의 얼굴은 온데간데없이 사라지고 보라색 언덕만 불뚝 솟아 있는 것처럼 보였다. 그 모습을 본 크루델이 창칼로 문지기의 몸을 마구 찔러 댔다. 그래도 문지기가 꼼짝하지 않자, 바닥에 떨어진 어마어마하게 큰 아리별 조각을 힘껏 들어 올려 문지기를 내리쳤다.

쿵 소리와 함께 동굴 전체가 진동하자 아리와 노아가 비틀거렸다. 그러나 이내 중심을 잡고 서로를 마주 보았다. 노아는 루나와 마레, 모나의 눈을 차례대로 응시했다. 이제 더는 노랑도, 파랑도, 검정도 그 자리에 없었다. 회색 그림자만 남은 그녀들의 눈 속에 그렁그렁 젖은 자신의 눈부처가 보였다. 그때 또다시 쿵 하고 동굴이 요동쳤다. 밖에서 고함 소리가 들렸다.

"안에 아리가 있는 거 다 알아! 당장 입 벌려!"

크루델들은 계속해서 창칼로 문지기를 찌르고, 아리별 조각으로 내리쳤다. 뒤늦게 도착한 그라우잠들까지 합세하자 진동이 갈수록 심해졌다. 마침내 천장에 금이 가기 시작했다. 마레가 입을 열었다.

"노아, 지금 신고 있는 게 별신 맞지?"

노아가 고개를 끄덕였다.

"지금부터 하나, 둘, 셋을 셀 거야. 문지기에게 신호를 줄 테니 문지기가 입을 벌리면 뒤돌아보지 말고 날아가. 최대한 멀리."

마레의 말에 모나가 마지막으로 애원했다.

"안 돼. 가지 마!"

노아가 모나와 눈을 마주쳤다. 간절한 눈빛. 모나, 다 끝났어. 그만 날 놓고 편해져. 내가 그렇게 해 줄게. 노아는 이를 악물고 말했다.

"내 말 잘 들어, 모나. 내가 모든 걸 망쳤어. 내가 널 망쳤다고. 그러니까 너도 날 버려."

"망치지 않았어. 이게 나야. 나라고."

"원래 네 모습은 이렇지 않아. 나 때문에 변했어."

"변한 모습도 나야. 그 모습까지 그냥 나로 인정해 주면 안 돼?"

"내가 알던 모나는 순수하고 여린 소녀야. 그 소녀는 사라지고 없어. 내 눈에 더는 안 보인다고."

"내가, 내가 안 보인다고? 나까지 안 보여?"

"안 보여. 그러니까 우린 서로에게 없었던 존재인 거야."

"있어! 있다고! 지금 여기 있어!"

"없어!"

"그럼 내가 널 위해 한 짓은 뭔데? 그 마음은 뭔데! 널 붙잡으려고 무엇을 버렸는지 알기나 해?"

모나의 말에 루나와 마레, 노아의 시선이 일제히 모나에게 향했다. 루나가 떨리는 목소리로 물었다.

"무엇을 버렸는데?"

모나가 노아와 눈을 마주치더니 허망한 표정으로 말했다.

"아리별… 아리별을 버렸어…. 크루델들이 아리별을 침략할 거라는 걸 알면서도 모르는 척했어. 이 상황을 내가 만들었다고! 노아 너를 잡으려고!"

노아의 깊숙한 곳에서 뜨거운 덩어리가 솟구쳐 숨길을 콱 막았다.

아리별을 버렸다.

나를 붙잡으려고.

노아가 가슴을 꽉 부여잡고 컥컥거리며 주저앉았다. 모나가 입술을 깨물고 그 모습을 지켜보았다. 그리고 낮은 목소리로 말했다.

"아직 안 끝났어. 하나 더, 한참 전에 초록의 노래를 찾았어."

"뭐? 초록의 노래를 찾았다고?"

모나의 말에 마레가 경악했다. 루나가 말했다.

"왜 진작 말하지 않았어? 설마 노아 때문에 그런 거야? 그림자별의 주인을 찾으면 노아가 떠날까 봐?"

모나가 대답 대신 희미한 웃음을 흘렸다. 마레와 루나는 어안이 벙벙해서 아무 말도 못 했다. 노아 역시 이 상황을 받아들이기가 힘에 부쳐, 고개 숙인 채 양손으로 가슴을 쳤다. 모나가 말했다.

"나는 보았어. 철새가 목숨 걸고 보여 준 마지막 구슬 두 개를…. 노아, 네가 보았던 그 풍경을…. 날 똑바로 봐. 아직도 내가 안 보여? 이런데도 내 마음이 안 보여?"

"나는… 나는…."

노아는 모나의 마음을 볼 수도, 가늠조차 할 수도 없었다. 어렴풋하게나마 느껴지는 그녀의 마음이 버겁고 또 처절해서 당장이라도 가슴이 끊어질 거 같았다. 노아가 숨을 가쁘게 몰아쉬며 말했다.

"나는… 너의 운명이 아니야. 그런데 어째서… 왜 그렇게까지 한 거야…."

모나는 여전히 의미심장한 미소만 지을 뿐 대답하지 않았다. 노아가 떨리는 목소리로 말했다.

"미안해. 내가 너희의 운명이 아니어서, 미안해… 미안해…."

그 순간 동굴 벽이 쫙 갈라지며 크루델과 그라우잠 무리가 모습

을 드러냈다. 크루델들은 양손에 든 창칼로 남은 벽을 완전히 부수고는 아리를 향해 탐욕스러운 웃음을 흘렸다. 그리고 천장에 떠 있는 아리석을 향해 고개를 치켜들었다. 루나가 크루델에게 말했다.

"아리별이 무너지는 마당에 그게 다 무슨 의미라고…."

크루델 대장이 이마에 흐르는 피를 닦으며 말했다.

"아리별이 사라져도 아리석만 있으면 언제든 아리별을 되살릴 수 있다는 것쯤은 우리도 알고 있어."

루나가 멈칫 당황한 기색을 감추지 못했다. 크루델이 뒤에 서 있는 그라우잠들에게 명령했다.

"전부 없애 버려!"

그라우잠들은 루나와 두 눈이 마주치자 그 자리에서 머뭇거렸다.

크루델 대장이 맨 앞에 있는 그라우잠의 목에 칼을 들이대며 말했다.

"내 말 안 들려? 다 없애 버리라고!"

그라우잠은 루나의 눈을 똑바로 쳐다보았다. 버림받고 떠돌던 자신들을 처음으로 받아 주고 보살펴 준 존재가 사지에 몰려 두려움에 떨고 있었다. 그런 존재를 차마 해칠 수는 없었다. 그라우잠이 저도 모르게 루나를 향해 손을 뻗었다.

"어리석은 족속들 같으니! 얼마나 더 갈 곳을 잃고 헤매야 정신 차릴는지! 정신 못 차린 대가나 치루라고!"

크루델이 보란 듯이 앞에 있는 그라우잠의 목을 벴다.

"안 돼!"

루나가 비명을 지르며 달려가려는 찰나, 노아가 재빨리 루나의 앞을 막아섰다. 동족의 죽음에 동요한 그라우잠들이 이내 크루델들과 대립했다.

"한 놈도 빠짐없이 없애 버려!"

크루델 대장의 말에 크루델들이 사정없이 그라우잠을 죽였다. 노아는 두 팔을 벌려 루나를 완전히 막고 서서 꿈쩍도 하지 않았다. 루나는 그 모습을 차마 볼 수 없어 고개를 들었다. 천장에 있는 아리석이 푸른빛을 내뿜으며 잔인한 살육의 현장을 내려다보고 있었다. 루나는 눈물을 꾹 삼키고 아리석을 향해 뛰어올랐다. 그 순간 크루델 대장이 재빨리 몸을 던져 아리를 붙잡았다. 그러고는 아리를 발로 힘껏 걷어찼다. 아리가 그대로 공중에 튕겨 나가 부서진 동굴 벽에 몸을 부딪치고 바닥에 널브러졌다.

"아리!"

노아가 절규하며 걸음을 내딛는 순간 크루델 대장이 손에 들고 있던 창으로 아리의 한쪽 다리를 찔렀다. '악' 비명 소리가 동굴 안에 울려 퍼졌다. 아리의 다리에서 피가 철철 흘렀다. 그 모습을 본 노아는 피가 거꾸로 치솟는 것 같았다. 공중에 떠 있는 아리석의 빛이 경고등처럼 깜빡거렸다. 노아는 아리에게 갈지 아리석에게 갈지 망설였다. 크루델 대장이 아리의 다리에서 창을 뽑아낸 뒤 비열한 웃음을 흘리며 아리를 내려다보았다.

"이제 아리석은 우리 차지야, 알록달록 아리별의 주인님."

크루델은 양손으로 꽉 잡은 창을 천장 높이 들어 올렸다. 서슬 퍼런 창에 죽음의 공포로 온몸을 파들파들 떨고 있는 아리가 비쳤다. 크루델이 아리의 심장을 향해 있는 힘껏 창을 내리쳤다. 그 순간 노아가 별신을 신고 날아올라 공중에 떠 있는 아리석을 손에 움켜쥐었다.

그때였다. 아리별에서 엄청난 빛이 뿜어져 나오더니 '펑' 하는 굉음과 함께 주변을 순식간에 날려 버렸다. 크루델 대장뿐만 아니라 나머지 무리와 살아남은 그라우잠까지 모조리 우주 밖으로 튕겨 나갔다. 아리만이 쓰러진 자리에 그대로 남아 노아를 지켜보고 있었다. 아리석에서 치솟은 불길이 노아의 온몸을 휘감았다. 푸른 불길은 당장 노아를 잿더미로 만들어 버릴 기세였다. 아리의 얼굴이 고통스럽게 일그러졌다. 세 소녀의 절규가 허공에서 사정없이 부딪혔다.

"놔! 노아, 놔!"

그러나 아리가 아무리 외쳐도 노아는 아리석을, 아리석은 노아를 꽉 붙잡고 놓지 않았다. 아리석의 불길이 더욱 거세지더니 노아와 함께 활활 타올랐다. 노아는 이미 정신을 잃은 지 오래였다.

"노아! 눈 떠! 놔! 놓으라고!"

아리가 아무리 소리쳐도 노아는 듣지 못했다. 급기야 아리가 뛰어올라 양손으로 불길을 휘저었다. 그러나 불길을 끄기에는 역부족이었다. 아리의 눈에서 눈물이 뚝뚝 떨어졌다. 타들어 가는 노아를 속수무책으로 바라볼 수밖에 없는 현실에 억장이 무너졌다. 루나, 마레, 모나는 서로 눈빛을 주고받고는 다시 한 번 공중으로 뛰어올랐다. 그리고 불길에 휩싸인 노아를 와락 끌어안았다. 그 즉시 노아의 몸을 활활 태우던 불길이 아리마저 함께 가두었다. 그 순간 노아가 눈을 번쩍 떴다. 아리는 놀라 휘둥그레진 눈으로 노아를 뚫어지게 응시했다. 잠시 후 아리와 노아를 가둔 불길이 점차 잦아들며 이들을 바닥에 내려 주었다. 노아가 아리에게 아리석을 건네며 말했다.

"이걸로 그림자별의 주인을 찾아. 부디 행복해."

아리가 노아에게서 아리석을 건네받는 순간, 아리석에 아리별의 전설이 담긴 보라의 노래가 나타났다.

눈이 먼
마음이 먼
검은 별
그대를 삼키고

색색으로 스민 그대 진심
검은 별 눈과 마음 밝혀
그대 선물을 풀면
조각난 그대 영혼
하나 되어 내게로

노아가 저도 모르게 노래 가사를 읊는 순간, 아리석에서 무지갯빛이 확 뿜어져 나왔다. 노아는 눈이 부셔 눈을 질끈 감았다. 잠시 후 천천히 눈을 뜨자 가사의 내용대로 셋으로 조각난 영혼이 하나 되어 노아를 기다리고 있었다.

"너, 너는…."

노아는 너무 놀란 나머지 말을 잇지 못했다. 소녀. 그토록 찾아 헤맸던 소녀가 눈앞에 있었다. 말도 안 돼. 어떻게 아리가 소녀로…

아리가 하나로… 어떻게 이런 일이… 나는 누구지? 노아의 머릿속에 수많은 질문이 동시에 뒤엉켰다. 노아는 눈앞의 광경을 도저히 믿을 수 없었다. 노아가 혼란스러운 표정을 짓자 소녀가 말했다.

"너였구나. 노아, 너였구나. 이제 생각나. 셋으로 나뉘면서 잃어버렸던 꿈이 뭐였는지, 다 기억나. 너였어. 내겐 너 하나만이 절실했어, 노아…."

노아와 소녀는 한동안 아무 말도 하지 못한 채 마주 보고만 있었다. 노아는 한때 고양이달의 마음을 지닌 소녀를, 아리는 지금껏 그림자별의 주인을 운명의 상대로 알고 얼마나 오랜 시간 애타게 기다려 왔던가. 이렇게 가까이에서 서로의 곁을 지키고 있었는데, 그걸 모른 채 얼마나 많은 시간을 지나쳐 왔는지, 서로에게 자신의 운명이 아니라는 이유로 얼마나 큰 상처를 줬는지 일일이 헤아릴 수조차 없었다. 둘은 서로가 운명의 상대였다는 사실이 아직도 믿기지 않아 서로의 눈을 뚫어지게 보고 또 보았다. 잠시라도 눈을 떼면 사라질까 봐, 눈이라도 깜빡이는 사이 놓쳐 버릴까 봐 두려워 서로의 눈부처를 꼭 잡아 두었다.

"소녀야…."

노아가 소녀의 뺨에 손을 대는 순간, 발을 딛고 선 바닥에 금이 갔다. 허공에는 산산조각 난 아리별 조각들이 휘몰아치고 있었다. 그림자별은 단 한 조각도 놓치지 않고 아리별을 빨아들였다. 그때 노아의 머리 위로 커다란 돌덩이가 떨어졌다. 소녀가 재빨리 몸을 던져 노아를 뒤로 밀어냈다. 둘은 꼭 껴안은 채 바닥에 쓰러졌다. 이들의 주위로 별 조각들이 쿵쿵 떨어졌다. 소녀가 노아를 일으켜 앉혔다. 그리고 아리석을 꼭 쥐고 있는 노아의 손등을 감싸며 말했다.

"내 말 잘 들어. 아리별 조각에 노아를 태울 거야. 그걸 타고 여길 떠나. 절대 뒤돌아보면 안 돼."

"싫어, 같이 가…."

"별 조각이 불안하다 싶으면 바로 버려. 별신을 신었으니 올 때처럼 돌아갈 수 있지?"

노아가 눈물을 글썽이며 고개를 저었다.

"약속해, 절대 돌아보지 않기로."

노아는 대답 대신 고개만 계속 저었다.

"돌아보지 마, 절대로!"

"같이 가. 같이 가!"

소녀가 눈물이 그렁그렁 맺힌 눈을 천천히 감았다 떴다. 그사이 소녀의 두 뺨 위로 눈물이 주르륵 흘러내렸다. 눈물을 훔칠 새도 없이 소녀가 떨어지는 별 조각 하나를 잡아 그 위에 노아를 태웠다. 노아가 억지로 떠밀려 별 조각에 오르자 소녀가 나지막이 속삭였다.

"주고 싶은 선물이 참 많았는데…. 미스터앵, 이 허풍쟁이."

노아는 불현듯 뭔가를 떠올리고는 주머니에서 녹음기를 꺼냈다. 소녀가 희미하게 웃더니 재생 버튼을 누르고 노아가 올라탄 별 조각을 밀었다.

"안녕."

녹음기는 연이은 충격으로 또 고장이 났는지 제멋대로 멈췄다 다시 재생되길 반복했다. 노아를 실은 별 조각이 앞을 향해 나아갔다. 곧 커다란 굉음과 함께 온 우주가 진동했다.

"아, 안 돼. 안 돼, 아악!"

눈앞에서 믿기 힘든 광경이 펼쳐졌다. 그림자별에 거의 다 빨려 들어가고 찌꺼기처럼 남은 노랑, 파랑, 남색의 각 띠마을이 회오리를 형성하며 마지막 몸부림을 치고 있었다. 노아의 눈에는 다 똑같은 회색으로 보였지만, 그것이 세 소녀가 눈 속에 품고 있는 마지막 아리별의 모습임을 노아는 알아차렸다. 그리고 아리. 아리가 조각난 별 조각에 매달려 힘겹게 버티고 있는 모습이 보였다. 어느덧 노랑, 파랑, 남색띠마을을 반 이상 집어삼킨 그림자별이 서서히 빛을 내뿜기 시작했다. 동시에 노아의 눈 속에서도 빛이 나더니 조금씩 희미하게 노랑, 파랑, 남색이 보였다. 노아의 눈이 휘둥그레지더니 입이 벌어졌다.

"저건… 고양이달…."

아리별의 남은 형체만 보고도, 자신이 바라별에서부터 그토록 사랑해 왔던 고양이달이라는 것을 알 수 있었다. 노아는 눈에 눈물을 그렁그렁 머금고 허탈하게 중얼거렸다.

"진짜 있었어. 진짜로…. 아리별이 고양이달이었구나…."

"아악! 노아!"

아리가 더는 버티지 못하고 비명을 지르며 그림자별에 빨려 들어갔다. 그리고 완전히 사라지기 직전 노아의 눈와 아리의 눈이 마주쳤다. 그 눈은 노랑, 파랑, 검정을 지닌 고양이달의 모습과 똑같았다. 소녀가 고양이달의 주인이었구나…. 아리별의 주인이었구나….

"아리! 아리! 아리! 아리! 아리!"

노아는 목이 부르터져라 아리의 이름을 불렀다. 운명의 상대라고 믿고 수천 년을 찾아 헤맸던 소녀, 목숨을 걸고 지켰던 사랑이 그렇게 멀어지고 있었다. 생에 단 한 번, 운명의 상대와 마주 볼 수 있는 시간은 그렇게 너무 늦게, 턱없이 부족하게 주어졌다. 회오리의 외곽에서 중심에 이르기까지, 딱 그만큼의 시간이었다. 삶은 그토록 가혹했다. 더 가혹한 건 마지막으로 고양이달에 비친 그림자별의 눈부처였다. 아리별을 삼키고 있는 잔혹한 운명의 상대는 노아 자신, 바로 노아가 그림자별의 주인이었다.

노아는 넋이 나간 얼굴로 눈부처를, 자신의 별을, 사라져 가는 고양이달을 지켜보았다. 고양이달이 그 어느 때보다 선명한 노랑과 파랑, 검정을 내뿜으며 최후를 맞이하고 있었다.

아리별의 색을 모조리 삼킨 그림자별의 주인은 이제 또렷이 색을 볼 수 있게 되었으나, 알록달록한 아리별과 색색의 눈을 가진 아리는 더는 그곳에 없었다. 그러나 한때 분명히 있었다. 그들의 사랑 또한 분명히 존재했었다. 또렷이 잡히지 않아 없었던 걸로 여겼던 사랑은 지나고 나서야 가슴으로 전해져 왔다. 녹음기에서는 모나가 부른 초록의 노래가 흘러나오고 있었다.

시간을 거슬러
그대 하늘에 나는 달이었다네
꿈이었다네
사랑이었다네

그대 지금 나를 만나
내 모습을
내 마음을
조금도 보지 못하고
달이 지고 숲이 푸르건만
그대 마음 언제나 그 달을 향해 있네

하얀 눈으로 와 준 그대
추운 겨울 지나 봄이 오면 보게 되리
그대 땅의 나는 숲이었다네
초록이었다네
생명이었다네
그대 그런 줄도 모르고
겨울 내내 매섭게 나를 떨게 했다네

그대 사는 세상에 나는 달이었다네
꿈이었다네
사랑이었다네
그대 내게 닿고픈 꿈
달이 지고 숲이 시들어도 변하지 않는 꿈
억겁의 시간 지나
그대 닿은 땅이 나인 줄도 모르고
하늘의 달만 쫓다가
우리의 시간이 끝나 버렸네

이제 나 돌아간다네
그대 나를 잊지 마오
이 노래를 잊지 마오 초록의 노래
당신만을 위한 노래 초록의 노래

고장 난 녹음기는 초록의 노래를 끝없이 반복했다. 노아는 눈물을 삼키며 노래에 귀를 기울였다. 가사의 내용이 노아의 가슴을 파고 들어 와 깊이 박혔다. 그토록 찾아서 불러 주고 싶었던 노래, 초록의 노래. 노아는 머뭇머뭇 노래를 따라 불렀다. 그렇게 노아와 아리의 노래가 우주 전체에 울려 퍼졌다. 그러나 어긋난 인연의 노래에 귀 기울여 줄 상대는 우주 어디에도 없었다.

바이올린 연주와 안개 드로잉쇼

27
바이올린 연주와 안개 드로잉쇼

노아는 다시 바라별로 돌아갔다. 떠나기 전 고양이달의 그림으로 빼곡했던 벽면은 온데간데없고 새하얀 종이 벽면이 새롭게 그 자리를 차지하고 있었다. 바라별을 에워싼 벽면은 별의 안과 밖을 완벽히 차단해서, 밖에서 보면 두껍게 말린 도화지처럼 보였다. 그 모습에 호기심이 생겨 벽면 안으로 들어온 이들은 모두 입을 다물지 못했다. 하얀 벽면에 무엇이든 그리기만 하면 눈앞에 실제로 나타난다니! 소문을 듣고 찾아온 이들 역시 설마 했던 일이 눈앞에서 벌어지자 꿈만 같은 표정을 지었다. 원하는 것을 한 아름 안은 이들은 누구라도 그대로 바라별에 눌러 앉았다.

주민들은 모두 바라별 생활에 만족했다. 아무리 욕심을 부려도 벽면은 그 욕심을 다 채워 주었다. 주민들은 물질이 주는 풍요와 만족감에 젖어 행복한 나날을 보냈다. 주민들에게 바라별은 지상 낙원이었다. 노아가 떠날 때만 해도 폐허가 되었던 별은 새로운 주민들을 맞아 전처럼 다시 생기를 찾고 있었다.

노아처럼 바라별을 떠났다가 다시 돌아온 주민들도 있었다. 그들은 고양이달의 눈을 가진 고양이를 찾아 온 우주를 헤매다 비슷한 상대와 만나 사랑에 빠졌지만, 결국 실패하여 돌아온 이들이었다. 그들은 새 주민들과 달리 생활하는 데 필요한 물건만 그려 얻을 뿐 그 이상은 욕심내지 않았다. 이들에겐 어떤 재물도 위로가 되지 못했다. 행복이 되지 못했다. 그들은 새 주민들이 재물을 손에 쥐고 행복해하는 모습을 그저 물끄러미 바라만 보았다. 한때는 자신들도 그랬건만 지금은 아무리 멋진 집과 차를 얻어도 허전한 마음이 채워지지 않았다. 차라리 아무것도 모르던 그때로 돌아가 집과 차만으로 행복을 느낄 수 있다면 이렇게 괴롭지는 않을 텐데. 새 주민들은 그들이 괴로워하는 모습을 보며, 어차피 재물이 그리워 돌아왔으면서 고상한 척한다며 손가락질했다. 그럴 때마다 돌아온 주민들은 억울한 마음을 감추지 못했다. 그들에겐 그저 상처받은 영혼이 쉴 곳, 지난 날 고양이달을 꿈꾸었던 고향이 절실했을 뿐이었다.

노아는 그런 그들의 마음을 누구보다 더 잘 이해했다. 그러나 먼저 다가가 공감을 표현하거나, 그들의 억울한 마음을 새 주민들에게 대신 설명해 주지는 않았다. 그저 조용히 입을 다문 채 통역사

일에만 매진했다. 노아는 떠나기 전에도 유명한 통역사였지만, 돌아온 뒤에는 그 명성이 한층 더 높아졌다. 다른 통역사들과 달리 눈을 보고 마음을 읽는 데다가, 아리별의 색을 빨아들인 눈으로 전보다 더 선명하게 상대의 마음을 읽을 수 있어서, 보다 많은 사람들이 노아를 찾았다.

노아는 의뢰인의 눈에서 욕망을 읽고 연주를 했다. 화가가 이를 듣고 벽에 그림을 그리면 의뢰인들은 자신이 원하는 물건을 손에 쥘 수 있었다. 노아의 음악에는 섬세한 감정이 깃들어 있어 이를 들은 화가들은 의뢰인의 작은 바람도 놓치지 않을 수 있었다. 그렇다 보니 주민들은 하나같이 노아만 찾았고, 노아는 매일 눈코 뜰 새 없이 바빴다. 하루에 수십 곡씩 연주하는 게 쉽지는 않았지만, 사람들이 물건을 손에 쥐고 행복해하는 모습을 보면 피로가 싹 가셨다. 노아는 사람들이 더 많이 욕망하고 더 많은 재물을 손에 쥐기를 바랐다. 그들 역시 언젠가는 재물로는 채워지지 않는 마음의 빈자리를 느끼게 될 것이고, 그땐 바라별 벽면도 줄 수 없는 게 있다는 사실을 깨닫고 괴

로워하리라. 훗날 찾아올 고통에 비하면 지금 재물로 얻는 행복은 얼마나 소소한 사치란 말인가. 노아는 사람들이 차라리 아무것도 모를 때 행복을 누릴 수 있는 만큼 충분히 누리기를 바랐다.

그런 노아의 바람대로 유독 행복을 만끽하는 이가 있었으니, 바로 빅이었다. 노아가 바라별에 돌아와 빅과 처음 마주쳤을 때, 빅은 매서운 눈초리로 노아를 째려보더니 쌩하고 지나갔다. 스몰이 사랑 때문에 변한 모습을 여전히 노아의 탓으로 돌리는 듯했다. 그렇게 몇 번을 지나치다가 한 번은 정면에서 제대로 맞닥뜨린 적이 있었다. 노아는 반대편에서 걸어오는 빅의 눈에서 마음을 읽었다. '그렇게 아닌 척하더니 너도 결국 아리를 버리고 재물을 택했구나.' 노아는 빅의 마음과 마주하는 게 괴로워 먼저 시선을 피했다. 빅은 그날 이후 노아를 보면 작정한 듯 다가와 얼굴을 들이대며 비웃음을 흘렸다. 노아는 이를 견딜 수 없어 빅을 피해 다녔고, 둘은 한동안 마주칠 일 없이 서로 모르는 척 지냈다.

그러던 어느 날이었다. 노아는 집 근처 벽면에서 한 숙녀의 의뢰를 받아 화가와 함께 작업을 하고 있었다. 그때 끼이익 소리와 함께 뚜껑 열리는 차가 급정거하더니 빅이 내렸다. 숙녀와 화가의 시선이 일제히 빅에게 쏠렸지만, 노아는 연주에 집중하느라 알아차리지 못했다. 빅이 엉거주춤 노아에게 다가갔다.

"흠. 흠흠."

빅이 헛기침을 하자 노아 대신 숙녀와 화가가 돌아보았다. 빅과 눈이 마주친 화가는 눈살을 찌푸리며 다시 그림에 집중했다. 벽면에는

숙녀에게 잘 어울릴 만한 분홍 원피스가 완성되어 가고 있었다.

"흠! 흠흠!"

빅이 좀 더 소리 높여 헛기침을 하자 화가가 붓질을 멈추고 소리쳤다.

"지금 뭐하는 겁니까?"

마침내 노아가 연주를 멈추고 돌아보았다. 노아가 놀라는 표정을 짓자 빅이 멋쩍은 웃음을 지으며 물었다.

"그 일 뒤에 순서가 많이 밀려 있습니까?"

화가가 짜증스런 말투로 대답을 낚아챘다.

"당연한 말을 뭐 하러 물어요? 노아 군 바쁜 건 바라별 주민이 다 아는 사실인데."

"그렇군요. 그렇다면, 음, 그러니까…."

빅이 우물쭈물 말을 잇지 못하자 노아가 물었다.

"빅, 무슨 일이에요? 편하게 말해 봐요."

"그게, 이층집을 하나 그리고 있는데, 나 원 참, 통역사들이 당최

내 말을 알아듣지를 못하니 답답해서 말이죠. 그 느낌이 아니라고 백 번 천 번을 말해도 소용이 없어….”

빅이 괜히 흥분해서 목소리를 높이자 화가가 어이없다는 표정으로 말꼬리를 잘랐다.

“그럼 일단 예약부터 하고 차례가 되면 그때 말해요.”

화가의 말에 빅이 무안한지 다시 헛기침을 했다. 노아가 말했다.

“급한 거예요?”

“급한 건 아니지만, 스몰 그 녀석이 언제 올지 모르지 않습니까. 오면 바로 들어가 살 수 있게 미리 마련해 놓고 싶은데….”

빅의 말에 노아의 가슴이 철렁 내려앉았다. 빅은 계속 노아의 눈치를 보며 어색한 웃음을 흘렸다. 노아가 마음속으로 말했다. 스몰은, 스몰은 안 와요. 못 와요….

“바쁜 거 알지만, 먼저 좀 어떻게 안 되겠습니까?”

참다못한 화가가 붓을 내려놓고 빅의 등을 떠밀며 소리쳤다.

“이 사람이 정말! 다른 주민들은 안 급해서 그렇게 몇 날 며칠을 기다리는 줄 알아요? 당장 가요! 가, 어서!”

빅은 육중한 덩치로 버티며 노아에게 간절한 눈빛을 보냈다. 노아가 잠시 고민하다가 소리쳤다.

“잠깐만요! 내 정신 좀 봐. 전에 그려 주기로 약속했던 게 이제 생각났어요.”

노아의 말에 빅이 놀라는 표정을 지었다. 화가가 빅에게서 손을 떼며 말했다.

“미리 약속을 했었다고요? 정말입니까?”

"네, 여기 오기 전에 다른 별에서 만난 적이 있어요. 그때 약속했어요."

화가가 미심쩍은 얼굴을 하자 노아의 목소리가 커졌다.

"정말이에요. 아리별에서 같이 악기도 연주하고 음악회도 열었다고요. 그렇죠, 빅?"

빅이 얼떨결에 고개를 끄덕이자 화가가 민망한지 입을 삐죽이며 다시 붓을 집어 들었다. 그리고 아까 그리다 만 원피스에 손을 댔다. 노아가 말했다.

"이따가 얘기해요. 한 시간이면 끝나니까 그때 다시 와요."

"좋습니다. 이따가 뵙죠."

빅이 뒤로 한 걸음 물러서자, 가만히 상황을 지켜보던 숙녀가 노아에게 가까이 왔다.

"이제 거의 다 됐어요. 마무리 장식만 할게요."

노아의 말에 숙녀가 벽면의 그림을 보고 기쁜 내색을 감추지 못했다. 노아는 숙녀의 눈을 바라보며 다시 활을 켜기 시작했다. 연주에 현란한 기교가 섞이자 화가의 손놀림이 점점 빨라지면서 원피스를 화려하게 꾸몄다. 빅이 흡족한 표정으로 그 모습을 바라보았다. 그리고 머지않아 눈앞에 나타날 멋진 이층집을 상상하며 돌아갔다.

작업이 끝난 뒤 노아는 숙녀와 화가를 보내고 벽면에 기대앉아 쉬었다. 화가가 놓고 간 붓과 물감, 물감판이 바닥에 흩어져 있었다. 이층집. 이층집을 그려 달라고 했는데 어떡해야 할까. 빅에게 솔직히 털어놓아야 할까. 노아는 무릎 위에 얼굴을 파묻고 고민했다.

"노아 군, 저 왔습니다."

노아가 고개를 들자 빅이 기대에 부푼 얼굴로 노아를 내려다보고 있었다.

"화가는 보냈나요?"

"네. 제가 그릴 거예요."

"아, 얘기 들었어요. 노아 군의 그림 실력도 연주 실력 못지않게 뛰어나다고. 아리별에 있을 때 왜 말 안 했습니까?"

"그게… 빅…."

노아는 다음 말을 잇지 못한 채 빅의 얼굴을 쳐다보았다.

"시간이 별로 없죠? 빨리합시다. 원하는 게 머릿속엔 있긴 한데, 어떻게 설명해야 할지 모르겠더군요. 화가들은 다들 까다롭다고 투덜대기만 하고. 노아 군이라면 그럴 일은 없겠군요."

빅이 노아의 옆에 나란히 앉아 노아에게 고개를 돌렸다. 노아가 빅의 눈을 가만히 들여다보았다. 빅은 노아와 계속 눈을 맞추고 있는 게 쑥스러운지 시선을 피했다가 다시 맞추었다. 노아는 늘 그랬듯 능숙하게 빅의 눈에서 마음을 읽었다.

서서히 빅이 꿈꾸는 이층집이 보이기 시작했다. 아, 이런 집을 원했구나. 노아는 빅의 마음속으로 더 들어가 보았다. 그러자 이층집에 스민 정서와 빅이 꿈꾸는 생활이 어렴풋하게 느껴졌다. 노아는 당혹스러웠다. 그저 으리으리하게 꾸민 집이면 될 줄 알았는데, 그게 아니었다. 지금껏 별의별 의뢰인들을 다 만났지만 이 정도로 간절한 욕망을 품은 사람은 처음이었다. 아무리 빅이라도 마음을 갈구하는 게 아닌 이상, 이렇게까지 간절할 수는 없는데. 노아는 고개를 갸웃하며 이층집 안으로 들어가 보았다. 그러자 간절한 이유를 찾을 수 있었다. 그곳에는 빅이 소중히 간직해 온 어린 시절의 추억이 깃들어 있었다. 노아가 멈칫하자 빅이 의아한 눈빛으로 물었다.

"왜 그러죠?"

"그 이층집에 살았네요."

빅이 놀란 표정을 지었다.

"왜 다들 그렇게 노아 군을 찾는지 알겠군요. 맞아요. 유년 시절을 그 이층집에서 보냈어요. 정원이 딸린 집이었죠. 주말이면 부모님은 정원의 꽃과 나무를 손질하셨고, 저와 스몰은 옆에서 각각 첼로와 비올라를 연주했죠. 제 삶에서 가장 행복했던 시절이었어요. 그땐 꽤나 부유했답니다. 아버지 사업이 망하기 전까지는요."

노아가 의외라는 표정을 지었다. 빅의 말이 계속 이어졌다.

"이층집에서 단칸방으로 이사를 했고, 생활이 어려워져서 첼로와 비올라도 그만둬야 했어요. 차도 가구도 다 팔고, 악기까지 팔아야 할 판이었죠. 악기를 꼭 껴안고 부모님 앞에서 몇 날 며칠을 울고불고했는지 몰라요. 간신히 그것만은 막았죠. 더는 수업을 받을 수 없었지만 악기는 끝까지 놓지 않았어요. 보란 듯이 성공해서 다시 이층집으로 돌아가고 싶었거든요."

"아… 그렇게 악착같이 굴었던 이유가…."

"맞습니다. 정말 쉽지가 않더군요. 긴긴 무명 시절을 지나 이름을 알리기 시작하면서 돈은 어느 정도 벌었지만 돈이 있는 곳엔 언제나 사람이 꼬이기 마련이죠. 몇 번 사기를 당하기도 했어요. 그래서 결국 부모님이 돌아가시기 전에 이층집으로 돌아가지 못했어요."

빅은 감정이 북받치는지 잠시 말을 잇지 못했다.

"괜찮아요?"

노아가 빅의 어깨에 손을 올렸다.

"미안합니다. 부모님 생각에 저도 모르게…. 이제라도 이층집을 되찾을 수 있다니 꿈만 같군요. 돈 한 푼 안 들이고도 이층집을 얻을 수 있고, 바라별은 정말 굉장한 곳이에요. 멋지게 그려 줘요."

빅이 마음을 가다듬으며 웃었다. 지금까지 봐 왔던 빅과는 확실히 다른 웃음, 다른 눈빛이었다. 재물에 눈이 멀어 보였던 빅에게도 이런 면이 있을 줄이야. 그렇게 재물 타령을 했던 것도 가족과의 추억이 담긴 집에 돌아가기 위해서였단 걸 알고 나니 빅이 다르게 보였다.

"계속 더 볼게요."

노아는 빅의 눈을 더 깊이 들여다보았다. 그러자 빅과 스몰이 살았던 이층집의 풍경이 세세하게 보였다. 빨간 지붕 아래 하얀 벽돌로 지은 집. 이층 벽의 큰 창을 통해 빅과 스몰 형제의 아늑한 방이 훤히 들여다보였다. 창밖의 테라스에는 하얀 테이블과 의자가 놓

여 있었다. 테이블 위에는 빅과 스몰이 연습하는 곡의 악보들이 나란히 펼쳐져 있었다. 일층으로 시선을 옮기자 거대한 통창 너머로 고운 색감의 커튼과 소파, 카펫이 보였다. 곳곳에 놓인 가구와 아기자기한 소품들이 잘 어우러진 거실에서 부지런하고 섬세한 엄마의 손길이 묻어났다.

그때 밖에서 아이들이 까르르 웃는 소리가 들려왔다. 소리를 따라가자 정원에 가족의 모습이 보였다. 부모님은 정성껏 정원을 손질하고 있었고, 빅과 스몰은 그 옆에서 얼마 전 배운 곡을 연주하고 있었다. 스몰이 자꾸 같은 부분을 틀리자 빅이 스몰에게 꿀밤을 먹였다. 머리를 비비며 어수룩하게 웃는 스몰에게 빅이 또다시 꿀밤을 먹이려다가 재빨리 부모님의 눈치를 보았다. 눈을 마주친 부모님이 고개를 젓자 빅은 스몰의 머리를 쓰다듬는 척 엉망으로 헝클어 놓았다. 스몰은 그래도 좋다고 헤헤 웃었다. 빅이 고개를 절레절레하며 먼저 연주를 시작하자 스몰이 따라왔다. 이번에는 틀리지 않고 쭉 연주하자 부모님이 일손을 놓고 빅과 스몰에게 시선을 집중했다. 부모님은 서로의 손을 꼭 붙잡고 사랑스러운 눈길로 형제를 바라보았다. 노아가 어릴 때부터 꿈꿔 왔던 화목한 가족의 모습. 노아의 가슴이 뭉클해졌다. 노아가 빅에게서 시선을 떼자 빅이 얼굴을 더 가까이 들이밀었다.

"다 됐습니까? 더 안 봐도 되나요?"

노아가 말없이 붓을 집어 들었다. 그리고 먼저 옅은 색 물감으로 이층집을 대강 그렸다. 빅이 신기한 눈으로 노아의 붓 끝을 응시했다. 노아는 스케치에 대략적인 색을 입힌 뒤 일층부터 세부적인 표현에 들어갔다. 그리고 차례대로 이층과 지붕, 정원을 완성했다. 빅은 시간 가는 줄 모르고 붓끝만 뚫어지게 바라보았다. 빅이 꿈꾸었던 이층집이 하얀 벽면에 서서히 모습을 드러내고 있었다.

"스몰이 오면 놀라 자빠지겠네요. 정말 우리가 살던 이층집이랑 똑같아요. 대단합니다. 정말 대단해요."

빅이 연신 감탄하며 노아의 그림을 치켜세웠다.

"테라스를 더 넓게 그려 줄래요? 여름이면 테라스에 있는 욕조에서 스몰이랑 물놀이를 했거든요. 테라스도 욕조도 비좁아서 늘 아쉬웠는데, 이제 큰 욕조에서 스몰과 맘껏 헤엄치고 놀 수 있겠군요."

노아가 붓질을 멈추고 빅을 쳐다보았다. 동생을 위하는 모습이 영락없이 자상한 형의 모습이었다.

"제가 너무 말이 많았나요? 머릿속에 있는 게 진짜 눈에 보이니까 흥분이 돼서요. 미안합니다. 조용히 있을게요."

빅이 겸연쩍게 웃으며 한 걸음 물러섰다. 노아가 다시 붓을 움직이다 말고 우두커니 빅을 바라보았다. 빅이 환한 웃음을 짓자 가슴이 턱 막혔다.

"스몰은 오지 않을 거예요. 아니, 못 와요."

저도 모르게 튀어나온 말에 노아가 눈을 질끈 감았다가 떴다. 빅이 고개를 갸웃거리며 노아를 쳐다보았다. 노아가 크게 심호흡을 하고, 단호하게 말했다.

"아리별은 무너졌어요. 그림자별이 아리별을 삼켰어요."

"그, 그게 도대체 무슨 말입니까?"

"아리도 아리별 주민들도 아리별도 전부 다 그림자별에 빨려 들어갔어요. 스몰도요."

빅이 어리벙벙한 표정을 지으며 말했다.

"그럴 리가요. 그림자별의 주인은 아리별의 운명의 상대잖아요. 근데 아리별을 왜 삼킵니까? 말도 안 되는 소리를…."

"말 안 되죠…. 안 되는데, 그렇게 됐어요."

노아가 힘없이 고개를 숙이자 빅이 심각한 얼굴로 바짝 다가와 물었다.

"저, 정말 그림자별이 아리별을 삼켰습니까? 그림자별의 주인, 그 양반은 뭐하고요? 제 별이 그러고 있는데 그냥 지켜만 봤답니까?"

노아가 말을 잇지 못하자 빅의 목소리가 다급해졌다.

"내 동생 지금 어딨습니까?"

노아가 고개를 더 푹 숙였다. 빅이 노아를 흔들며 소리쳤다.

"내 동생 살려 줘요. 내 동생! 스몰! 스몰부터 그려 줘요."

노아가 머뭇거리자 빅이 노아의 붓을 뺏어 허겁지겁 스몰을 그렸다. 생각대로 그려지지 않자 벽에 있는 그림을 뭉그러뜨리고 다시

그렸다. 그러나 몇 번을 다시 그려도 스몰은 나타나지 않았다. 노아는 그 모습을 안타깝게 지켜보았다. 빅이 눈물을 글썽이며 물었다.

"왜 안 나타나는 겁니까? 여기 그리면 뭐든 나타나잖아요! 똑같이 안 그려서 그런가요? 좀 그려 봐요. 어서요!"

빅이 노아의 손에 억지로 붓을 쥐어 주었다. 노아는 어쩔 수 없이 빅이 그린 그림 위에 덧칠하는 시늉을 하다가 멈추었다. 빅에게 고개를 돌리자 빅이 눈물범벅이 된 얼굴로 노아를 쳐다보고 있었다. 빅의 눈에서 그의 마음이 보였다. 동생을 잃은 형의 마음. 동생을 다시 되찾고 싶은 간절한 마음이 느껴졌다. 그 마음은 이층집을 원하던 마음과는 비교할 수 없을 만큼 절실했다. 빅, 바라별에서 마음만은 얻을 수 없어요. 노아는 안타까운 눈으로 빅을 바라보았다. 빅이 울먹이며 말했다.

"스몰이 없으면 이층집이고 뭐고 다 소용없어요. 나한텐 스몰만 있으면 돼! 스몰! 스몰!"

빅이 그 자리에 주저앉아 울부짖었다. 저 멀리서 다음 의뢰인과 화가가 걸어오고 있었다. 이들은 빅의 울음소리를 듣고 황급히 달려왔다. 그리고 당황한 눈빛으로 노아에게 영문을 물었다. 노아가 말이 없자 화가가 빅의 그림을 보고 쯧쯧 혀를 차더니 고개를 절레절레 저었다. 그리고 노아에게 말했다.

"이 분은 하이힐을 원하세요. 파티 시간이 다 됐다니, 서두릅시다."

화가가 노아를 데려가려고 하자 빅이 그 앞을 가로막았다. 그리고 노아의 멱살을 쥐고 소리쳤다.

"가긴 어딜 가? 내 동생 그려 주고 가. 당신도 스몰 알잖아. 당신 때문에 아리별로 돌아간 거잖아."

"아까부터 무례하게 왜 이러는 겁니까?"

화가가 빅을 밀치며 소리쳤다.

"당신이 제일 잘 나간다며… 제일 뛰어나다며…. 스몰도 똑같이 그려 봐. 그럼 다른 물건들처럼 실제로 나타날 거 아냐?"

"이보세요!"

화가가 소리치며 빅을 밀어냈지만 빅은 막무가내였다. 노아의 멱살을 흔들며 윽박을 지르다가 급기야 바지 가랑이를 붙잡고 끈질기게 매달렸다. 화가가 도저히 눈 뜨고 못 보겠는지 벽면에 그려 얻은 그물을 빅에게 던졌다. 그물에 갇힌 빅이 벗어나려 발악하며 화가에게 온갖 욕설을 퍼부었다. 노아가 그물을 벗기려 하자 화가가 노아의 팔을 붙잡았다.

"일단 진정하게 내버려 둬요. 내 무슨 사연인지는 모르지만, 그냥 뒀다가는 큰일 치겠어요."

화가의 말에 노아가 그물에서 손을 뗐다. 그러자 빅의 욕설이 노아에게 향했다. 노아가 눈을 감고 이를 악물었다. 화가는 말없이 노아의 손을 잡고 다른 곳으로 이끌었다. 그러자 의뢰인도 노아의 뒤를 바짝 따랐다. 빅이 솟구치는 화와 슬픔을 못견디고 통곡하다 못해 바닥을 뒹굴뒹굴 굴렀다. 노아는 차마 그 모습을 볼 수 없어 앞만 보고 걸었다.

"마음이 썩 내키지는 않겠지만, 이분은 이 순간을 몇 날 며칠 기다렸다고요. 얼른 그려 드립시다."

화가의 말에 노아가 마음을 다잡고 의뢰인의 눈을 들여다보았다.

지금 이 상황을 당황스러워하는 표정 뒤에 파티를 앞둔 소녀의 설렘이 보였다. 노아는 그 마음을 더 깊이 파고 들어가 소녀의 소망을 연주했다. 바이올린 소리와 빅의 악다구니가 불협화음을 이루자 노아는 좀처럼 집중할 수가 없었다. 그렇다고 마주한 소녀의 소망을 외면할 수도 없었다. 화가가 혼란스러운 노아의 마음을 알아채고 몇 번이나 붓을 멈추었다가 다시 그렸다. 멀리서 그 모습을 보던 빅이 목이 쉴 때까지 노아를 부르짖다가 다시 흐느끼기 시작했다. 노아도 마음 속으로 빅과 함께 엉엉 울고 있었다.

잠시 후 벽면에 그려진 빨간 하이힐이 소녀의 손에 쥐어졌다. 소녀가 한 번 신어 보더니 만족스럽게 웃으며 왔다 갔다 했다. 노아는 그제야 긴 한숨을 내쉬며 빅에게 고개를 돌렸다. 빅은 그물 구멍으로 손을 내밀어 그림을 그리고 있었다. 노아는 화가와 의뢰인을 뒤로하고 빅에게 달려갔다. 그리고 벽면 앞에 서는 순간 저도

모르게 입이 떡 벌어졌다. 벽면은 온통 스몰의 얼굴로 도배되어 있었다. 빅이 퉁퉁 부은 눈으로 노아를 힐끗 쳐다보더니 그리던 그림을 마저 그렸다. 그렇게 몇 날 며칠 빅은 스몰의 그림을 그리고 또 그렸다. 노아가 아무리 말려도 소용없었다.

며칠이 흘렀다. 노아는 오늘도 어김없이 집 근처 벽면에서 의뢰인의 마음을 연주하고 있었다. 화가는 그 옆에서 부지런히 그림을 그렸다. 그때 빅이 나타나 노아의 앞을 가로막았다.

"당신 뭐예요?"

빅만큼이나 배가 불뚝 튀어나온 아줌마가 못마땅한 표정을 지으며 소리쳤다. 화가가 그림을 그리다 말고 돌아서서 얼굴을 찡그렸다.

"또 당신이군."

빅은 사람들의 반응은 아랑곳하지 않고 노아에게 다짜고짜 물었다.

"그림자별로 빨려 들어갔다고요? 별에 구멍이라도 뚫리던가요?"

노아가 고개를 끄덕였다.

"그럼 다시 그 구멍을 열고 들어가면 되겠군요. 혹시 그림자별의 주인을 봤습니까?"

노아가 대답이 없자 빅이 실망한 표정으로 말했다.

"그림자별의 주인이 아리별에 나타나지 않은 거로군요. 일단 그림자별로 가 봐야겠습니다. 그림자별의 주인을 만나서 스몰의 행방을 알아봐야겠어요."

노아는 여전히 말이 없었다. 빅이 노아의 눈을 똑바로 보며 말했다.

"저는 떠납니다. 반드시 스몰을 구해서 돌아올 테니 이층집은 그때 다시 그려 줘요. 전 그럼 이만…."

빅이 돌아서는 순간 노아가 저도 모르게 빅의 팔을 붙잡았다. 빅이 고개를 돌려 노아를 쳐다보았다. '가도 소용없어요.' 그 말이 목구멍까지 솟구쳤지만 노아는 차마 입밖에 낼 수 없었다. 빅이 의아한 시선을 보내자 노아는 입 안에 고인 말들을 삼키고 입을 뗐다.

"잘 가요."

빅이 대답 대신 노아의 눈을 바라보더니 이내 멀어졌다. 노아는 그 뒷모습을 하염없이 바라보았다.

"노아 군, 내 코트는 언제 입어 볼 수 있는 거예요?"

배불뚝이 아줌마의 말에 노아가 정신을 차렸다.

"아, 죄송합니다."

노아는 마음을 애써 다잡고 아줌마의 눈을 들여다보았다. 노아의 바이올린 소리가 울려 퍼지자 화가의 붓이 다시 벽면 위를 바삐 움직였다. 잠시 후 벽면에 그려진 코트가 아줌마의 손에 쥐어졌다.

아줌마는 코트의 깃을 세우고 그 속에 얼굴을 파묻으며 좋아했다.

"완벽해요! 어쩜 내 마음을 이렇게나 잘 알까? 다음에도 갖고 싶은 옷이 있으면 이리로 올게요!"

아줌마는 노아와 화가에게 답례로 직접 구워 온 쿠키를 내밀었다. 그러고는 코트 자락을 휘날리며 방방 뛰어갔다. 화가도 붓과 물감판을 정리하고 이내 자리를 떴다. 노아도 이제 아이들을 가르치러 갈 시간이었다.

노아는 짐을 양쪽 어깨에 둘러메고 벽면을 따라 걸어갔다. 가방, 구두, 돈, 반지, 목걸이, 자동차, 시계, 소파, 향수, 인형, 꽃다발 등 갖가지 그림들이 벽을 따라 펼쳐졌다. 오늘 하루 주민들이 그려서

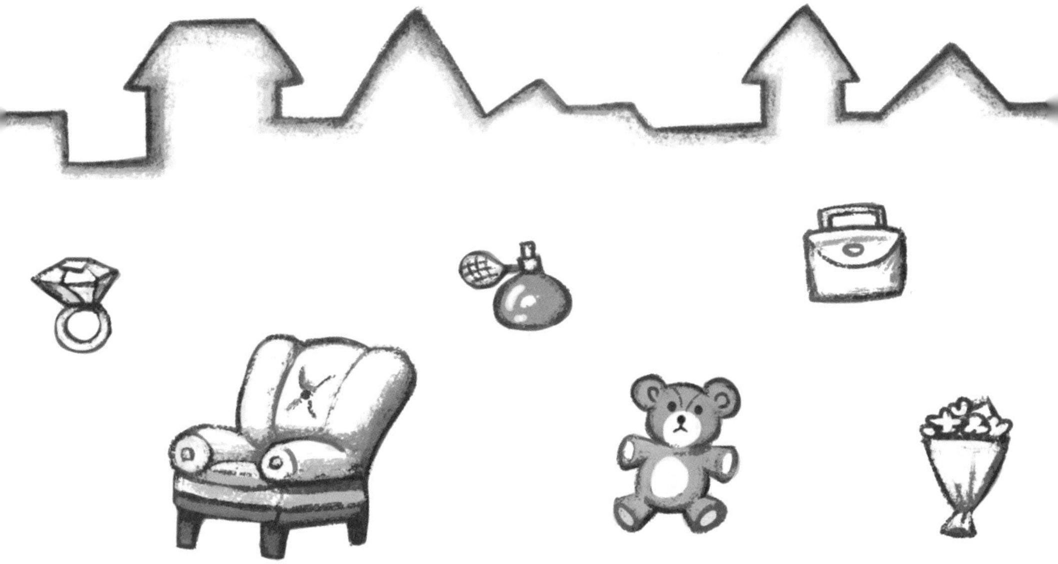

얻은 물건의 흔적이었다.

노아는 바라별에 돌아왔을 때를 회상했다. 처음엔 자신이 아리와 아리별을 삼켰다는 사실을 받아들일 수 없어 넋이 나간 채로 벽면에 아리의 얼굴을 그리고 또 그렸다. '혹시나' 했던 마음이 '역시나'로 변하는 순간 참았던 눈물이 터져 나왔다. 노아는 아리 대신, 유리로 만든 아리 조각상을 그렸다. 유리 조각상은 쉽게 손에 쥘 수 있었다. 노아는 조각상을 가슴에 끌어안고 그 자리에 주저앉아 목 놓아 울었다. 그때 멀리서 노아의 모습을 지켜보고 있는 사람이 있었다. 그는 노아의 울음이 잦아들 때까지 묵묵히 기다렸다가 천천히 다가와 노아의 이름을 불렀다. 노아가 고개를 들자 스승이 뒷짐을 지고 노아를 내려다보고 있었다. 노아는 유리 조각상을 주머니에 넣고 눈물을 닦으며 일어섰다. 스승은 마치 어제 만난 사람처럼 노아의 어깨를 다독이며 말했다.

"가자."

앞장서서 걷는 스승을 노아가 묵묵히 뒤따랐다. 하얀 벽면을 따라 걷다 보니 얼마 지나지 않아 자그마한 학교가 나타났다. 한 층에 교실 다섯 개가 전부인 학교. 노아의 시선이 첫 번째 교실에 멈추었다. 어린 시절, 스승을 처음 만나 바이올린을 배웠던 장소였다. 유년 시절을 저기서 다 보냈는데…. 노아는 감회에 젖었다.

스승이 먼저 첫 번째 교실 문을 열고 들어가 창가에 섰다. 노아가 스승의 등 뒤로 다가가자 스승이 돌아섰다. 스승은 한동안 말없이 노아의 눈을 응시하더니 나지막이 물었다. 고양이달을 찾았느냐고.

노아는 말없이 바이올린을 어깨에 올리고 활을 켰다. 스승은 조용히 눈을 감고 노아의 연주에 귀를 기울였다.

다른 교실에서 연습하던 아이들이 하나둘 노아의 주변으로 몰려들었다. 노아는 처음 바라별을 떠났던 때로 돌아가 아리를 만나기 전 온 우주를 헤맸던 순간까지를 멜로디로 되짚었다. 노아의 연주에서 방황과 혼란의 정서가 배어나자 듣는 이들은 불안을 느꼈다. 그러나 아리별에 도착한 순간부터 소리에 평온이 깃들자 굳어 있던 표정이 서서히 풀렸다. 아리가 등장하면서 노랑, 파랑, 검정을 연상시키는 강렬한 멜로디가 이어졌다. 아이들은 색색의 멜로디에서 태양의 찬란함과, 바다의 생명력, 땅의 웅장함을 느끼며 활기찬 표정을 지었다. 처음에는 단순했던 멜로디가 갈수록 복잡해지더니 짧은 마디에도 다양하고 미묘한 감정이 담겼다. 멜로디의 색은 더 이상 선명한 노랑과 파랑, 검정이 아니었다. 점점 흐려지기도 하고 다른 색과 뒤섞이기도 하고, 아예 사라지기도 했다가 다시 나타나 마음을 뒤흔들었다. 그때마다 행복과 고통의 감정이 멜로디 안에서 격렬하게 요동쳤다. 아이들은 감당하기 버거운지 선명한 멜로디를 찾았다. 그러나 이미 품은 감정을 되돌릴 수는 없었다. 멜로디에는 노아의 눈물과 후회까지 녹아들어 음의 높낮이가 커졌고, 멜로디의 흐름 또한 더욱 격정적으로 바뀌었다. 귀 기울여 듣던 아이들의 얼굴에 회한이 짙게 서리면서 나지막한 감탄사가 쏟아졌다. 연주는 절정을 향해 치닫고 있었다.

노아는 이제 더는 시시각각 변하는 색의 차이에 집착하지 않고, 색의 전체적인 성격과 분위기를 조화롭게 표현하는 데 집중했다.

색 그 자체, 멜로디의 본질은 고양이달의 눈을 가진 소녀, 아리였다. 노아는 오직 아리만을 생각하며 혼신의 힘을 다해 연주했다. 이마에 땀이 흥건하게 맺히고, 양 볼이 발갛게 달아올랐다. 몸과 마음이 모두 열에 달뜨며 활을 켜는 손에 점점 더 힘이 들어갔다. 활은 기쁨과 슬픔의 현을 부단히 오가며 아리와 함께한 시간들을 들려주었다. 마침내 연주가 절정에 이르자 노아가 온 힘을 다해 활을 쭉 내리그었다. 그 순간 뚝 하고 바이올린 현이 끊어지고 말았다.

노아가 화들짝 놀라 눈을 떴다. 어린 친구들이 자신을 에워싸고 넋 나간 표정으로 지켜보고 있었다. 노아는 팔다리에 힘이 풀려 순간 휘청했다. 그러나 다시 중심을 잡고 서서 호흡을 가다듬었다. 노아의 거친 숨소리만 들릴 뿐 교실 안은 쥐 죽은 듯 조용했다. 노아가 이마의 땀을 훔치며 스승에게 고개를 돌렸다. 이제 막 눈을 뜬 스승의 눈가에 그렁그렁 맺힌 눈물이 보였다. 노아는 스승의 눈을 찬찬히 들여다보았다. 어린 제자가 그동안 홀로 겪었을 시련에 가슴 아파하는 스승의 마음이 느껴졌다. 스승이 노아를 향해 희미한 미소를 지어 보였다.

"성장했구나. 잘했다."

노아는 자신의 귀를 의심했다. 어린 시절, 스승 밑에서 혹독한 훈련을 받는 동안 그 얼마나 간절히 듣고 싶은 한마디였던가. 남들보다 몇 배 더 연습하고 노력해도 끝끝내 듣지 못했는데 이런 날이 올 줄이야. 그간의 마음고생을 한꺼번에 위로받는 것 같아 가슴이 벅차올랐다. 당장이라도 스승의 품에 안기고 싶었지만, 노아에게 스승은 여전히 두려운 존재였다. 노아가 머뭇대자 스승이 먼저

두 팔을 활짝 벌렸다. 노아는 주춤주춤 걸음을 옮겼다. 스승의 품에 가까이 다가가자 스승이 노아를 와락 끌어안으며 등을 다독였다. 노아는 언젠가 바라별을 떠날 때 스승이 했던 말이 떠올랐다. '너는 언제든 다시 돌아와 연주를 할 수도, 그림을 그릴 수도 있을 게다. 그러나 그때의 연주와 그림은 분명 지금과는 다를 게다.' 무엇이 달라졌는지 콕 집어 설명할 순 없지만, 적어도 떠나기 전과 후의 자신이 같지 않다는 것만은 확실히 느껴졌다. 노아가 스승의 품에서 떨어지자, 스승이 자신과 노아를 빙 둘러싼 아이들을 향해 말했다.

"너희 선배, 노아다. 오늘부터 나와 함께 너희를 가르칠 테니 잘 따르도록 해라."

스승의 말이 끝나자마자 아이들이 고개 숙여 노아에게 인사했다. 노아도 모자를 벗고 후배들에게 정중히 인사했다. 그리고 후배들의 눈을 하나하나 똑바로 응시했다. 초롱초롱한 눈망울에서 세상에 대한 호기심, 순수한 열정이 묻어났다. 지난날 자신과 똑 닮은 모습이었다. 노아는 '지금 알고 있는 걸 그때도 알았더라면 얼마나 좋았을까' 하는 생각이 들었다. 그랬다면 실수하지 않았을 테고, 지금처럼 후회하지도 않을 텐데. 노아는 자신이 알게 된 것들을 하나도 빠짐없이 들려주고 싶었다. 그래야 후배들은 자신이 했던 실수를 저지르지 않을 것 같았다. 그러면 도움이 될까? 아니다. 후배들은 아직 어리고, 자신이 무엇을 모르고 있는지 모른다. 앞으로 무슨 실수를 할지, 그 실수를 통해 얼마나 성장할지 상상도 못 할 것이다. 그러나 지금은 그런 것들을 몰라도 괜찮다. 때가 되면 그들도 노아가 겪은 일들을 자연스럽게 겪고 깨닫게 될 것이다. 그러니 지금은 그보다 더 중요한 문제에 대해 이야기하는 게 좋겠다. 꿈과 열정에 앞서는 것. 그건 바로 두려워하지 않고 용기 내는 거라고. 노아는 진심을 담아 자신의 생각을 이야기했다. 후배들이 똘망똘망한 눈으로 노아의 말을 경청했다. 그게 벌써 한 달 전 일이었다.

노아는 그때만 생각하면 가슴이 뛰었다. 처음으로 후배를 맞이했던 순간의 흥분과 떨림을 어찌 잊을까. 노아는 매일 설레는 마음으로 후배들 앞에 섰다. 한 달 동안 기본기를 다지는 수업을 무사히 마쳤으니, 오늘은 약속한 대로 그들이 배우고 싶어 하는 것들을 듣고 앞으로의 수업 방향을 정해야 했다. 과연 후배들은 어떤 것들을 배우고 싶어 할까? 내가 모르는 것을 가르쳐 달라고 하면 어쩌지? 노아의 머릿속에 이런저런 생각들이 떠올랐다. 그러는 동안 벽면을 따라 걸은 지 어느덧 삼십 분이 훌쩍 지나 있었다. 저 앞에 일 층짜리 학교 건물이 모습을 드러냈다. 노아는 첫 번째 교실로 익숙한 걸음을 내디뎠다.

노아가 교실 문을 열고 들어서자 후배 열 명이 일제히 인사를 건넸다. 노아는 빙 둘러앉은 후배들 사이로 걸어가 가운데 섰다.

"한 달 동안 기본기를 다지느라 고생 많았어요. 이제 여러분이 원하는 걸 가르쳐 줄게요. 무엇을 배우고 싶은가요?"

노아를 닮은 소년이 제일 먼저 손을 들고 말했다.

"선배님의 연주처럼 소리에 감정을 깃들이고 싶습니다."

"어떤 감정을 말하는 거죠?"

"왜 있잖아요. 기쁨과 슬픔, 고독, 오해, 사랑, 꿈, 진심. 뭐 이런 많은 것들을 표현해 내고 싶습니다."

"좋아요. 또 말해 봐요. 뭐든 좋아요."

후배들이 여기저기서 손을 들어 말했다.

"소리를 좀 더 부드럽게 내는 방법이요."

"소리를 떨리게 낼 때 좀 더 깊은 여운을 주고 싶어요."

노아는 후배들의 의견을 하나하나 종이에 받아 적었다. 그리고 종이를 쭉 훑어보았다. 후배들이 기대에 찬 눈빛으로 노아를 응시했다. 노아는 잠시 고민하다가 말 대신 바이올린을 어깨에 대고 자신이 직접 작곡한 곡을 들려주었다. 후배들은 복잡한 멜로디와 현란한 기교의 곡을 기대했건만, 노아의 곡은 오히려 전보다 단순한 멜로디에 기교 하나 없는 차분한 곡이었다. 한 번에 너무 많은 것들을 배우려는 욕심과 짧은 시간 안에 기술적인 성과를 내려는 조바심을 다독이려는 의도였다.

거창한 열 마디의 말보다 노아의 진심이 담긴 한 곡이 후배들의

마음을 움직였다. 그들은 실망하는 대신 오히려 부러운 표정을 지었다. 단순한 멜로디로 사람의 마음을 감동시키는 게 화려한 곡을 멋들어지게 연주하는 것보다 훨씬 어려운 일이라는 걸 알기에 몇몇 아이들은 한숨을 푹 내쉬기도 했다. 그러나 노아는 알고 있었다. 언젠가는 이 아이들도 자신이 원하는 대로 연주할 수 있게 될 것이다. 어쩌면 노아를 훨씬 뛰어넘는 연주자가 될 수도 있을 것이다. 그렇기에 선배로서 노아가 해 줄 수 있는 일은 스승이 그랬듯 언젠가 때가 되면 이 아이들을 세상 밖으로 내보내는 것이었다. 어느새 연주를 마친 노아가 후배들을 둘러보며 온화한 미소를 지었다. 언제 들어왔는지 스승이 교실 뒤에서 노아를 지켜보고 있었다. 노아와 스승은 말없이 서로의 눈을 응시했다. 거기에는 오랜 시간 쌓인 신뢰가 담겨 있었다.

수업이 끝나자 노아는 지친 몸을 이끌고 학교를 나섰다. 그리고 늘 그랬듯 곧장 집으로 가지 않고 학교 뒤편에 있는 언덕에 올랐다. 언덕에 오르면 바라별이 훤히 내려다보였다. 그리고 고양이달. 밤하늘에 빛나는 고양이달이 그 어디에서보다 가까이 보였다. 고양이달은 노아가 바라별에 다시 돌아왔을 때, 먼저 와서 기다리고 있었다. 그림자별에 빨려 들어간 고양이달이 어떻게 하늘에 온전히 떠 있는 건지 노아는 이해할 수 없었다. 그러나 그림자별 속에 또 다른 우주가 펼쳐져 있다는 스승의 설명을 듣고는 그러한 상황을 받아들이기 시작했다. 그림자별 안의 세상은 어떨까. 노아는 자기 안의 우주가 어떤 모습일지 상상이 되지 않았다. 그곳에서만큼은 아리가 행복하기를 간절히 바랄 뿐이었다. 고양이달도 노아와 같은 마음인지 언제나 한결같은 눈빛으로 노아를 응시했다. 노아는 그것이 고마웠다. 그림자별에 갇혀서도 자신을 잊지 않고 다시 바라별에 나타나 한 마음, 한 눈동자로 내려다봐 주는 게 사무치게 고마웠다.

바라별의 새 주민들은 예전 주민들처럼 고양이달의 시선이 자신을 향한 것이라고 믿었다. 바라별의 전설대로 고양이달의 눈을 가진 고양이가 우주 어딘가에서 바라별을 내려다보며 누군가를 몰래 짝사랑하고 있는데, 그게 바로 자신이라고 여겼다. 그들은 고양이달을 향해 설레는 마음으로 사랑을 노래했다. 예전 주민들은 다시 나타난 고양이달을 보고 의아하게 생각했지만, 시간이 지나자 다시 자연스럽게 고양이달과 사랑에 빠졌다. 노아 역시 마찬가지였다.

노아는 고개를 들어 고양이달과 마주 보았다. 그리고 주머니 속에 있는 모나의 녹음기를 꺼내어 초록의 노래를 틀었다. 맑고 깨끗한 모나의 목소리가 노아의 가슴을 파고들었다. 언제나 그랬듯 아리를 향한 그리움이 솟구쳐 올랐다. 보고 싶어. 다시 한 번만 기회를 준다면 잘할 수 있을 것 같은데, 왜 이렇게 잘못한 일만 생각이 나는지…. 그동안 꾹꾹 참고 있었던 눈물이 솟구쳤다. 노아는 고양이 달에게 우는 모습을 보이지 않으려 급히 자리를 떴다. 오늘따라 눈물이 쉽사리 멈추지 않았다.

노아는 고개를 푹 숙이고 빠르게 언덕을 내려갔다. 그러나 얼마 못 가 느닷없이 허공에 부딪혀 튕겨 나갔다. 노아는 바닥에 쓰러진 채 주위를 두리번거렸다. 아무것도 보이지 않았다. 이상하다? 분명 무언가와 크게 부딪혔는데, 어떻게 된 일이지? 노아가 땅을 짚고 일어서며 무심코 고개를 들었다. 그 순간 노아의 눈이 휘둥그레졌다. 바로 코앞에 얼굴과 몸통, 팔다리가 모두 한 덩어리로 합쳐진 괴물이 투명한 몸을 드러내고 있었다. 괴물이 작고 검은 눈으로 노아를 내려다보았다.

"꿈도둑… 네가 어떻게 여길…."

노아가 당황한 얼굴로 꿈도둑을 응시했다. 꿈도둑은 작고 까만 눈을 껌뻑이기만 할 뿐 말이 없었다. 투명한 꿈도둑의 몸에 훔친 꿈이 서서히 나타났다. 노아는 숨을 죽이고 그 모습을 지켜보았다. 금세 가슴이 뚝딱뚝딱 뛰면서 온몸이 뜨거워졌다. 노아가 눈물을 글썽거리며 말했다.

"루나…."

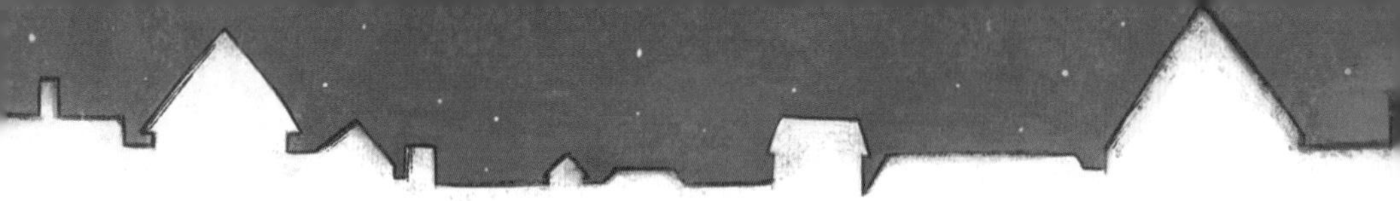

루나는 노아만의 태양이 되어 노아를 내려다보고 있었다. 노아는 언덕에 앉아 루나를 마주 보았다. 세상 그 누구도 눈이 부셔서 똑바로 볼 수 없는 태양을, 유일하게 마주 볼 수 있는 이는 노아뿐이었다. 루나는 처음으로 상대가 자신의 빛에 눈이 멀고 열기에 델까 봐 걱정하지 않아도 되었다. 노아 옆에서는 마음껏 빛나고 뜨겁게 타오를 수 있었다. 노아는 행복해하는 루나를 흐뭇하게 바라보았다. 루나의 눈 속에 노아의 눈부처가 비쳤다. 노아는 태양에 비친 자신의 모습을 마냥 신기해했다. 그 마음을 읽었는지 루나가 노아를 향해 눈을 찡긋했다. 꿈도둑 몸속의 풍경을 보며 노아는 그제야 루나의 꿈을, 진심을 알 수 있었다.

루나가 사라지고 곧이어 마레가 나타났다. 마레와 노아는 잔잔한 파도 위에서 블루스를 추고 있었다. 아리별의 온 식구들이 숨죽인 채 이들의 춤을 지켜보았다. 작은 몸짓 하나에도 서로를 향한 간절한 마음이 묻어났다. 그 마음이 넘치는 순간 파도가 점점 거세지더니 이들의 춤도 격렬하게 변했다. 관객들은 황홀경에 빠져 이들의 사랑을 열렬히 축복했다. 마레가 벅찬 마음에 춤을 추다 말고 노아의 품에 안겼다. 노아는 마레를 번쩍 들고 제자리에서 빙빙 돌았다. 마레의 깔깔대는 웃음소리가 사방에 울려 퍼지자 관객들도 덩달아 박수 치며 좋아했다. 그 속에는 모나와 루나도 있었다. 노아는 그제야 마레가 진정으로 원했던 게 무엇인지 알 것 같았다.

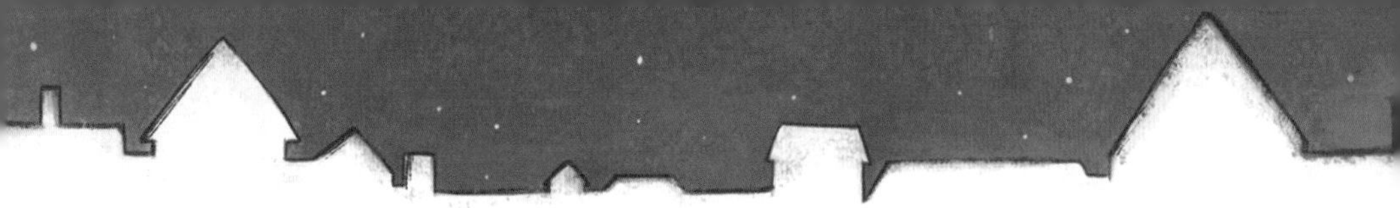

마지막으로 마레가 사라지고 모나가 나타났다. 모나는 샹들리에 공연장에서 노아를 위해 준비한 공연을 펼쳤다. 오직 한 사람을 위해 부르는 노래. 노아가 그토록 듣고 싶었던 노래, 초록의 노래였다. 모나는 목소리에 온 진심을 담았다. 초록의 노래는 아리와 노아의 엇갈린 운명을 예견했지만, 노아와 아리가 노래를 통해 서로를 알아본 덕분에 둘은 운명을 극복할 수 있었다. 서로가 서로를 잃지 않을 수 있었다. 모나는 언제까지나 노아를 위해 노래하고, 노아는 모나의 노래에 귀를 기울이며 그렇게 함께 있을 수 있었다. 노아는 노래 부르는 모나가 사랑스러워 싱글벙글했다. 모나는 노아가 좋아하는 모습을 보며 더없이 기뻐했다. 노아는 그제야 모나가 끝내 이루지 못한 꿈이 무엇인지 깨달았다.

노아의 손이 저절로 꿈도둑의 몸에 가 닿았다. 꿈도둑의 몸이 물렁거리며 움푹 패자 모나의 꿈도 찌그러졌다가 다시 원래대로 돌아왔다. 노아가 다시 손을 뻗어 꿈도둑 안의 모나를 잡으려 했지만, 꿈도둑의 몸만 출렁거릴 뿐 모나는 끝내 잡히지 않았다.

"보고 싶어…."

이제 더는 만질 수 없는 아리가 그 어느 때보다 그리웠다. 노아는 눈물이 가득 고인 눈으로 그녀들의 꿈을 하염없이 바라보았다. 멀뚱히 서 있던 꿈도둑도 그 모습이 안쓰러웠는지 물렁거리는 몸을 숙여 노아를 감싸 안았다. 노아가 피할 새도 없이 꿈도둑에게 뒤덮여 머리를 수그렸다. 숨이 막혀 잠시 컥컥거리다 고개를 들자 어느새 꿈도둑의 몸 안에 들어와 있었다. 노아가 당황하여 주위를 두리번거렸다. 조금 전까지만 해도 꿈도둑의 몸속에 있던 모나의 꿈은 온데간데없었다. 노아는 양팔을 휘저으며 모나의 꿈을, 마레의 꿈을, 루나의 꿈을 찾았다. 그러나 꿈도둑의 몸만 심하게 출렁거릴 뿐 아무것도 손에 잡히지 않았다. 노아가 투명한 막을 두드리며 소리쳤다.

"꺼내 줘! 어서 꺼내 줘!"

꿈도둑이 가만히 있자 노아가 더욱 세게 꿈도둑의 몸을 두드렸다. 꿈도둑의 몸이 출렁거리자 노아가 중심을 잃고 비틀댔다.

"노아."

노아의 손이 그대로 멈췄다. 그리고 천천히 고개를 돌렸다. 소녀였다. 노아는 말문이 턱 막혔다. 이게 꿈인지 생시인지 믿을 수가 없었다. 소녀가 다시 입을 떼려는 순간 노아가 소녀의 손을 덥석

잡았다. 소녀가 멈칫하더니 천천히 입을 뗐다.
"나는 빛구슬이야. 그리고 꿈도둑이지."
"아리."
"나는 아리가 아니야. 잠시 아리의 입을 빌려 말하는 것뿐이야. 나는 입이 없으니까."
노아가 혼란스러운 표정을 짓자 꿈도둑이 다시 말했다.
"지금 이 모습은 내게 꿈을 도둑맞기 전의 아리 모습이야. 지금은 다시 셋으로 돌아갔지."
"다시 셋으로 돌아갔다니, 그게 무슨 소리야?"
"내가 너에 대한 꿈을 훔쳤으니까. 조금 전에 본 그 꿈들."
꿈도둑의 말에 노아의 입에서 나지막한 탄성이 흘러나왔다. 노아는 머릿속으로 잠시 생각을 정리하다가 이내 발끈했다.
"어떻게 그럴 수가 있어? 다른 이도 아니고 어떻게 아리의 꿈을 훔칠 수가 있어? 네 주인이잖아!"
"그러니까 훔친 거야. 나는 아주 오래전 아리의 꿈을 훔치기 위해 빛구슬이기를 포기하고 스스로 꿈도둑이 됐으니까."
노아가 어이없다는 듯 웃었다. 꿈도둑이 진지하게 말했다.
"내 얘기를 끝까지 들어. 나는 다른 꿈도둑과는 달라."
"도둑 주제에, 아닌 척 굴지 마. 어떻게 주인을 배신할 수가…."
꿈도둑이 잠시 말을 멈추고 노아를 빤히 응시했다. 노아가 잠시 주춤하는 사이 꿈도둑이 다시 마음을 가다듬고 말했다.
"노아, 네가 얼마나 아리를 생각하는지 알아. 근데 나도 그래. 아리를 아껴. 그래서 너에 관한 꿈을 훔쳤어. 너를 간직한 채로 그들은 온전히 살아갈 수가 없으니까."

꿈도둑의 진심이 소녀의 눈과 목소리를 통해 노아에게 고스란히 전해졌다. 노아가 애절한 눈빛으로 꿈도둑의 다음 말을 기다렸다.

"이제 내 이야기를 들을 마음이 생겼나 보네."

"아리에 대해 얘기해 줘요. 뭐라도 좋으니 들려줘요."

꿈도둑이 그제야 안심한 듯 차분한 목소리로 말을 이어 나갔다.

"루나, 마레, 모나는 각자의 세상에서 태어나 자랐어. 루나는 빛구슬의 손에, 마레는 흰수염고래의 손에, 모나는 땅장군과 원로들의 손에 키워졌지. 그리고 아이에서 소녀가 되었을 때 하나가 되어 초록띠마을로 왔어. 그때부터는 초록여왕이 이들을 돌봤지. 그러나 곧 문제가 생겼어. 셋의 성격이 하나로 자연스럽게 섞이기엔 무리가 있었던 거야. 시간이 걸리는 일이었지. 그런데 이 문제가 미처 해결되기도 전에 아리는 또 다른 어려움에 부딪혔어. 바로 아리별의 주인으로서의 역할과 책임이었지. 다행히 초록여왕이 옆에서 하나씩 가르쳐 가며 도운 덕분에 아리는 초록여왕과 나란히 숲을 다스릴 수 있게 되었어. 그래서 다들 괜찮은 줄로만 알았어."

"그게 무슨 말이에요?"

"많이 두려웠나 봐. 언젠가는 혼자의 힘으로 해야 한다는 걸 알았으니까. 안으로는 셋이 조화를 이뤄야 하고, 밖으로는 아리별을 책임져야 하는 상황이 버거웠던 거야. 아리는 결국 견디지 못하고 도망쳤지. 그때 바로 이곳에 와서 너와 만나게 된 거야."

노아는 그 시절의 소녀를 떠올렸다. 어느 날 갑자기 자신의 눈앞에 나타나 자신을 위로해 주었던 소녀. 그렇게 내게 왔던 거구나.

꿈도둑이 말을 이었다.

"그다음은 네가 아는 대로야. 아리가 너와 함께 있는 동안 초록여왕이 죽었고, 아리는 급히 아리별로 돌아왔지. 아리는 그 상황을 받아들이지 못했어. 자신을 키워 준 엄마 같은 존재를 죽게 만들었다는 죄책감에 내내 괴로워했어. 첫사랑과의 이별 또한 감당하기 힘들었지. 주민들의 비난은 나날이 거세지고, 초록여왕을 대신해 아리가 해결해야 할 문제들이 잇따라 터졌어. 결국 아리 안의 루나와 마레가 먼저 포기하고 숨어 버렸어. 겉으로 강해 보여도 속은 여렸으니까. 가장 강인한 모나가 모든 짐을 떠맡아야 했지. 그러나 모나도 오래 버티지는 못했어. 모나마저 포기하는 순간, 아리별은 주인을 잃고 말았지. 흰수염고래, 땅장군과 원로들, 그리고 빛구슬들이 다 같이 나서야 할 상황이 온 거야. 우리는 긴 상의 끝에 아리를 다시 셋으로 분리하기로 했어. 그래야만 루나가 무너지면 마레나 모나가 잡아 주고, 마레가 무너지면 루나나 모나가, 모나가 무너지면 다른 둘이 잡아 줄 수 있을 테니까. 어떤 상황에서도 한 명에게만 짐을 떠넘기고 숨는 일은 다신 없어야 했어."

"아리를 지키기 위한 선택이었군요."

"맞아. 그것만이 아리를 지키고, 아리별을 지키는 방법이었지."

"그럼 어떻게 다시 셋으로 나누었나요?"

"꿈을 훔쳤어. 셋으로 나누려면 셋이 공유하는 꿈을 빼앗으면 됐어. 바로 너에 대한 사랑과 그리움이었지. 아리는 바라별에서 너와 함께 보낸 시간을 잊지 못했어. 루나도, 마레도, 모나도 너를 향한 마음만은 누가 더하고 덜할 것 없이 모두 간절했지. 다른 부분에서는 어느 하나 조화를 이루지 못하고 삐거덕대면서, 너에 대한 마음만은 하나로 자연스럽게 섞였어. 나는 그것을 깨뜨려야만 했고. 그래서 스스로 빛구슬이기를 포기하고 꿈도둑이 되어 아리에게서 노아 너를 향한 꿈을 빼앗았어. 그 순간 아리는 너에 대한 기억을 모두 잃었고, 하나로 모아졌던 마음은 다시 셋으로 나뉘었지. 그래서 머리 셋 달린 고양이로 존재하게 된 거야."

"대체 언제까지 그렇게 놔두려고 했던 거예요?"

"그림자별의 주인이 나타날 때까지. 전설대로 그림자별의 주인이 나타나 사랑에 빠지면 너에게 그랬듯 그에게도 같은 마음을 가지게 될 테니까, 크게 걱정하지 않았어. 그런데 네가 그림자별의 주인일 줄이야. 그들이 너로 인해 다시 하나가 될 줄은 상상도 못 했어."

"근데 어째서 또 그들을 셋으로 갈라놓은 거예요?"

"말했잖아. 아리를 지키기 위해서라고. 나는 아리를 위해 빛과 온기를 포기하고 도둑이 되었어. 평생 아리의 꿈을 훔치고 살아야 할 운명을 스스로 택했다고. 흰수염고래와 땅장군 그리고 원로들과 약속했어. 훔친 꿈은 절대로 돌려주지 않기로. 평생 혼자 짊어지고 가겠다고."

"그럼 어째서 제게 보여 주는 거예요? 왜 저를 찾아왔죠?"

꿈도둑이 잠시 머뭇거렸다. 그러다가 노아의 눈을 똑바로 응시하더니 나지막이 말을 이었다.

"네가 아리의 꿈을 이루어 주길 바라니까."

노아가 잠시 멈칫했다.

"난 아리의 꿈을 뺏는 일밖에 못 하지만, 넌 꿈을 이루어 줄 수 있으니까. 나는 네가 아리의 꿈을, 진심을 기억해 주길 바라. 그리고 꼭 이루어질 수 있도록 노력해 주길 바라. 아리는 진심으로 너를 사랑한단다. 셋으로 나뉘어 있든, 합쳐져 있든 너에 대한 마음만은 늘 하나로 같아. 이번에도 꿈을 빼앗겼으니 너를 기억하진 못하지만, 언젠가 다시 만나면 또 사랑에 빠질 거야. 몇 번을 다시 만나도 그럴 거야. 그리고 계속 엇갈리겠지. 그게 너희의 운명이니까. 아리별과 그림자별의 운명."

"다시 엇갈릴 거라고요? 몇 번을 다시 만나도 결국 엇갈리고야 말 운명이라고요?"

노아가 울컥해서 소리쳤다.

"그런 거지 같은 운명이 어디 있어요? 대체 그런 운명을 누가 만들었죠? 필요 없어요. 필요 없으니까 그 운명 좀 통째로 훔쳐 줘요. 훔쳐서 어디 멀리 떨어진 별에 좀 버려 줘요. 제발요!"

노아의 감정이 격해지자 꿈도둑이 안타까운 얼굴로 노아를 응시했다.

"어느 날 갑자기 운명이 휙 바뀔 수도 있잖아요. 기적이 일어날 수도 있잖아요. 혹시 알아요? 바라별 벽면이 저의 정성에 감동해 소원을 들어줄지?"

노아가 꿈도둑의 투명한 몸 너머에 있는 바라별 벽면을 바라보았다. 꿈도둑이 따라서 벽면을 응시했다. 꿈도둑이 고개를 젓자 노아는 오기가 발동했다.

"나갈래요. 내보내 줘요. 어서요!"

노아가 꿈도둑의 투명한 몸을 사정없이 두드렸다. 꿈도둑의 몸이 출렁거리자 노아도 덩달아 비틀댔다. 노아가 다시 중심을 잡고 꿈도둑의 몸에 손을 뻗는 순간 구멍이 생기더니 점점 커졌다. 노아는 구멍을 비집고 나와 벽면을 향해 달려갔다. 그리고 아까 꿈도둑의 몸에서 보았던 루나, 마레, 모나의 꿈을 그렸다. 그러나 노아는 알고 있었다. 바라별 벽면에 기적 같은 건 일어나지 않을 것임을…. 마음만은 그렇게 쉽게 얻을 수 있는 게 아님을…. 그림을 그리는 내내 노아의 눈에서 눈물이 멈추지 않았다. 곁에 있을 때나 떨어져 있을 때나 아리가 진정으로 원하는 것을 들어주지 못하는 자신이 원망스러웠다. 그녀들의 꿈을, 진심을 왜 진작 알아채지 못했을까. 왜 항상 곁에 있을 때는 모르다가 끝이 난 뒤에야 깨닫고 후회하는 걸까. 노아는 울면서 붓질을 계속했다.

그때 노아의 볼에 빗방울이 툭 떨어졌다. 곧이어 이마와 머리에도 빗방울이 떨어지더니 금세 빗줄기가 굵어졌다. 노아가 고개를 들었다. 고양이달이 눈물을 뚝뚝 흘리고 있었다. 울지 마. 지금 그렇게 울어도 나는 네 눈물을 닦아 줄 수가 없는데… 네가 어디에 있는지조차 모르는데…. 울지 마. 난 괜찮아… 괜찮아…. 노아의 양 볼에 쉴 새 없이 눈물이 흘러내렸다. 한동안 비가 내리지 않았던 바라별은 그렇게 노아와 아리의 눈물에 흠뻑 젖었다. 꿈도둑의 몸속에 있는 소녀가 외쳤다.

"이제 됐어. 그만해."

노아는 멈추지 않았다. 밤새 내리는 빗속에서 그들의 꿈을 그리고 또 그렸다. 빗물이 그림 위로 흘러내리면서 아리의 눈가에 색색의 눈물이 번졌다. 그들은 그림 속에서도 울고 있었다. 노아는 다시 노

랑 눈을 선명하게 칠했다. 그 옆의 파랑 눈과 검정 눈에도 또렷하게 색을 칠했다. 그러나 끝내 아리의 눈물은 그치지 않았다. 그렇게 그녀들의 꿈은 이루어지기도 전에 벽면에서 씻겨 내려갔다. 꿈도둑은 노아를 아무리 말려도 소용없자 서서히 투명해지더니 자취를 감추었다. 노아는 홀로 남아 고양이달을 향해 고개를 들었다. 고양이달은 눈가에 눈물을 가득 머금고 여전히 그 자리에 있었다. 아무리 애타게 불러도 들을 수 없는 거리에, 아무리 손을 뻗어도 닿을 수 없는 거리에 그렇게 있었다.

다음 날 고양이달은 뜨지 않았다. 매일 밤 고양이달을 보며 꿈과 사랑을 이야기하던 사람들은 당황했다. 노아는 언덕에 앉아 멍하니 텅 빈 하늘을 바라보았다. 처음 고양이달의 눈을 가진 고양이를 찾아 떠났던 그때가 떠올랐다. 어디에 있는지, 얼마나 오랜 시간 뒤에야 만날 수 있을지 확실한 건 아무것도 없었다. 그래도 우리는 만났다. 이번에도 만날 수 있을지, 다시 만나면 그땐 그녀들의 마음을 제대로 어루만져 줄 수 있을지, 함께 꿈을 이뤄 나갈 수 있을지, 어느 것 하나 확실하진 않지만 그래도 아리의 곁으로 가고 싶은 마음, 그게 노아의 진심이었다. 노아는 그길로 작별 인사를 하러 스승을 찾아갔다. 스승은 이미 노아가 올 것을 알았는지 교실에 홀로 남아 노아를 기다리고 있었다. 그리고 아무것도 묻지 않고 그저 담담한 미소만 지어 보였다. 노아가 먼저 다가가 스승을 꼭 껴안았다. 그리고 꿈을 이루기 위해 다시 먼 길을 떠났다.

그 후 노아는 온 우주를 헤맸고, 마침내 내가 있는 세상으로 오게 됐다고 했다. 나는 묵묵히 소년의 이야기를 들으며 고개를 끄덕였다. 카페 주변은 어둠을 덮고 잠들어 있었고, 시곗바늘은 새벽 다섯 시를 가리키고 있었다. 시곗바늘이 반 바퀴를 도는 동안 나는 도대체 무슨 이야기를 듣고 있었던 걸까. 고양이달이니, 아리별이니, 바라별이니 하는 별별 이름들이 머릿속에 둥둥 떠다녔다. 동시에 노아가 이야기한 그림자별의 운명이 가슴을 무겁게 짓눌렀다. 이 작고 여린 소년이 그토록 가혹한 운명의 소용돌이 속에 있었다니, 그런데 지금은 나와 함께 카페 테라스에 마주 앉아 있다니 그 모든 게 그저 신기할 따름이었다. 나는 눈을 계속 깜빡이며 소년의 눈을 뚫어지게 바라보았다. 소년의 눈에 아리를 향한 깊은 그리움이 묻어났다.

"아리만큼 노아도 아리를 사랑했던 거야. 그렇지?"

"그런데 나는 상처만 줬어."

노아는 고개를 숙인 채 잠시 말이 없었다. 나는 이 가여운 소년을 꼭 안아 주고 싶었다. 괜찮다고 위로해 주고 싶었다. 나의 손이 노아의 어깨에 가만히 가닿았다.

"상처받지 않고 사랑할 수 있는 사람은 세상에 없어. 상대의 마음이든 자신의 마음이든 조금의 의심도 없이 받아들일 만큼 노아도 아리도 나도 어른이 아니니까."

노아가 서서히 고개를 들었다. 우리는 서로의 눈을 마주 보며 마음속으로 물었다. 그럼 우린 언제쯤 어른이 될까. 노아가 대뜸 물었다.

"넌 진심이었어? 너는 사랑한 사람과 어떤 미래를 꿈꿨어?"

갑자기 내 머릿속이 멍해졌다. 나는 나의 진심, 나의 꿈뿐만 아니라 떠난 그의 진심과 꿈에 대해서도 생각해 본 적이 없었다. 노아가 수천 년 동안 찾으려 애썼던 진심들이 내게는 고작 그런 대접을 받고 있었다. 내 이야기야 노아의 이야기에 비하면 그리 장대하지도, 극적이지도 않으니 그럴 수 있는 거 아닌가. 하지만 노아의 눈빛이 아니라고 말하고 있었다. 지난날의 내게 있어 중요

했던 것은 과연 무엇이었을까. 그와 만나는 동안에도, 헤어진 뒤에도 진지하게 마주하지 않았던 진심과 꿈을 이제 와 끄집어내려니, 스스로 어색하고 불편했다. 이런 내 마음을 알아차렸는지 노아가 물러서지 않고 계속해서 나의 진심과 꿈을 물어 왔다. 나는 뭐라고 대답해야 할지 난감했다. 늦게나마 묻힌 그의 진심을, 나의 진심을, 우리의 꿈들을 억지로라도 떠올려 보려 했지만, 짧은 시간 안에 가능할 리 없었다.

"그와 함께한 시간 모두를 떠올릴 필요 없어. 한 순간의 진심이 곧 그의 진심이니까."

노아의 말대로 어느 한 순간에 집중하려고 했더니 머릿속이 텅 빈 듯 아무것도 잡히지 않았다. 그러다 갑자기 한꺼번에 추억들이 떠올랐다. 어떤 순간을 택해야 할지 몰라 나는 계속 머뭇거리기만 했다. 혹여나 잘못 택하는 바람에 나에 대한 그의 진심 전체가 왜곡될까 봐 두려웠다. 나는 잠시 머뭇거리다가 바이올린을 어깨에 올렸다. 그리고 처음 만났던 순간부터 서로에게 익숙해지기까지 그와 함께한 시간들을 연주해 나갔다. 그때의 설렘이 되살아나 나도 모르게 심장이 뛰었다. 테라스에 마주 앉아 대화를 나눴던 순간이 펼쳐지자 입가에 저절로 미소가 번졌다. 바이올린을 연주할 때면 은율이와 우스꽝스럽게 내 주위를 맴돌던 그의 모습이 떠올라 하마터면 웃음을 터뜨릴 뻔했다. 그 포근한 느낌, 따뜻한 행복이 멜로디 속에 고스란히 녹아들었다.

카페 앞마당에 뽀얀 새벽안개가 스멀스멀 올라와 허공을 메웠다. 노아가 안개를 도화지 삼아 손가락으로 멜로디를 그렸다. 손가락이 지나간 자리에 안개가 흩어지면서 까만 어둠이 나타났다. 노아는 잠시 멈춰서 바이올린 연주에 좀 더 귀를 기울였다. 그러다 다시 그림을 그리자 손가락이 지나간 자리에 어둠 대신 먼저 지나간 멜로디 흔적이 나타났다. 노아가 집중하더니 내 멜로디를 바짝 따라잡았다. 나의 멜로디와 노아의 드로잉은 앞서거니 뒤서거니 하며 안개 위를 수놓았다. 행복했던 순간들이 하나둘 책장 넘어가듯 펼쳐졌다. 매 순간이 달랐지만 그 속의 진심은 하나로 통했다. 그 순간 노아가 중얼거렸다.

"여기 또 다른 아리가 있네."

그런데 얼마 못 가 멜로디가 눈물처럼 흘러내렸다. 변해 가는 그를 지켜볼 수밖에 없었던 그때의 심정이 고스란히 되살아났다. 그는 내게 모진 말도 서슴지 않았고, 점점 나를 미워하기 시작했다. 미움이 증오로 번지는 과정을 연주하면서 나는 그의 진심을 놓치고 말았다. 그 바람에 다음 멜로디가 더는 기억나지 않았다. 그러나 연주는 계속되어야 했다. 지금 멈춰 버리면 이대로 영원히 그의 진심을 찾을 수 없을 것 같았다. 그러나 그가 나를 외면한 이유, 수십 수백 경우의 수가 멜로디와 헝클어져 혼란스러웠다. 음표들이 뒤죽박죽 섞이자 노아는 그림을 지우고 다시 그리기를 반복했다. 급기야 형체를 알 수 없는 그림이 허공을 뒤덮었다. 그제야 나는 무질서한 음표들의 비명을 멈춰 세웠다. 노아 역시 드로잉을 포기한 채 말했다.

"말 자체에 속지 마. 그 안에 숨은 진심을 읽어."

"모르겠어."

"그럼 누구의 말인지 귀 기울여 봐. 마레가 하는 말인지, 루나가 하는 말인지."

"그는 머리 셋 달린 고양이가 아냐."

"마음이 세 개인 사람이지. 우리는 모두 모나인 동시에 마레고 또 루나야. 모나와 다르다고 마레의 존재를 부정해선 안 돼. 세 진심은 결국 하나의 멜로디로 통할 테니까."

"그는 그일 뿐이야. 그 안에 마레도 누구도 존재하지 않아."

"그럼 그는 누구지? 그냥 모나?"

나는 할 말을 잃고 그 자리에 주저앉아 울었다. 이제 더는 도망칠 곳도 핑계거리도 없었다. 잃어버린 단 하나의 멜로디를 찾아야 했다.

잠시 후 노아와 함께 연주가 끊긴 지점으로 돌아갔다. 가시 돋친 말 속에서 숨은 진심을 찾을 때까지 참고 견딘 끝에 마침내 하나의 멜로디를 찾을 수 있었다. 노아의 말처럼 마레의 멜로디 역시 처음 모나의 멜로디와 하나로 통했다. 얼마 지나지 않아 루나도 보였다. 세 마음들은 세 고양이처럼 서로 질투하고 싸우고 화해하기를 반복하며 나를 향해 뻗어 왔다. 그리고 마지막 순간, 마레가 내게 말했다.

"최악이야! 단 한 번이라도 진지하게 마주 보려 하질 않잖아. 겉핥기로 보고 싶은 것만 봐. 그림도 너도 다 엉터리야."

(나 좀 봐 줘. 네가 필요해.)

"나는… 난… 달을, 그러니까…. 그 엉터리를 사랑한 당신은 뭔데?"

"나도 엉터리, 내 사랑도 엉터리. 진짜인 줄 착각했다!"

(더는 상처받고 싶지 않아. 두려워….)

"헤어져, 우리."

내가 하려던 말은 그게 아니었다. 그러나 이미 나는 무언가를 더 말할 수 없게 되어 있다. 그렇게 과거는 고정되어 있다. 나는 끝내 바이올린을 떨어뜨리고 말았다. 노아가 물었다.

"그와 만난 걸 후회해?"

"노아는? 아리를 만나지 않았다면 더 행복했을 거 같아?"

노아는 고개를 저으며 말했다.

"만나지 않았다면 행복도 불행도 다 모르고 살았을 거야."

나는 생각한다, 그를 만나 알게 된 행복과 불행에 대해. 행복했던 순간도 잠시 대부분 불행했다고 여겼다. 어쩌면 내가 불행이라고 여겼던 모든 순간들은 행복해지기 위한 과정이었는지도 모르겠다. 감정들이 마구 뒤엉켜 어느 순간 행복했고, 어느 순간 불행했는지 알 수 없다. 더는 순간을 구분 짓고 규정하는 것이 무의미해지고, 뒤엉킨 감정들은 그 자체로 기억이 된다. 생애 단 한 번뿐인 기억은 그 자체로 소중하다.

그러나 이제와 노아와 아리가 맺어질 수 없는 것처럼, 그와 내가 다시 사랑하게 될 일은 없을 것이다. 어떤 이유에서건 한 번 어긋난 타이밍은 수백 곡의 멜로디로도, 수천 개의 드로잉으로도 되돌릴 수 없는 것을…. 새벽 내내 그의 진심과 마주한 결과 깨달은 것은, 끝내 인정하고 싶지 않았던 어긋난 타이밍에 관한 진실이었다. 나는 그의 진심을 너무 늦게 알아 버렸다. 이미 지난 진심들은 더는 유효하지 않고, 숨겨진 꿈들은 결코 이루어지지 않을 것이다.

색칠하기

28
색칠하기

노아가 테라스에 앉아 카페 안에 걸린 은율이의 그림을 바라보았다.

"항상 너무 빠르거나 너무 늦어 버렸지. 아리를 다시 만나기란 쉽지 않았어. 이번에도 간발의 차이였네."

나는 무슨 영문인지 몰라 노아를 쳐다보았다. 노아가 희미한 미소를 지으며 다시 은율이의 그림을 향해 시선을 돌렸다. 장례식 때 쓰고 벽에 걸어 둔 은율이 그림이었다. 나는 은율이의 그림과 노아를 번갈아 쳐다보았다. 노아의 눈에 짙은 그리움이 묻어났다. 불현듯 머릿속에 스치는 생각이 있었다.

"설마… 말도 안 돼. 아니지?"

노아가 수줍게 머리를 긁적이자 나도 모르게 입이 벌어졌다. 나는 카페 안으로 뛰어들어 가서 은율이 그림을 가져왔다.

"은율이가 아리라고?"

노아가 고개를 끄덕였다. 나는 기가 막혀 웃음만 나왔다. 어떻게 이런 일이 있을 수가 있단 말인가. 세상엔 온갖 믿을 수 없는 일투성이라지만, 노아의 세상에 존재했던 아리가 내가 사는 세상에도 존재했다는 사실이 말이 된단 말인가. 문득 은율이의 장례식 때 주저앉아 울던 노아의 모습이 떠올랐다. 지금까지 노아에게 들은 이야기들이 갑자기 머릿속에서 뒤죽박죽 엉켰다. 노아는 내가 생각을 정리할 때까지 차분히 기다렸다. 나는 멍하니 노아의 모습을 바라보았다.

"그래서 그 꿈을 자꾸 꿨던 거구나. 네가 내 앞에 나타난 거구나. 은율이 때문에…."

노아가 대답 대신 고개를 끄덕였다.

"근데 아리는 머리 셋 달린 고양이잖아. 은율이는 아니었다고."

"나를 만나 다시 하나가 됐잖아. 소녀 모습도 고양이 모습도 전부 다."

"다시 셋으로 나뉜 거 아니었어? 꿈도둑이 꿈을 훔쳤잖아."

"꿈도둑이 꿈을 훔치기 전에 이곳에 있었던 거지."

"그게 무슨 소리야? 꿈도둑이 꿈을 훔친 건 훨씬 오래전 일이잖아. 은율이는 며칠 전까지 여기 있었다고."

내가 고개를 갸웃하자 노아가 웃으며 말했다.

"저 하늘의 별 보이지? 지금 하늘에서 반짝거리는 별은 이미 오래전에 사라지고 없어. 이제야 뒤늦게 도달한 빛이 보이는 거지. 그런데 우리는 지금 저 별이 있다고 믿잖아. 그렇게 보이니까. 은율이도 마찬가지야. 은율이의 과거가 이 세계에서는 현재로 존재하는 거지."

나는 하늘의 별을 물끄러미 바라보았다. 별 하나가 유독 밝은 빛을 내뿜었다. 저 별이 실제 빛을 냈던 때는 과연 언제였을까? 나는 은율이 삶의 어느 시점을 지나갔던 걸까? 갑자기 은율이를 잃은 슬픔이 밀려왔다. 은율이, 아니 은율인 줄로만 알았던 아리가 너무 그리웠다.

"별이었네, 아리는…. 나는 그런 줄도 모르고…."

내 말에 노아가 다가와 어깨를 다독여 주었다. 내가 물었다.

"그렇게 각 세계마다 시간이 다 다른데 아리를 찾을 수 있겠어?"

노아가 가방에서 아리석을 꺼내 보였다. 맑고 투명한 결정체가 푸르스름한 빛을 내뿜고 있었다.

"우아…."

눈부시게 아름다운 자태에 나도 모르게 탄성을 내뱉었다. 이게 바로 아리석이구나. 노아의 이야기를 다 듣고도 너무 먼 세계의 일이라 실감이 나지 않았는데, 아리석을 보니 그 이야기가 뒤늦게 가슴에 와 닿았다. 나는 아리석에서 한시도 눈을 떼지 못했다.

"이걸 나침반 삼아 떠나야지. 아리가 있는 곳으로 안내해 줄 거야."

노아의 대답에도 나의 시선은 여전히 아리석을 향해 있었다. 노아가 다소 풀이 죽은 목소리로 말했다.

"다시 만나게 되도 아리는 어차피 날 기억하지 못해. 꿈도둑에게 꿈을 뺏겼으니까. 상황이 다시 초록의 노래대로 됐어."

"이번엔 다를 거야. 넌 이미 소녀가 아리라는 걸 알고 있잖아. 네가 아리에게 말해 줘. 분명 믿어 줄 거야."

"그러려면 네 그림이 필요해."

노아가 간절한 눈빛으로 내 시선을 붙잡았다. 내 그림? 무슨 그림을 말하는 거지? 나는 고개를 갸웃했다.

"꿈을 그린 그림. 소녀와 내가 언덕에 앉아 고양이달을 보는 모습."

"아, 그거…. 그건…."

나는 무슨 말을 어떻게 해야 할지 망설였다. 그 그림이라면 이미 수십 수백 번도 더 그렸다. 노아뿐만 아니라 떠난 그 역시 내게 수없이 요구했던 그림이었다. 그 그림 때문에 결국 그를 잃었다. 달 때문에. 그깟 달 하나 때문에. 노랗고 파란 달을 그리지 못해서 그는 결국 나를 떠났다. 검정으로나마 노랑과 파랑을 표현하려고 그토록 애를 썼는데, 그에겐 어차피 다 까맣기만 한 달일 뿐이었다. 그날의 기억이 떠올라 갑자기 가슴이 먹먹해졌다. 노아가 말했다.

"너는 그 장면을 보았고, 본 대로 표현할 수 있는 재능이 있어. 네가 그 그림을 그려 준다면 아리에게 내가 누군지, 우리가 과거에 어떤 관계였는지 보여 줄 수 있어. 운명을 극복할 수 있는 중요한 단서가 될 거야."

나는 기어 들어가는 목소리로 말했다.

"나는… 나는 그냥 끼적대는 수준이야. 운명을 극복하게 만들 만큼 대단한 실력이 아니라고."

"난 널 믿어. 달을 그려 줘. 부탁이야."

노아의 진심 어린 목소리에 나도 모르게 눈물이 핑 돌았다. 그도 나를 포기하고 떠났는데, 그래서 나조차 이제 나를 믿지 못하는데, 어떻게 네가 나를 믿을 수가 있는 거야? 나는 그냥 엉터리 예술가일 뿐이라고. 노아가 가만히 내 어깨에 손을 올리고 내 눈을 응시했다. 그러나 아무리 그래도 당장은 고개가 끄덕여지지 않았다. 나는 자신이 없었다. 그래서 대답 대신 은율이의 그림을 집어

들고 물었다.

“아리랑 많이 닮았어?”

“하나만 빼고.”

나는 노아의 시선을 따라 그림을 훑었다. 노아의 시선이 은율이의 눈에 멈추었다. 노아가 말했다.

“색칠해 주자. 고양이달처럼 예쁘게.”

내가 머뭇거리자 노아가 내 손에 색연필을 쥐어 주었다. 그리고 살며시 내 손등 위에 자신의 손을 포갠 뒤 은율이의 눈 중앙에 검정색을 칠했다. 그다음 파랑 색연필로 검정색 테두리를 감싸며 겹겹이 원을 그렸다. 그리고 나머지 부분은 노랑색으로 채웠다. 은율이의 눈에 색을 찾아 주고 나니 노아가 사랑한 아리가 마음속에 더

욱 선명하게 그려졌다. 노아가 그토록 찾아 헤맸던 고양이달이, 그가 내게 그려 달라고 부탁했던 고양이달이, 은율이의 눈 속에 밝게 떠 있었다. 막상 색을 칠하고 나니 허탈한 기분이 들었다. 노아가 넌지시 말했다.

"이제 네 차례야."

나는 천천히 고개를 끄덕였다. 예전에 그렸던 그의 그림에도 색을 칠해 줄 차례였다. 그러나 막상 그의 초상화를 보니 도무지 엄두가 나지 않았다. 나는 여전히 두려웠다. 노아가 내 마음을 읽었는지 내 손을 다독이며 말했다.

"서툴러도 괜찮아. 있는 그대로 색칠하는 거야."

"너무 많은 파랑이 있어. 옅은 파랑을 써야 할지, 짙은 파랑을 써야 할지 모르겠어."

"작은 속삭임인지, 울먹임인지 귀 기울여 봐. 진심이 간절한 만큼 색을 칠해 줘."

"여기는 노랑을 칠해야 할지, 검정을 칠해야 할지 모르겠어."

"그럼 잠시 비워 두자. 차분히 시간을 갖고 지켜보는 거야. 루나의 모습인지, 모나의 모습인지."

"둘 다 아니면 어쩌지."

"다른 색을 칠해 주면 되지. 빨강이든 초록이든 네가 느낀 감정과 비슷한 색으로…."

노아의 시선이 가게 입구에 놓인 튤립으로 향하자 나도 따라서 고개를 돌렸다. 오래전 빨강 꽃잎과 초록 잎을 온통 시커멓게 칠했다가 그에게 혼났던 기억이 떠올랐다.

"네 번째 마음을 찾아낸 건가?"

내 말에 노아가 고개를 끄덕였다. 네 번째 마음. 그건 어쩌면 빨강 튤립을 닮았을지도 모르겠다. 나는 그와의 추억을 회상하며 지금껏 놓친 그의 마음을 더 찾아보았다. 그림에 빨주노초파남보 색색의 마음이 하나둘 덧입혀졌다. 새까맣기만 하던 그의 얼굴이 한층 밝아지면서 새롭게 보였다. 그가 왜 그렇게 색색의 고양이달에 집착했는지 이제야 알 것 같았다. 나는 시간 가는 줄 모르고 그의 초상화를 하염없이 바라보았다. 어느덧 정신을 차려 보니 노아는 은율이의 그림을 꼭 안고 테이블에 엎드려 잠들어 있었다. 나는 담요를 가지고 와서 노아에게 덮어 주고 카페 안으로 들어갔다. 그리고 창고에 처박아 두었던 그림들을 모두 찾아 꺼내 왔다. 테이블 위에 소년과 소녀, 그리고 고양이달을 그린 흑백 그림들이 차곡차곡 쌓였다. 이제 노아가 찾는 고양이달을 그려 줄 차례였다.

마음속에 질문 하나가 조용히 피어오른다. 언젠가 나의 하늘에 고양이달이 뜨면, 어디선가 그가 보게 되는 날이 오면 그땐 나를 진짜 예술가로 인정해 줄까. 그러면 우리의 과거도 조금은 달라질 수 있을까. 나는 조용히 고개를 저었다. 기억은 그 자체로 소중할 뿐 어떠한 일이 있었단 사실은 변하지 않는다. 그러나 내가 당신에게 주었던 마음과 당신을 좋아하며 가졌던 마음은 나를 좀 더 어른으로 크게 해 주었다는 것. 당신이야말로 지금의 나를 만든 진정한 예술가이다.

엉터리 예술가가 이미 까맣게 칠한 달 위에 노랑과 파랑을 덧칠

했다. 그리고 한참 동안 그 그림을 바라보았다. 꿈에서 본 찬란한 노랑 빛, 생명력 넘치는 파랑 물결과는 전혀 다른 느낌이었다. 한숨이 절로 나왔다. 고양이달을 보고 느낀 대로 표현하려면 같은 칠을 얼마나 반복해야 할까. 내가 과연 해낼 수 있을까. 무겁고 복잡한 마음과 달리 손은 이미 두 번째 그림 위를 가볍게 움직이고 있었다.

그림을 그리는 내내 생각했다. 이 그림을 아리의 과거로 보낼 수 있다면 얼마나 좋을까. 노아의 머릿속에만 있는 이 풍경을 아리가 조금만 일찍 보았어도 초록의 노래가 예언한 대로 흘러가지 않았을 텐데. 하긴 모나는 모두 알고 있었지. 알고도 모른 척했지. 순간 내 손이 멈췄다. 어떻게? 노아가 자신의 운명의 상대란 걸 모나가 어떻게 알았지? 초록의 노래만 가지고는 노래 속의 주인공이 노아인지 알 수 없었을 텐데…. 그때 머릿속에 할머니철새의 마지막 구슬이 스쳤다. 할머니철새가 목숨을 걸고 보여 주었던 구슬. 모나가 하얗게 질린 얼굴로 지켜보았던 구슬. 바로 이 풍경을 보았겠구나. 할머니철새의 조상은 아리별에 가기 전 바라별에서 이 모습을 보았던 거구나. 그 순간 가슴이 먹먹해졌다. 단지 소년과 소녀가 나란히 앉아 색색의 달을 보고 있는 것뿐인데, 내가 그린 수많은 꿈속 장면들 중 하나일 뿐인데, 이 그림 한 장으로 모든 것이 달라졌구나.

모나가 만일 다른 선택을 했다면, 루나와 마레에게 자신이 본 것을 알려 주었다면 어떻게 되었을까? 모나가 그런 선택을 할 수 있도록 노아가 모나의 마음을 외면하지 않았다면 결과는 달라졌을까?

어쩌면 정해진 운명을 극복할 수도 있지 않았을까? 그러고 보면 거대한 우주적 운명이라는 것이 사실 우리가 생각하는 만큼 거창한 게 아닐지도 모른다. 단 몇 번의 선택만으로도 충분히 바뀔 수 있는 하나의 가설에 불과한 건 아닐까. 그러나 노아도 모나도 결국 가설을 뒤엎지 못하고 예정된 선택을 했다. 그들뿐만 아니라 대부분의 사람들이 그런지도 모르겠다. 스스로가 내린 선택은 절대적인 운명이 되어 버리고, 사람들은 운명을 극복할 수 없었노라 말할 것이다.

나 또한 그랬다. 색을 못 쓰는 내가 색색의 달을 그리지 못해 그와 이별한 것은 운명이라고 믿었다. 그때 내가 색색의 달을 그렸다면 나와 그의 운명은 달라졌을까? 우리는 지금도 함께할 수 있었을까? 운명은 정해져 있는 걸까, 선택으로 만들어지는 걸까? 이제 나조차 헷갈린다. 머릿속이 복잡하게 얽힐수록 손에 점점 힘이 들어간다. 애초에 정해진 운명이 있는 게 아니라 선택으로 만들어진 거라고 믿고 싶어진다. 이제라도 다른 선택을 해서 정해진 운명을 송두리째 바꿔 보고 싶어진다. 나는 기어코 흑백 그림에 모두 색을 입히고야 말 것이다. 밤하늘에 완벽한 고양이달을 걸어 주고야 말테다. 지금 이 순간 그가 나를 잊고 다른 누군가에게 진심을 전하고 있을지라도, 그래서 내가 무지개색으로 달을 수놓든, 검은 칠로 도배를 하든 상관하지 않는다 해도 그리할 것이다. 지금 하는 선택이 설령 과거를 바꿀 수는 없을지언정 미래를 결정짓는 첫걸음이 되게 하리라. 떠나는 노아에게도 그러하리라.

마침내 나는 온 마음과 정성을 다해 밤하늘에 고양이달을 띄운다.

노아는 그 풍경을 들고 떠난다. 고양이달을 찾아내는 건 이제 노아의 몫이다. 당신의 몫이다.

고양이달이 간절히 기다리고 있다.

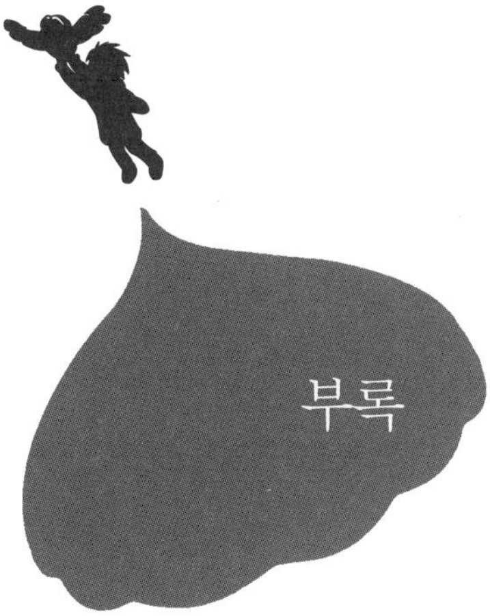

부록

그림별

아리별에서 20110101km 떨어진 곳에 위치한 그림별에는 온 우주에서 난다 긴다 하는 화가들이 모두 모여든답니다. 그림별의 주인에게 그림을 배우기 위해서인데요. 그림별의 주인은 따뜻하고 부드러운 색채에 동화적인 감성이 깃든 자신만의 화풍을 선보여 유명해졌지요.

그러나 매년 단 한 명만 제자로 받아들이기 때문에 경쟁이 매우 치열하답니다. 올해도 어김없이 오천 대 일이라는 어마어마한 경쟁을 뚫고 그림별의 주인의 수제자가 된 굴마이. 바라별에서 하루에도 몇 번씩 주민들의 소망을 그렸지만, 한 단계 성장하기 위해 그림별에 왔지요. 수제자로 뽑힌 기쁨도 잠시 일 년 동안 말로는 다 표현하지 못할 만큼 혹독한 훈련을 받고, 마침내 마지막 과제만 남겨 두게 되었는데요. 과제는 바로 우주에서 가장 아름다운 별인 아리별에 가서 사계절을 지내며 주민들의 일상을 담는 것.

굴마이는 과연 이 그림들로 스승에게 인정을 받고 무사히 그림별로 돌아갈 수 있을까요? 굴마이의 그림을 함께 감상해 보시죠!

우리가 아끼고 사랑했던 동화,
'고양이달'을 함께 쓰고 그린
강슬아 에디터와 김다혜 일러스트레이터
그리고 나에게.

순수하게 열정적이었던 우리의 청춘에
깊은 존경과 감사의 말을 전하며,
함께 꿈을 향해 나아갔던 그 시절을 기억해 주길.

지은이 박영주

1985년 서울 출생. 중앙대학교 영화학과에서 문화 콘텐츠 기획과 창작을 공부했다.
청소년을 위한 동화 '고양이달'을 시작으로, 여행 심리 에세이 '세상의 끝, 마음의 나라', 아동 그림책 '기린과 바다'와 '사슴과 계속 자라는 뿔', '고래와 은하수', '홍학과 무지개', '코끼리와 피아노'를 집필/출간하였으며, '2011 alleh KT 글로벌 프론티어 아키텍트_아키텍트상' 수상, '2012 올해의 여성문화인상_청강문화상'을 수상하였다. 2014년부터 현재까지 전국 초, 중, 고등학교 예술강사/교사들을 대상으로 '아이들과 함께 동화 쓰는 법'을 가르치며 대한민국 청소년들의 문화 예술 교육에 앞장서고 있으며, 대학, 정부 기관 및 기업 등에서 스토리텔링을 가르치고 있다.
2016년 제주로 이주하여 아름다운 자연에서 상상과 감성을 담은 그림책을 만들고 있다.

그림 김다혜

1982년 서울 출생. 한국예술종합학교에서 애니메이션을 공부하며 스토리텔링의 꿈을 키웠다.
대학 졸업 후 게임 회사, 애니메이션 회사에서 캐릭터 디자이너로 일하며 아기자기한 감성의 '따개비 루', 깜찍발랄한 '안녕 자두야' 등의 작품을 거쳐 '고양이달'로 오랜 꿈이었던 삽화 작업을 하게 되었다. 그 후 유아동 애니메이션 '브레멘 스타즈', '빅풋 패밀리', '레인보우 버블젬'의 캐릭터 디자이너, 아트 디렉터로 일하며, 진심이 담겨 있고 낭만과 순수가 살아 있는 작품을 만들고 있다.

고양이달 3

개정판 1쇄 발행 2021년 3월 1일
개정판 3쇄 발행 2024년 5월 1일

지은이 박영주 | **그림** 김다혜 | **교정** 강슬아
표지디자인 박영주 | **표지일러스트** 이은미 | **편집디자인** 박영주
펴낸곳 아띠봄 | **펴낸이** 박영주
등록번호 제651-2023-000006호
주소 제주특별자치도 제주시 조천읍 와흘남길 53-35
전화 070-7842-2356 | **팩스** 02-6442-2884
홈페이지 http://www.attibom.co.kr
블로그 http://blog.naver.com/attibom
전자우편 youngjoo@attibom.co.kr

값 33,000원
ISBN 979-11-962019-8-2 04810
ISBN 979-11-962019-5-1(세트)